은소로 장편소설

초판 1쇄 찍은 날 | 2025년 7월 24일
초판 1쇄 펴낸 날 | 2025년 7월 31일

지은이 | 은소로
발행인 | 권기수, 장윤중
펴낸이 | 박정서

기획 | 윤단아
편집 | 손유리

펴낸곳 | 주식회사 카카오엔터테인먼트
등록번호 | 제2015-000037호
등록일자 | 2010년 8월 16일
주소 | 경기도 성남시 분당구 판교역로 235, 에이치스퀘어 N동 8, 9, 10층 (삼평동)

제작·감수 | KW북스
E-mail | paperbook@kwbooks.co.kr

ⓒ 은소로, 2018

ISBN 979-11-385-1863-5 04810
　　　 979-11-385-1860-4 (set)

※ 파본은 구입하신 서점에서 교환하여 드립니다.
※ 저자와 협의하여 인지를 붙이지 않습니다.
※ 이 책은 저작권법의 보호를 받는 저작물입니다. 무단 전재와 유포, 공유를 금합니다.

Contents

9막. 좋아하는 것과 부정할 수 없는 것(2)   7

10막. 솔직해지는 것과 외면할 수 없는 것   107

11막. 선택하는 것과 선택할 수 없는 것(1)   281

9막.
좋아하는 것과 부정할 수 없는 것(2)

제국 측 귀빈들이 도착했다는 바라하의 전언을 듣고 본부로 돌아간 유리엔은 기다리고 있던 부단장 바론을 만났다. 바론은 난감한 얼굴로 말했다.

"단장님, 원래 예정에 없던 손님이 방문했습니다. 미리 연락을 받지 못해서 숙소 배정부터 접객 상황 전반에 차질이 생겼습니다."

그냥 인원이 늘어난 정도면 사무관들 선에서 처리되었을 일이고, 어지간한 귀빈이면 바론이 알아서 했을 것이다. 그러지 못하고 기사단장이 직접 와야 할 경우라면 뻔했다. 유리엔은 나직이 중얼거렸다.

"형님이 오셨군."

"예, 성녀의 탄생을 축하하기 위해 2황자 카르엠 드 하르덴 키리에 전하께서 오셨습니다."

2황자가 지금 저 응접실에 있다는 소리에, 서늘한 무언가가 돋아나려 했다. 유리엔 자신의 일에 휘말려 에키네시아가 독을 마신 지 일주일도 되지 않았다. 그 뿌리에 있는 자이자, 아무 상관도 없던 그녀가 마검을 쥐게 된 원인인 자가 저기에 있다.

그는 저도 모르게 입매를 비틀었다. 평생 카르엠에게 증오와 음해를 받으며 살아왔음에도 유리엔은 딱히 반발해 본 적이 없었다. 대체로 감내하는 편이었다. 하지만 그녀가 얽힌 일은 감내할 수가 없었다. 아니, 감내하지 못하는 정도가 아니라…….

[진정해라. 너는 정당한 방법으로 처벌할 준비를 하고 있잖느냐.]

성검이 혀를 차며 한마디 했다. 그는 깊게 숨을 들이마시며 돋아나는 것들을 가라앉혔다.

"단장님?"

"……아니다. 내가 직접 맞이할 테니, 경은 황족에 걸맞은 예우를 준비하도록."

"알겠습니다."

유리엔은 응접실에 홀로 들어섰다. 방만한 자세로 소파에 늘어져 있던 은발의 남자가 고개를 돌려 그를 바라보았다. 녹색 눈동자가 기분 나쁘게 번들거렸다. 증오를 숨기지도 않는 눈이다.

"오랜만이구나, 유리엔."

"직접 오실 줄은 몰랐습니다, 카르엠 형님."

"이게 얼마 만에 등장한 성녀냐. 당연히 직접 와야지. 엘기오사는 모든 병을 낫게 할 수 있다지?"

"치료할 때 체력이 소모되어 한계가 있습니다."

"어쨌든 만병통치약이라는 소리 아니냐. 아바마마께서도 관심이 크시다. 사실 성녀는 기사도 아니고 제국 출신이니, 대신전이 아니라 황실에서 통제하는 게 옳지 않으냐?"

지독히 뻔뻔한 소리였다. 유리엔은 침착하게 대꾸했다.

"성녀는 제국민이 아니라 솔족이고, 통제할 대상도 아닙니다. 대신전은 엘기오사 오너를 위한 절차에 따라 그녀를 보호하고 보조할 뿐입니다."

대신전의 간섭은 성녀의 의지를 넘어설 수 없었고, 창천이 그것을 감시하게 되어 있었다. 반대로 창천의 간섭 또한 대신전이 견제하게 되어 있었다. 기사가 아닌 기오사 오너이자 스스로를 지킬 무력이 없는 치유검의 주인을 위한 전통이었다.

다만 샤이는 보호자가 없는 고아인 데다 미성년자라 대신전에서 어느 정도 통제하는 바가 있긴 했다. 글자부터 각종 교양 교육과 제례, 데뷔, 샤프롱 선정 등이 그것이었다.

그래도 대신전의 일은 어디까지나 보호자로서의 역할에 국한되어 있었다. 그 선을 넘어서면 절차대로 창천이 나서게 된다. 마찬가지로 창천이 성녀의 힘을 빌리려면 샤이 본인의 동의는 물론 대신전의 동의가 필요했다.

"유랑 민족이건 뭐건 제국에서 태어나 제국에서 살았으면 제국민이지. 그럼 그 보호니 보조니 하는 것도 황실이 하는 게 낫지 않겠냐?"

"······제국 정책상 솔족은 제국민으로 인정받지 못하는 건 알고 계십니까?"

"날 무시하지 마라, 유리엔. 내가 그것도 모를 것 같으냐? 빌어먹을 놈."

알고 있다면 할 수 없을 주장을 해 놓고서 카르엠이 이를 갈았다. 초록색 눈에서 불티가 튀었다. 유리엔이 그를 지적했다는 점 자체에 대한 분노가 솟구치는 듯했다. 익숙한 행태라 유리엔은 대응하지 않았다. 합리적으로 반박해 봤자 길길이 날뛰기만 할 터였다. 말이 통하지 않는 대상을 말로 상대하는 건 어리석은 짓이다.

"형님께선 그 문제 때문에 직접 오신 겁니까?"

"글쎄, 그건 아랫것들이 알아서 논의할 일이고. 나는 직접 만나 보고 싶어서 왔다."

"성녀를 말입니까?"

카르엠이 돌연 기묘하게 웃었다. 즐겁고 기대되어서 견딜 수 없다는 미소. 유리엔에게는 익숙한 미소였다. '네가 기르던 새가 아바마마의 정원을 망쳐서 쏴 죽일 수밖에 없었어'라고 말하며 유리엔의 반응을 살피던 때 어린 카르엠이 짓던 표정이었다.

그 뒤로도, 쫓겨나듯 제국을 떠나게 된 16세까지 지긋지긋하게 저 표정을 봤었다. 사소한 흠으로 트집을 잡아 그의 것을 빼앗거나 부수며 그의 반응을 기대하는 얼굴. 카르엠은 바로 그 얼굴로 말했다.

"아니, 내가 보고 싶은 건 에키네시아 로아즈다."

테이블 아래에서 유리엔의 손에 힘이 들어갔다. 카르엠이 유심히 그를 살피며 말을 이었다.

"친애하는 동생이 스콰이어를 들였다니 꼭 한번 만나 보고 싶어져서 말이지. 개인적으로 궁금한 것도 있고."

"무엇이 궁금하십니까?"

"그건 네 스콰이어에게 직접 물어볼 예정이라서. 너는 몰라도 된다."

유리엔의 낯은 담담했다. 카르엠은 입꼬리를 올린 채 그를 바라보다가 기지개를 켰다.

"열차를 오래 탔더니 피곤하군. 이제 방이 준비되었겠지? 난 좀 쉬어야겠다. 아, 성녀 관련 문제는 브루스 후작과 마저 논의해라."

"……편히 쉬십시오."

카르엠이 하인의 안내를 받아 응접실을 나섰다. 그제야 유리엔은 움켜쥔 주먹을 풀었다. 손톱이 손바닥을 파고들어 자국이 남아 있었다.

[마검의 주인은 강하다. 저놈에게 어찌될 일 따윈 없어. 알고 있겠지?]

성검이 불안한 듯 물었다. 유리엔은 잠시 침묵하다가, 느릿하게 성검의 말에 동의했다.

"그래……. 그녀는 누구보다 강하지."

그러니 그가 가졌던 다른 모든 것처럼 부서질 일은 없다. 그녀는 비극마저 되돌린 사람이니까. 그리고 그가 그녀를 부서지지 않도록 지킬 테니까.

축제 둘째 날 오전에는 창천 기사단 사열식이 있었다. 아젠카의 태양 축제에서 가장 유명한 행사였다. 새벽부터 시민들과 관광객들이 광장에 빽빽하게 자리를 잡았고, 광장에 자리를 잡지 못한 사람들은 거리에서 행진을 기다렸다.

사관생도와 기사들의 가족, 관계자들을 위해서 광장 한쪽에 따로 자리가 마련되어 있었다. 사열식은 창천의 매라고 불리는 정식 기사들과 준기사들까지만 치르는 행사였다. 그래서 사관생도들도 그곳에서 사열식을 기다렸다.

에키는 앨리스의 가족 옆에서 란셀리드와 함께 있었다. 생도의 가족들보다 그들을 경호하기 위해 온 기사들이 훨씬 더 들뜬 기색이었다. 로아즈 가문의 기사들도 마찬가지였다.

"시작하나 봐요, 누님!"

란셀리드가 몸을 들썩거리며 말했다. 아젠카 내성의 성문 쪽에서 마법으로 만든 불빛이 쏘아 올려졌다. 악단이 연주하는 행진곡이 들려왔다.

망토를 두른 기사들이 말을 타고 행진하는 건 다른 기사단들의 사열식과 큰 차이가 없었다. 갑옷 대신 흰 제복 차림이라는 게 눈에 띄긴 했지만 사열식에서 제복을 착용하는 기사단들이 꽤 있었기에 특이한 일은 아니었다.

창천의 사열식이 유명한 건 수십에 달하는 마스터가 한 자리에 모이는 점과, 기오사를 볼 수 있다는 점 때문이었다.

"온다!"

"진짜 창천 기사단이다……."

"우와아!"

"창천! 창천!"

기사단 본부에서 출발한 창천 기사단이 거리를 행진하기 시작했다. 행진을 따라 거리에 선 사람들이 소리를 질러댔다. 그 덕분에 광장에서도 기사들이 어디쯤 왔는지를 알 수 있었다.

마침내 기사단이 광장에 도착했다. 비슷한 시간에 대신관과 수석 신관들이 나타났다. 꽃과 색종이가 눈처럼 뿌려지고 악단의 음악이 사람들의 환성에 파묻혔다.

에키는 대신관의 바로 뒤를 따라 걷고 있는 샤이를 발견했다. 금실로 수를 놓은 풍성한 백색 신관복과 길게 늘어뜨린 베일 때문에 소녀의 모습은 제대로 보이지 않았지만, 조그만 몸집 덕에 금방 알아볼 수 있었다.

베일 속에서 작은 머리가 조금씩 움직이며 누군가를 찾는 듯했다. 샤이가 그녀 쪽을 볼 때 에키는 살짝 손을 흔들어 주었다. 베일이 달싹거리는 걸 보니 알아본 모양이었다.

독을 마셨을 때, 치료를 위해 불려 왔던 샤이는 피에 젖은 에키를 보고 새파랗게 질려 떨었다고 들었다. 치료 후에 에키가 감사 인사를 하러 방문하자 소녀는 그녀를 붙들고 놓아주려 하질 않았다.

"어, 언니, 저, 열심히 연습할 거예요. 전부 낫게 할 거예요, 누구도 제 앞에서 죽지 않게 할 거예요……. 그래도 다치지 마세요. 무서웠어요. 엄마가 생각나서…… 무서웠단 말이에요."

샤이는 매달려 울먹이며 그렇게 말했다. 샤이를 달래고 안심시키느라 에키는 그날 거의 반나절을 소녀와 함께 있어야 했다.

대신관의 뒤로 수석 신관들이 정렬했다. 샤이가 광장의 중앙으로 걸어가 섰다. 네 장의 날개를 편 황금빛 매와 방패 무늬가 수놓인 푸른 깃발을 든 기수들이 광장 주위에 빙 둘러섰다. 높다란 깃대 아래로 수백의 준기사가 도열했다. 그들도 흰 제복을 입고 있었지만 기사의 것과는 약간 다른 형태였다.

준기사들이 동시에 검을 뽑아 상체 앞에 세워 들었다. 백 단위의 검이 한 번에 뽑히는 소리가 강렬했다. 나란히 선 은빛 칼날들이 햇빛을 받아 반짝였다.

에키는 그들 중에서 선명한 빨간 머리의 디트리히를 발견했다. 그는 마침 가까이에 서 있었다. 디트리히의 시선은 기사들, 그중에서도 선두에 있는 테레사를 향했다. 눈빛이 깊었다.

'테레사에게 마음이 있구나, 역시.'

지워진 과거, 서로를 살리기 위해 희생하려던 그들이 떠올랐다.

테레사의 디몽기오사는 방어에 특화된 검이었다. 그래서 공격에 특화된 기오사를 가진 디트리히보다 에키를 상대로 버티기에 유리했다.

테레사가 남고, 디트리히가 달아나는 건 합리적인 결정이었다. 그럼에도 떠나는 남자의 얼굴은 절망으로 일그러져 있었다.

테레사의 피를 뒤집어쓰고 그를 찾아냈을 때 절망의 밑바닥에 도달한 인간의 표정을 보았었다. 에키는 그런 얼굴을 수없이 보았다. 그러나 아무리 보아도 그런 얼굴에 익숙해질 수는 없었다.

'이번에는 둘 다 행복하기만 했으면 좋겠어.'

언뜻 떠오른 피투성이 기억을 눈앞에 펼쳐진 사열식의 풍경으로 덮었다.

에키는 검고 큰 말을 탄 테레사를 바라보았다. 그녀는 옅게 웃고 있었다. 묶지 않고 풀어 내린 금발이 말의 걸음을 따라 가볍게 흔들렸다.

기사들의 선두에는 실피드를 타고 있는 유리엔이 있었다. 정면을 응시하고 있는 고요한 얼굴, 곧은 등. 귀가 아플 정도로 요란한 주변의 환성과 소음에 전혀 영향을 받지 않는 듯한 모습이었다.

준기사들 앞을 따라 광장을 한 바퀴 행진하던 기사들이 사관생도들 앞을 지나쳐 갔다.

[어, 쟤가 너 본다!]

마검이 말하지 않아도 알았다. 유리엔의 시선은 헤매지 않았다. 처음부터 알고 있었다는 듯 똑바로 그녀에게 와 닿았다. 유리알 같은 눈동자가 그녀를 보는 순간 빛을 산란하듯 반짝이고 입가에 설핏 미소가 돌았다가, 다른 곳으로 향하며 담담해졌다.

시선이 마주친 시간은 아주 짧았다. 그 짧은 시간에 그녀는 그와 닿는 것을 상상해 버렸다.

'그를…… 남자로서 어떻게 생각하냐고?'

가슴 안쪽에서 뭔가가 덜컥거렸다. 이게 다 쓸데없는 질문을 한 바라하 때문이었다. 옆에 있던 란셀리드가 의아하게 그녀를 보았다.

"누님, 속이 안 좋아요? 왜 입을 가리고……."

"아무것도 아니야. 앞이나 봐."

행진을 끝낸 기사들이 중앙에 서더니 말에서 내렸다. 열을 지어 선 마스터들이 차례로 검을 뽑아 들었다. 그들은 검을 뽑는 것과 동시에 검기를 형성했다. 개인의 파장에 따라 다른 색을 띠는 마나가 검을 감싸며 빛났다.

서른 명이 넘는 마스터가 빛을 머금은 검을 들고 도열하는 건 아젠카에서만 볼 수 있는 광경이었다. 다시 한번 함성이 광장을 가득 메웠다. 이제 남은 건 기오사 오너들이었다.

그중에서 홀로 기사가 아닌 샤이는 눈에 확 띄었다. 수석 신관 아론이 다가오더니 샤이의 베일을 벗겨 주었다. 자그마한 황금 관 아래로 잿빛 머리카락이 물결쳤다. 제 나이보다도 어려 보이는 소녀는 몹시 앳되었다.

대신관이 짧게 축사를 했다. 신을 찬미하고 기사들을 축복하는 내용이었다. 축사의 끝에 대신관은 샤이를 호명했다.

"……신께서 베푼 자애가 인간 안에도 존재함을 증거하는 이가 여기에 있으니, 성녀로 부름받은 소녀가 이 땅에 섰도다. 치유검 엘기오사의 주인이여."

샤이가 양팔을 벌렸다. 손이 보이지 않을 정도로 긴 소매가 바닥에 끌렸다. 전신을 덮은 제례복에서 목 부분만 가슴 위까지 깊게 파여 있었다. 가슴팍에 그려진 붉은 열매가 맺힌 연둣빛 나무 문양에서 빛이 흘렀다.

순간 광장 전체에 숨죽인 정적이 감돌았다. 문양에서 나무 덩굴에 휘감긴 은빛 단검이 천천히 모습을 드러냈다. 인간의 자비심과 사랑으로 만들어진 치유검 엘기오사. 샤이가 엘기오사를 양손으로 받쳐 들었다. 정적은 도로 함성이 되었다.

대신관이 물러나고 창천 기사단장이 앞으로 나섰다. 기사의 정점에 선 그는 호명을 받지 않았다. 유리엔은 오른손을 앞으로 내뻗으며 스스로 검을 불렀다.

"성검 랑기오사."

황금빛이 솟아오르며 순백의 검이 모습을 드러냈다. 인간의 사명감과 정의로 만들어진 검. 유리엔이 그것을 쥐는 것과 동시에 알아듣기 어려울 정도의 환호가 터져 나왔다. 에키는 흥분한 란셀리드에게 부딪힐 뻔했다.

랑기오사를 쥔 유리엔이 나머지 기오사 오너들을 향해 돌아섰다. 그가 그들을 호명했다.

"수호검 디몽기오사."

테레사가 앞으로 나서며 오른손을 내밀었다. 하얀 손바닥에 곡선을 그리는 푸른 문양이 있었다. 그 문양에서 대검에 가까울 정도로 칼날의 폭이 넓은 검이 솟아올랐다. 손잡이는 깊은 바다와 같은 빛깔, 칼날을 타고 푸른빛이 파도처럼 어룽거렸다. 인간의 슬픔과 보호 본능으로 만들어진 검. 테레사 폰 프랑 알마리가 그 검을 쥐었다.

"광검 살릭기오사."

이어 커다란 덩치의 부기사단장 바론이 나섰다. 발톱 자국 같은 회색 문양에서 짐승의 이빨처럼 삐죽삐죽한 칼날의 대검이 떠올랐다. 바론의 덩치에 어울릴 만큼 거대한 검이었다. 칼날 전체에 맹수가 할

퀸 것 같은 발톱 자국이 가득했다. 인간의 분노로 칼날을 만들고 인간의 광기로 다듬은 검, 살릭기오사. 바로 틸리어스가 그것을 움켜쥐었다.

네 개의 기오사가 모두 모습을 드러냈다. 기사들이 동시에 아젠카식 경례를 행했다. 다음, 도열해 있던 기사 중 절반 정도가 움직였다. 한 발을 내디디며 검을 베어 올리자 검에 맺혀 있던 검기가 하늘로 쏘아졌다.

이어 샤이를 제외한 기오사 오너들 역시 하늘을 향해 마나를 쏘아 올렸다. 색색의 빛이 새파란 하늘을 가로질렀다.

마스터 중에서도 뛰어난 자들만 가능한 기술이 축포 대신에 사용되었다. 광장의 함성은 귀가 먹먹할 정도에 이르렀다. 대신관의 짧은 축도는 함성에 묻혀 제대로 들리지도 않았다.

기오사 오너들이 먼저 기오사를 집어넣었다. 다른 기사들이 절도 있는 동작으로 검을 집어넣고, 마지막으로 준기사들이 납검했다. 함성은 기사단 전체가 본부로 돌아가고 사열식이 끝날 때까지 지속되었다.

기사의 말을 마구간에 돌려보내는 건 스콰이어의 일이다. 행진을 따라 본부로 돌아온 에키는 곧바로 유리엔으로부터 실피드를 넘겨받았다. 그녀가 실피드를 끌고 마구간으로 향하는 것을 확인한 후, 유리엔은 근처에 서 있던 란셀리드에게로 다가갔다.

"로아즈 소백작."

"어, 으악, 단장님?"

열띤 어조로 일행들에게 사열식 이야기를 하고 있던 소년이 화들짝 놀라 그를 돌아보았다. 유리엔이 조용히 손짓했다.

"잠시 이리로."

란셀리드는 얼떨떨하게 가문의 기사들과 전속 하인을 돌아보더니 주춤거리며 다가왔다. 유리엔은 다른 이들이 보지 못하도록 약간 떨어진 곳에서 소년에게 가죽 주머니를 건넸다.

"로아즈로는 언제 돌아갈 예정이지?"

"내일 저녁에 돌아갈 예정입니다."

"돌아가면 그것을 항상 지니고 다니도록."

"예?"

"열어 봐라."

란셀리드는 그의 말을 따라 주머니를 열어 보았다. 검은 벨벳 케이스 안에 금색 마법진이 새겨진 얇은 유리판이 들어 있었다. 소년은 그것이 마도구임을 한눈에 알아보았다.

그 마도구는 유리엔이 마탑에 결절 정보를 제공하면서 봉인구와 함께 받아 온 또 하나의 대가였다. 그는 이것을 받아내느라 마탑에서 꽤 오랜 시간 체류했었다.

"이동 마법이 새겨져 있다. 범위는 반경 1미터 정도, 발동까지 걸리는 시간은 10초. 그 안에 있는 생물은 모두 설정된 좌표로 이동된다. 거리나 인원수는 상관이 없으니 가족 전체가 몸을 피할 수 있을 것이다. 도착지는 안전한 곳이니 걱정하지 마라."

란셀리드는 귀를 의심했다. 이동 마법 자체의 비용도 어마어마한데, 이 정도면 돈으로 가격을 매기기 어려울 정도의 성능이었다.

"다, 단장님, 이, 이, 이건……."

"쓸 일이 없길 바라지만, 혹여나……."

유리엔은 잠시 말을 멈추었다.

마검이 사라지고 음모는 실패했으며 3황자가 황태자와 손을 잡으려 한다. 이 사태를 2황자와 황제가 가만 두고 볼 리는 없었다. 어떤 식으로 나올지 예상이 잘 되지 않았다. 그러니 모든 것을 대비해야 했다. 그는 에키네시아가 더 이상 그로 인해 무언가를 잃어버리는 걸 원하지 않았다.

"……일종의 보험이다. 에키네시아에게는 알리지 말고 그대만 알고 있어라. 위급 시에 잊지 말고 쓰도록."

유리엔은 넋이 나간 란셀리드를 내버려 두고 몸을 돌렸다. 성검이 망설이는 목소리로 그에게 물었다.

[넌 네가 하는 일들을 마검의 주인에게는 전혀 알리지 않을 작정이냐?]

"그녀가 평온한 삶을 원한다고 했으니까. 내가 그녀를 원한다고 해서 그녀의 평온을 망가뜨릴 수는 없다."

[……옳은 말이긴 하다만.]

넘치던 살의를 흡수한 것부터 지금 같은 대비와 뒷수습, 게다가 황제를 갈아 치우고 정당한 방법으로 복수를 하려는 것까지. 만약 마검의 주인이 이 모든 일을 알게 된다면, 유리엔이 전부 혼자서 감내하려 했다는 사실을 어떻게 생각할까.

에키네시아를 지켜보았던 성검은 그녀가 기뻐할 리가 없다고 생각했다. 그러나 성검은 굳이 주인에게 그 점을 상기시키지는 않았다. 유리엔 역시 그녀가 그런 사람임을 알고 있을 테니까. 알고도 그녀가 모르게 하면 된다고 생각하고 있겠지.

마구간에 갔던 에키네시아가 돌아오고 있었다. 그녀를 보자마자 저절로 유리엔의 입가가 풀어졌다. 그녀에게는 예쁘게만 보였으면 좋겠다.

사열식 이후 에키는 들썩이는 란셀리드를 놀러 가라고 보내고 기숙사 방에 틀어박혔다. 축제는 어제 충분히 즐겼고, 아직도 봐야 할 결절 관련 책들이 많이 쌓여 있었기 때문이었다.
"발. 라키아기오사가 어떤 성격인지 혹시 알아?"
[몰라. 만나 본 적 없는걸.]
"카이로스기오사처럼 항상 자아가 있는 검이니 내키는 대로 행동하는 것 같긴 한데……."
기본적으로는 라키아기오사 마음대로겠지만, 그래도 결절이 발생할 가능성이 높아지는 조건이 있는 건 확실했다.
평화로운 곳보다 위험한 곳. 마물이 없는 곳보다는 마물이 있는 곳. 전쟁터나 재해가 휩쓸고 간 폐허처럼 인간의 감정이 격해지는 곳. 다른 곳에 안 생긴다는 건 아니지만 저런 장소가 생길 확률이 높았다. 조건을 나열하던 그녀는 미간을 찌푸렸다.
"라키아기오사…… 성격이 별로 좋진 않겠네."
[어, 전 주인도 욕했는데! 악취미일 게 틀림없다고 하더라.]
"그 사람은 뭐 알아낸 것 없어? 생각 좀 해 봐."
[으음…….]
마검이 낑낑대는 소리를 냈다. 마검의 전 주인에 대해서는 기오사를 모으던 시절에 바르데르기오사로부터 이것저것 들었다. 수백 년 전 사람인 데다 그 당시 마검은 지금보다도 인간을 몰랐던 탓에 그다지 도움이 되진 않았었다.
에키는 별 기대 없이 책을 뒤적였다. 그녀가 결절 생존자들의 증언을 모은 책에 집중하며 바르데르기오사에게 물어본 것을 잊을 때쯤,

마검이 소리를 쳤다.

[아, 아! 생각났다!]

"깜짝이야. 뭔데?"

[분명히 화산 터졌을 때야. 거기 결절이 생긴 걸 보고 튀면서, 앞으로 상관없는 일은 건드리면 안 되겠다고 했었어! 그 뒤로는 별로 결절을 본 적이 없는 것 같아.]

"상관없는 일? 자기하고, 그러니까…… 카이로스기오사를 쓴 당사자하고 관계가 없는 사건 말이야?"

[어, 그거 맞을걸. 특히 사람 목숨이랑 관련된 문제를 제일 좋아하는 거 같다고, 걔가 공간검도 너 같은 새끼 아니냐고 욕했어. 쳇.]

"너 그 사람한테도 많이 혼났지?"

[……야, 그래도 걘 꼬박꼬박 피 먹여 줬어. 네가 더해. 좀 죽이면 어때서! 그리고 네가 때리는 게 더 아파!]

"맞을 줄 알면서 끝까지 떠드는 네가 더 대단하지."

[하지만 죽이고 싶단 말이야! 본능인데 뭐 어쩌라고!]

"본능을 참을 줄 알아야 어른이 되는 거야."

[난 인간이 아니고 기오사인데?]

에키는 투덜거리는 소리를 무시하고 마검이 알려 준 내용을 정리해 둔 것에 덧붙였다. 사람의 목숨과 관련된 것. 다른 하나의 신검인 카이로스기오사를 사용한 사람, 그러니까 시간을 되돌린 자와 관계없는 사건일 것.

이것까지 덧붙이고 나니 윤곽이 잡혔다. 아직 가설에 불과하지만, 결절이 발생할 만한 상황은 예측할 수 있을 듯했다.

[주인아, 해 졌어. 아까 엘기오사 오너랑 약속한 시간 아냐?]

"아."

오늘 저녁에 샤이의 무도회용 드레스를 마지막으로 점검해 주기로 했었다. 원래 샤프롱인 테레사가 하기로 되어 있던 일을, 아무래도 미덥지 못해서 그녀가 하겠다고 나섰다. 안 그래도 자신이 없었던 테레사는 꽤나 고마워했다.

에키는 곧바로 대신전 내에 있는 샤이의 저택으로 향했다. 성녀를 모시는 하녀들은 테레사보다 더 자주 드나드는 에키에게 익숙해져서 금방 그녀를 안내해 주었다.

"언니!"

하녀들의 시중을 받아 드레스를 걸치고 있던 샤이가 반색하며 그녀를 반겼다. 층을 낸 하얀 천을 겹겹이 드리운 드레스는 목련 꽃잎 같았다. 소녀다우면서도 성녀라는 신분에 어울리는 디자인이었다.

"잘 어울리네. 예쁘다."

에키의 말에 샤이가 활짝 웃었다. 그녀는 장신구까지 샤이에게 걸치게 한 뒤 마지막 점검을 끝냈다. 하녀들이 준비된 드레스와 장신구를 정리하러 나간 후에, 에키와 샤이는 테라스에서 차를 마셨다.

"참, 사열식 잘 봤어."

"엄청 떨렸어요. 저 괜찮았어요?"

"물론, 다들 감탄했는걸. 정말 잘했어, 샤이."

그녀의 말에 샤이가 부끄러운 듯 우물거렸다. 그러면서도 기쁜 것은 감추지 못하고 테이블 아래에서 다리를 흔드는 소녀가 귀여워서, 에키는 웃음을 흘렸다. 샤이를 살리려다 결절이 생겼지만 전혀 후회되지 않았다. 바라하 때도 후회하지 않는다.

'누군가를 살리려 할 때마다 결절이 발생한다 해도 상관없어. 살리

고 싶은 사람이면 살리자. 그쯤은 감당할 수 있으니까.'

지키기 위해서, 또는 살리기 위해서 검을 드는 건 과거와는 완전히 다른 일이었다. 그런 이유라면 기쁘게 검을 들 수 있었다.

밖에서 폭죽이 터지는 소리가 났다. 어둑한 저녁 하늘 위로 색색의 불꽃이 환하게 터졌다. 바라하에게 들었던 축제 둘째 날의 불꽃놀이였다. 샤이가 입을 벌린 채 먼 하늘에서 반짝이는 불빛들을 응시했다.

"저게 불꽃놀이예요?"

"그래. 처음 보니? 야간 퍼레이드가 있다던데, 그게 시작되었다는 신호일 거야."

"우와……."

소녀의 회색 눈동자가 반짝거렸다. 몸이 절로 불꽃이 터지는 쪽으로 기운다. 너무 멀어서 제대로 보이지 않자 약간 들썩이기까지 했다. 에키는 그 모습을 가만히 보다가 충동적으로 물었다.

"보러 갈래?"

"네?"

"불꽃놀이랑 야간 퍼레이드. 야시장도 열린다고 들었어."

"하, 하지만 신관님이 위험하니까 밖에 나가지 말라고 했는걸요."

"괜찮아, 내가 있잖……."

그녀는 말하다가 멈칫했다. 실제 실력과 별개로 그녀는 공식적으로는 고작 스콰이어에 불과했다. 성녀를 호위하겠다며 나서기는 무리였다.

그렇다고 기오사 오너라 바쁜 테레사에게 부탁할 수는 없다. 내일 있을 제례 준비로 정신이 없는 대신전이 호위도 없이 성녀의 외출을 허락해 줄 리도 없었다. 에키는 고민하다가 희미하게 기대감이 어린 샤이의 얼굴을 보았다. 그 얼굴을 보자 고민이 끝났다.

'잠깐만 나갔다 오면 되니까.'

"샤이, 일찍 잔다고 하고 침실에서 기다려. 조금 있다가 데리러 올게."

"네? 몰래 나가는 거예요? 그래도 돼요?"

"잠시만이라면. 축제 보고 싶지 않아?"

머뭇거리던 샤이는 달아오른 뺨으로 조그맣게 말했다.

"……보고 싶어요."

"그럼, 보러 가자. 돌아가는 척하고 기다리고 있을게. 하녀들이 나가고 나면 창문을 열어."

"네!"

소녀가 마구 고개를 끄덕였다. 에키는 그녀의 머리를 쓰다듬어 주고는 자리에서 일어났다. 돌아가는 척하고 정원에서 잠시 기다렸다가, 2층에 있는 침실 창문이 열리는 것을 확인하고 뛰어올랐다. 검은 프릴이 달린 살구색 드레스 자락이 소리 없이 창틀에 내려앉았다.

에키는 샤이의 잠옷을 갈아입히고 챙이 넓은 보닛을 꺼내 씌운 다음 안고 아래로 뛰어내렸다. 들키지 않고 아젠카 내성을 빠져나가는 일은 어렵지 않았다. 그녀는 소녀를 데리고 사람들이 가득한 거리로 향했다.

에키가 예상하지 못한 것은, 그녀를 계속 주시하고 있는 정보원들이 있다는 점이었다.

2황자가 방문한 이후 유리엔은 창천 내의 정보원들에게 에키네시아의 행적을 놓치지 말라고 명해 뒀었다. 그래서 사용인으로 위장하여 곳곳에 있는 정보원들이 언제나 그녀의 위치를 체크하고 있었다. 그녀의 행적이 사라져 버리자 정보원은 곧바로 유리엔에게 보고를 올렸다.

타국 귀빈들이 모인 만찬이 진행 중이었다. 그는 만찬 와중에 빠져나와 정보원의 보고를 확인했다.

"성녀의 저택에 들린 이후로 어디로 갔는지 알 수가 없다고?"

"예, 단장님."

"알았다. 제자리로 복귀해라. 그녀가 보이면 바로 보고하도록."

정보원이 물러났다. 유리엔은 만찬장으로 돌아가지 않고 망연히 서 있었다. 성검이 그에게 말을 걸었다.

[쓸데없는 걱정을 하고 있는 건 아니겠지? 별일 아닐 거다.]

"알고 있다."

에키네시아를 직접 보러 왔다고 떠들었던 2황자는 지금 만찬장 안에 있었다. 제국 측 귀족들도 전부 저 안에 있다. 호위로 따라온 근위 기사단은 다른 홀에서 식사 중이었다. 경비를 서는 건 창천의 준기사들이다.

무언가 일어날 기색은 없었다. 그리고 무슨 일이 벌어지든 에키네시아가 위험해질 확률은 극히 낮았다. 차라리 그녀가 누군가를 위험하게 만들 확률이 더 높을 것이다. 판단을 끝낸 유리엔은 만찬장의 문을 흘깃 보더니 근처를 지나가던 하인을 불러 세웠다.

"부단장에게, 급한 일이 생겨서 내가 잠시 자리를 비운다고 전해라."

"알겠습니다."

유리엔은 그대로 본부를 벗어나 성녀의 저택 쪽으로 향했다. 성검이 기가 막힌다는 듯 중얼거렸다.

[알고 있다면서? 지금 어딜 가는 거냐, 너는?]

"……."

유리엔은 할 말이 없어서 침묵했다. 머리로는 알고 있다. 그래도 불안해서 어쩔 수가 없었다. 지금 그녀를 확인해 봐야만 했다.

성녀의 저택에 도착한 그는 침실의 창문이 약간 열려 있는 걸 발견했다. 돌아올 때를 대비해 에키가 조금 열어 둔 것이었다. 유리엔은 창가로 뛰어올라 침실 안이 비어 있는 것을 보았다.

성녀가 사라졌다. 정보원의 말에 의하면 마지막으로 만난 건 에키 네시아였고, 성녀는 일찍 자겠다고 말했었다.

[같이 사라진 걸 보니 둘이 함께 나간 것 아니냐? 축제 구경이라도 간 모양이지. 걱정할 필요는 없을 것 같군.]

성검의 추측에 유리엔 역시 동의했다. 정보원에게 축제 거리에 그녀가 있는지 확인해 보라고 명하면 끝날 일이었다.

그럼에도 그는 결국 내성 밖으로 향했다. 성검은 그럴 줄 알았다는 듯 혀를 찼다.

가게마다 작은 태양처럼 둥근 등이 내걸렸다. 황금빛으로 꾸민 여인과 천사로 분장한 사람들이 탄 꽃마차가 나팔을 든 나팔수의 뒤를 따라 움직였다. 마차의 뒤로는 화려한 분장을 한 사람들과 등불과 깃발을 든 사람들이 뒤따랐다.

태양 축제의 야간 퍼레이드였다. 퍼레이드가 지속되는 내내 하늘에선 불꽃놀이가 벌어졌고 거리에선 각종 좌판이 벌어졌다.

샤이는 신이 나서 팔랑거리며 돌아다녔다. 어찌나 좋아하는지 눈이 별처럼 반짝이고 볼은 사과 같았다. 에키는 나오길 잘했다는 생각을 하며 샤이를 뒤따랐다.

좌판에 각종 군것질거리가 많았다. 샤이는 그것들을 구경하면서도 사 달라는 말을 하지 않았다. 그래서 에키는 아예 은화를 몇 개 쥐여 주었다. 은화를 받은 소녀는 어쩔 줄 모르고 망설였다. 그러곤 결심한 얼굴로 그것을 쥐고 아까부터 흘깃거리던 솜사탕 쪽으로 달려갔다.

곧 샤이는 제 얼굴보다 큰 솜사탕을 두 개 사 와 하나를 에키에게 내밀었다.

"언니, 이거……."

"응? 내 것도 사 온 거야?"

"네."

샤이가 발갛게 달아오른 얼굴로 웃었다. 그게 너무 사랑스러워서, 에키는 솜사탕을 별로 좋아하지 않는데도 기쁘게 그것을 받아 들었다.

그녀는 샤이와 나란히 솜사탕을 먹으며 퍼레이드를 따라 걸었다. 주위는 음악소리와 웃는 얼굴로 가득했다. 순전히 샤이를 위해 나온 길이었는데 그녀 역시 즐거워졌다.

'앞으로는 축제 같은 것도 자주 다녀 봐야겠다.'

아주 예전에는 거리를 돌아다니는 게 귀족답지 못하다고 생각해서 무시했고, 마검을 쥔 이후로는 시간 낭비라고 생각해서 즐겨 본 적이 없었다. 오늘만 해도 어제 다 봤다고 생각하며 나오지 않았으니까.

[이런 거 시시해. 재미없어!]

투덜거리는 마검을 자연스럽게 무시하며 에키는 기분 좋게 미소 지었다. 그 상태로 주위를 훑던 그녀의 시선이 한곳에 붙들렸다.

"언니?"

샤이가 걸음을 멈춘 그녀를 의아하게 올려다보았다. 에키는 샤이를 돌아보지 못하고 정면을 바라보았다. 왁자지껄한 사람들 너머로 훌쩍 큰 키의 남자가 후드를 눌러쓰고 그녀를 보고 있었다.
'유리엔?'
후드에 가려져 얼굴이 보이지 않았지만 직감적으로 깨달았다. 어떻게 알아볼 수 있는지 설명하기가 어려웠다. 그냥 보자마자 알았다.
그가 그녀를 향해 천천히 다가왔다. 달리기라도 했는지 어깨가 약간 들썩이다가, 그녀에게 다가오면서 차분하게 가라앉았다. 두어 걸음 떨어진 곳에 멈춘 그가 후드를 살짝 젖혔다. 은발 아래로 보이는 반듯한 얼굴과 새파란 눈동자. 역시 유리엔이었다.
"……로드."
에키가 멍하니 그를 불렀다.

유리엔은 아무리 많은 사람이 있어도 그녀를 금방 찾아낼 수 있었다. 정안을 뜨면 회색 그림자들 속에서 홀로 솟구치는 불길이 보이니까. 그녀 옆에는 새하얗고 작은 혼이 보였다. 악의라고는 전혀 모르는 듯한 순백의 혼. 성녀였다. 그들을 확인한 그는 정안을 감았다.
"로드, 왜 여기에 계신 건가요? 만찬이 진행 중인 것 아니었나요?"
에키의 물음에 그의 말문이 막혔다. 그대의 행적을 정보원이 놓쳐서, 괜찮을 거라는 걸 알면서도, 그대가 누구보다 강하다는 걸 알면서도, 그래도 혹여 무슨 일이 있을까 봐, 정신을 놓고 찾아다녔다.
라고 대답할 수는 없었다. 유리엔은 급히 변명을 만들어 냈다.
"성녀가…… 사라져서. 역시 그대와 함께 있었군."
[너, 점점 거짓말이 느는 것 아니냐? 악행까진 아니라지만 적당히 해라.]
그는 성검이 떨떠름하게 지적하는 걸 못 들은 척했다. 동시에 에키

역시 마검이 하는 말을 못 들은 척하고 있었다.

[저거 봐, 쟤 너 감시하는 거라니까! 그게 아니면 어떻게 바로 찾아와? 내 말 맞지? 그치? 감시하는 건 나쁜 거니까 죽, 으음, 으음, 난 말 안 했다? 말 안 해도 알지, 주인아?]

이렇게나 빨리 들키다니. 하녀가 뭔가 일이 있어서 샤이의 침실을 살펴보기라도 한 모양이었다. 에키는 그렇게 추측했다. 성녀가 실종되었다는 건 창천 기사단장이 직접 찾으러 나올 만한 큰 사건이었다. 설마 대신전이 발칵 뒤집혔나? 그 가정에 상당히 미안해졌다.

"죄송합니다, 로드. 바로 돌아가서 대신전에 사죄하겠습니다."

"언니 잘못 아니에요, 제가 축제를 구경하고 싶어 해서……!"

에키의 드레스 자락을 쥔 채 눈치를 보고 있던 샤이가 화들짝 놀라며 끼어들었다. 그녀가 당황하여 샤이를 말리려는데 유리엔이 급히 말했다.

"아니, 대신전은 성녀가 사라진 것을 모르고 있으니 신경 쓸 필요 없다. 추궁하려던 게 아니었다. 나는 그저 그대가……."

걱정되어서 온 것이니. 그는 헛나올 뻔한 말을 간신히 자제했다. 에키가 동그랗게 뜬 눈으로 그를 보고 있었다. 유리엔은 살짝 헛기침을 하고 말을 돌렸다.

"에키네시아. 성녀와 함께 축제를 보러 나온 건가?"

"네. 잠시 나갔다 오는 건 괜찮을 줄 알았는데, 제 생각이 짧았어요. 이제 돌아가겠습니다."

"그럴 필요 없다. 그대가, 아니, 그대와 성녀가 원하는 대로 해라."

"네?"

의외였다. 유리엔이라면 추궁하지는 않아도 당연히 지금 돌아가라고 할 줄 알았다.

"허락받지 않은 외출인데 괜찮은 건가요?"

에키가 반문하자 유리엔의 시선이 주눅 든 샤이에게 잠시 머물렀다. 그가 부드러운 어조로 말했다.

"그 정도로 융통성이 없진 않다. 대신전 역시 성녀를 보호하려는 거지, 가두려는 게 아니므로 이해할 것이다. 내가 책임질 테니 얼마든지 즐기도록."

그의 말에 샤이의 얼굴이 확 밝아졌다. 소녀는 고개를 꾸벅 숙이며 인사했다.

"가, 감사합니다!"

"당연한 일이니 감사하지 않아도 된다."

"배려 감사합니다, 로드. 퍼레이드가 끝나면 돌아갈 거니 그리 긴 시간은 아닐 거예요."

에키 역시 안도하고 웃으며 인사를 했다. 그녀가 웃자 유리엔이 반사적으로 따라 웃었다. 바보처럼 보일 만한 행동이었음에도 섬세한 외모와 분위기 탓에 고아하게만 보였다. 살짝 휘는 그의 입술에 저절로 눈길이 갔다. 거스러미 하나 없이 매끈하고 모양 좋은 입술이었다. 보고 있으니 기분이 이상해졌다.

'바라하 선배님은 진짜 왜 그런 질문을 해서는.'

에키는 얼른 눈을 돌리며 애꿎은 바라하를 탓했다.

그들이 지체하는 사이 퍼레이드가 저만큼 앞서 가 있었다. 그녀는 샤이의 손을 잡고 걸음을 옮기다가, 몇 걸음 가지 않아서 뒤를 돌아보았다. 유리엔이 따라오지 않았다.

그는 아까 그 자리에 가만히 서서 멀어지는 그들을 보고만 있었다.

에키네시아를 확인했고, 별일 아님도 확신했으니 이제 만찬장으로 돌아가야 했다. 가기 싫었다. 유리엔은 그녀가 보이지 않게 되면 돌아가야겠다고 생각하며 미적거렸다. 그때 에키가 고개를 기울이며 그를 불렀다.

"로드?"

"……?"

"……책임지신다는 거, 함께 계신다는 뜻 아니었나요?"

전혀 예상하지 못한 말이었다. 유리엔의 표정이 흐트러졌다. 입이 살짝 벌어지고 눈이 깜박였다. 에키는 그가 책임진다는 말이 당연히 같이 다니자는 것인 줄 알았다. 그의 표정을 보니 그런 뜻으로 한 말이 아니었던 듯해서 그녀의 낯이 화끈해졌다.

"아, 아니에요, 제가 착각했습니다. 바쁘실 텐데……."

넋이 나가 있던 유리엔이 그 말에 정신을 차렸다. 그는 황급히 그녀에게로 다가왔다. 그녀의 옆에 서서 퍼레이드 쪽으로 시선을 돌리며 대꾸했다.

"아니, 그 뜻으로 한 말이 맞다. 막 일정이 끝난 참이라 여유가 있어서."

[너, 만찬 와중에 뛰쳐나왔잖느냐. 안 돌아가도 되는 거냐?]

성검이 황당한 어조로 말했다. 그녀가 같이 있길 바라는 상황에서 유리엔에게 그런 건 알 바가 아니었다. 그 정도는 얼마든지 수습할 자신이 있었다.

"가지."

그는 나란히 선 그녀를 향해 녹을 듯이 웃고는 걸음을 옮겼다. 에키가 얼떨떨하게 그를 따라 걸었다. 그들을 보고 갸웃거리던 샤이는 금세 퍼레이드 쪽에 시선을 빼앗겼다. 퍼레이드의 꼬리에 따라붙는 아이들에게 천사 분장을 한 여자가 화관이나 꽃목걸이를 씌워 주고 있었다.

에키는 들썩이는 소녀의 손을 놓아주었다. 샤이가 허락을 맡듯 그녀를 돌아보더니 보닛 챙을 꼭 쥔 채 아이들 무리에 섞여 들어갔다. 에키와 유리엔은 소녀가 꽃목걸이를 받아 드는 걸 지켜보았다.

시선은 그쪽인데 온 신경은 옆에 있는 사람에게 쏠렸다. 퍼레이드의 나팔과 북이 내는 소리가 심장박동처럼 들렸다.

문득 유리엔이 팔을 들었다. 그는 에키의 어깨에 손을 올리고 안쪽으로 약간 당겼다. 무의식적인 행동이었다. 지나가는 남자와 그녀의 어깨가 스치는 게 거슬렸다.

감각이 기묘할 정도로 예민해졌기에 에키는 그가 움직이는 것을 낱낱이 느끼고 있었다. 피할 수 있었지만 피하지 않았다. 손이 닿고, 그에게 가까워졌다. 무례하지 않게 살짝 얹은 손이었으며 가벼운 당김이었다. 품에 안긴 것도 아니었다. 그녀의 어깨가 그의 가슴팍에 약간 닿았을 뿐이다. 손은 금세 떨어졌다.

그녀는 그것을 의식해 버렸다.

어깨에 탄탄한 감촉이 닿으며 은은하게 기분 좋은 체향이 쏟아졌다. 훅 가까워진 거리. 그 순간 지금까지 느껴 보지 못했던 욕심이 피어올랐다. 이 품에 기대어 꽉 안겨 보고 싶다. 그를 만져 보고 싶다. 좀 더 닿고 싶…….

"……!"

에키는 유리엔을 거칠게 밀쳐 내고 한 걸음 물러섰다. 가슴 안쪽이 쿵쿵거리고 목덜미가 홧홧했다. 마검이 이상하다는 듯 그녀를 불렀다.

[뭐야, 너 왜 그래? 쟤가 너 공격하려 한 거야? 난 못 느꼈는데?]

유리엔은 밀쳐진 그대로 굳어서는 그녀를 보았다. 그의 눈동자가 흔들렸다. 갑작스런 행동을 변명하려 입을 열었던 에키는 말문이 막혀 버렸다. 머리가 하얗게 비었다.

'왜 밀쳐 낸 거지, 난?'

사실 답을 알고 있었다. 차마 말할 수 없는 답이었다. 가까워지니까 만지고 싶어져서 밀쳐 냈다고 말할 수는 없지 않은가. 고작 어깨가 스쳤다고 더 닿고 싶어지다니 스스로가 제정신이 아닌 것처럼 느껴졌다. 유리엔을 상대로, 저 고결한 사람을 상대로 그런 마음을 품었다는 게 어쩐지 죄스럽기까지 했다.

먼저 정신을 차린 건 유리엔이었다. 그가 목소리를 가다듬고 사과했다.

"놀라게 했군. 미안하다. 그대가 부딪힐 것 같아 무심코······."

"아니에요, 놀란 게 아니라, 아니, 놀라긴 했는데, 그러니까······."

에키는 횡설수설 중얼거렸다. 온 얼굴이 빨개진 것을 느낄 수 있었다. 어떻게 해야 할지 모르겠다. 이런 감정도, 이런 식으로 남자를 의식해 본 것도 처음이라서.

연회나 무도회에서 얄팍한 추파를 받아친다거나, 저질스럽게 접근하는 놈들을 두 번 다시 깔보지 못하게 밟아 주는 건 해 보았다. 그러나 그녀 쪽에서 상대를 욕심내어 본 적은 없었다.

'나, 정말로 유리엔을 좋아하는구나. ······남자로서도.'

그에 대한 제 감정이 무슨 의미인지를 새삼 다시 깨달았다. 좋아하는 것과 욕망하는 것 사이에는 상당한 간극이 있었다. 그녀는 처음으로 그것을 넘어 보았다. 증오에 대한 두려움이 옅어지자 솔직한 마음이 고개를 치켜들었다. 어지러운 열기가 온몸을 돌아다녔다.

꽃목걸이를 건 샤이가 종종거리며 돌아왔다. 소녀는 그들 사이에 흐르는 어색한 기류를 느꼈다.

"언니?"

"……아무것도 아니야, 샤이. 가자."

샤이가 구세주처럼 보였다. 에키는 얼른 샤이의 손을 잡고 걸음을 옮겼다. 잠시 멈춰 있던 유리엔이 느리게 뒤따라왔다.

그는 심각하게 제 행동을 반성했다. 방심하면 자꾸만 그녀에게 손을 대게 된다. 갑작스레 그녀를 잡아당겼으니 그녀가 화를 낼 만도 했다.

'내 얼굴을 마음에 들어 한다고 해서, 싫어하지 않는다고 해서 그녀가 나를 좋아한다는 뜻이 되지는 않는다.'

제 감정이나 욕망을 내키는 대로 쏟아 낼 수는 없었다. 그녀의 허락도 없이 그러는 것은 옳지 않았다.

에키네시아는 자신을 납득시켜 달라고 했고, 그는 나름대로 설명을 했다. 진실을 전부 말할 수는 없었으나 거짓은 하나도 말하지 않았다. 하지만 그 설명에 그녀가 납득했는지는 알 수 없었다. 그녀는 아직 아무 대답도 하지 않았다.

그때 사택에서 어쩌면 대답을 들을 수 있었을지도 모르겠지만, 이미 지나간 일이었다. 그는 기다려야 했다.

노크 소리에 에키네시아가 입을 다물었을 때를 떠올리자 바라하를 어떻게든 치워 버리고 싶어졌다. 장기 임무로 오지에 보내 버릴까. 순간적으로 든 충동에 그는 성검의 문양이 있는 오른 손바닥을 내려다보며 마음을 다스렸다.

그러느라 유리엔은 에키로부터 두세 걸음 정도로 떨어져서 뒤따르고 있었다. 동행이라 보기 어려울 정도의 거리였다. 샤이가 그것을 흘깃 돌아보더니 에키를 향해 물었다.

"언니는 왜 단장님이랑 손을 안 잡아요?"

"……응?"

"약혼할 사이잖아요, 두 분."

유리엔이 일순 비틀거렸다. 에키는 얼어붙었다가, 간신히 말을 꺼냈다.

"누가 그래, 샤이?"

"아론 신관님이, 단장님이 곧 약혼하실 거라고 했어요."

샤이는 약혼 상대가 에키가 아니라고는 전혀 생각하지 못하는 눈치였다. 심하게 당황하니 되레 차분해졌다. 에키는 침착하게 되물었다.

"단장님이 약혼하실 분은 내가 아니야. 왜 그렇게 생각한 거니?"

"언니가 아니라고요?"

샤이의 눈이 휘둥그레졌다. 소녀는 이상하다는 얼굴로 유리엔을 돌아보았다. 유리엔은 낯이 새하얘져서는 입을 다물고 있었다.

"그럼 왜 단장님은 언니를 볼 때만 웃어요?"

"……."

[네가 얼마나 티를 냈으면 어린애도 눈치채는 게냐. 이래 가지고선 위장 약혼도 다 들키는 것 아니냐?]

성검이 한탄했고 유리엔이 멈춰 섰다. 그는 허둥거리며 다른 곳을 보았다. 샤이는 이번에는 어쩔 줄 모르고 있는 에키를 향해 말을 던졌다.

"언니도 단장님 보면서 빨개졌잖아요."

"……."

[이 꼬맹이는 지금 뭔 소릴 하는 거야? 빨개지는 건 화났다는 뜻이잖아. 방금도 쟤가 너 건드려서 화낸 건데, 보고도 모르다니 바보인가 봐.]

마검이 종알거렸고 에키는 창백해져서 유리엔을 돌아보았다. 다행히 유리엔은 아까보다 더 멀어져서 다른 곳을 보고 있었다. 그녀는 급히 변명했다.

"그, 그건, 그러니까, 그런 게 아니라, 음, 창피해서 그런 거야."

"창피해요? 뭐가요?"

회색 눈동자가 말갛게 그녀를 올려다보았다. 에키는 급하게 주위를 살폈다. 마침 퍼레이드가 광장 근처에 도달해서, 광장에서 마법사들이 커다랗게 불꽃을 쏘아 올리고 있었다. 그녀는 얼른 샤이를 그쪽으로 돌려세웠다.

"샤이, 저거 봐!"

밤하늘이 화려한 빛으로 반짝였다. 샤이는 순식간에 불꽃놀이에 시선을 빼앗겼다. 에키는 더 자세히 보려고 폴짝거리는 소녀를 안아 올려 근처에 있던 조각상의 받침대 위에 앉혀 주었다. 그리고 나서 겨우 안도의 한숨을 내쉬었다.

불꽃놀이가 마무리되며 야간 퍼레이드가 끝났다.

에키는 유리엔과 함께 샤이를 저택으로 데려다 주었다. 소녀가 잠든 침실의 창문을 닫고 돌아서자 어둑한 정원에 그와 그녀만이 남았다.

유리엔은 말없이 대신전 바깥으로 향했다. 에키 역시 입을 다물고 그와 나란히 걸었다. 아직 완연한 여름이 아니어서 선선한 밤바람이 피부에 와 닿았다. 희게 떠오른 달이 지상에 흐릿한 빛을 떨궜다.

그 흐린 빛만으로도 그녀에게는 너무 밝았다. 옆에서 걷고 있는 유리엔의 모습이 지나치게 뚜렷하게 보였다.

그녀는 문득 그가 자신과 비슷한 보폭으로 걷고 있다는 것을 알아차렸다. 그녀보다 큰 키인 만큼 자연스럽게 걸으면 훨씬 보폭이 클 텐데, 그는 처음부터 보폭을 그녀에게 맞추고 있었다. 담담한 얼굴을 하고서 그녀에게 집중하고 있다는 뜻이다. 아무렇지도 않게 그녀의 비밀을 모른 척하듯이.

에키는 바로 옆에 있는 그를 올려다보았다. 달빛 속에서 올려다보는 그는 비현실적일 정도로 아름답게 보였다. 순은으로 정교하게 빚어낸 세공품처럼.

이렇게 보면 차갑게만 보이는데, 그녀를 대할 때는 늘 따뜻하고 부드럽다. 가슴 안쪽에서 심장이 굴러다니는 것 같아 시선을 약간 내렸다. 단정하게 채워진 제복의 목깃이 눈에 들어왔다. 여전히 그 아래에 붕대를 감고 있을까.

"로드."

작은 부름에 유리엔이 기다렸다는 듯 그녀를 돌아보았다. 그녀에게 와 닿는 시선이 너무 물러서 조금 걱정될 정도였다. 무르고 순한 사람이라서 그녀가 만들어 낸 악몽을 고스란히 기억하면서도 그녀를 사랑할 수 있는 걸까. 이렇게 물러서야 손해만 보고 사는 것 아닐까.

랑기오사가 알았다간 있지도 않은 목뒤를 잡을 만한 생각을 하면서, 에키는 망설이다 입을 열었다.

"목에 입었던 부상은 다 나으셨나요?"

"……순조롭게 낫는 중이다. 신경 쓰지 마라."

실은 여전히 손자국 모양의 시커먼 멍이 남아 있었다. 워낙 심한 멍

9막. 좋아하는 것과 부정할 수 없는 것(2) | 39

이라 꾸준히 연고를 발라도 잘 낫지 않았다. 그래도 마스터인 그는 보통 사람보다는 훨씬 빠르게 나을 것이다.

'다음 주쯤이면 붕대를 감고 다닐 필요가 없겠지.'

그렇게 판단하면서 묘한 아쉬움이 들었다. 그녀가 처음으로 그에게 남긴 흔적이 사라지는 느낌이라서. 스스로 생각해도 비정상이라 유리엔은 애써 다른 생각을 했다.

이를테면, 그를 올려다보는 에키네시아의 모습이 지나치게 유혹적이라는 생각을. 밤이라서인지 낮에 볼 때와는 묘하게 분위기가 달랐다. 좀 더 희고, 여리고, 그리고…… 이쪽도 별로 정상적인 생각은 아니었다.

어쩌다 이렇게 되었는지 모르겠다. 평생 금욕적으로 살아온 부작용이 한 번에 몰려오는 걸지도 몰랐다. 이대로 보고 있다간 아까처럼 또 손을 댈 것 같아서 유리엔은 억지로 눈을 떼어 앞으로 향했다.

대신전에서 기사단 쪽으로 이어지는 많은 길들 중에 굳이 이 길을 고른 건 한적하고 빙 돌아가는 길이었기 때문이다. 일부러 긴 길을 골랐다. 유리엔보다 창천에 익숙하지 못한 에키네시아는 눈치채지 못할 것이다. 길게 돌아가고 싶었다. 그저 나란히 걷는 것뿐이었지만 그냥 좋았다.

발걸음 소리 외에는 고요했다. 먼 곳에서 밤을 새우며 달리는 소란한 축제의 소음이 들렸다. 에키네시아가 그 고요를 깼다.

"로드, 부상을 보여 주실 수 있을까요?"

유리엔은 확연히 당황해서 걸음을 멈추었다. 에키는 그를 따라 멈춰 서서 떨리는 손을 드레스 자락에 감추고 다시 요구했다.

"목에 있는 부상을, 제게 보여 주셨으면 좋겠어요."

유리엔을 향하는 그녀의 눈동자가 선명했다. 복잡한 감정이 뚝뚝 묻어나는데도 그 눈은 흔들림 없이 그를 담고 있었다. 그는 숨을 멈추었다. 그녀가 재차 묻는다.

"보여 주실 수 있나요?"

눈치를 챈 건가? 역시 붕대를 감추지 못한 게 실수였다. 어디까지 눈치챘을까. 마검이 무언가 알아차리고 그녀에게 알려 주었을까.

이것을 보여 주면, 그녀가 마검의 주인임을 그가 알고 있다는 것을 알려 주면, 그들의 관계는 어떻게 될까. 그녀가 마검을 쥐게 된 원인이 그였음을 밝히게 되는 건가.

그것을 생각하는 순간, 유리엔은 마스터임을 들켰을 때 그녀가 공포에 젖어 달아나고 싶어 했던 심정을 거의 완벽하게 이해했다. 달아나고 싶어졌다. 알리고 싶지 않았다. 그녀가 그에게 마음을 줄지도 모른다는 가능성이 망가질까 봐.

이제 그는 그녀를 포기할 수 없게 되어 버렸는데, 이 상태에서 그녀가 그를 증오하게 되면 자신이 어떻게 될지 상상이 가지 않아서. 그녀를 위해 숨기긴 무슨. 처음에는 그랬을지 모르나, 이젠 그가 겁이 나서 숨기고 싶어졌을 뿐이다. 유리엔은 제 추한 속내를 비웃었다.

그가 무의식적으로 목 근처를 가렸다.

"……그건 좀, 힘들겠군. 보기 좋은 것도 아니니."

"큰 부상이 아니라고 하셨잖아요. 역시 많이 다치셨던 건가요?"

"아니, 별것 아니다. 그저……."

그가 눈을 내리깔았다. 에키는 그의 긴 속눈썹이 긴장으로 파르르 떠는 것을 지켜보았다. 무언가 두려워하는 느낌이었다. 관심을 가지고 보아서 그런지 그의 표정이 점점 잘 읽혔다. 어쩌면 그가 그녀 앞에서 갈수록 더 무방비해져서 그런 것일지도 모르겠다.

머뭇거리던 그가 손끝으로 목깃을 추어올리며 겨우 뒷말을 내어놓았다.

"그대가 보기에 흉할 테니까."

"상처를 보는 건 익숙해요. 그러니 보여 주세요, 로드."

그녀는 본인이 귀족 아가씨답게 차려입고 다닌다고 해서, 귀하게만 자란 아가씨들처럼 상처를 보고 놀라지는 않는다는 뜻으로 한 말이었다.

그러나 유리엔은 그 행간에서 다른 것을 읽어 냈다. 당연히 그녀는 상처에 익숙했다. 보는 것에도, 상처를 입는 것에도. 유리엔 자신보다도 그녀가 더 부상에 익숙할 것이다. 별로 마음에 들지 않는 깨달음이었다. 앞으로는 조금도 다칠 일이 없었으면 좋겠다.

그는 목깃을 쥔 채 약간 물러났다.

"보여 주고 싶지가 않다. 미안하군."

"……아뇨, 제가 무례했습니다. 죄송해요, 로드."

에키는 유리엔이 절대 스스로는 그의 상처를 보여 주지 않으리라는 걸 알아차렸다. 그녀가 포기한 듯 보이자 유리엔이 목깃을 쥔 손을 놓으며 가만 고개를 저었다.

"사과할 일은 아니다, 에키네시아."

그들은 다시 걷기 시작했다.

세월을 먹은 돌길은 반들반들했고 양옆에 심어진 이팝나무는 하얀 꽃들을 눈이 내린 것처럼 이고 있었다. 은은한 향이 사람 대신 길을 채웠다. 그와 그녀 말고는 아무도 없었다.

기사단이 가까워졌다. 길이 끝나는 곳에 높은 울타리와 열려 있는 철문이 있었다. 문 너머로 가면 그는 왼쪽, 기사단 숙소 쪽으로, 그녀는 오른쪽의 사관학교 기숙사 쪽으로 갈라져야 했다.

그의 걸음이 느려졌다. 이 찰나가 조금이라도 더 길어지길 바라는 것처럼. 에키는 그것을 알아채고 고개를 들었다. 반듯하고 담담한 옆얼굴이 눈에 들어왔다.

"로드."

즉시 반응하며 그녀를 응시하는 예쁜 하늘색 눈동자. 기나긴 악몽 속에서 유일하게 그녀를 기다려 주었던 바로 그 눈.

'내게 그것이 얼마나 큰 구원이었는지, 당신은 알까.'

울컥 무언가가 솟구친다. 꽃향기가 코끝에 맴돌았다.

"로드, 저는."

나는 당신의 검을 쥘 수조차 없는 악마여서 당신을 사랑할 자격이 없는데. 시간을 되돌렸다고 해도 그 모든 일이 완전히 없었던 일이 되는 것도 아닌데. 당신이 그 죄악을 다 끌어안고도 나를 좋아해 주는 것만 같아서.

확신할 수는 없다. 어쩌면 그때 살의는 넘치지 않았고, 무언가 다른 이유로 쌓여 있던 살의의 일부가 증발해 버렸을 수도 있다. 말도 안 되는 소리지만 그쪽이 차라리 일리가 있을지도 모른다. 그는 여전히 그녀가 누군지 알지 못할 수도 있다. 전부 그녀의 착각일 수도 있다.

"저는, 그러니까……."

그럼에도 마음이 더 커져 버려서 주체할 수가 없었다. 그가 내보인 감정이 깊어서, 그게 그녀의 안으로 파고들어서, 그녀의 두려움을 녹여 버렸다. 억누르던 공포가 옅어지자 마음이 자꾸만 부풀어 올랐다. 욕심이 난다.

"……당신을."

결코 꺼낼 수 없으리라 여겼던 말들이 목 끝까지 차올라 넘실거렸다. 그녀는 그중에서 딱 하나의 말을 끄집어냈다. 그녀가 선택한 말이 아니었다. 저절로 튀어나온 말이었다.

"좋아해요."

입 밖에 꺼낸 말이 델 듯이 뜨겁게 느껴졌다. 말을 만들어 낸 혀부터 얼굴로, 그리고 전신으로 열기가 퍼져 나갔다. 에키는 유리엔을 똑바로 바라보지 못하고 시선을 늘어뜨렸다.

"전에, 제가 당신에게 무슨 의미인지 설명해 주셨잖아요. 대답을 드리겠다고 했었죠. 이게 제 대답이에요, 로드."

유리엔은 말이 없었다. 그녀는 그의 얼굴 대신 가슴팍에 눈을 둔 채 덧붙였다.

"당신을 좋아하고 있었어요. 사실은, 당신이 저에게 고백하기 한참 전부터."

아주 예전부터. 정말 많이. 당신이 생각하는 것보다 더 깊게.

그녀는 드레스 자락을 쥐고 살짝 무릎을 굽혔다.

"그럼, 편안한 밤 되세요, 로드."

에키네시아는 새빨개진 얼굴로 고개를 숙인 채 완벽하게 인사를 하고는, 그대로 돌아서서 철문을 통과했다. 연분홍빛 머리카락과 살구색 드레스 자락이 도망치듯 밤 속으로 멀어졌다. 그녀의 모습이 완전히 보이지 않게 될 때까지 유리엔은 그 자리에 멈춰 서 있었다. 눈도 깜박이지 않고, 숨도 쉬지 않고, 그대로 시간이 정지하기라도 한 것처럼 굳은 상태로.

[주인?]

성검이 조심스럽게 그를 불렀다. 그에게서는 아무 반응이 없었다. 성검은 잠시 기다렸다. 폭죽이 터지는 소리가 아주 먼 곳에서 들렸다. 축제를 즐기는 사람들이 쏘아 올린 불꽃이 먼 하늘을 수놓았다.

[정신 차려라. 주인, 주인?]

기다리다 못한 성검이 다시 불렀다. 유리엔은 그 부름을 듣고도 몇 초 후에야 움직였다. 비틀비틀 움직이던 그는 제대로 걷지 못하고 가로수에 부딪혔다. 이팝나무 꽃이 머리 위로 우수수 쏟아졌다. 그는 멍하니 눈을 깜박이며 뚝뚝 떨어지는 꽃잎들을 맞고 있다가, 흙바닥에 그냥 주저앉았다.

[……괜찮나?]

"괜, 찮다."

[부딪힌 곳 말고. 네 상태 말이다.]

"괜찮은, 것 같다."

[전혀 안 괜찮아 보인다만.]

"괜찮……."

유리엔은 말을 하다말고 입을 틀어막았다. 틀어막은 입에서 말인지 신음인지 분간도 가지 않는 웅얼거림이 새어 나왔다.

"꿈……."

[꿈 아니다.]

용케 그것을 알아들은 성검이 그사이 100살쯤 더 먹은 듯한 목소리로 대꾸해 주었다. 유리엔은 그 말을 제대로 알아듣지 못했다. 그가 망연히 중얼거렸다.

"어디서부터 꿈이지?"

[꿈 아니라고 했다.]

"뭐가 꿈이 아니라는 건가?"

[전부 다.]

"전부 다 꿈이란 뜻인가."

[……]

성검은 제 주인이 완전히 맛이 갔다고 판단하고 입을 다물었다. 놔두면 정신이 돌아오겠지. 애초에 랑기오사는 마검의 주인이 좋아한다는 말을 할 때부터 자신의 주인이 고장 나는 걸 예상했다.

성검까지 침묵하자 유리엔은 그 자리에 그대로 앉아서 아무것도 하지 않았다. 밤이 끝나고 아침 해가 밝아 올 무렵에서야 그는 비척거리며 일어나 숙소로 향했다.

욕실에서 찬물을 그대로 머리 위에 쏟아부었다. 소름이 돋으며 정신이 조금 들었다. 아까부터 계속 머릿속에서 맴돌던 것이 뚜렷해졌다. 에키네시아가 그에게 했던 말들이.

"좋아해요."

"당신을 좋아하고 있었어요. 사실은, 당신이 저에게 고백하기 한참 전부터."

그 말들이 달콤한 노랫소리처럼 귓가에 달라붙었다. 귓불과 목덜미에서부터 벌건 열기가 전신으로 퍼져 나갔다.

아무래도 꿈이 아닌 것 같다.

기숙사에 돌아온 에키는 그대로 침대에 엎드렸다. 차가운 시트에

달아오른 얼굴을 묻자 약간 진정이 되는 듯했다. 앨리스가 오늘도 가족과 함께 여관에서 자기로 해서 정말 다행이었다. 티를 내지 않는 게 불가능했을 테니까. 그녀는 힘없이 중얼거렸다.

"말해 버렸어……."

그에게 말해 버렸다. 충동이었으나 어느 정도는 예견된 결과였다. 계속, 계속 그에 대해 생각하고 있었으니까. 자꾸만 속에서 하지 못한 말들이 덜걱거리고 있었으므로.

그의 마음에 대답했다. 그녀의 마음을 드러냈다. 그럼, 이제 어떻게 되는 걸까. 부끄러워서 그의 반응도 제대로 보지 못하고 도망쳤는데.

'기뻐했을까?'

어떻게 반응했을까. 보지 못한 게 문득 아쉬워졌다. 에키는 눈 앞으로 흘러내린 제 머리카락을 손가락으로 감았다 풀었다 하며 보지 못한 그의 표정을 상상해 보았다. 웃었을까. 당황했을까. 뺨이 다시 달아오르는 게 느껴졌다.

[주인아, 너 걔한테 좋아한다고 했잖아? 걔도 너 좋아한다고 했었고. 그럼 너 이제 걔랑 결혼해? 걔랑 애기 낳는 거야? 언제 낳을 건데?]

마검이 천진하게 물었다. 슬금슬금 피어오르던 홍조가 그 말에 온몸을 화끈하게 물들였다. 에키는 폭발할 것같이 빨개져서 오른 손바닥을 내려다보다가, 마검을 뽑아냈다.

[어? 왜? 뭐 하게? 누구 죽이러 가?]

그녀는 마검을 침대에 고이 내려놓고 손에 마나를 모았다. 보랏빛이 일렁이자 바르데르기오사가 기겁했다.

[으악, 뭐야! 왜! 내가 뭘 했다고! 악! 악! 따가워! 잘못했어! 뭔지 몰라도 잘못했어!]

9막. 좋아하는 것과 부정할 수 없는 것(2) | 47

에키는 마검을 몇 대 쥐어박은 후 징징거리는 녀석을 침대 구석에 팽개쳐 놓았다. 홀로 있는 이럴 때만이라도 잠깐 마검과 떨어져 있고 싶었다.

문양 안에 있을 경우 바르데르기오사는 그녀와 감각을 공유하지만, 이렇게 뽑아서 손에서 떨어뜨려 두면 감각을 분리할 수 있었다. 물론 분리한다고 해도 손바닥의 문양을 통해 연결되어 있으므로 기오사 오 너는 언제든 제 기오사의 위치를 감지할 수 있었다. 기오사와 연결이 깊어질 경우 분리해 둔 기오사를 문양으로 불러들이는 것도 가능했다. 기오사의 자아를 각성시키기까지 한 에키에게는 그것도 쉬운 일이었다.

옷을 갈아입기 위해 드레스를 정리해 넣다 보니 그가 준 드레스가 걸려 있는 게 보였다. 그녀는 가만히 섬세한 레이스를 쓸어 보았다.

'이걸 입고 그와 춤추진 못하겠지.'

내일 연회에서 유리엔은 디아상트 공녀와 함께해야 하므로, 그와 춤추는 건 불가능했다.

'그러고 보니…… 그에게 답해 줬다고 해서 뭔가 달라질 일은 없겠구나. 달라져서도 안 되고. 위장 약혼이 끝날 때까지는 그저 스콰이어와 로드일 뿐이어야 하니까.'

로잘린의 사정을 직접 들었으니 그와 공녀 사이를 의심하진 않는다. 그 약혼이 가짜인 것도 잘 알고 있다. 애초에 유리엔의 마음을 받아들이고 그녀의 마음을 드러낼 일이 생길 줄은 짐작도 하지 못했다. 그럼에도 이렇게 되고 보니, 그들 사이의 관계가 당분간 달라지지 않을 거라는 점이 서운하게 느껴졌다. 한번 흘러나온 욕심은 되돌리는 게 불가능했다.

'그가 약혼식을 하는 것도 보게 되겠네.'

그리 보고 싶지 않은 광경이었다. 그가 다른 사람의 곁에 있는 모습은.

가슴 안쪽이 일렁거리다 가라앉았다. 위장이고, 어쩔 수 없는 일이며, 로잘린의 사정까지 알면서도, 그래도 감정은 마음대로 되지 않았다.

드레스를 만지작거리던 에키는 불현듯 내일 연회의 파트너에 대해 떠올렸다. 자신이 그렇듯이, 유리엔 역시 그녀 곁에 바라하가 서 있는 것을 싫어할까?

그는 사교계를 잘 알 테니 이런 자리에서 파트너가 그렇게까지 큰 의미가 아니라는 것도 잘 알 터다. 그에게 대답을 했으니 바라하와 그녀 사이를 착각할 리도 없고. 게다가 그녀는 그가 보낸 드레스를 입고 갈 예정이었다. 선물로 받은 검을 차고 다니는 것과 선물로 받은 드레스를 입고 연회에 참석한다는 건 꽤나 다른 의미였다.

'그가 보낸 게 아니었다면 받지도 않았을 테니까.'

그 드레스가 유리엔이 보낸 것이라는 사실을 아는 사람은 같이 상자를 열어 본 앨리스를 제외하면 유리엔뿐이니, 그만이 알아챌 것이다. 무엇보다도 그 고결하고 순한 남자가 누군가를 질투하는 것 자체가 잘 상상이 가지 않았다. 질투하는 유리엔이라니.

'바라하 선배도 별 뜻 없는 파트너라고, 오해하지 말라고까지 했으니까……'

괜찮겠지. 그녀는 그렇게 판단하고 옷장의 문을 닫았다.

[쳇. 쳇. 이번엔 죽이자는 말도 안 했는데. 치이.]

"시끄러워, 발. 잠이나 자."

잠옷으로 갈아입은 그녀는 던져 놓았던 마검에 손을 뻗었다. 인간의 악의로 만들어진 새까만 손잡이에 손이 닿기 직전, 그녀는 멈칫했다. 마검 바르데르기오사. 그녀를 지옥으로 떨어뜨린 검. 그를 죽인 검. 회귀 이전의 기억을 유지하기 위해, 버릴 수 없는 검.

'유리엔은 마검에 대해서 정말 알고 있는 걸까? 그에게 말해도 될까?'

겁이 난다. 만에 하나라도, 전부 그녀의 착각일 뿐 유리엔이 그녀가 마검의 주인임을 모르고 있다면 말하는 순간 모든 게 어그러질지도 모른다.

분명히 자신은 그가 알고 있는 것 같아서, 모든 것을 알고도 그녀를 용납해 줄 수 있을 것 같아서, 그래서 그에게 마음을 드러낼 수 있게 되었다. 그런데 정작 고백하고 나니 도로 두려워졌다. 얻었다가 다시 잃으면 견디지 못할 테니까. 아이러니했다.

유리엔의 목에 있는 붕대가 떠올랐다. 그 아래에 있는 것을 보고 싶었다. 그게 마검에 의한 상처라면, 그가 알고 있음을 확신할 수 있으므로. 정신을 잃었을 때 대체 무슨 일이 있었는지도.

'정말로 내가 그를 다치게 만든 거라면……'

에키는 어지러운 눈으로 마검을 바라보다가 그것을 집어넣었다.

6월 22일, 축제의 마지막 날이 밝았다.

낮에는 대신전에서 제례가 있었다. 새 태양을 맞이하며 신에게 올리는 제례로, 일반인들에게도 공개된 의식이었다.

제례의 중간에 거대한 그릇에 물을 부어 놓고 태양을 뜻하는 금가

루를 뿌려 넣으며 축복하는 과정이 있었다. 축복한 물은 제례에 참석했던 사람들이 이마와 양 손등에 적시고 돌아가게 된다. 본래는 수석 신관 중에서 하나가 하는 일이지만, 이번에는 샤이가 성녀로서 그 역할을 맡게 되었다.

축복 이후 사람들이 축복의 물을 적실 때 무리하지 않는 선에서 환자를 치료하게 되어 있었다. 사열식은 기오사 오너로서였으니, 성녀로서는 처음 행하는 일이었다.

성녀를 보기 위해 수많은 사람이 몰렸다. 샤이는 잔뜩 긴장한 기색이었지만 훌륭히 제 역할을 해냈다. 엘기오사를 꽂아 넣는 성녀의 치료 과정을 처음 본 사람들은 당황했지만, 모든 상처가 말끔히 낫는 기적을 보자 금세 찬양이 쏟아졌다.

"좀 더 크고, 연습을 해서 많은 사람을 치료할 수 있게 되면, 순례라는 것도 떠나 보고 싶어요."

제례 후에 만난 샤이는 에키에게 벅차오른 얼굴로 그렇게 말했다.

치유검의 주인들은 모두 예외 없이 순례를 다녔다고 한다. 엘기오사의 오너가 될 정도로 선한 자들에게 치유라는 선한 힘이 주어지면 쓰고 싶어서 좀이 쑤시는 상태가 된다더니, 샤이 역시 마찬가지인 듯했다.

내버려 두면 끝없이 베풀기만 할 테니 항상 곁에서 보조하고 지키며 적절히 자제하게 할 사람이 필요했다. 에키는 샤이 뒤에 시립해 있는 수석 신관 아론을 흘깃 보았다. 아론은 걱정할 필요 없다는 듯 엷게 웃었다.

아론이 성녀의 지킴이가 되고, 창천이 성녀의 방패가 될 것이다. 죽을 운명이었던 소녀는 이제 수많은 사람을 살리게 된다. 에키는 묘하게 뭉클해져서 샤이를 안아 주었다.

"샤이, 언제든 내 도움이 필요하면 부르렴. 비밀이지만, 언니는 정말 정말 강하거든."

에키가 귓가에 속삭이자 샤이는 눈을 휘며 웃었다.

"언니도 언제든 아프면 저를 부르셔야 돼요. 저도 언니를 도울 테니까요."

란셀리드는 제례를 본 후에 로아즈 영지로 돌아갈 예정이었다. 에키는 동생을 배웅하기 위해 역까지 나가기로 했다. 니콜은 아젠카 내성의 성문까지만 따라 나왔다. 그녀는 몹시 피곤한 안색이었다. 란셀리드가 인사를 하다 말고 혀를 차며 말했다.

"니콜 누나, 눈 밑에 기미가 굉장한데."

"호위란 건 원래 남들이 놀 때가 제일 바빠. 외부인이 많아지니까."

"누나도 건강 좀 챙겨 가면서 해."

잔소리를 하는 소년의 머리를 니콜이 마구잡이로 쓰다듬었다.

"다 컸네, 란셀. 걱정도 할 줄 알고. 에키도 철들더니 요즘 둘 다 철드는 시기니?"

"애 취급 하지 마!"

란셀리드가 툴툴거리며 니콜을 밀어냈다. 니콜은 웃으며 손을 흔들었다.

니콜과 인사를 나눈 후 마차를 타고 역으로 향했다. 가는 내내 소년은 앳된 얼굴에 제법 심각한 표정을 띤 채로 자꾸만 에키를 흘깃거렸다. 참다못한 에키가 결국 입을 열었다.

"란셀, 할 말이 있으면 지금 해."

"……누님, 말도 안 되는 소리인 거 알면서도 혹시나 해서 묻는 건데요……."

"뭔데?"

"단장님이랑 누님 무슨 사이예요?"

[애기 낳을 사이……. 아! 아! 아파! 이씨, 맞는 말이잖아!]

에키는 오른손을 꽉 움켜쥔 상태로 최선을 다해 태연한 표정을 만들어냈다.

"서약을 한 스콰이어와 로드 사이지. 그건 왜?"

"……그럼 다른 거. 누님, 뭐 숨기는 거 있죠? 위험한 비밀 임무 같은 거라도 하고 있어요?"

"그런 거 없어. 난데없이 왜 이래? 누가 뭐라고 했어?"

란셀리드는 미묘한 낯으로 누나를 바라보았다. 혼자서 돌아다니는 동안 이것저것 많이 주워들었다. 니콜에게도 약간 이야기를 들었다.

사관학교의 '레이디'이자 창천 기사단장의 스콰이어인 에키네시아 로아즈는 불과 몇 달 만에 유명인이 되어 있었다. 천재, 괴물, 괴짜, 그리고 그 유리엔의 스콰이어답다는 평을 듣고 있는 행적들. 입학 첫날의 결투부터, 신입생 순위전, 마물 토벌, 사관학교 클럽, 성녀 구출에 공녀 암살을 막아 낸 이야기까지.

그 이야기 속의 에키네시아는 란셀리드가 알던 그녀와는 꽤 달랐다. 소년이 기억하고 있던 누나는 까탈스럽고, 게으르고, 딱히 특기랄 게 없고 취미는 장신구와 드레스 쇼핑인, 그런 평범한 백작가의 딸이었다.

굳이 칭찬을 해 보자면 춤을 잘 추는 편이고 예쁘장한 외모라는 정도. 강하게 나가면 절대 고집을 안 굽히는데 은근히 여려서 조금만 약한 척해도 금방 넘어온다는 건 장점인지 아닌지 모르겠다.

어쨌든 란셀리드에게 에키네시아 로아즈는 누나였다. 스스로는 신경질 많고 고집도 세다고 투덜거리면서도 다른 사람이 욕하면 가서 주먹을 날려 줄, 그런 평범한 누나.

그래서 구름 위의 존재들이라고 생각하던 아젠카의 사관생도들에게 '너희 누나는 차원이 달라'라는 소리를 듣게 될 줄은 전혀 몰랐다. 고작 3개월 남짓인데 무슨 일이 일어난 건지 잘 이해가 가지 않았다. 란셀리드는 누님이 왜 저렇게 변했는지 니콜에게 물어봤었다. 그녀는 애매하게 웃으며 '글쎄, 나도 잘 모르겠네.'라고만 했다.

'거기다 창천 기사단장님이 이런 마도구를 주는 건 대체……'

란셀리드는 가슴팍에 넣어 둔 벨벳 케이스를 만지작거렸다. 어떻게 된 일인지 캐묻고 싶은 건 많았다. 하지만 소년은 입을 다무는 쪽을 택했다.

성검의 주인이 자신의 스콰이어인 누나에게도 비밀로 하고 직접 맡긴 물건이다. 불안하고 의아하면서도, 극비 임무를 받은 창천의 일원이라도 된 것처럼 가슴 한구석이 두근거렸다. 부탁받은 지 하루 만에 입을 열 수는 없었다. 게다가 그의 누나는 말하지 않기로 결심한 일을 한두 번 더 캐묻는다고 말해 줄 사람도 아니었다.

"……아뇨, 됐어요. 몸조심해요. 더 마르지 말고요. 안 그래도 부모님 걱정 많으신데 속 썩일 일 없게 하시고."

"누가 할 소릴. 너나 잘해."

란셀리드는 빙긋 웃고는 열차에 올랐다. 열차는 곧 역을 빠져나갔다.

+―◦⚜◦―+

태양 축제의 마지막을 장식하는 연회는 해가 진 이후에 시작되었다. 연회 장소는 기사단 본부에 있는 홀이었다.

에키는 늦은 오후부터 연회에 참석할 준비를 했다. 앨리스도 함께 치장하면서 서로를 도와주었다. 앨리스가 보고 있는 탓에 마나를 써 가며 치장할 수가 없어 에키로서는 평소보다 좀 더 오래 걸렸다. 그래도 같이 도와 가며 꾸미는 건 즐거웠다.

상체부터 골반 즈음까지는 달라붙고 그 아래로는 자연스럽게 흘러내리는 연하늘빛 서부식 드레스는 앨리스에게 딱 맞았다. 에키는 그녀의 짧은 금발에 가발을 붙이는 대신 화려한 진주 핀으로 장식하고, 늘씬하게 드러난 목에도 섬세한 진주목걸이를 걸어 주었다.

앨리스 역시 에키가 드레스를 입는 것을 도왔다. 다이아몬드와 자수정이 엮인 레이스 핀, 물방울 모양 자수정을 중심으로 세공된 은 귀걸이와 목걸이는 에키의 드레스와 잘 어울렸다.

준비를 마친 후에 그들은 나란히 방을 나왔다. 앨리스는 에키가 바라하와 함께 연회에 간다는 말에 기묘한 표정을 지었다.

"단장님께서 허락하신 겁니까?"

"이건 로드께 허락받을 일이 아니지 않아요?"

"그저 로드와 스콰이어라면 그렇겠지만요……."

앨리스가 말끝을 흐렸다. 에키는 그녀가 무슨 말을 하고 있는지 알아차렸다. 자신은 지금 유리엔이 보낸 드레스를 입고 있었으니까. 아래로 갈수록 검푸른빛이 도는 연보라색 드레스에, 함께 왔던 레이스 장갑과 구두까지.

"로드와 스콰이어죠. 다른 건 없어요."

에키는 밖으로 향하며 태연하게 답했다. 앨리스는 이해할 수 없다는 표정이었지만 더 이상 무어라 말하지는 않았다. 란셀리드에 이어 앨리스까지 속이는 것 같아 꽤 미안했다. 그래도 유리엔의 약혼이 위장이라는 건 절대 들켜서는 안 되는 일이므로 어쩔 수가 없었다.

바라하는 여자 기숙사 근처에서 그녀를 기다리고 있었다. 앨리스는 위즈덤 클럽원들과 합류했고, 에키는 혼자서 그에게 다가갔다.

연미복 차림의 바라하는 약간 낯설었다. 평소의 그가 들판에서 어슬렁거리는 맹수 같다면 지금은 양탄자에 앉아 있는 길들인 흑표범처럼 보였다.

"선배님."

"어서 와, 에……."

그녀를 돌아보며 이름을 부르려던 바라하의 입이 벌어진 채 멈췄다. 노란 눈동자가 그녀에게 박혀 한동안 움직이지 않았다.

"바라하 선배님?"

"아, 미안."

바라하가 헛웃음을 흘리더니 그녀를 향해 매끄럽게 팔을 내밀었다. 그는 가벼운 어조로 말했다.

"평소에도 예뻤는데, 오늘은 더 예쁘네. 반하겠는데."

"칭찬 감사해요. 반하지는 마시고요."

에키는 웃으며 그의 팔에 손을 올렸다. 연회장이 가까워서 마차를 타지 않고 걸어갈 예정이었다. 나란히 연회장을 향해 걸음을 옮기며 바라하가 물었다.

"반하면 안 돼?"

"안 돼요."

"왜?"

그녀는 곧바로 답하지 못하고 눈을 내리깔았다. 약간의 망설임 끝에 에키는 작게 대답했다.

"……마음에 둔 사람이 있거든요."

바라하 입장에서는 고백도 하기 전에 차인 꼴이었다. 그러나 그는 그녀가 마음에 둔 사람이 누구인지 이미 알아채고 있었고, 또 다른 것도 알고 있었다.

"내일 연회 때 단장님과 디아상트 공녀의 약혼이 공표될 거다. 약혼식은 준비 기간을 넉넉하게 잡고 가을쯤에 성대하게 하신다는군."

어젯밤에 그의 로드이자 부단장인 바론 틸리어스로부터 들은 말이었다. 바라하는 그 말이 믿기지가 않아 몇 번이나 되물었었다. 돌아온 말은 사실이라는 확언뿐이었다.

'에키네시아를 마음에 둔 상태로 다른 여자와 약혼을 한다고. 그 단장님이?'

그럴 수 있다. 정략결혼이란 그런 거니까. 자세히는 몰라도 단장의 정치적 입지가 복잡하다는 건 대충 알고 있었다. 공적인 일을 처리할 때 유리엔이 사적인 감정에 흔들리는 걸 본 적이 없으니 결혼 또한 '공적인 일'로 진행하는 걸지도 모른다.

어쨌든 오늘 유리엔 단장은 디아상트 공녀와의 약혼을 공표할 거고, 그렇게 되면 마음이 어떻건 간에 그는 공녀에게 충실할 터다. 단장은 그런 사람이고 성검의 주인이니까. 그러므로 에키네시아가 지금 품고 있는 마음은 절대 이루어질 수 없다.

바라하는 그렇게 판단했다. 그는 저보다 한참 아래에 있는 그녀를 씁쓸하게 내려다보았다.

'오늘 연회에서 있을 발표를 알고 있을까.'

"……누군지 몰라도 운 좋은 사람이군. 걱정 마, 안 반했어. 그리고 너는 나한테 반해도 돼. 나는 마음에 둔 사람이 없거든."

"전 있다니까요?"

"마음이란 건 바뀔 수도 있는 거잖아."

바라하는 아무렇지도 않게 웃었다. 이루어질 수 없는 마음이니 기다리면 된다. 약혼 발표를 들으면 그녀는 분명히 슬퍼하겠지만, 자신이 위로해 줄 테니까. 슬플 때 곁에 있어 준 사람을 좋아하게 되는 건 흔한 일이다.

'그나저나 단장님은 결국 약혼할 거면서 에키에게 여지를 준 건가. 너무하는군.'

그는 연회가 아니었다면 아메시스트가 걸려 있었을 에키네시아의 허리를 슬쩍 노려보았다. 그의 안에서 유리엔에 대한 평가가 급격히 하락했다.

태양 축제 마지막 날의 연회는 축제를 마무리하는 이벤트였다. 보

통 참석하는 것은 창천의 기사와 준기사, 단원들, 그들의 파트너나 가족, 아젠카의 고위층과 타국에서 방문한 소수의 귀족 정도다.

그러나 이번 연회는 참석자들의 수도, 지위도 급이 달랐다. 거의 모든 국가의 고위 귀족들이 한둘씩은 참석했다. 명목은 그저 연회를 즐기러 온 귀빈이지만 실상은 각국 대사들이나 다름없었다. 성녀 때문이었다. 모든 병과 부상을 완벽하게 치료할 수 있는 엘기오사 오너. 엘기오사가 오랜 기간 행방불명이었기에 성녀도 정말 오랜만이었다.

샤이는 연회의 시작과 동시에 테레사와 함께 등장했다.

꽃잎 같은 귀여운 흰 드레스 차림의 소녀는 금실로 수놓은 진녹색 천으로 만든 서부식 드레스를 입은 샤프롱의 손을 잡고 나타났다. 한 걸음 뒤에서 수석 신관 아론이 신관복 차림으로 따르고 있었다.

샤이가 입장한 후 곧바로 아젠카의 군주가 입장했다. 유리엔은 푸른 망토까지 갖춘 예복을 입고 붉은 머리카락의 여자를 에스코트하고 있었다. 그녀는 로잘린 디아샹트였다. 창천 기사단장이, 제국의 3황자가 디아샹트 공녀와 함께 입장했다. 일순 연회장 안이 술렁였다.

바라하는 옆에 있는 에키네시아를 흘깃 살폈다. 놀랄 거라고 생각했는데 그녀는 의외로 담담한 얼굴이었다.

홀의 끝에 있는 단에 올라선 유리엔이 샤이를 소개했다. 소녀가 드레스 자락을 쥐고 무릎을 굽히자 박수가 터져 나왔다. 다음으로 간단한 축사가 이어졌다. 유리엔은 원래 길게 연설하는 편이 아니었기에 축사는 몇 마디 되지 않았다.

이어 유리엔이 한 계단 내려서고 부기사단장 바론이 단 위에 올라섰다. 그는 축제에 관한 몇 가지 기록들을 짧게 낭독하고, 창천 기사단이 앞으로 진행할 일들을 공지했다. 가장 중요한 말은 그 끝에 나왔다.

"다가오는 가을, 오늘로부터 3개월 후인 9월 22일에, 창천 기사단장 유리엔 드 하르덴 키리에 경과 로잘린 디아상트 공작 영애의 약혼식이 있을 예정입니다. 정식 초대장이 이번 달 안에 발송될 테니 많은 참석 바랍니다."

3개월. 결혼식도 아니고 약혼식을 예비하는 기간으로는 상당히 길었다. 유리엔이 한계까지 늘려 잡은 기간이었다. 되도록이면 약혼식 날이 오기 전에 모든 일을 끝낼 작정으로.

연회장 안에서 창천 기사단장이 공녀와 함께 입장할 때와는 비교할 수도 없는 술렁임이 일었다. 사람들의 시선이 나란히 서 있는 창천 기사단장과 공녀를 향해 쏠렸다. 로잘린이 드레스 자락을 쥐고 예를 취하자 유리엔이 그녀의 손을 잡고 손등에 가볍게 입술을 댔다. 약혼에 대한 확언이나 다름없는 행위였다.

"이건 엄청난 소식이로군. 3황자가 디아상트와······."

"그럼 제국의 정세는······."

"창천 기사단장이 약혼을······."

웅성거림이 들려왔다. 이미 다 계획되었던 일이고, 들었던 일이었다. 그런데도 에키는 그 모습을 보고 있기가 힘들었다. 그녀는 눈을 내리깔고 반들거리는 대리석 바닥을 보았다. 바닥에 비친 자신의 표정이 깊게 가라앉아 있어서 얼른 표정을 가다듬었다.

유리엔은 일부러 사람들 쪽에 시선을 두지 않았다. 그쪽을 보기만 해도 자신은 에키네시아를 찾아낼 테니까. 아무리 거짓이라지만 다른 여자와 약혼을 공표하는 모습을 보이고서 그녀의 얼굴을 볼 수는 없었다.

음악이 시작되었다. 넓게 비워진 홀에서 첫 춤을 추는 것은 성녀 샤이와 신관 아론, 그리고 유리엔과 로잘린이었다. 하얀 남자와 붉은 여자는 꽤 잘 어울렸다.

에키는 다시금 눈을 내리깔았다. 바로 어젯밤에 그에게 답했는데 누구에게도 그것을 알릴 수가 없다. 다 알고 있다. 알고 있고, 각오도 했었다. 이런 문제로 그를 의심하지도 않고, 로잘린이 가엾다고도 생각했다. 그럼에도 무언가 무거운 것이 속을 깊게 파고들었다. 그건 통제할 수 없는 일이었다.

"선배님, 저 잠시만요."

그래서 그녀는 바라하에게 속삭이고 물러났다. 춤추는 것까지 보고 있을 수는 없었다. 첫 번째 곡이 끝나고 나서 본격적으로 무도회가 시작될 때 돌아오면 될 터였다. 그대로 테라스로 나가 사람이 있다는 표시로 커튼을 닫았다.

짙은 자주색의 커튼을 당겨 닫자마자 커다란 손이 그것을 밀고 들어왔다. 바라하가 성큼 테라스로 들어섰다.

"잠시 바람만 쐬고 들어갈 생각이었는데, 따라오실 필요는……."

"당연히 따라와야지, 여기선."

"네? 왜요?"

바라하는 대답 없이 손에 들고 있던 것을 그녀에게 건넸다. 그녀를 뒤따라오며 시종에게서 받아 든 와인 잔이었다. 에키는 멍하니 그것을 보다가 사양하지 않고 받아 들었다. 술은 잘 즐기지 않지만, 복잡한 심정일 때 술이 유용하다는 건 잘 안다.

그녀는 테라스의 난간에 기댄 채 와인을 홀짝였다. 그리 도수가 높진 않았다. 바라하는 그녀로부터 약간 떨어진 곳에 기대서 제 몫의 잔을 기울였다. 닫힌 커튼 너머에서 연회장의 음악이 들려왔다. 왈츠였다. 샤이는 잘 추고 있겠지. 에키는 일부러 샤이의 춤만 생각했다.

"에키."

바라하가 문득 그녀를 불렀다. 불러 놓고서 그는 한동안 침묵했다. 제 잔을 완전히 비운 후에야 그가 입을 열었다.

"너, 단장님 좋아하지?"

에키는 사레가 들려 요란하게 기침을 했다. 바라하가 다가와 그녀의 등을 두드려 주었다. 그녀는 간신히 기침을 멈추고 급하게 부정했다.

"으, 아, 아니에요! 아까 말한 건 다른 사람이에요!"

"너 연애해 본 적 없지? 누구 좋아하게 된 것도 처음이고."

"……."

"적나라하게 티 납니다, 후배님."

키득거리며 말한 그가 웃음을 그치고 진지한 얼굴로 그녀를 내려다보았다. 노란 눈동자가 깊은 빛을 품고 있었다.

"하고 싶은 말이 굉장히 많은데, 천천히 말할게."

바라하는 말하면서 에키네시아를 찬찬히 살폈다. 예상보다는 충격이 덜해 보였다. 혹시 그녀도 단장의 약혼에 대해 이미 알고 있었던 걸까. 그렇다면 무슨 심정으로 마음에 둔 사람이 있다고 말했던 걸까. 그는 평소보다 한층 낮아서 진중하게 들리는 음성으로 말을 이었다.

"너한테 파트너 신청할 때, 다른 생도에게 부탁했다간 오해를 살까 봐 너한테 부탁한다고 했었지."

에키네시아가 거절할 것 같아서, 부담스러워할 것 같아 드러내지 않으려 했다. 더 친해지고 더 익숙해지면 그때 제 마음을 알릴 계획이었다. 아무리 봐도 그녀는 이런 일에 서툴러 보였으니까.

하지만 지금은 알려야 할 때다. 그는 그렇게 판단했다.

"그거, 네가 생각하는 건 오해가 아니라는 뜻이다."

"그게 무슨……."

"그리고 미안. 아까 오는 길에 거짓말을 했다. 뭐가 거짓말일 것 같아?"

에키는 당황한 상태로 그가 했던 말들을 되짚어 보았다. 이거, 설마. 설마, 정말로? 떠오른 것은 있는데 믿기지가 않았다. 그걸 차마 입 밖에 낼 수가 없어서 그녀는 멍하게 눈만 깜박였다. 바라하는 길게 대답을 기다리지 않고 빙긋 웃으며 답을 내어놓았다.

"사실 너한테 반한 지 좀 됐거든. 그래서 반하지 말라는 말은 못 지키겠다."

에키는 손에서 미끄러지는 와인 잔을 간신히 움켜쥐었다. 손끝에 아슬아슬하게 걸린 투명한 잔 안에서 얼마 남지 않은 붉은 액체가 그녀의 머릿속처럼 빙글빙글 돌았다.

[어, 주인아, 지금 이 커다란 놈도 네가 좋다는 거지? 근데 넌 랑기오사 오너가 좋댔잖아. 그럼 앤 필요 없으니까 죽이자! 마침 볼 사람도 없으니 여기서 죽이면 되겠네!]

마검이 천진난만하게 망언을 했다. 익숙한 헛소리를 들으니 약간 정신이 들었다. 그러니까 지금, 바라하 이슬라프가 자신에게 고백을 했다.

고백이라니. 그녀는 바라하를 그런 상대로 생각해 본 적이 한 번도 없었다. 아마 앞으로도 없을 것이다. 누구든 그녀의 마음에 유리엔보다 더 깊게 흔적을 남기는 건 불가능할 테니까. 에키는 반사적으로 고개를 저었다.

"선배님, 죄송하지만 저는……."

"알아. 네가 단장님을 좋아하는 것도 알고."

바라하는 에키의 손에 위태롭게 잡혀 있는 와인 잔을 받아 들었다. 그리고 그녀가 조금 남겨 둔 와인을 한 번에 마셔 버렸다. 빈 잔 두 개를 한 손에 든 채 그가 말했다.

"알고 하는 말이야. 너한테 다른 선택지도 있다는 걸 알려 주고 싶어서."

바라하는 에키네시아에게 단장과 이루어질 수 없다는 걸 굳이 강조하진 않았다. 방금 좋아하는 남자의 약혼 공표를 들은 여자에게 그러는 건 예의가 아니었다.

'그렇다고 이 상황에서 물러날 정도로 신사도 아니긴 하지.'

첫 왈츠가 끝나 가고 있었다. 이제 본격적으로 무도회가 시작된다. 바라하는 얼이 빠진 에키를 향해 손을 내밀었다.

"파트너와 함께 연회에 온 건 처음이지만, 첫 곡은 함께 추는 게 관습인 건 안다. 갈까, 에키?"

파트너로 참석해 놓고 첫 춤을 거절할 순 없는 일이었다. 에키는 얼떨떨한 상태로 그의 손을 잡았다. 그들은 테라스를 빠져나가 연회장에 들어섰다. 두 번째 왈츠곡이 막 시작된 참이었다.

무도회가 개시되었다. 사람들 대부분이 춤을 추었고 따로 마련된 테이블에서 뷔페를 맛보는 사람들, 잔을 들고 대화를 주고받는 사람들도 약간 있었다. 한쪽에서 익숙한 사람들이 눈에 띄었다. 테레사에게 디트리히가 춤을 청하고 있었다. 그쪽을 보고 있던 에키의 손이 가볍게 당겨졌다.

"파트너를 봐야지, 에키."

"아, 네."

에키는 반사적으로 그의 어깨에 손을 올렸다. 한 손은 서로 맞잡고, 다른 손은 상대의 어깨에. 가장 대중적인 중부식 왈츠의 자세였다. 체격 차이가 꽤 났지만 에키는 능숙하게 그에게 맞추어 스텝을 밟았다. 음을 따라 움직이자 당황으로 굳어 있던 그녀의 몸이 조금씩 풀렸다.

"춤은 잘 모르지만…… 너, 꽤 잘 추는 것 같은데."

"잘 추는 것 맞아요."

음악에 맞춰 돌면서 바라하가 속삭이는 말에 에키가 대꾸했다. 바라하가 낮게 웃음을 흘렸다.

"이제 좀 자연스러워졌군. 내가 한 말이 그렇게 놀랄 소리였어?"

"네, 좀 많이요. 전혀 티를 안 내셨잖아요."

"티를 안 냈다니 굉장히 억울해지는데. 난 티 많이 냈다."

"하지만……."

"못 알아챈 건 너지."

"그, 저기, 대체 언제부터 그런, 음……."

언제부터 반했던 거냐고 묻기엔 민망했다. 에키가 뭘 묻는지 알아챈 바라하가 박자에 따라 그녀의 어깨를 당기며 답했다.

"네 탓이야. 결절에서 네가 너무 예뻤거든."

"……결절이요?"

에키의 표정이 괴상해졌다. 비를 맞고 푹 젖었던 데다 치마는 찢어버렸고 바닥의 붉은 액체에 마물 피까지 뒤집어썼던 그때? 그녀의 표정을 본 바라하가 다시 웃음을 터뜨렸다.

유리엔은 타국의 귀족들에게 둘러싸여 그것을 보고 있었다. 보지 않으려 했는데 저절로 그녀를 발견해 버렸다. 입은 외교적 수사로 걸을 둘둘 두른 알맹이 없는 대화를 하면서, 눈은 중앙의 홀에 있는 에키네시아와 바라하에게 향했다.

연보랏빛에서 검푸른색으로 물드는 드레스 자락이 부드럽게 물결쳤다. 그가 그녀를 생각하며 주문했던 드레스는 그녀에게 몹시 잘 어울렸다. 상상했던 것보다 예뻤다. 눈을 떼기가 싫을 만큼.

그가 보기에 눈부시니 다른 사람들도 그녀를 아름답다고 여길 것이다. 그것이 기쁘면서도 한편으로는 내키지 않았다. 유리엔의 안에서 에키네시아는 찬사를 받아 마땅한 존재인 동시에 홀로 가지길 원하는 태양이었다.

지금, 그녀와 춤을 추고 있는 바라하도 그녀의 빛을 알아본 거겠지. 알아봤다면 매혹당하는 건 어쩔 수 없는 일이다. 그러나 탐내는 것까지 내버려 두고 싶진 않았다. 그녀가 그를 선택했으니 그녀를 탐낼 수 있는 것도 자신뿐이었다.

얇은 레이스로 덮인 가는 어깨에 짙은 갈색의 큰 손이 얹혀 있었다. 그 손을 잘라 버리고 싶었다. 유리엔은 순간적으로 치솟는 제 감정에 놀라 그들로부터 눈을 떼었다. 아마 지금 정안을 떠서 제 혼을 보면 새카맣고 짙은 악의가 넘실거리지 않을까.

[무도회에서 같이 춤을 추는 것 정도는 아무것도 아니다. 알고 있잖느냐. 인간인 이상 생각하는 건 어쩔 수 없겠지만 휘둘리진 마라.]

그 악의를 예민하게 감지한 성검이 잔소리를 했다. 유리엔은 깊게 숨을 들이켰다. 알고 있다. 무도회는 춤을 추라고 있는 곳이고, 바라하는 에키네시아를 가르친 선배니 춤 정도는 얼마든지 같이 출 수도 있었다.

……머리로 아는 것과 가슴으로 느끼는 것이 따로 노는 게 문제일

뿐이다.

 그는 바라하가 에키네시아의 파트너로 참석한 것은 알지 못하고 있었다. 바라하가 조금 전에 그녀에게 고백했다는 사실도 당연히 몰랐다. 알고 있었다면 지금보다 더 동요했을 것이다.

"유리엔 경, 표정이 굳었어요."

 내내 그의 곁에 서 있던 로잘린이 속삭였다. 유리엔은 딱딱하게 대꾸했다.

"내 표정은 원래 이렇다, 공녀."

"아뇨, 평소보다 무서운데요. 진정하세요. 2황자 전하께서 이쪽을 보고 있어요."

 그는 눈을 돌려 2황자를 찾았다. 연회장 한쪽에 마련된 소파에 방만하게 기대앉은 2황자가 그를 똑바로 응시하고 있었다. 눈이 마주치자 카르엠이 입꼬리를 슥 올려 웃었다. 유리엔은 예의상 고개를 까닥인 후에 카르엠으로부터 등을 돌리고 섰다. 로잘린이 작게 말했다.

"심정은 이해하지만, 로아즈 양 쪽은 되도록 보지 않는 게 좋겠어요. 적어도 연회가 끝날 때까지는."

"……티가 나는가?"

"조금만 자세히 봐도 눈치챌 정도로요. 경, 은근히 질투가 심하신 편이군요."

 유리엔은 입을 다물었다. 시선을 주는 것. 그것을 형제에게 들키는 것. 악몽의 발단이 되었던 탄신 연회에서의 일이 생각났다. 설명할 수 없는 공포와 뚜렷한 증오가 솟아 이 자리에서 카르엠의 목을 베어 버리고 싶었다.

 그때와는 다르다. 많은 대비를 하고 있고, 에키네시아는 무력한 귀족 영애가 아니라 제니스다. 유리엔은 그 사실을 되새기며 스스로를 진정시켰다.

로잘린은 다른 것을 생각하고 있었다. 나이가 많진 않아도 그녀는 공작의 눈을 피해 평민인 남편과 열애 끝에 결혼하고 딸까지 낳은 유부녀였다.

그녀의 눈에는 유리엔이나 에키네시아나 어설펐다. 첫사랑에 어쩔 줄 모르는 소년 소녀와 별 차이가 없었다. 풀풀 티가 날 정도로 서로 좋아하면서 뭣들 하는 건지. 그들 사이에 있는 지워진 과거와 비밀들을 모르는 그녀로서는 이해가 가지 않았다.

로잘린은 유리엔에게 가족들의 구출을 약속받았고, 얼마 전에 에키네시아로 인해 목숨을 건졌다. 자신이 그들에게 보답할 만한 것이 이 일이라는 생각이 들었다. 그녀가 원한 건 아니라지만 위장 약혼으로 인해 그들의 관계를 방해하는 꼴이 된 게 미안하기도 했다.

로잘린은 좀 적극적으로 나서기로 결심했다.

"도와드릴까요?"

"……?"

"경과 제가 테라스로 나가는 건 자연스럽겠죠. 약혼할 사이니까요."

로잘린이 살짝 턱짓했다. 어느새 곡이 끝났다. 바라하와 에키네시아가 홀에서 정원으로 바로 이어진 계단으로 향하고 있었다. 유리엔은 함께 나가는 그들에게 못 박히려는 시선을 간신히 자제했다.

"전 테라스에서 쉬고 있을 테니, 다녀오세요. 경에게 테라스와 정원을 오가는 것 정도는 쉬운 일이잖아요?"

약혼녀라는 신분은 그들을 돕기에 꽤 유리한 위치였다. 로잘린은 생긋 웃으며 그의 팔에 손을 올렸다. 잠깐 침묵하던 유리엔은 그녀를 에스코트하여 테라스 쪽으로 향했다.

"고맙군."

"천만에요."

겉보기에는 다정하게 대화를 나누다가 테라스로 향하는 연인이었다. 막 약혼을 공표한 사이다웠다. 정략결혼인 걸 다들 알아도 겉으로는 다정해야 하는 법이다.

그들은 함께 테라스에 들어가 커튼을 내렸다. 커튼을 내리자마자 로잘린은 그에게서 물러나 테라스 한쪽에 있는 티 테이블에 앉았다. 테라스를 찾는 손님들을 위해 간단한 간식거리가 준비되어 있었다. 그녀는 쿠키를 집어 들며 말했다.

"그럼 다녀오세요, 경."

유리엔은 감사의 표시로 고개를 살짝 숙인 후 난간을 넘어 아래의 정원으로 뛰어내렸다. 하얀 뒷모습은 소리 없이 정원수들 사이로 사라졌다. 로잘린은 그를 바라보며 쿠키를 베어 물었다.

"……션, 당신이 보고 싶어지네요. 릴리는 건강하겠죠?"

허공에 작은 중얼거림이 흩어졌다. 유리엔의 정보원들이 그녀에게 들은 단서를 바탕으로 그녀의 가족이 감금된 곳을 찾는 중이었다. 곧 만날 수 있을 것이다. 로잘린은 희망을 품고 가만히 눈을 감았다.

왈츠가 끝난 후 에키는 바라하와 함께 정원으로 나왔다. 춤을 추면서 침착해지자 그와 제대로 대화를 해야겠다는 생각이 들었고, 그 대화는 주위에 사람들이 많은 곳에서 할 만한 것이 아니었기 때문이다.

연회장에는 1층을 거치지 않고 바로 정원과 연결되는 외부 계단이 있었다. 그 계단을 통해 정원에 도착했다. 연회가 시작된 지 얼마 되지 않아서 정원은 고즈넉했다. 곳곳에 걸려 있는 등이 은은하게 빛을 뿌렸다.

[으슥한 곳으로 가? 드디어 죽이려고?]

에키는 마검의 헛소리를 무시하고 미로를 이룬 높고 **빽빽한** 정원수들 사이로 걸었다. 길을 아는 것은 아니었지만 이런 형식의 정원은 곳곳에 쉼터가 있기 마련이었다. 그들은 곧 작은 천사상과 벤치가 있는 공간에 도착했다.

바라하가 손수건을 펼쳐 벤치 위에 깔아 주었다. 드레스 차림의 숙녀를 위한 매너였다. 벤치에 앉으려던 에키는 그것을 보고 멈칫했다. 그녀는 자리에 앉지 않고 그를 올려다보았다.

"바라하 선배님."

"응?"

웃는 얼굴로 그녀를 돌아본 바라하가 눈썹을 늘어뜨렸다. 그는 에키가 말을 잇기 전에 선수를 쳤다.

"말하지 마."

"……제가 무슨 말을 하려는 줄 알고요?"

"미안한 얼굴이니까."

바라하는 어깨를 으쓱이더니 벤치에 앉았다. 그가 그녀에게 앉으라는 손짓을 했다. 에키는 그가 깔아 놓은 손수건을 한 번 더 내려다보고, 다시 그를 보았다. 벤치 뒤의 정원수에 걸려 있는 등불에서 엷은 빛이 그에게로 쏟아지고 있었다. 선이 굵고 잘생긴 얼굴이었다. 근육으로 꽉 찬 몸은 위압적이지만 매력적이기도 했다.

그 결절에서 자신의 두려움을 감추고 그녀를 지켜 주겠다고 말한 사람이었다. 마겸이라는 무거운 비밀을 알고도 빚을 진 건 자신이라며 입을 다물어 주었다. 바라하는 그 뒤로 그 비밀에 대해서 그녀에게도 언급조차 하지 않았다.

정말, 좋은 사람이었다.

그러나 그는 유리엔이 아니었다.

떨림도, 설렘도, 울 것 같은 기분도, 정신이 나가 버릴 듯한 감정도, 이성을 녹여 버리는 홍수도 일지 않았다. 그저 미안함과 약간의 부끄러움과 그가 행복했으면 좋겠다는 바람만이 차올랐다. 에키는 벤치에 앉는 대신 뒤로 한 걸음 물러났다.

"바라하 선배님, 저는 선배님을 좋아해요. 선배님은 좋은 사람이에요."

그녀가 입에 담은 '좋아해요'는 어제 유리엔에게 했던 말과는 확연히 달랐다. 열기 대신 미지근한 온기. 애정이 아닌 호감. 어떤 의미의 '좋아해요'인지 모를 수가 없었다. 바라하는 뒷말을 짐작했다. 에키는 눈을 내리깔았다.

"그러니까 저보다 더 좋은 분을 만나게 되실 거예요. 죄송해요."

"이건 사과할 일이 아니야, 에키."

쓴웃음을 지은 그가 말을 이었다.

"당장 내게 답해 달라는 뜻은 아니었는데. 네가 누구를 담고 있는지 안다고 했잖아. 나는 네 마음이 변할 때까지 기다릴 수 있다."

에키는 그의 말에 기다려도 되겠느냐고 물어 왔던 유리엔을 떠올렸다. 그에게는 기다리지 말라고 할 수가 없었다. 하지만 지금은 말할 수 있었고, 말해야 했다. 그녀는 고개를 저었다.

"기다리지 마세요."

"글쎄. 앞날은 어떻게 될지 모르는 법이야."

유리엔이 약혼 발표를 한 직후다. 바라하로서는 당연히 그녀의 감정이 이루어질 수 없다고 판단했을 것이다. 그러니 포기하지 못하는 거겠지. 그 사실을 굳이 들이대지는 않는 점이 바라하다웠다.

위장 약혼을 아는 사람은 최소한이어야 했다. 지금 진실을 아는 사람은 황태자, 디아상트 공녀, 유리엔, 그리고 그녀뿐이었다. 그것은 밝힐 수 없었다.

에키는 복잡한 기분으로 그를 보다가, 드레스 자락을 쥐고 오른발을 약간 뒤로 뺐다. 무릎을 굽히고 허리를 숙였다. 깔끔한 숙녀의 인사. 연분홍색 머리카락이 목덜미를 타고 아래로 흘러내렸다.

"죄송합니다."

허리를 폈다. 그녀는 그의 눈을 마주했다. 한 호흡을 고르고, 담담히 말했다.

"제 마음은 변하지 않을 거예요."

피어나던 감정을 짓밟아 꺼뜨리려 했었다. 그래선 안 된다고 여기며 지우려 했다. 부서졌다고 믿기도 했다. 자각해 버린 후에도 드러내지 않으려 했다. 두려움에 젖어 도망치고 숨기려 했다. 그럼에도 그러지 못해서, 결국 넘쳐흘러서, 유리엔에게 하고 싶었던 다른 모든 말보다도 먼저 그 말을 해 버리고 말았다.

그는 그녀가 망가져 가던 순간에 기적처럼 주어진 빛이었고, 악몽 속에서 그녀를 지탱해 준 구원이자, 가장 고통스러운 기억이며, 가장 깊은 미련이었다. 그렇게 고정되고 뿌리를 내린 마음이었다.

만약 유리엔이 그녀에게 고백을 하지 않고, 위장 약혼이 아닌 진짜 약혼을 했더라도 그녀는 그를 사랑했을 것이다. 드러낼 수도 이루어질 수도 없지만 그랬을 것이다. 그 감정을 외면할 수는 있어도 부정할 수는 없었다.

에키는 새기듯 말했다.

"누구도 제게 그 사람보다 특별해질 수는 없어요."

바라하는 에키네시아를 응시했다. 그녀는 눈을 피하지 않았다. 약간 떨리는 양손을 맞잡은 채 허리를 곧게 펴고 그를 보고 있었다.

"저는 유리엔 단장님을 사랑해요. 그러니 저를 기다리지 마세요."

강렬하게 느껴질 정도로 선명한 시선, 그에 비해 여린 몸의 선. 다른 남자를 사랑한다고 말하는 여자가 지독하게 예뻐 보였다. 이런 상황인데도, 아니, 이런 상황이라서, 이런 여자라서, 더 홀릴 것 같은 기분이 드는 걸까. 저토록 선명하게 단언할 수 있는 마음이 탐이 났다. 포기할 수 있을까.

긴 침묵 끝에 그가 가라앉은 목소리로 말했다.

"네가 그렇게까지 말한다면, 노력은 해 보지."

"노력이라니요?"

바라하는 그녀로부터 눈을 돌려 벤치 위에 펼쳐져 있던 손수건을 접어 품에 넣었다. 그러면서 아무렇지도 않게 중얼거렸다.

"내 마음도 쉽게 변하기는 어려울 것 같아서."

묵직한 말이었다. 무어라 덧붙일 수가 없어서 에키는 입을 다물었다. 그가 자리에서 일어나더니 쓰게 웃었다.

"에키, 난 먼저 가야겠다. 차인 상처를 좀 달래야 할 것 같으니 따라오지는 말고."

"선배님……."

"사과도 하지 말고. 오히려 내가 미안하지."

어깨를 으쓱인 바라하가 돌아섰다.

"다음에 보자."

인사를 남긴 그가 정원 밖으로 향했다. 에키는 정원수 사이로 사라져가는 그의 뒷모습을 지켜보았다. 그녀는 그가 완전히 보이지 않게 된 후에야 꽉 맞잡고 있던 양손을 떼었다. 긴장과 함께 힘이 쭉 빠져나갔다.

이렇게 진지한 호감을 거절하는 건 쉬운 일이 아니었다. 그래도 거절해야만 했기에 어쩔 수 없었다. 되도록 금방 그가 마음을 추슬렀으면 좋겠다. 가늘게 한숨을 내쉬던 그녀는 퍼뜩 놀라 한쪽을 바라보았다. 미약한 인기척이 있었다. 공격적이지 않은 데다 정신이 없어서 이제야 알아차렸다.

"누……."

누구냐고 물으려던 말끝이 잦아들었다. 약간 떨어진 정원수의 그늘 아래에서 하얀 것이 언뜻 보였다.

그녀는 그쪽으로 다가갔다. 흰 그림자는 미동도 하지 않았다. 가까워지자 나무 기둥 뒤로 흐트러진 은발이 보였다. 나무에 등을 댄 유리엔이 고개를 숙인 채 굳어 있었다. 머리카락 사이로 보이는 귀가 새빨갰다.

"로드?"

그녀의 부름에 그의 어깨가 흠칫거렸다. 그가 돌아보지 않아서 에키는 나무를 돌아 그의 정면으로 향했다.

"……언제부터 듣고 계셨던 거예요?"

"숨어서…… 들으려던 것이 아니라…… 나는……."

유리엔이 횡설수설했다. 에키가 한 걸음 다가서자 그가 움찔 떨었다. 물러나고 싶은 듯한데 등 뒤가 굵은 나무 기둥이라 물러날 곳이 없는 모양이었다. 그녀는 고개를 기울여 숙이고 있는 그의 얼굴을 확인했다. 귀를 보고 짐작하긴 했지만, 그의 얼굴은 타는 듯이 붉었다.

로잘린의 도움을 받아 정원으로 나온 유리엔은 금방 에키네시아와 바라하를 찾아냈었다. 그는 정말로 숨어서 들을 의도가 아니었다. 그가 그녀를 찾아낸 순간이, 에키가 바라하를 향해 '바라하 선배님, 저는 선배님을 좋아해요'라고 말하는 순간이었을 뿐이다.

그 말에 피가 식고 몸이 굳었다. 찰나에 온갖 생각과 감정이 휘몰아치다가, 그녀가 뒤이어 하는 말들에 그 모든 것이 희게 날아갔다.

"제 마음은 변하지 않을 거예요."
"누구도 제게 그 사람보다 특별해질 수는 없어요."
"저는 유리엔 단장님을 사랑해요."

어제 들었던 말도 아직 귓가에 맴돌고 있는데, 자극이 과했다. 바라하가 그녀에게 고백을 했다는 상황마저 잊었다. 현재가 모조리 지워지고 이성이 마비되며 심장이 박동했다.

서 있기 어려워서 나무에 기댔다. 주저앉지 않은 게 용한 상태였다. 숙이고 있던 그의 시야에 연한 분홍빛이 어른거렸다. 그가 준 드레스를 입고 있는 에키네시아가 아래에서 그를 올려다보았다.

너무 가깝다. 잘 익은 포도알 같은 눈동자에 그가 비치고, 달콤한 향이 훅 끼쳐왔다. 그녀의 작은 얼굴 안에 당황과 혼란과 부끄러움이 뒤섞여 있었다. 하얀 목덜미, 레이스로 살짝 덮여 있는 쇄골의 선, 그런 것들이 눈에 확 들어왔다. 발긋한 입술이 움직였다.

"로드, 다······."

조금 전에 그의 이름을 담고 감정을 발음했던 입술이. 한 뼘밖에 되지 않는 거리에서, 지나치게······.

유리엔은 반사적으로 그녀의 어깨를 잡고 그녀를 밀어냈다. 거친 느낌은 아니었으나 급한 동작이었다. 그러곤 나무를 피해 뒤로 더 물러나려 했다. 에키가 엉겁결에 손을 뻗어 그의 팔을 잡았다. 그녀의 손이 닿자마자 유리엔은 그대로 얼어붙었다. 하늘색 눈동자가 어지럽게 허공을 방황했다.

"왜 피하세요?"

"너무 가깝다."

"네?"

"그대가, 너무 가까워서."

"그게 무슨······."

내가 미쳐서 무슨 짓을 할지 모르겠으니 조금만 물러나 줬으면 좋겠다. 유리엔은 차마 그 말을 하지 못하고 벌건 낯으로 눈을 내리깔았다.

에키는 얼떨떨하게 그를 보다가 천천히 잡고 있던 팔을 놓았다. 유리엔이 순식간에 거리를 벌렸다. 그래도 아예 멀어지진 않고 두어 걸음 정도 떨어진 곳에서 멈췄다. 그는 그 자리에서 흐트러진 호흡을 골랐다. 그녀가 머뭇거리다 물었다.

"여긴 어떻게 오셨어요? 공녀님은요?"

"테라스에······ 같이 있는 척을. 그녀가, 도와주었다."

"도와주다뇨, 무엇을?"

"그대에게…… 가 보라고…….."

유리엔이 더듬더듬 대꾸했다. 아무리 봐도 그는 멀쩡한 상태가 아니었다. 그가 제정신을 못 차리는 덕분에 에키는 상대적으로 침착해졌다.

"그러니까…… 공녀님이 도와주겠다고 하셔서, 같이 테라스에 있는 척을 하고 몰래 나오셨다는 건가요?"

"……그렇다."

"저를 만나려고요?"

그가 양순하게 고개를 끄덕였다. 여전히 시선을 마주치지 못하고 있다. 에키는 술렁이기 시작하는 속을 애써 가라앉히고 다시 물었다.

"다 들으셨어요?"

"다는, 아닌 것 같다."

"그럼 어디부터 들으신 거예요?"

"그대가 바라하를 거…… 절하는 것부터 들었다."

"……거기부터 끝까지요? 제가 당신에 관해 한 말들, 다 들으신 건가요?"

"그……"

말끝을 흐린 유리엔이 힘겹게 눈을 깜박였다. 속눈썹이 파르르 떨리고 있었다. 에키는 멍하니 더 물었다간 울리게 될지도 모르겠다는 생각을 했다. 민망한 상황을 들키고 그에 대한 감정을 말한 것은 그녀인데, 말한 그녀보다 들은 그가 더 혼란에 빠진 모양새였다.

'어제 내가 고백했을 때도 이랬을까.'

새빨갛게 달아오른 낯을 보고 있자니 열기가 전염되는 느낌이었다. 점점 어질어질해졌다. 고백에 답했어도 달라지는 게 없을 거라고 생각했는데, 무언가 변하고 있었다. 그녀는 입에서 나오는 대로 말했다.

"저랑 로드 사이는 변하면 안 되잖아요."

"……그게 무슨 뜻인가?"

"로드께선 약혼식을 준비하고 있으니까요. 그러니까 제가 대답을 드렸어도, 변하는 건 없어야……."

"에키네시아."

유리엔이 그녀의 말을 끊었다. 그는 말을 이으려다 잠시 멈추고, 손으로 제 얼굴을 몇 차례 문질렀다. 그리고 그녀에게로 한 걸음 다가왔다.

"그대가 내게 답을 주었을 때부터."

얼굴의 열기는 약간 가라앉았지만, 목소리가 떨리고 있었다. 그럼에도 그는 단호하게 말을 이었다.

"이미 변했다."

유리엔의 눈이 그녀와 마주쳤다. 에키는 그 말을 부정하려다가, 그 눈을 마주하며 입을 다물었다.

변했다. 많은 것이, 아니, 모든 것이 바뀔 것이다. 이전으로는 돌아갈 수 없는 변화가 생겼다. 본능적인 깨달음과 함께 저릿한 감각이 손끝과 발끝부터 타고 올랐다.

유리엔이 그녀에게로 손을 뻗었다. 중간에 몇 차례 멈칫거리며 조심스럽게 다가온 손이 그녀의 손을 받쳐 올렸다. 그가 허리를 숙이며 은발이 쏟아져 내리는 것과, 눈부신 것을 보듯 반쯤 눈을 감는 광경이 눈앞에서 느리게 펼쳐졌.

그는 장갑으로 덮인 그녀의 손등 위에 입술을 눌렀다. 서늘한 외양과 달리 델 듯이 뜨거운 감각이 얇은 레이스 너머로 닿았다.

"그대와 나의 관계는, 이미 변했으니."

유리엔은 그녀의 손등에 입술을 댄 채 말을 했다. 움직이는 감촉이 낱낱이 느껴졌다. 무엇으로 변했다는 건지 구체적으로 말하지 않아도 깨달을 수 있었다. 사모한다고 말하고 사랑한다고 답한 관계가 어떻게 변할지는 명백했다.

"……앞으로도 계속 함께 변해 갔으면 좋겠다. 이 삶의 끝까지."

평생 함께하며 관계가 변해 간다는 것. 스콰이어와 로드에서 연인. 그리고 반려. 부부. 그 뒤로도. 그 요청은 무거우면서도 자연스럽게 흘러나왔다. 유리엔이 천천히 입술을 떼었다. 그의 손은 여전히 그녀의 손을 받치고 있었다.

"비록 지금은 드러낼 수 없으나…… 나는 그대를 길게 기다리도록 만들지 않겠다. 모든 것을 준비하겠다. 그대가 그저 선택하기만 하면 되도록."

그의 손가락이 그녀의 손가락 사이로 파고들어 부드럽게 얽혔다. 그녀는 숨을 멈추었다.

"에키네시아."

그가 허락을 구하듯 그녀의 이름을 불렀다. 그의 은발 뒤로 펼쳐진 밤하늘에 별이 가득했다. 아득히 먼 곳에서 들리는 무도회의 음악 소리. 나뭇잎 냄새. 어렴풋한 등불의 빛. 얽힌 손. 닿은 체온. 그녀를 내려다보는 그의 눈 안에서 반짝이는 무언가. 떨리는 눈꺼풀.

삶의 끝까지 함께하자는 요청.

거절할 수가 없었다. 거절할 명분도 없었다. 거절하고 싶지도 않았다. 전신이 끓는 수프가 되어 누군가에게 휘저어지는 것 같다. 생각도, 판단도, 공포와 두려움도, 현재와 과거, 마음의 밑바닥에 남아 있던 죄책감까지도 모조리 휘저어지는 수프 속으로 녹아 들어갔다. 달콤한 맛이었다.

에키네시아는 손안에 놓인 것을 움켜쥐기로 했다. 과거를 두고 미래를 보았다. 뒷일은, 나중에 생각하자. 지금은 생각하는 것이 불가능했다. 생각하고 싶지도 않았다. 그녀는 입을 열었다.

"에키."

자신의 손을 얽은 그의 손을 마주 잡았다.

"에키라고 부르세요, 로드."

유리엔의 호흡이 찰나 멎었다. 짧은 정적 후에 그는 약간 쉰 목소리로 말했다.

"그대도, 나를 이름으로 불러 줬으면 좋겠다."

"스콰이어가 멋대로 로드의 이름을 부르면 이상하게 여길 텐데요."

에키가 웃음기 어린 어조로 대꾸했다. 순간적으로 유리엔은 위장 약혼이고 뭐고 전부 엎어 버리고 싶어졌다. 그는 심호흡을 하고 속삭였다.

"다른 이들이 보지 않을 때만이라도."

그녀는 자신을 보는 그의 눈에 기대감이 어린 것을 보았다. 조바심과 설렘이 뒤섞인 얼굴을 보고 있자니 간지러운 기분이 들었다. 사랑스럽다. 자신보다 키가 큰 남자의 머리를 쓰다듬고 싶어진다. 저도 모르게 평소보다 훨씬 보드라워진 목소리가 나왔다.

"로드, 로드의 애칭은 뭔가요?"

"……율."

예상치 못한 질문에 유리엔이 한 박자 늦게 대답했다. 그를 키웠던 유모와 친구 디트리히, 그리고 스콰이어 시절 로드였던 바론에게만

들어 본 애칭이었다. 그의 앞에서 에키네시아가 눈을 휘며 웃었다.

"그래요, 율."

그녀의 혀끝에서 둥글게 구른 발음이 그의 귀로 파고들었다. 바로 앞에서 그녀가 지은 미소와 함께. 좋아서 심장이 멎을 수도 있겠다는 생각이 들었다. 역시 꿈인 게 아닐까. 유리엔은 맞잡고 있던 손까지 놓고서 입가를 가린 채 약간 물러났다. 정신을 차리기 위해 몇 차례 머리를 내저은 후, 간신히 말했다.

"그냥, 그냥 유리엔이라고 부르도록. 그 편이 나을 것 같군."

"애칭으로 불리는 게 싫으세요?"

"……."

"싫은 건 아니잖아요, 그렇죠?"

에키가 물러난 만큼 그에게 다가서며 되물었다. 그녀의 말대로 싫은 게 아니라 좋아서 문제였다. 유리엔은 부정하지 못하고 침묵했다. 그녀는 어쩔 줄 모르고 있는 남자의 얼굴을 올려다보았다.

"율이라고 부를게요. 당신과 함께하면서."

손을 들의 그의 뺨에 얹었다. 그녀 쪽에서는 처음으로 하는 접촉이었다. 장갑 너머로 느껴지는 피부가 매끄럽고 따뜻했다. 가로막은 얇은 천이 답답했다.

그녀가 뺨을 만지자 유리엔은 완전히 넋이 나가 버렸다. 커다랗게 뜬 채 그녀에게 고정된 눈동자가 비 온 뒤의 하늘처럼 맑고 예쁜 푸른빛이었다. 에키는 그 눈을 보며 말을 이었다.

"하지만 저는 당신이 준비하는 것을 기다리기만 하지도 않을 거고, 선택만 하지도 않을 거예요."

닿고 싶어도 닿을 수 없던 것이 손에 쥐어졌다. 쥐기로 한 이상, 받아들이기만 할 생각은 없었다. 가슴 안쪽이 두근두근 요동쳤다. 뒤늦게 자각하여 흘러나왔던 욕심이 그 고동을 따라 흘렀다.

그녀를 내려다보며 멍해져 있는 그의 얼굴이 못 견디게 예뻤다. 내 것. 닿아도 되는 것. 함께하기로 결심한 사람. 정말이지 사랑스러워서 열기가 이끄는 대로, 충동적으로 움직였다. 손에 살짝 힘을 주자 그의 얼굴이 쉽사리 순응하여 숙여진다. 다른 손으로 어깨를 짚고 약간 발돋움을 했다.

그녀의 입술이 그의 눈 바로 아래의 뺨에 가볍게 닿았다가 떨어졌다. 스친 것에 가까운 접촉이었다. 그대로 손을 떼고 물러나며 에키는 달아오른 얼굴로 속삭였다.

"같이 해요. 뭐든. 같이 당신을 얽어맨 상황들을 풀어내고, 그 다음에……."

꼼짝도 않고 있던 유리엔이 돌연 그녀의 턱을 잡았다. 말하다가 붙잡힌 에키는 혀를 씹을 뻔했다. 한 손이 그녀의 턱을 들어 올리고, 다른 손이 허리를 붙들고 제 쪽으로 그녀를 잡아당겼다.

입술이 닿았다.

말캉한 살이 그녀의 입술을 꾹 눌러 왔다. 누르고, 벌어진 제 입술 사이에 그녀의 아랫입술을 머금고, 살짝 빨아들이더니, 혀끝이 닿아 왔다.

고작 입술에 닿은 정도였으나, 그 순간 오싹한 감각이 불티처럼 튀어 온몸으로 확 퍼져 나갔다. 무너졌던 이성이 그 감촉에 퍼뜩 돌아왔다. 에키는 기겁해서 그를 밀어냈다. 늘 조심스럽던 평소와 달리 얽어매듯 그녀를 잡고 있던 그가 화들짝 놀라 손을 놓았다.

그녀는 손등으로 입을 가렸고, 유리엔은 약간 물러났다.

에키네시아가 그의 뺨을 만졌고, 당겼고, 입술을 댔다. 녹을 듯이 보드라운 감촉이 그의 피부에 닿았다. 함께하자고, 뭐든 같이 하자는 말을 들었다. 그가 정신이 나가기에 충분한 조건이었다.

[네가 언젠가 사고 칠 줄은 알았다만, 너무 빠른 것 아니냐…….]

성검이 중얼거렸다. 방금 자신이 뭘 했던가. 그는 무심결에 손으로 제 입술을 더듬었다. 감촉이 남아 있었다.

그나마 진정되었던 그의 얼굴이 도로 목덜미부터 귀 끝까지 확 타올랐다. 머리가 하얗게 비더니 불꽃놀이 폭죽 같은 것이 가슴께에서 펑펑 터져 댔다. 닿은 것만으로도 어지럽도록 좋은데, 더 깊게 닿고 싶은 욕심까지 일었다.

그런 심정과 별개로 미친 짓이었다는 판단은 섰다. 유리엔은 차마 에키네시아를 제대로 보지 못하고 고개를 숙였다.

"미안하다, 내가, 잠깐 미쳐서……."

"아, 아뇨, 괜, 괜찮, 괜찮으니까, 그냥 좀, 놀란 거고, 게다가 음, 제가 먼저……."

당연히 에키도 멀쩡한 상태가 아니었다. 더듬고 싶지 않은데 말이 제대로 나오질 않았다. 그녀는 으, 하고 신음을 흘리고는 양손에 얼굴을 파묻었다. 온몸이 흐물흐물해지는 기분이었다.

[뽀뽀했지? 지금 너 쟤랑 뽀뽀한 거지? 우와, 뽀뽀했어! 이제 진짜 애기 낳는 거야? 그럼 앞으로 쟤는 죽이자고 안 할게!]

눈치 없는 마검이 떠들어 댔다. 덕분에 정신이 번쩍 드는 것과 동시에 부끄러워서 미칠 것 같아졌다. 그녀는 부들부들 떨리는 오른손을 움켜쥐고 마나를 퍼부었다. 아프다고 징징거리는 소리를 무시하며 호흡을 골랐다.

"로드, 아니, 음, 율."

"……."

그녀의 부름에 반사적으로 고개를 들던 유리엔이, 그녀가 고쳐 부른 애칭에 뻣뻣해져 버렸다. 눈에서 초점이 나갔다. 민망함에 시선을 돌리고 있던 에키는 그것을 알아채지 못하고 말을 이었다.

"놀라서 밀어낸 것뿐이니까, 그러니까, 음, 기분이 나빴다거나, 그런 건 아니니까, 정말 신경 쓰지 마세요."

"……놀라게 해서 미안하다."

"아니, 사과도 하지 마시고요. 그, 그래도 되는, 그런 관계가 된 거잖아요. ……그렇죠?"

스스로가 무슨 말을 하고 있는 건지 모르겠다. 머리가 빙빙 돌아서 나오는 대로 지껄였다. 그녀는 자신 없는 물음을 덧붙이며 슬며시 그를 살폈다.

유리엔은 뒤통수를 한 대 맞은 것 같은 표정이 되었다. 관계가 변했음을 먼저 확언해 놓고서도 그녀의 말이 충격적이었다. 그래도 되는 관계, 라니. 이게 정말 현실이 맞나. 그래도 된다고. 욕망이건 감정이건 죄 쏟아 놓아도 된다는 허락처럼 들렸다.

그녀가 그의 앞에서 고개를 기울이며 그를 올려다본다. 자신이 한 말이 맞는지 고심하는 듯한 얼굴로. 유리엔은 평생 쌓아 온 절제를 다 끌어모아 스스로를 다스렸다. 또 미친 짓을 할까 봐.

에키네시아는 그가 가진 욕망의 깊이를 모르고 있었다. 아까 그녀가 바라하가 좋다고 하는 줄 알았을 때, 그가 찰나 무슨 생각까지 했는지 알긴 할까. 성검의 주인은 자신이 정상이 아님을 자각하고 있었다. 그는 속내와 달리 고결하게만 보이는 낯으로 말했다.

"그래도, 조금 전에는 명백히 내가 무례했다. 앞으로는 주의하지."

사과 자체는 진심이었다. 주의하겠다는 말도 진심이었다. 그의 말에 에키가 곧바로 고개를 저었다.

"정말 괜찮다니까요. 주의까지 할 일은 아니었어요."

경황이 없어서 밀어냈을 뿐 솔직히 좋았다. 아직도 심장이 두근거리고 있다. 게다가 제대로 된 키스도 아니고 고작 입맞춤이었다. 아마 그녀가 밀어내지 않았다면 키스가 되었을 테지만, 에키는 거기까지는 생각하지 못했다. 그녀가 고개를 가로젓자 유리엔이 묘한 표정을 지었다.

"그렇게 무르게 굴지 마라."

"네?"

"……아니, 아무것도 아니다."

유리엔은 말을 돌리며 작게 웃었다. 그 웃음이 지금까지의 그와 달리 이상하리만치 농밀하게 느껴졌다. 똑바로 보고 있기가 힘든 느낌에 에키는 시선을 내렸다. 각 잡힌 목깃으로 가려진 그의 목덜미가 보였다.

아직도 붕대를 두르고 있을까. 보여 달라는 말은 들어주지 않겠지. 억지로라도 확인하고 싶은 충동이 들어서 에키는 마른침을 삼키며 참았다.

그사이 연회장 쪽에서 계속 들리던 음악이 멎었다. 벌써 무도회 중간의 휴식 시간인 모양이었다.

"슬슬 돌아가시는 게 좋겠어요. 시간이 많이 흘렀잖아요."

유리엔이 연회장 쪽을 잠시 보더니 다시 그녀를 돌아보았다. 다 그만두고 그냥 그녀와 계속 함께 있고 싶었다. 동시에 이대로 계속 있다가는 심장이 터지거나 아까보다 더한 사고를 치지 않을까 싶은 의심이 들었다.

　사고를 치는 쪽도 심장이 터지는 건 똑같겠군. 그는 멍하니 그런 생각을 했다.

　"그래, 그렇군. 이만…… 돌아가야겠다."

　최선을 다해 인내심을 끌어낸 말이었다. 에키가 고개를 끄덕였다. 그는 몇 발짝 걷다가 그녀를 돌아보았다.

　"에키네시아."

　"에키, 예요."

　"……에키."

　애칭을 입에 담자, 그녀가 그를 바라본다. 밤이 드리워 짙게 채색된 정원에 서 있는 여자. 등불 빛을 받아 하얗게 빛나는 피부 위로 굽슬거리며 흐르는 연한 분홍색 머리칼과, 그가 고른 연보랏빛 드레스. 살짝 웃고 있는 입술과 그를 똑바로 바라보는 또렷한 눈동자.

　"네, 율."

　이러다 정말 죽을 것 같다. 익숙해질 수 있긴 할까. 유리엔은 일부러 시선을 떼고서야 간신히 하려던 말을 꺼낼 수 있었다.

　"2황자…… 카르엠 형님이 그대를 만나 보고 싶다고 했었다."

　"네? 2황자 전하께서요?"

　"조심해라. 그는……."

　그대가 마검을 쥐도록 만든 자다. 할 수 없는 말이었다. 유리엔은 그 말을 삼키고 다른 말을 했다.

　"……나를 좋아하지 않으니, 내 스콰이어인 그대에게도 무언가 해를 끼치려 할지도 모른다."

　카르엠과 유리엔의 사이가 나쁘다는 건 니콜에게 들어 알고 있었지만, 그자가 그녀를 만나고 싶어 한다는 건 예상하지 못한 일이었다. 에키는 약간 갸웃거렸다.

'마검 때문인가?'

떠오르는 가정은 그것뿐이었다. 아무래도 2황자 측이 로아즈에 마검을 가져다 둔 흑막일 확률이 높았으니까.

학살을 벌여야 할 마검이 증발하더니 로아즈의 영애가 아젠카로 가서는 덜컥 스콰이어까지 되었다. 음모를 꾸민 자들 입장에선 어떻게 된 일인지 확인하고 싶어 하겠지. 만나 보려 하는 것도 당연했다.

사실 마검의 출처 뒤에 있는 것이 황족일 줄 몰랐을 때는, 확인하러 와서 정체를 드러내 주면 좋겠다고 생각하기도 했었다. 복수하기 쉽게 말이다.

'2황자는 유리엔의 형제고, 황제는 그의 아버지지.'

증오에 가까운 관계라는 것을 듣긴 했지만, 그래도 그의 친혈육이었다. 그녀가 복수하려는 대상은. 한동안 밀쳐 두었던 복잡한 심정이 수면으로 떠오르려 했다.

'나중에…… 나중에 생각하자, 이건.'

그녀가 고민하는 사이 유리엔은 다른 것을 묻고 싶어 입을 떼었다가 꾹 다물었다.

'왜 나를 선택한 건가, 그대는?'

어느 정도 진정이 되자 자연스럽게 떠오른 의문이었다. 왜 자신이 그녀에게 누구보다 특별하다는 건지 알고 싶었다. 지워진 과거를 알고 있는 자신은 그녀에게 불편한 존재일 텐데.

그녀는 분명히 그보다 바라하와 있는 것을 더 편하게 여겼었다. 게다가 바라하는 디트리히가 말했듯 좋은 남자였다. 둘 사이에 호감이 있는 것도 분명했다. 그럼에도 그녀는 망설임 없이 바라하를 거절하고 그를 택했다.

왜? 언제부터? 유리엔은 그 질문을 일단 뒤로 미뤄 두었다. 말하기 두려워진 진실과 함께.

"그대는 곧 스콰이어 업무에 복귀하겠군."

"네. 그때 뵙겠습니다."

"기다리고 있겠다."

각자 다른 번민을 묻어 둔 채 다음을 약속했다. 마주한 순간 지어지는 미소와 떨리는 목소리는 그저 진심이었다. 비밀을 전부 드러내진 못했어도 넘쳐흐른 감정은 온전히 드러났다.

유리엔은 미적거리는 걸음으로 정원을 벗어나 테라스로 향했다. 에키는 그가 보이지 않게 된 이후에 긴장이 풀려 쪼그려 앉았다.

입술을 만지작거리다가, 아직도 화끈거리는 뺨에 양 손등을 대어 식혔다. 심장이 여전히 두근거렸다.

[맞는 말 했는데 때려. 서럽다.]

"발, 맞는 말이라고 다 해도 되는 건 아니야."

[어, 그럼 맞는 말이긴 한 거네, 주인아? 나 안 틀렸지?]

"……."

에키는 이마를 짚었다. 그녀가 진정하고 자리에서 일어나기까지는 상당한 시간이 걸렸다.

무도회는 자정까지 진행될 터였다. 시간이 한참 남아 있었다. 그래도 그녀로서는 드물게 무도회를 즐길 마음이 들지 않았다. 유리엔과 춤을 출 수 있는 것도 아니니 내키지가 않았다. 결국 에키는 샤이와 위즈덤 클럽원들에게 인사만 하고 먼저 기숙사로 돌아갈 작정으로 연회장으로 향했다.

정원과 연회장을 잇는 계단은 2층까지 나선형으로 길게 뻗어 있었다. 아직 여운이 남은 상태로 계단을 오르던 에키는 문득 걸음을 멈췄다.

계단 중간 즈음에 사람 그림자가 있었다. 짧은 은발이 눈에 띄었다. 짙은 초록빛 눈동자의 남자가 나선계단의 난간에 기댄 채 아래쪽의 그녀를 내려다보았다.

"오래 기다리게 만드는군. 같이 나갔던 덩치 큰 녀석은 먼저 돌아오던데 말이야."

그가 입꼬리를 올려 웃었다.

아는 얼굴이었다. 죽였던 적 있는 자다. 그녀의 육체가 마검에 적응하고 난 후, 대놓고 학살을 하고 다녔을 때. 대규모의 토벌단을 이끌고 그녀를 토벌하러 왔던 황족. 황족 특유의 은발에 녹색 눈동자, 검으로 단련된 몸, 잘생긴 편임에도 어딘지 모르게 뒤틀려 보이는 인상.

유리엔을 제외하면 현재 아젠카에 있을 황족은 단 한 명뿐이었다. 제국의 2황자, 카르엠 드 하르덴 키리에.

지워진 과거의 1631년 겨울, 제국이 꾸렸던 토벌단은 굉장한 규모였다. 숫자 자체는 군대에 비하면 적었지만 평균적인 수준이 엄청났다. 가장 말단이 근위 기사였고, 마탑의 마법사들과 7현자 중 넷이 포함되어 있었다. 그중에는 제자를 잃은 니콜의 스승도 있었다.

당시 토벌단은 딱히 작전이랄 것을 세우지 않았다. 그럴 만한 수준의 토벌단이었다. 어지간하면 피해 없이 목적을 달성했을 것이다. 상대가 에키네시아였던 게 문제였을 뿐이다.

마검에 물든 지 2년이 넘었던 시기였다. 연약하던 그녀의 몸뚱이는 쉼 없는 전투로 완벽하게 단련되었으며 마검이 공급하는 마나는 무한에 가까웠다. 인간의 악의로 구성된 마검은 영악한 짐승처럼 굴었다.

작전 없이 맞닥뜨렸어도 지휘하는 자가 좀 더 현명했다면 결과가 달랐을지도 모른다. 그렇다고 아주 최악까지는 아니었다. 군대 간의 전술에나 맞을 법한 지휘였을 뿐이다.

상대가 화살을 맞추기도 어려울 정도로 가느다란 몸의 여인 하나인 데다, 엄청난 속도로 움직이며, 일대일로 마주했다간 몇 초 버티지도 못하고 사망하고, 다수로 잘못 둘러쌌다간 아군이 방해가 되어 오히려 더 불리해진다는 것을, 지휘관은 제대로 파악하지 못했다.

그 결과는 전멸이었다.

에키네시아 입장에선 몸이 힘들었고 부상을 입긴 했어도 심하게 끔찍한 기억까진 아니었다. 공격해 오는 기사나 마법사를 죽이는 것은 넘어져 울음을 터트리는 어린아이를 베는 것보다 덜 고통스러웠다. 그 시절은 대체로 처참했기에 토벌단을 학살한 정도면 양호했다.

그날의 기억 중에 가장 잊고 싶은 건 니콜의 스승이라 두어 번 본 적 있던 늙은 현자를 베었던 일이었다. 그 외에는 그저 일상적인 살육에 불과했다.

그 살육 와중에 분명 저자를 죽였다. 누구인지는 몰랐으나 특유의 은발 덕에 죽인 지휘관이 황족이었던 것은 알아봤었다. 별로 인상적이지 않아서 얼굴까지 기억하고 있진 못했는데, 마주하니 생각이 났다. 싸울 의지를 잃고 토벌단을 버리며 도망치다가 등을 보인 채 죽었던 지휘관. 그게 2황자였구나.

'유리엔이 경고하자마자 만나다니.'

에키는 태연한 얼굴로 예를 취했다. 계단 중간에서 제대로 인사하긴 어려워서 가볍게 무릎만 굽혔다 폈다.

"제국의 황족을 뵙습니다. 로아즈의 에키네시아입니다."

"안다. 너야말로 내가 누구인지 아나?"

"물론입니다. 제국의 젊은 사자이신, 카르엠 드 하르덴 키리에 전하."

그녀는 고분고분 답하며 은밀히 감각을 넓혔다. 아무리 마스터라지만 황자쯤 되는 자가 타국에서 혼자 돌아다닐 리는 없었다. 역시 호위가 있었다. 계단 꼭대기에 근위 기사인 듯한 기척이 하나. 실력은 마스터급이다.

그녀가 그것을 파악하는 사이 카르엠이 천천히 계단을 내려오며 말했다.

"그래, 맞다. 내가 카르엠이다. 에키네시아 로아즈, 왜 이 몸이 친히 너를 기다렸을까? 짐작 가는 것이 있나?"

물론 짐작 가는 게 있었다. 그러나 에키는 전혀 모르는 척 눈을 깜박이며 대꾸했다.

"글쎄요, 잘 모르겠습니다."

"내 친애하는 동생이 스콰이어를 들였다기에 궁금해져서 말이지."

"어떤 것이 궁금하셨나요?"

"동생의 인간관계는 제법 잘 안다고 생각했는데, 너는 낯설어. 언제부터 유리엔과 아는 사이였지?"

"아젠카에 와서 처음으로 뵌……."

그녀의 대답에 카르엠의 표정이 돌변했다. 네가 감히 나를 기만하느냐는 듯한 얼굴이었다. 그는 그녀의 말을 툭 끊으며 말했다.

"황족의 물음에 거짓으로 답하는 건 중죄다, 로아즈 영애."

"거짓말이 아닙니다. 아젠카에 오기 전에는 로드와 대화조차 해 본 적 없어요."

 이건 정말 거짓말이 아니었지만, 카르엠은 전혀 믿지 않는 기색이었다. 그가 솟구치는 화를 누르는 것처럼 지그시 이를 물었다. 본래도 다혈질인 편이긴 했으나 유리엔과 관련되면 늘 더 심하게 화가 솟구치곤 했다.

 "그럼, 아젠카에 오기 전엔 내 동생과 만난 적이 없다는 소리냐?"
 "예, 전하."
 "나를 바보로 아나? 넌 유리엔과 만난 적이 있다. 작년 탄신 연회 때 내가 분명히 보았지. 내 면전에서 빤히 보이는 거짓말을 하다니!"

 에키는 어이가 없어졌다. 서로 대화 한 번 안 나눠 봤고 눈길도 마주쳐 보지 못했던 것을 '만났다'라고 표현할 수 있다면, 그녀는 탄신 연회에 참석했던 모든 귀족과 만나 본 사이일 것이다.

 한편으로는 묘하게 걸리는 점이 있었다. 유리엔은 그녀를 탄신 연회 때 처음 눈여겨보았다고 했었다. 그때 그가 그녀를 보는 것을, 2황자가 알아챘었단 뜻인가?

 "……전하, 저는 서로 인사 한마디 나누지 않은 것을 만났다고 생각하지는 않습니다."
 "그 뒤에 유리엔이 로아즈 영지를 방문한 적은?"
 "그런 일은 없었습니다."
 "하."

 카르엠이 기가 찬다는 듯 코웃음 소릴 냈다. 제 나름대로 결론을 이미 내어놓은 상태라 그녀의 대답을 믿지 않는 모양이었다. 그는 비웃는 표정으로 그녀를 보았다.

 "그래, 사실대로 말할 순 없겠지. 이해해 주마. 잘 알겠다."

[쟨 혼자 뭘 이해해 준다는 거야? 알긴 뭘 알아. 되게 짜증 난다. 주인아, 저거 좀 죽이면 안 돼?]

마검이 투덜거리는 것을 들으며 에키는 니콜이 했었던 말을 떠올렸다.

"마검을 보낸 측에서는 의심을 하고 있거든. 로아즈와 유리엔 단장 사이에 무언가 끈이 있는 게 아닌가 하는 의심을."

"학살 사건을 벌여야 할 마검이 사라졌잖아. 아무도 죽지 않고. 상식적으로 이런 일이 가능한 게 기오사를 관리하는 창천 기사단 말고 또 있겠니?"

그녀가 스콰이어가 된 이후 유리엔과 로아즈 사이에 연결 고리가 생기는 것은 당연하다. 반면, 그녀가 스콰이어가 되기 이전부터 유리엔과 로아즈 백작가가 관계가 있다고 확신하고 있는 사람이라면…….

'마검을 보낸 측일 확률이 매우 높겠지.'

그녀의 눈이 깊게 가라앉았다. 그사이 카르엠은 그녀의 바로 앞까지 내려왔다. 그는 비뚜름하게 입매를 올린 채 말했다.

"뭐……. 어쨌든 내 귀한 동생이 처음으로 들인 소중한 스콰이어니, 형으로서 가만있을 수는 없지."

카르엠이 품에 손을 넣었다. 에키는 반사적으로 긴장했다. 그러나 긴장한 것이 무색하게도 그가 꺼낸 것은 조그만 벨벳 상자였다. 흔히 장신구를 담는 선물 상자. 선물용 붉은 리본까지 묶여 있었다. 카르엠이 그것을 그녀에게 내밀었다.

"선물이다."

"제게 왜 이런 것을……. 괜찮습니다."

"말했잖나, 네 로드의 형으로서 챙기는 거라고. 설마 내 호의를 거절하려는 건 아니겠지?"

황족의 호의를 거절하는 건 굉장한 무례다. 거부했다간 트집을 잡혀 불이익을 당할 수도 있다. 받을 수밖에 없는 선물이었다. 그리고 이해할 수 없는 선물이기도 했다. 에키는 어쩔 수 없이 그것을 받아들었다.

'대체 무슨 수작이야?'

"감사합니다, 전하."

"지금 열어 보도록."

"네?"

"지금 열어 보라고 했다."

심하게 수상했다. 카르엠이 유리엔과 사이좋은 형제였다면 모를까, 그것도 아니면서 호의를 베풀 리가 없었다. 조금 전에 유리엔이 경고까지 하지 않았던가. 하물며 마검의 흑막일 수도 있는 상대다. 에키는 불길한 것을 보듯 손바닥 위의 상자를 내려다보았다.

'적어도 폭발하거나 하는, 공격적인 건 아니겠지.'

사람이 없는 계단이라지만 연회장이 코앞이었다. 게다가 저 연회장에는 지금 기오사 오너만 네 명에 마스터가 수십이었다. 이런 자리에서 기사단장의 스콰이어에게 이런 식으로 대놓고 해를 끼치는 건 제국의 황족이라도 무리였다.

"얼른 열어 보라니까. 뭐 하는 거냐?"

황족만 아니었어도 '싫은데요, 필요 없으니 도로 가져가세요'라고 대답했을 텐데. 에키는 심란한 눈으로 벨벳 상자를 노려보다가 리본에 손을 대었다. 긴장은 늦추지 않았다. 뭐가 나오든 놀라지 않을 각오를 하고 리본을 풀었다. 상자의 뚜껑을 쥐고 열었다.

그 안에는 검은 보석이 달린 목걸이가 있었다. 손가락 두 마디쯤 되는 커다란 보석이었는데, 처음 보는 종류였다. 심연처럼 새카만 빛깔이 독특했다.

그뿐이었다. 별다른 문제는 없었다. 에키는 목걸이에서 시선을 떼고 카르엠에게 기계적으로 인사를 했다.

"아름답네요. 과분한 선물이에요. 감사드립니다, 전하."
"처음 보는 보석이겠지? 아주 희귀한 것이다."

카르엠이 기묘하게 웃더니 그녀에게 손짓을 했다.

"한번 걸어 봐라. 어울리는지 봐야겠으니."

괴상하긴 했어도 할 수 있는 요청이었다. 목걸이를 선물로 주면 걸어 보라고 할 수도 있는 것 아닌가. 물론 나올 만한 요청인 것과 별개로 꺼림칙했다. 에키는 저도 모르게 찌푸려지려는 미간을 간신히 폈다.

"저, 이미 착용하고 있는 목걸이가 있어서……."
"잠깐 해 보라는 게 그리 어렵나? 이 몸이 친히 하사한 것인데, 지금 마음에 들지 않는다고 항의를 하는 거냐?"

그가 불쾌한 듯 인상을 썼다. 에키는 속으로 욕을 하며 목걸이를 재차 살펴보았다. 혹시나 해서 꼼꼼히 보았지만 마법진 같은 건 보이지 않았다. 모든 마도구는 마법진이 새겨져 있으므로, 마도구는 아니라는 뜻이었다.

좀 더 자세히 살펴보려면 마나를 흘려 넣어야 했다. 사실 그녀는 손을 대지 않고도 자신의 마나를 넣어 볼 수 있었으나 마스터인 카르엠의 코앞에서 그런 짓을 할 수는 없었다. 아무리 둔해도 신체 외부로 마나를 흘리는 것까지 눈치를 못 챌 마스터는 없다.

'독이라도 발라 놨나.'

얼마 전에 독을 먹고 고생을 했더니 그 가능성이 떠올랐다. 하지만 여기서 그녀가 목걸이를 만지고 쓰러지거나 중독 증세를 보이기라도 하면 난리가 날 것이다. 독을 쓰려면 은밀히 하지 이렇게 대놓고 줄 리가 없다.

에키는 결국 한숨을 쉬고 목걸이에 손을 뻗었다. 카르엠이 그녀를 지켜보고 있었다. 그녀의 손끝이 보석에 닿았다. 흰 손가락에 검은 얼룩이 퍼져 나갔다. 닿은 곳에서부터 새카만 마나가 쏟아져 들어왔다.

"……!"

본능적으로 그것을 억누르며 흡수했다. 손끝에서 퍼지던 얼룩이 삽시간에 가라앉았다. 그건 무의식적이고 습관적인 행위였다. 늘 하던 대로 마검의 마나를 사용하며 살의를 억제하는 행위. 그녀는 그것을 완전히 흡수해 버린 다음에야 방금 자신이 뭘 했는지 깨달았다.

"윽!"

당황해서 목걸이를 내던졌다. 바닥에 나뒹군 목걸이의 보석은 유리처럼 투명해져 있었다.

[어? 이거 되게 익숙한 마나인데? 내 거잖아?]

에키의 감각을 함께 느낀 마검이 황당하다는 듯 중얼거렸다. 그녀와 같은 판단이었다. 바르데르기오사에 쌓이는 살의의 마나였다.

이게 왜, 여기에, 어떻게?

에키는 얼이 빠져서 카르엠을 바라보았다. 그는 검 손잡이에 손을 올리고 있었다. 그리고 보니 검을 차고 있다. 연회장에서 검을 차는 것은 예의가 아닌데도. 카르엠은 들어올 공격을 대비하는 것 같은 자세로 에키를 쳐다보았다.

그 모습에 당황했던 에키의 머리가 차게 식었다. 살의가 깃든 마검의 마나. 투명해진 보석. 그리고 공격을 막을 준비를 하는 2황자.

'목걸이의 보석이 마석이었어.'

그것도 마검의 마나를 담아 놓고, 접촉하면 담긴 마나가 곧바로 흡수되도록 만들어 둔 마석. 급속도로 생각이 흐르고 판단이 이어졌다.

2황자 측이 마검을 보낸 게 확실하다. 마검의 마나가 든 마석을 가지고 있다는 건 마검을 소유한 적이 있다는 뜻이니까.

2황자는 선물이라는 핑계로 그녀가 마검의 마나를 흡수하도록 만들었다. 마검의 마나를 흡수하면 살의에 물든다. 살의에 물든 자는 무차별적으로 주위 인간을 학살하게 된다. 그녀가 누구보다도 마검의 마나에 익숙한 자가 아니었다면, 그녀는 살의에 물들어 가장 가까운 인간, 즉 2황자를 죽이려 들었을 것이다.

황족 살해 시도는 사형이다. 즉결처분도 허용된다. 2황자는 마스터였고, 에키네시아는 마스터가 아닌 것으로 알려져 있다. 그는 살의에 물든 그녀를 제압할 자신이 있었을 것이다. 거기다 혹시 모를 사태를 대비하여 마스터급 호위 기사도 하나 더 데려왔다.

만약, 살의에 물든 그녀가 카르엠을 공격하고, 그 소란을 계단 위에 있는 호위 기사가 소리쳐 알리고, 연회장의 모든 이들이 나와 보는 가운데 그녀가 카르엠을 죽이려 든다면.

설사 그 자리에서 2황자가 그녀의 목을 벤다 해도 항의할 수 없는 정당한 처분이고, 동시에 유리엔은 황족을 죽이려 한 스콰이어의 책임을 져야 했다.

'반면 내가 물들지 않는다면.'

에키네시아 로아즈에게 마검이 있다는 뜻이 된다.

"합리적인 의심이지. 그 집 딸내미가 마검을 쥐고도 괜찮은 특이 체질이라는 망상보다는."

니콜은 망상이라고 했었다. 그러나 방금 자신은 그 망상을 증명해 버렸다. 판단까지 걸린 시간은 불과 수 초. 공격을 대비하던 카르엠의 얼굴이 눈앞에서 일그러졌다.
"……설마, 너."
카르엠이 그녀에게로 성큼 다가왔다. 그는 그녀의 오른손을 낚아채려 했다. 마검의 문양을 확인하려는 목적일 것이다. 짧은 순간에 에키는 갈등했다. 문양을 들킬 수는 없다. 피할까? 어떻게 해야 하지?
결정을 내렸다. 그녀는 피하지 않았다. 카르엠이 그녀의 손목을 움켜쥐었다. 장갑을 벗기려는 듯 다른 손이 뻗어 온다. 에키는 손목이 잡힌 상태로 피하려는 것처럼 뒤로 확 잡아당겼다.
그 힘이 꽤 강했다. 카르엠의 몸이 그녀 쪽으로 약간 기울었다. 그 순간 그녀는 카르엠의 발을 걸고, 손목을 뿌리치며 밀쳤다. 가슴팍을 밀치면서 마나를 담아 교묘하게 명치를 후려쳤다.
마스터라 해도 실력은 천차만별인 법이다. 카르엠은 작정하고 기절시키려 드는 에키네시아를 상대로 버틸 만한 수준이 되지 못했다. 그는 명치를 맞는 것과 동시에 기절했다. 정신을 잃은 카르엠이 그대로 계단 아래로 굴러떨어지자 우당탕탕 하는 요란한 소리가 났다. 에키는 깜짝 놀란 것처럼 휘둥그렇게 눈을 뜨고 입가를 가렸다.
"어머나, 황자 전하!"

겉보기에는 손목이 잡힌 아가씨가 당황해서 남자를 밀쳐 내고, 그로 인해 균형을 잃은 남자가 계단 아래로 굴러떨어진 꼴이었다.

"전하!"

계단 위쪽에서 대기하고 있던 호위 기사가 그 소리에 기겁해 튀어나왔다. 검은색과 붉은색이 섞인 제복 차림에, 가슴에는 하얀 사자의 문장. 제국 근위 기사단 소속의 기사였다.

그자가 다급히 계단을 뛰어내려 왔다. 에키는 놀라서 물러나는 척하면서 계단을 비스듬히 밟았다. 그녀의 몸이 기우뚱하며 아래로 떨어지려 했다. 지나가던 기사가 반사적으로 에키를 붙잡았다. 에키는 넘어지지 않기 위해 기사의 어깨를 잡는 척하면서 목덜미를 내려쳤다.

그 역시 당황한 상태에서 그녀를 상대로 버틸 만한 수준은 못 되었다. 그녀는 난간을 잡고 몸을 바로 세우며 비켜섰다. 기절한 기사는 제 주군과 똑같은 꼴이 되어 아래로 굴러떨어졌다.

순식간에 벌어진 일이었다. 에키는 한숨을 내쉬며 계단 아래를 내려다보았다. 볼썽사납게 널브러진 남자 둘이 보였다.

[에잉, 안 죽었네. 목이라도 부러졌음 좋았을 텐데. 아니다, 그럼 피 맛을 못 보니까 이쪽이 낫겠네? 주인아, 이제 죽일 거지?]

"좀 닥쳐 봐."

머리가 아팠다. 그녀는 우선 바닥에 나뒹굴고 있는 목걸이를 주워 들었다. 투명해진 보석. 다시 이리저리 둘러봐도 그녀의 눈으로는 마법진을 찾을 수가 없었다. 마석은 겉보기에 보석과 큰 차이가 나지 않아서 전문가가 아닌 그녀로서는 제대로 분석하는 게 불가능했다.

마검의 마나를 이런 식으로 써먹는 건 상상도 해 보지 못했다. 이런 게 쉽게 만들 수 있는 물건일까? 그녀는 제발 쉽게 만들 수 없는 물건이길 빌었다.

'일단 이건…… 니콜 언니에게 가져가 봐야겠다.'

에키는 포기하고 벨벳 상자를 주워 그것을 도로 집어넣었다. 그리고 힐끔 연회장 쪽을 보았다. 제법 요란한 소리가 났는데 나와 보는 사람은 없었다. 음악 소리에 묻혀 제대로 들리지 않은 모양이었다.

그녀는 상자를 챙기고 계단 아래로 내려갔다. 기사를 발끝으로 밀어 치우고, 엎어져 있는 2황자를 확인했다. 완전히 기절한 상태. 에키는 무표정하게 그 얼굴을 들여다보았다.

이제 확신했다. 이자가 로아즈 저택의 주방에 마검을 가져다 둔 원흉이었다. 뒤에 황제가 있을 수도 있지만, 어쨌든 바르데르기오사를 이용해 이득을 보려던 건 2황자다.

마주하면 찢어 죽이고 싶다고 생각했었다. 상상할 수 있는 가장 잔인한 방법으로 죽여 버리고 싶다고 소망했었다. 망설임 없이 죽이리라 결심했었다.

이자로 인해 그녀는 제 손으로 가족을 죽였고, 무고한 사람들을 죽였고, 유리엔을 죽였고, 아젠카를 멸망시켰다. 이자로 인해 6년간 원치 않는 살육을 벌이고, 9년간 진창을 구르며 기오사를 모았다.

모든 것을 바꿔 버린 15년의 지옥. 새빨갛게 차오르는 분노. 지옥에서 기어올라 온 그녀의 혼이 속삭였다.

죽여 버려. 복수를 해. 네 고통의 만분의 일이라도 느끼게 해 줘.

살의가 전신을 타고 오른다.

[우와, 살의 봐. 잘됐다, 지금 주위에 아무도 없잖아! 내 마나 가지고 있는 걸 보면 저놈이 날 가져다 놓은 놈 확실하지? 나쁜 놈이니 거리낄 것도 없네! 주인아, 죽이자! 죽여 버려!]

주위는 어두웠고, 아무도 없었다. 죽이는 건 정말로 쉬운 일이다. 당장 저자가 일어나서 발악을 해도 그녀는 개미를 눌러 죽이듯 죽여 버릴 수 있었다.

과거만 본다면 죽이고 싶었다.

하지만, 현재를 본다면.

에키네시아는 치솟는 살의를 눌러 삼키며 오랜 경험에서 비롯된 냉정을 끌어 올렸다.

2황자는 제국의 직계 황족이다. 거기다 황제가 가장 사랑하는 아들이었다. 그가 사망하면, 그것도 아젠카의 연회에 참석했다가 죽은 채 발견되면, 얼마나 복잡하고 끔찍한 문제가 발생할지 안 봐도 뻔했다.

심지어 아젠카의 군주는 유리엔이었다. 유리엔이 지배하고 있는 땅에서 2황자가 죽었다간 정말로 제국과 아젠카 사이에서 전쟁이 일어날지도 모른다. 제국과 아젠카가 전쟁을 선포하면 로아즈가 위태로워진다. 가족이 위험해질 수도 있다. 간신히 되돌려 얻은 새로운 삶은 혼란으로 빠져들 것이다.

그녀가 죽였다는 것을 들키긴 들키지 않건 간에, 2황자의 죽음만으로도 그렇게 될 것이다.

……그리고, 미래를 본다면.

그녀는 눈을 감았다. 눈꺼풀 안쪽의 어둠이 밤하늘처럼 느껴졌다.

"앞으로도 계속 함께 변해 갔으면 좋겠다. 이 삶의 끝까지."

조금 전 유리엔이 그녀에게 했던 말. 그가 말한 대로 모든 것을 해결하고 함께 행복하게 살아가는 미래를 그려 본다.

2년 내지는 3년 정도 후에 기사가 되어, 다른 기오사를 얻어 기오사 오너가 된다. 그 기오사를 각성시키고, 마검을 봉인하고, 창천의 기사로서 그와 함께하는 삶. 이미 존재하지 않게 된 과거는 정말로 잊어버리고 완전히 새로운 삶을 살아가는 것.

처음부터 그녀는 복수하기 위해 시간을 되돌린 게 아니었다. 목표가 복수였다면 9년의 세월 중 어딘가에서 지쳐 나가떨어졌을지도 모른다. 그녀의 목표는 모두를 되살리는 것이었다. 그래서 포기하지 않을 수 있었다.

행복해지려고 시간을 되돌렸다. 그리고 지금의 그녀는 꽤나 행복했다. 가족이 살아 있다. 친구가 생겼다. 즐거운 것들도, 좋아하는 것들도 늘어났다. 비극을 겪기 전의 자신을 되찾아 간다. 창천의 기사로 살아갈 미래가 있다.

무엇보다도 유리엔이 있었다. 결코 이루어질 리 없다고 생각했던 그와 마음이 닿았다. 에키는 무심코 입술을 만지작거렸다. 손끝이 닿았다.

유리엔이 그녀의 복수를 이해할 수 있을까. 혹여 이해한다 해도, 형을 죽인 사람과 함께 살 수 있을까.

'사이가 나쁘다지만 그래도 혈육이잖아. 그의 가족을 죽이고 그와 함께하겠다는 건…… 말도 안 되는 소리겠지.'

어머니가 다른 것도 아니고 완전히 같은 부모 아래에서 태어난 친형이다. 게다가 배후에 있을 황제는 그의 친아버지였다. 그녀는 복수를 위해 그를 포기하고 싶지 않았다.

정말로 간신히, 이제야 간신히 두려움을 묻어 버리고 그와 함께하는 미래를 그리게 되었는데. 아직도 남아 있는 그에 대한 죄책감 위에 새로운 죄책감을 쌓을 순 없었다.

'지금 이 현재와, 그와 함께하는 미래를 위해서라면, 복수를…… 포기할 수도 있다.'

그녀는 스스로 내린 결론에 놀랐다. 놀랐으나 그 결론을 부정하지는 못했다. 에키는 헛웃음을 흘리며 오른손을 내려다보았다.

모두 없던 일로 만들었다. 그 과정은 고통스러웠으나 결과는 만족스러웠다. 그러니 결과를 유지하기 위해 지워 버린 과거는 잊어 줄 수도 있었다. 그놈들을 위해서가 아니라 그녀 자신을 위해서, 그리고 유리엔을 위해서.

그녀와 그녀의 주위를 더 이상 건드리지만 않는다면 말이다.

에키네시아는 결정을 내렸다.

[주인아, 안 죽이고 뭐 해? 내버려 둘 거야? 이놈 때문이잖아!]

"너 때문이기도 하지."

[내가 아니라 나한테 쌓이는 살의 때문이지. 난 착해! 말도 잘 들어!]

"네가 본능을 잘 참고 죽이자는 소리 좀 그만하면 착하다는 거 인정해 줄게."

[……치사해.]

에키는 챙겨 놓은 벨벳 상자를 물끄러미 바라보다가, 풀밭에 얼굴을 처박고 쓰러져 있는 2황자를 한 차례 걷어찼다. 구두 굽으로 걷어찼으니 꽤 아플 텐데 카르엠은 일어나지 못했다. 내친김에 머리도 몇 번 밟아 주었다. 유치하고 무의미한 분풀이였으나 속은 약간 상쾌해졌다. 그녀는 그의 머리를 지그시 밟은 채 속삭였다.

"봐주는 거예요, 빌어먹을 황자 전하."

아마 방금 카르엠은 그녀가 마검의 주인임을 알아차렸을 거다. 그러나 문양을 보지 못했으니 완벽하게 확신하진 못한다. 그냥 그녀가 마검에 휘둘리지 않는 체질이고, 마검은 유리엔이 가져가 보관하고 있을 수도 있으니까.

그리고 그녀가 마검의 주인임을 대놓고 발설하는 것도 불가능하다. 마검과 관련된 음모의 흑막임을 자백하는 꼴이 되므로.

마검 문제는 절대 표면에 드러낼 수 없다. 그녀든, 2황자든 간에. 물 아래에서 그녀를 건드리는 건 그녀에겐 전혀 위협이 되지 못한다. 오늘 2황자가 그녀를 황족 암살범으로 만들려다 실패했듯이 말이다.

그녀가 경계하는 건 혹시라도 이 문제가 표면으로 드러나는 일이다. 평온도, 꿈꾸기 시작한 미래도 모조리 부서져 버릴 테니까.

에키는 벨벳 상자를 움켜쥐고 발아래를 노려보았다. 기절한 상태라 카르엠은 듣지 못할 테지만 상관없었다. 어차피 스스로에게 하는 말에 가까웠다.

"네놈이 뒤에서 무슨 짓을 꾸미고 있는 건지 모르겠지만……."

유리엔은 황태자를 지지하는 쪽으로 움직이고 있다. 정확히 무슨 계획을 세우고 있는지는 몰라도, 그는 2황자가 아니라 황태자를 택했다. 그를 도우면 자연스럽게 2황자는 도태된다. 디아샹트 공작과 근위기사단장 관련 조사를 쐐기에 맡겨 두었으니 혹여 2황자 측과 공작이 연루되어 있다면 그쪽도 정리할 수 있을 거다.

그녀의 가문인 로아즈는 그녀의 로드가 유리엔이기 때문에 함부로 건드릴 수 없다. 공식적인 방법으로는 말이다. 일단 그렇게 판단해도, 당연히 여러모로 대비는 해야겠지만.

"두 번은 없어."

에키는 나지막이 중얼거리고는 발을 치웠다. 비슷한 은발인데 그저 혐오스럽기만 한 머리칼을 내려다보다가 몸을 돌렸다.

그녀는 계단을 올라 연회장에 들어가서 지나가는 시종을 붙잡고 놀란 얼굴로 호소했다. 2황자 전하와 호위 기사분이 계단에서 넘어져서 정신을 잃으셨다고. 시종이 근위 기사 몇과 함께 계단으로 향하는 것을 확인하고, 에키는 파티마와 앨리스가 있는 쪽으로 향했다.

2황자와 근위 기사는 연회가 끝난 후에나 깨어났다. 계단에서 굴러떨어져 기절했다는 것은 그들의 명예를 걱정한 시종이 입을 다물어 주었다.

물론 유리엔의 귀에는 들어갔다. 그는 정확히 무슨 일이 있었는지는 몰라도 아마 에키네시아가 그들을 기절시켰으리라 짐작했다.

3일간 이어진 축제가 끝난 다음 날, 2황자를 포함한 제국 측 방문객들은 아젠카를 떠났다.

유리엔은 성녀의 소속 문제로 분쟁이 벌어지거나 카르엠이 무언가 더 일을 벌이리라 생각하고 대비했었다. 그러나 예상했던 것에 비해 그들은 이상하리만치 조용하게 제국의 수도로 돌아갔다.

그리고 얼마 지나지 않아, 니콜 시즈튼이 다른 마법사에게 공녀의 호위를 넘기고 마탑으로 귀환했다.

10막.
솔직해지는 것과 외면할 수 없는 것

6월 23일, 축제 기간 내내 가족들과 함께 여관에서 묵었던 앨리스는 오랜만에 기숙사에서 일어났다.

해가 뜨기 직전의 어스름한 새벽이었다. 이 시간에 일어나 훈련을 하는 건 앨리스의 몸에 밴 습관이었다. 앨리스는 늦게 일어나는 룸메이트를 깨우지 않기 위해 조용히 커튼을 걷고 욕실로 향했다.

그러다가 에키네시아의 침대 쪽 커튼 너머로 어른거리는 불빛을 보았다. 그녀는 커튼 쪽으로 다가가며 에키네시아를 불러보았다.

"에키?"

"꺄악!"

"왜 비명을 지르는 겁니까?"

"아, 아뇨, 조, 좀 놀라서. 벌써 아침이에요?"

"아직 새벽입니다만. 일찍 일어났군요."

"……저기, 앨리스, 이렇게 된 김에 잠시만 도와줄래요?"

"무슨 일입니까?"

에키가 개인 공간을 분리해 둔 커튼을 걷었다. 그 안의 풍경에 앨리스는 순간적으로 데자뷔를 느꼈다.

침대 위에 늘어놓은 화려한 모자들과, 쌓여 있는 보석함과, 의자와 화장대와 열려 있는 옷장에 마구잡이로 늘어져 있는 드레스들. 사관학교 입학 첫날 101호의 문을 열었을 때와 비슷한 꼴이었다.

"……뭐 찾는 거라도 있습니까, 에키?"

"찾는 건 없는데, 으음, 찾는 거라고 할 수도 있겠네요. 앨리스, 이것 좀 봐요."

잠옷 차림의 에키가 즐겨 입던 하늘색 드레스와 깃털 장식이 달린 자그만 모자를 들어 보였다. 앨리스가 그것을 확인하자 곧이어 네이비색 미니 드레스와 같은 색의 레이스 리본을 들어 올렸다.

"둘 중에 뭐가 나아요?"

"네?"

"이쪽은 평소 같은 스타일이지만 잘 안 쓰던 깃털 장식 포인트를 활용해서 늘 보던 것 같은데 살짝 다른 느낌을 줘 보려고 했어요. 반대로 미니 드레스는 한 번도 안 입었던 거니까, 완전히 달라진 분위기가 나지 않을까 해서."

"……"

"너무 갑자기 다른 분위기를 내는 건 별로일까요? 비슷한데 조금 다른 정도가 무난하겠죠? 아, 하지만 전이랑은 좀 달라 보이고 싶은데."

"……"

"평소랑 비슷하면 눈길이 덜 가잖아요. 이 하늘색 드레스는 자주 입은 편이기도 하고. 역시 미니 드레스 쪽이 나을까요? 이제 꽤 더워졌으니까 시원해 보이는 것도 좋겠죠?"

"저기, 에키."

"음, 그런데 양쪽에 리본을 다는 건 너무 어린애 같나요? 예전에 노라가, 아, 노라는 제 전속 하녀예요, 어쨌든 노라가 저한테 미니 드레스를 입을 땐 리본을 다는 편이 어울린다고 했었거든요. 하지만 아무래도 리본은 너무 어린애 같잖아요, 그렇죠?"

"에키……."

"좀 더 성숙해 보이고 싶은데. 그럼 리본보다는, 음, 이게 나으려나요? 라피스 라줄리로 우아한 느낌을 낸 거니까……. 아니면 이쪽은 어때 보여요? 아, 이건 안 되겠네. 미니 드레스랑 너무 다른 분위기야. 으, 어떤 스타일이 취향인지 슬쩍 떠볼 걸……."

"에키!"

"네?"

앨리스는 결국 거의 소리치듯 그녀를 불렀다. 진지한 얼굴로 보석함을 뒤지던 에키가 놀라 고개를 들었다. 앨리스가 관자놀이를 누르며 말했다.

"대체 누구를 생각하며 옷을 고르고 있는 겁니까?"

그 물음에 움찔한 에키는 손에 쥐고 있던 리본을 만지작거리며 시선을 피했다.

"특별히 누구를 생각하는 게 아니라…… 그냥, 기분 전환을 하려고요."

앨리스는 어제 연회에서 있었던 단장의 약혼 발표를 떠올렸다. 에키와 기사단장 사이에 무언가가 있는 게 틀림없다고 생각했던 터라 솔직히 정말 많이 당황했다. 그들 사이의 진실이 어떻든 이제는 없었던 일이 되겠지만.

그러자 기분 전환을 하고 싶어졌다는 에키의 말이 범상치 않게 들렸다. 앨리스는 약간 안타까운 눈으로 에키를 바라보다가, 결심한 듯 말을 꺼냈다.

"저는 옷을 고르는 데에 소질이 없습니다, 에키. 제대로 도와주지 못해 미안합니다. 그래도 어쨌든 둘 중에서는 미니 드레스 쪽이 나아 보이는군요. 슬슬 더워지고 있으니까요."

"아…… 역시 그렇겠죠?"

"네. 그리고 그 리본을 단다고 해서 어린애처럼 보이지는 않습니다. 제도에서 리본 장식이 요즘 조금씩 유행한다고들 들었습니다. 양갈래로 묶는 게 아니라 장식하는 정도면 괜찮다고 생각합니다."

"그런가요? 처음부터 묶을 생각은 없었어요. 음, 이렇게 하면 어때요?"

"예쁩니다. 지나치게 어려 보이지도 않고요. 도움이 되었습니까?"

"충분해요! 고마워요, 앨리스."

에키의 얼굴이 확 밝아졌다. 앨리스는 이상하게 들떠 있는 듯한 그녀의 모습을 보며 고개를 갸웃거리다가, 옅게 한숨을 쉬고는 새벽 훈련을 위해 떠났다.

에키는 밤새 니콜과 마석 목걸이에 대해 논의하고 새벽에 돌아왔다. 아침부터 스콰이어 업무를 시작하려면 잠들기에는 애매한 시간이었다. 잠이 오지도 않았다. 그래서 그녀는 다음 날의 스콰이어 업무에 대한, 즉 유리엔과 하루 종일 함께할 준비를 하기로 했다.

그러니까 옷을 고르는 것도 그냥 준비의 일환이다. 에키는 애써 그렇게 합리화하며 최선을 다해 치장하기 시작했다.

[주인아, 벌써 두 시간째야. 언제 끝나?]

"다 되어 가."

[그 말 30분 전에도 했는데?]

"금방 끝나."

[평소엔 한 시간도 안 걸리잖아!]

"시끄러워, 발. 집중해야 하니까 입 다물어."

[치이, 지루해……]

마무리를 하고도 마음에 차지 않아 계속 고치던 에키는 결국 아슬아슬한 시간이 되어서야 출발했다.

유리엔은 거울 앞에 서 있었다. 그는 거슬리는 머리카락을 한쪽으로 모아 치우고 드러난 목을 확인했다. 일주일이 넘었는데 멍은 여전히 새카맣게 짙었다.

'예상보다 낫는 속도가 느리다.'

그는 붕대로 다시 멍 자국을 가리며 빨리 낫기를 빌었다. 에키네시아가 그에게 고백하기 전에는 상처라도 아쉬웠으나, 그녀와 그의 관계가 달라진 지금은 얼른 사라져야 할 흔적이었다. 들키고 싶지 않으니까. 모든 것을 털어놓기엔 간신히 이어진 관계가 너무 소중했다.

'흔적이라……'

무심코 입술을 만지작거렸다. 이 입술에 닿았던 감촉은 정말로 부드러웠다. 거울에 비친 그의 낯이 벌겋게 달아올랐다.

[아침부터 무슨 생각을 하고 있는 거냐?]

"아무것도 아니다."

유리엔은 황급히 손을 떼고 붕대를 마무리했다.

제복을 걸치고, 어딘가 구김이 있진 않은지 꼼꼼히 확인하고, 왠지 그래야 할 것 같아서 제복에 달린 금속 장식을 한 차례 닦았다. 그러고 나서 머리카락을 정리해 느슨히 묶어 한쪽 어깨로 늘어뜨렸다.

예전이라면 그저 불편하지 않게 묶고 그대로 나갔을 텐데, 오늘의 그는 거울을 확인했다. 잠시 고민하다가 묶은 것을 풀었다. 햇살을 받은 은발이 흘러내리며 순은처럼 빛났다. 그는 그것을 자연스러우면서도 반짝이게 보이도록 다듬었다. 랑기오사가 한숨을 푹푹 쉬고 있었으나 유리엔은 꽤 진지했다.

밖에서 에키네시아가 스콰이어로서 대기하고 있을 것이다. 더 시간을 들일 수는 없었다. 마지막으로 안색이 나빠 보이지 않는지, 표정은 괜찮은지까지 살폈다. 그는 심호흡을 하고 문을 열었다.

"아르 세밧티엠."

유리엔이 나오자 에키가 그를 향해 경례를 했다. 유리엔은 나오자마자 굳어 버렸다. 그녀가 오늘 입은 미니 드레스는 무릎이 살짝 보이는 길이였다. 그 전까지 그녀가 입던 드레스는 짧아 봤자 종아리 정도만 보였었다.

풍성한 러플 아래, 흰 스타킹으로 감싸인 둥근 무릎. 날씬하게 드러난 다리의 선. 가는 발목을 휘감은 구두의 끈. 그를 올려다보는 에키네시아의 얼굴. 분홍빛 입술. 그 입술이 그에게 주었던, 아직도 제대로 믿기지 않는 고백들.

"아르 세밧티엠. 좋은 아침입니다, 단장님."

마침 나온 같은 층의 테레사가 그를 보고 인사했다. 유리엔은 반쯤 들어 올렸던 손을 급하게 내리고 그녀의 인사에 답해 주었다. 테레사가 나타나지 않았다면 뭘 했을지 모르겠다.

에키와 테레사가 가볍게 인사를 나누는 동안, 유리엔은 미간을 문질렀다. 여러모로 심장에 안 좋다. 머리에도 안 좋다. 이 상태로 그녀와 함께 있으면서 누구에게도 그녀와 그의 관계를 들켜서는 안 된다니. 오늘 일이 제대로 되지 않을 것 같은 예감이 들었다.

예감은 그대로 들어맞았다.

오전 서류 업무 내내 그는 제대로 집중하지 못했다. 실수도 몇 번 했다. 다행히 서류 업무 자체에도 익숙하지 않고 유리엔이 결재하는 내용도 잘 모르는 에키는 알아채지 못했다. 유리엔은 오늘 본 서류들 절반은 다시 보아야 할 거라고 짐작했다.

아젠카는 축제의 여운이 남아 어수선했다. 여운만 남은 게 아니라 축제의 뒤처리도 산더미처럼 남아 있었다. 부단장이며 사무관들이며 하인들이 계속 드나들거나 머물러서 에키나 유리엔이나 사적인 대화는 한마디도 하지 못했다.

점심은 아직 돌아가지 않은 남부 왕국 후작과, 서부 부족장이 함께 하는 외교적인 자리였다. 에키는 따로 식사했다.

오후에는 제국으로 돌아가는 2황자를 배웅했다. 이렇게 조용히 돌아가는 게 이상해서 유리엔은 내심 긴장한 채 카르엠을 대했다.

그의 뒤에 시립해 있던 에키는 카르엠과 딱 한 번 시선이 마주쳤다. 카르엠은 그녀를 보자마자 미간을 일그러뜨리다가, 곧 인상을 펴며 입매를 비틀어 올렸다. 그는 아무 말도 하지 않고 그 기묘한 미소만 남긴 채 아젠카를 떠났다.

니콜 시즈튼이 보낸 호위 업무 교대에 대한 통지와, 니콜 대신 공녀를 호위하기 위해 올 마법사에 대한 보고서까지 보고 나자 벌써 저녁이었다.

 오전에 실수한 것들 중 급하게 고쳐야 할 것들을 따로 분류해 둔 후, 유리엔은 뻐근해진 목덜미를 주물렀다. 에키가 결재가 끝난 서류를 가져다주러 나간 틈이었다. 그는 의자에 기댄 채 잠시 눈을 감았다.

 '총행정관을 뽑아야겠군.'

 지금까지 유리엔은 최소한의 휴식 시간과 훈련 시간을 빼면 성실하게 일만 했다. 일과 훈련 외에는 딱히 할 것이 없었다. 일이 없으면 찾아내서 하기까지 했다.

 그는 역대 창천 기사단장들처럼 총행정관을 임명해 행정 업무를 맡기지 않고 대부분의 일을 직접 했다. 행정을 전혀 모르는 기사 출신들은 그래야 했으나 유리엔은 굳이 그럴 필요가 없었다. 황족 출신이라 기본적인 행정과 통치에 대한 교육을 받아 그리 어렵지 않았다. 원체 뭐든 금방 잘하게 되는 편이기도 했다.

 그래서 전임 총행정관이 은퇴할 때까지는 자문을 받았지만 그 뒤로는 총행정관 없이 지냈다. 평소의 업무량이 엄청났다는 소리다.

 하지만 이젠 여유 시간이 필요했다. 아주 절실하게 필요했다. 유리엔은 눈을 감은 채 총행정관 임명과 업무 분담에 대해 구상했다. 피곤한 상태였던 그는 그러다 깜박 잠이 들었다.

 에키는 서류를 사무관들에게 가져다주고 집무실로 돌아왔다. 그녀는 내심 유리엔의 업무량에 경악하는 중이었다.

 '뭐가 이렇게 바빠? 축제 직후라 그런 건가? 설마 늘 이런 건 아니겠지. 훈련과 외교만 해도 바쁠 판인데 시정에 기사단 행정 업무까지 하다니, 사람을 혹사시키는 것도 정도가 있지…….'

"다녀왔습…….."

집무실 문을 열며 보고하려던 에키가 입을 다물었다. 의자에 기댄 채 눈을 감고 있는 유리엔이 보여서였다. 숨이 고르다. 잠들었나?

피곤할 거라는 생각이 들었다. 그녀는 조용히 문을 닫았다. 집무실의 커다란 창으로 황혼이 쏟아져 들어오고 있었다. 주홍빛으로 물들어 늘어진 은발이, 혼절했다가 그의 사택에서 일어난 직후에 보았던 것과 비슷했다.

그녀가 누운 침대가에 엎드려 있던 그의 모습이 떠오른다. 내내 곁을 지켰던 거겠지. 이렇게 바쁘면서. 그때엔 공녀 암살 시도 뒤처리 때문에 지금보다 더 정신이 없었을 텐데도.

에키는 소리를 내지 않고 그에게로 다가갔다. 긴 책상을 돌아 옆으로 가서 그의 얼굴을 들여다보았다. 내리감은 은빛 속눈썹이 흰 피부 위에 길게 그림자를 드리웠다. 눈이 그 그림자를 따라 턱선을 훑고 내려가 목덜미에 닿았다.

단단히 채워진 목깃. 그 아래에 있을 붕대. 에키는 저도 모르게 마른침을 삼켰다. 건드리면 깨어날까?

붕대 아래에 있는 것을 확인하고 싶었다. 너무나도. 약간 이성이 나갈 정도로.

에키는 유리엔의 앞에서 손을 흔들어 보고, 고른 숨소리를 다시 확인했다. 상당히 깊게 잠든 것 같았다.

[너 뭐 해? 얘는 안 죽일 거잖아? 그런데 왜 자고 있는지 확인을 해?]

에키는 천천히 손을 뻗었다. 정갈히 채워져 있는 금장식 단추를 쥐고 슬그머니 눈치를 보았다. 그는 미동도 하지 않았다.

[어, 목 조르려고? 우와, 죽일 거야?]

좀 닥쳐, 망할 마검아. 그녀는 속으로만 중얼거리며 단추를 하나 풀고 재빨리 손을 뒤로 물렸다. 이어 감각을 펼쳐 집무실 근처에 인기척이 있는지도 다시 확인했다. 아무도 없었고, 유리엔은 여전히 잠들어 있었다.

에키는 숨을 멈춘 채 빠르게 나머지 단추를 풀었다. 조심스럽게 목깃을 젖히자 둘둘 감겨 있는 흰 붕대가 드러났다.

'뭔가 굉장히 나쁜 짓을 하고 있는 기분인데. 아니, 나쁜 짓이 맞긴 하지만……'

매듭 부분이 뒤쪽에 있는지 잘 보이지 않았다. 그녀는 그의 다리 사이 빈 공간에 한쪽 무릎을 대고 한 손으로 제 머리카락이 흘러내리지 않도록 모아 쥔 다음 몸을 바짝 기울였다.

약간 눌려 있는 매듭을 겨우 발견하고, 그것에 손을 대려는 순간. 끼익, 하고 두 사람분의 무게를 견디던 의자가 소리를 냈다. 동시에 그녀의 코앞에서 유리엔의 하늘색 눈동자가 드러났다.

자다 깬 눈동자는 몽롱하게 흐렸다. 에키는 그대로 얼어붙었다. 놀라 벌어진 손에서 그녀의 머리카락이 흘러내려 그의 위로 쏟아졌다.

"로, 로드, 이건 그, 읍."

변명을 하려던 입이 그대로 막혔다. 그녀는 순간적으로 무슨 일이 일어난 건지 인식하지 못했다.

유리엔이 그녀의 목덜미를 움켜쥐고 제게로 당기며 입을 맞춰 왔다. 다른 팔은 허리에 감겨들었다. 꾹 눌렀다가, 입술을 가볍게 깨물고, 입가를 살짝 훑더니, 말하느라 벌어져 있던 입안으로 혀가 들어왔다. 굳어 있는 그녀의 혀를 건드리고 쓰다듬었다.

저릿한 감각이 닿은 곳에서부터 오싹하게 퍼져 나갔다. 생소하고 낯선 느낌이라 그를 밀어내려던 그녀는, 목덜미를 잡고 있던 그의 손이 부드럽게 미끄러지며 귓불을 건드리는 바람에 어깨를 움츠렸다.

"으."

기분이 이상했다. 유리엔이 약간 입을 떼더니 달큼하게 웃었다. 반쯤 떠진 흐릿한 하늘색 눈동자가 그녀를 가득 담고 있었다. 목덜미의 여린 피부를 어루만진 손이 다시 올라와 그녀의 귓불을 쓸고, 귓바퀴를 따라 선을 그렸다. 나른한 손길.

"자, 잠시만요."

뭔가 이상하다. 그답지 않다. 잠이 덜 깼나?

에키는 빙빙 도는 머리로도 용케 그런 판단을 내리고 그의 어깨를 짚고 몸을 일으키려 했다. 그의 위에 몸을 기울이고 있다가 그대로 당겨 안기는 바람에 지나치게 밀착된 상태였다.

그러나 그는 그녀를 놓아주지 않고 되레 힘을 주어 더 강하게 끌어안았다. 그가 다시 입을 맞춰 왔다. 깊고 농밀하게 탐해지는 감각. 허리를 감고 있던 그의 손이 그녀의 등허리를 쓸어 올린다. 그의 품에 짓눌린 드레스 자락이 바스락거렸다.

"응……."

그녀는 저도 모르게 이상한 소리를 냈다. 어질어질하고 숨이 벅찼다. 어떻게 숨을 쉬어야 할지 모르겠다. 뒤로 물러나려 하면 금세 따라붙으며 놓아주질 않았다. 포기하고 얌전히 있으면 부드럽게 어루만졌다.

집요하고, 그러면서도 다정했다. 느껴질 리가 없는 단맛이 입안에 감돌았다. 그를 밀어내려던 그녀의 손에서 힘이 빠져나갔다. 이대로 녹아내릴 것 같아 그녀는 그의 어깨를 움켜쥐었다. 주름 하나 없던 제복이 구겨졌다.

뺨을 붙들고 있던 그의 손이 천천히 목을 타고 내려가 드러난 쇄골에 닿았다. 예쁜 모양의 그것을 탐나는 듯이 어루만졌다.

[미쳤느냐, 네놈! 어디까지 갈 셈이냐!]

성검 랑기오사는 있는 힘껏 소리를 질렀다. 아까부터 계속 경고하고 말리고 잔소리를 했으나 주인이 듣질 못하고 있었다.

유리엔은 영혼을 후려치는 듯한 느낌에 비로소 정신을 차렸다. 눈앞에 흐트러진 에키네시아의 얼굴이, 손끝에 보드라운 피부가, 팔 안에는 가느다란 허리가, 그리고 아직도 닿아 있는 입술이, 있었다. 그는 소스라치게 놀라 그녀를 놓아주었다. 방금 무슨 짓을 저지른 거지?

[당분간 나한테 주인 소리 들을 생각 말아라.]

랑기오사가 짜증 어린 목소리로 투덜거렸다. 유리엔은 간신히 혼란스러운 머리를 정리했다.

연회 전날 에키네시아가 고백하는 바람에 밤을 새웠고, 다음 날 일정을 소화했고, 연회 당일 또 에키네시아로 인해 정신이 나갔었다. 그래도 그날은 잘 수 있을 줄 알았는데 그녀와 입 맞췄던 것과 그녀가 했던 말들이 자꾸 맴돌아 잠들지 못했다.

그로 인해 이틀 연속 제대로 자지 못한 후유증이 남아 꽤 피곤한 상태였다. 잠깐 조는 사이 꿈까지 꿀 정도였다.

그러니까, 애가 탈 정도로 달콤한 꿈을 꾸는 중인 줄 알았다. 눈을 뜨면 에키네시아가 바로 앞에 있는, 그녀가 그의 목가를 만지고 있는 꿈.

'꿈이 아니고, 현실이었다고?'

그는 제 목덜미를 더듬었다. 단추가 풀려 붕대가 드러나 있었다. 잠결에 답답해서 풀었던가? 반사적으로 단추를 잠그며 붕대를 가린 그가 당황한 채 앞을 보았다.

그에게서 풀려난 에키는 입가를 가린 채 비틀비틀 물러났다. 얼굴이 새빨갛다. 유리엔은 그녀를 보며 제가 뭘 했는지를 되새겼다.

키스해 버렸다. 아주 욕심껏. 아니, 사실 욕심은 한참 더 남았지만, 어쨌든 했다. 그것도 반강제로.

유리엔의 낯이 창백해졌다. 그가 급히 자리에서 일어나더니 에키에게로 다가왔다. 그녀는 반사적으로 뒷걸음질 쳤다. 그녀가 그를 피해 물러서자 유리엔은 세상이 무너지는 듯한 표정을 지었다. 눈동자가 촉촉해지며 목소리가 떨렸다.

"에키네시아, 내가 방금……."

"에키."

"……에키. 내가 정말로……."

"아뇨, 사과하지 마세요."

에키는 발갛게 달아오른 채 여전히 손으로 입가를 가리고 있었다. 심장이 어찌나 요란하게 뛰는지 귀가 먹먹했다. 바르데르기오사가 뭐라고 종알거리는 것 같은데 제대로 들리지 않았다.

"사과할 필요는 없어요."

그런 상태인데도 그녀의 말은 망설임이 없이 튀어나왔다. 그저 솔직한 진심이었다. 키스를 했다는 이유로 사과를 듣고 싶진 않았다. 저런 표정을 짓게 만들고 싶지도 않았다.

"그래도 되는 관계라고 했었잖아요."

"하지만, 내가 그대의 동의도 없이······."

"제가 생각하는 '그래도 되는' 관계는, 일일이 허락받거나 사과하지 않아도 되는 관계예요. 싫으면 싫다고 할 테니까······ 그러지 않았잖아요. 싫지 않았어요. 그, 어, 음, 당황스럽긴 했지만요."

유리엔은 멍하니 그녀를 바라보았다. 그러더니 그녀에게로 성큼 다가왔다. 에키는 또다시 물러섰다. 유리엔이 고개를 기울이더니 더 다가왔다. 그녀는 더는 물러날 수가 없었다. 등이 집무실의 거대한 유리창에 닿았다.

한 뼘 남짓한 거리까지 다가온 그가 그녀를 내려다보았다. 에키는 고개를 틀고 눈을 내리깔았다. 아직도 입을 가린 채였다. 달아오른 뺨은 쉽게 식을 기세가 아니었다. 그가 나직이 속삭였다.

"그럼 그대는 왜 나를 피하지?"

"······."

얼결에 첫 키스를 한 상황에서 태연히 그를 마주하긴 어려웠다. 에키는 심호흡을 하고, 간신히 대답했다.

"아, 안 피했어요."

"피하고 있잖나. 눈을 마주치지도 않고. 화가 난 거라면 참지 말아줬으면 한다. 잘못한 건 나고, 그대를 볼 염치가 없는 것도 나다."

"화난 거 아니에요. 그냥, 이, 이런 건 처음이라서, 좀, 안 익숙한 거니까······. 그러니까······ 전······ 좋았다고요."

에키의 음성이 점점 작아졌다. 그녀는 입을 가리고 있던 손에 완전히 얼굴을 파묻었다. 민망하기 그지없었다. 함부로 단추를 풀고 붕대 아래를 보려던 벌을 받는 기분이었다.

유리엔은 그녀의 말을 듣고서야 그녀가 처음으로 키스를 했다는 것을 깨달았다. 물론 그도 처음이었다. 첫 키스를 이런 식으로 하게 될 줄은 몰랐다. 상황을 자각한 그의 얼굴도 그녀처럼 새빨갛게 타올라 버렸다. 황혼의 끝자락이 사방을 벌겋게 물들이고 있는 것이 정말로 다행이었다.

제대로 서 있기가 어려워서 그는 무심코 앞의 유리창에 팔을 짚었다. 그와 창 사이에 있는 에키네시아의 어깨가 움찔 떨렸다. 그녀가 파묻고 있던 얼굴을 들어 그를 올려다보았다. 약간 젖어 있는 발긋한 입술. 지나치게 예뻤다. 바로 조금 전에 맛보았으나, 명료한 정신이 아니었던 터라 지독히 아쉬웠다.

탐이 난다. 그래도 되는 관계라고 했으니 그래도 되지 않을까. 에키네시아가 했던 말이 변명이 되어 주었다. 욕심이 솟아올라 입 밖으로 튀어나왔다.

"……나 역시 모든 것이 처음이라 익숙하지 않다. 그럼에도 그대를 원한다. 언제나 욕심이 난다."

유리엔은 홀린 듯한 눈으로 그녀를 바라보며 그녀의 뺨을 한 손으로 감싸 들어 올렸다.

"그러니 그대가 좋다면…… 좀, 더. 함께 익숙해졌으면 좋겠다. 그래도 되겠는가?"

뺨을 감싼 커다란 손의 감촉이 따뜻했다. 내려다보는 하늘빛 눈동자는 황홀해 보였다. 그는 종종, 아니, 꽤 자주, 그녀를 볼 때 눈부시게 빛나는 무언가를 경애하듯 바라본다.

저렇게나 아름다운 얼굴을 하고 저런 식으로 애원하는 표정을 짓는 건 반칙이라는 생각이 들었다. 느릿하게 깜박이는 속눈썹마저 섬세한 세공품 같다. 심장은 아까부터 조금도 진정이 되지 않고 있었다.

에키는 대답 대신 팔을 들어 그의 목에 감았다. 유리엔은 그녀가 이끄는 대로 고개를 숙였다. 입술이 닿았고, 눈을 감았다. 떨리는 손이 얽혀 들었다.

그들은 익숙해지려는 노력을 시작했다.

6월 24일은 주에 한 번 있는 위즈덤 클럽 모임 일이었다.

축제 이후 첫 모임이었고, 위즈덤이 모임을 시작한 이래로 처음으로 클럽원 전원이 참석한 날이었다. 그간 바빠서 오지 못했던 바라하 이슬라프가 드디어 참석했다.

에키는 늘 하던 대로 지도 대련을 했다. 고백 이후 바라하를 다시 만나는 건 꽤 어색한 일이었으나, 바라하가 아무렇지도 않게 행동했기에 그녀도 태연히 행동했다.

바라하의 검술은 거의 완성되어 있었다. 덩치에 걸맞게 힘 있고 묵직한 검술이었다. 검술 면에서 손볼 곳은 많지 않았다. 그의 로드인 바론이 자주 대련을 해 주는 덕분에 더욱 그랬다.

에키는 내심 감탄하면서 지도 대련을 했다. 그러나 그녀와 바라하의 대련을 보던 클럽원들은 에키네시아에게 경악했다. 입학한 이래 순위전 1위를 놓쳐 본 적이 없던 바라하 이슬라프를 상대로도 지도 대련이라니.

물론 에키가 기오사 오너임을 알고 있는 바라하는 당연한 일로 여겼다. 그는 그녀가 보여 주는 검에 최선을 다해 집중했다.

"고맙다, 에키."

"감사합니다, 선배님."

대련이 끝난 후 바라하는 정중하게 인사를 남기고 빠르게 멀어졌다.

에키는 원래 모임이 끝난 후에 바라하를 따로 불러 조금 더 도와줄 계획이었다. 하지만 고백을 거절하고 나니 따로 만나는 건 그녀도 부담스럽고 그도 원하지 않을 것 같아 그만두었다. 어차피 그에게는 바론 틸리어스라는 훌륭한 스승이 있으니 그녀가 굳이 나설 필요는 없었다.

'마음은 잘 추스른 걸까.'

에키는 심란한 눈으로 그의 뒷모습을 바라보다가 시선을 뗐다. 바라하는 그런 그녀의 시선을 느끼면서도 반응하지 않았다. 마음을 접으려면 되도록 그녀에 대해 생각하지 말아야 했다. 그것이 잘되지는 않아도.

클럽 모임에 나가고, 훈련하고, 스콰이어로서 유리엔과 함께하는 날들이 흘러갔다. 주위에는 절대 드러낼 수 없었지만 그와 그녀는 조금씩 더 서로에게 익숙해지고 있었다. 마스터의 탁월한 감각은 단둘이 있을 틈을 내기에 꽤 유용한 수단이었다.

그리고 또 하나의 도움이 있었다.

창천 기사단장이 거의 매일 약혼녀를 방문한다는 소문이 자자했다. 사무관들 사이에서는 일이 없으면 일을 만들어서 하던 단장이 요즘은 쉬기도 하는 게 좀 인간다워졌다는 평이 돌았다. 약혼녀 덕분인 게 아니냐는 추론도 곁들여졌다.

6월 30일 오후, 로잘린 디아샹트는 기사단 본부의 정원에 있는 가든 하우스에서 에키네시아 로아즈와 마주 앉아 있었다. 함께 있던 유리엔이 급한 보고를 받으러 잠시 자리를 비운 틈이었다.

"매번 고마워요, 디아상트 공녀."

"뭘요. 이런 걸로라도 보답할 수 있어서 다행인 걸요."

로잘린은 유리엔이 방문해 올 때마다 에키와 그가 같이 있을 수 있도록 자리를 만들어 주곤 했다. 그녀가 찻잔을 기울이며 의미심장한 미소를 띠웠다.

"저도 몰래 연애했었으니까요. 그것도 꽤 오래. 밀회를 가지는 요령은 도가 텄답니다."

"……로잘린의 남편은 어떤 사람이었나요?"

"션 워런트라고 해요. 디아상트 전속 초상화가의 제자로서 처음 공작저에 왔었죠. 그때 전 열다섯 살이었고, 그는 열여덟이었어요. 성실하고, 착하고, 좀 무능한 데다 미련한 사람이었죠."

"네?"

무능하고 미련하다니, 공녀의 지위까지 버리고 선택했던 남자를 향하기에는 가차 없는 평이었다. 에키가 당황을 감추지 못하자, 로잘린이 웃음을 터뜨렸다.

"너무 착해서 미련해 보이는 사람 있잖아요. 그이는 그런 사람이었거든요."

"아……."

"게다가 그림 그리는 것 빼고 다른 쪽은 영 소질이 없었죠. 약삭빠르지도 못하고, 제 이득을 제대로 챙기지도 못하고, 싫은 소리도 잘 못 하고, 그러면서 떠넘겨진 일은 어떻게든 해내려고 낑낑대는."

단점을 늘어놓으면서도 로잘린에게서는 남편 션에 대한 숨길 수 없는 애정이 묻어났다. 그녀는 그리운 눈으로 말을 이었다.

"생활력도 영 글러 먹었어요. 돈 버는 재주 따윈 하나도 없었죠. 집안일도, 처음엔 자기가 다 할 수 있다고 해서 맡겼거든요. 그랬더니 열심히 하긴 하는데 실수하는 꼴이 속 터지더라고요. 그래서 그냥 하녀를 고용했죠."

[저거 다 욕이지? 그럼 쟨 대체 왜 그 남자랑 결혼했대? 알고 보면 죽이려고 결혼한 거야? 아니면 결혼하고 나니까 죽이고 싶어졌단 건가?]

마검이 이해할 수 없다는 듯 중얼거렸다. 에키가 어리둥절하게 되물었다.

"그럼 그분의 어떤 점에 반하셨던 건가요, 공녀님은?"

"잘생겨서요."

에키는 들었던 찻잔을 놓칠 뻔했다. 로잘린이 웃음기 어린 어조로 말을 덧붙였다.

"유리엔 경만큼은 아니지만요. 착하고 성실한 데다 잘생긴 남자가 제 말만 듣고 저만 바라보는데, 도저히 안 넘어갈 수가 없더라고요."

"그건 확실히…… 그렇겠네요."

"게다가 그이는 그림 쪽으로는 정말 재능이 있었거든요. 다음에 기회가 닿으면 보여 드리고 싶어요. 어머, 생각해 보니 그림에 반한 것도 좀 있는 것 같네요."

"그렇게 말씀하시니 어떤 그림을 그리시는지 무척 궁금해지는데요. 그럼 공작저에서 나간 후에는 남편분이 그림을 판매해서 생활하셨던 건가요?"

"글쎄요. 그이는 내버려 두면 빵값까지 물감 사는 데에 털어 넣고 굶어 죽을 사람이에요. 그리고 그림은 사기당해서 헐값에 넘기고 오겠죠. 그 헐값도 오는 길에 구걸하는 사람에게 줘 버리고요."

"……."

"뭐, 좀 무능하면 어때요, 제가 말하는 건 그대로 따르니까요. 어차피 저는 아버지께서 시키는 대로 사랑 없이 결혼해서 남편의 그림자로 사느니, 사랑하는 사람과 결혼해서 제가 먹여 살리는 게 낫겠다고 생각했었어요. 원래 상업에 관심이 많았거든요."

로잘린이 어깨를 으쓱였다.

"가문을 나오면서 가져간 제 패물들을 팔아서 기반을 잡고, 그이의 그림을 파는 것으로 시작했어요. 판로를 뚫고 의뢰를 받고, 내친 김에 뚫은 판로를 이용해 미술품 중개업에 손을 좀 대서…… 꽤 순조로웠어요. 나름 잘살고 있었어요. 앞으로도 더 잘살고 싶었죠."

그러나 디아샹트 공작이 그녀를 도로 끌고 오면서 모든 게 어그러져 버렸을 것이다. 에키는 씁쓸한 기분으로 로잘린을 바라보았다.

진심으로 딸을 사랑하는 아버지 밑에서 자란 그녀는 아들을 증오하는 유리엔의 부친이나 딸을 이용하려 드는 로잘린의 부친이 이해되지 않았다. 저런 자들은 아비라 할 자격도 없지 않나.

"……앞으로도 잘살게 되실 거예요. 그분과, 따님도 함께. 반드시 그렇게 되도록 저도 로드와 같이 돕겠어요."

"고마워요, 로아즈 양."

로잘린이 설핏 웃고는 차를 한 모금 마셨다. 지난번 독 사건 이후 과할 정도로 안전 점검을 한 차였다. 에키 역시 그녀를 따라 차를 머금었다. 찻잔을 내려놓은 로잘린이 발랄하게 입을 열었다.

"재미없는 이야기는 여기까지 하고. 로아즈 양, 진도는 어디까지 나갔나요?"

"진도라니요?"

"유리엔 경과의 진도 말이에요. 키스는 해 보셨죠?"

에키는 머금었던 찻물을 뿜을 뻔했다. 콜록거리는 그녀를 향해 로잘린이 아무렇지도 않게 말을 이었다.

"제가 당신 나이일 때는 션을 쓰러뜨렸는걸요."

"쓰, 쓰러뜨려요?"

"침대로요."

에키의 뺨이 붉어졌다. 그녀는 어디에 시선을 둬야 할지 몰라 허둥거리며 손부채질을 했다. 로잘린은 턱을 괴고 그런 그녀를 바라보았다. 암살 시도를 막을 때는 노련한 기사처럼 대단했는데, 이러고 있는 걸 보니 첫 연애 중인 스무 살 아가씨 그대로였다.

'귀여워라.'

그녀는 상냥한 어조로 말했다.

"궁금한 게 있으면 뭐든 물어봐도 돼요."

에키는 찻잔을 움켜쥐고 진지하게 고민했다. 사실 궁금한 게 있었다. 있는 정도가 아니라 꽤 많은데, 물어볼 만한 사람이 없어서 그냥 지냈을 뿐이다. 어쩌지, 물을까, 말까. 고심하던 그녀는 결국 입을 열었다.

"저, 저기, 디아상트 공녀."

"그냥 로잘린이라고 불러도 돼요. 공녀라고 불리는 건 그리 좋아하지 않으니까."

디아상트라는 성이 그리 마음에 들지 않을 것이다. 퍼뜩 그런 깨달음이 왔다. 에키는 그녀의 이름을 불렀다.

"그럼 로잘린, 저…… 그러니까……."

"네, 말씀하세요, 로아즈 양."

"저도 그냥 이름으로 부르세요. 어쨌든 음, 그, 그러니까, 키, 키……."

정말이지 이런 건 제대로 말하기가 어렵다. 차라리 마물과 싸웠으면 좋겠다. 에키가 말을 더듬거리자 로잘린이 태연히 되물었다.

"키스요?"

"……네. 그때마다 숨이 막혀서요. 어떻게 숨을 쉬어야 하나요?"

로잘린은 웃어 버릴 것 같아 급하게 입을 틀어막았다. 에키는 민망함을 감추기 위해 찻잔을 노려보고 있어서 부들부들 떨고 있는 로잘린을 알아채지 못했다. 로잘린은 간신히 웃음을 삼키고 대꾸했다.

"코로 숨 쉬면 되죠. 처음엔 잘 안 될걸요. 긴장해서 그런 거고, 나중엔 자연스러워질 테니 걱정하지 말아요."

"……감사합니다. 참고할게요."

"더 궁금한 건 없나요?"

"그, 그럼……."

에키는 부끄러움을 참으며 궁금했던 것들을 묻기 시작했다. 연애와 스킨십에 대한 이야기는 곧 유행하는 드레스와 보석을 거쳐 새로 나온 화장용품으로 옮겨갔다.

이번 여름에 인기를 끌 디자인이나 유명 보석 세공사의 신작, 혹은 화장법 이야기를 나눌 만한 상대는 무척 오랜만이었다. 앨리스나 파티마, 니콜은 이런 화제에 관심이 없었다. 에키는 시간 가는 줄 모르고 로잘린과 수다를 떨었다. 그들의 수다는 급한 보고 때문에 자리를 비웠던 유리엔이 돌아오면서 끝났다.

"디아상트 공녀."

가든 하우스로 들어온 유리엔은 서류 뭉치를 들고 있었다. 그가 잠시 말을 고르더니, 로잘린을 향해 말했다.

"그대의 남편과 딸이 어디에 있는지 알아냈다."

로잘린의 눈이 커졌다. 그녀는 제자리에서 벌떡 일어나 달려들 듯이 그에게 다가오다가, 간신히 멈춰 섰다. 에키는 로잘린의 어깨가 들썩이는 것을 보며 숨을 죽였다. 유리엔이 로잘린에게 지도를 자른 조각을 내밀었다.

"올라바트 근처에 작은 해안 마을이 있는데, 이곳에 지역 주민들이 울부짖는 성이라고 부르는 낡은 고성이 있다. 성의 정식 명칭은 드라코툼바. 실소유주는 디아샹트 공작이다."

로잘린은 창백한 얼굴로 지도 조각을 받아 들었다. 붉은 표시가 있는 지점을 손끝으로 더듬은 그녀가 망연히 중얼거렸다.

"드라코툼바…… 울부짖는 성……. 전혀 들어 본 적 없는 곳이에요."

"실제 명의는 다른 자니까. 공작이 소유한 성이라는 건 거의 알려지지 않은 듯하다. 대략적인 보안 상황도 조사를 끝냈으니 며칠 안에 출발하겠다."

"출발한다고요? 직접 가시는 건가요?"

"정보원들이 하기에는 어렵고, 기사를 동원하기에는 지나치게 비밀스럽고 사적인 일이지. 따라서 나와 내 스콰이어만 가는 것이 낫다."

"경이 직접 움직일 명분이 있나요?"

"기오사 관련 제보가 비밀리에 들어와서 확인하러 간다고 할 예정이다. 마침 적당한 소문도 있다."

"무슨 소문인가요?"

유리엔은 찰나 머뭇거리다가, 느릿하게 답했다.

"울부짖는 성에 악마가 산다는 소문이다. 그 성이 주민들 사이에서 울부짖는 성이라 불리게 된 건 종종 들리는 비명과 괴성 때문이라더군."

"비명이라니, 설마……."

남편과 딸을 떠올린 로잘린이 파랗게 질렸다. 유리엔이 고개를 저었다.

"몇 년은 된 소문이다. 비교적 최근에 그곳에 갇히게 되었을 공녀의 가족들과는 관계가 없겠지."

악마가 산다는 소문과 기오사 제보라는 말이 연결되면 나오는 건 하나뿐이었다. 치유검 엘기오사가 발견된 현재 유일하게 행방불명인 기오사인 마검 바르데르기오사.

무성한 소문 중에는 울부짖는 성에 마검이 있는 게 아니냐는 말이 실제로 있긴 했다. 마검이 어디 있는지 아는 유리엔이 헛소문이라 확신하는 것과 별개로 신빙성이 낮은 소문이었다. 정말로 울부짖는 성에 마검이 있었다면 이미 그 근처 마을에는 시체만 남아 있었을 테니까.

하지만 그는 그 소문을 핑계로 드라코툼바성에 다녀올 작정이었다. 유리엔은 에키네시아에게 잠시 시선을 주었다. 악마라는 말을 입에 담으며 그녀를 신경 쓰지 않을 수가 없었다.

그러나 에키는 그의 말보다 다른 것에 정신이 팔려 있었다.

'드라코툼바라고? 맙소사…….'

[어? 드라코툼바면 거기 아니야? 마물의 성! 우리 가 봤던 데잖아! 뼈다귀랑 식물형 마물들이라 베는 맛도 별로 없었던 곳! 그래서 재미없었는데. 아, 넌 그때 꽤 고생했었지. 특히 산성액 때문에. 그치?]

기오사를 가지고 있던 상인이 가서 죽으라는 목적으로 줬던 의뢰였다. 정식 명칭은 드라코툼바, 그 당시 마물의 성이라 불리던 마물 소굴.

"그 성이 원래 굉장한 귀족 나리의 소유였다지. 몇 년 전에 갑자기 마물이 대량으로 발생하면서 지금은 손쓸 수 없는 마물 소굴이 됐어. 마검의 악마가 지나가기라도 한 모양이야."

마물은 주로 흉한 일이 생긴 장소에서 자연적으로 발생한다. 자연 발생한 마물은 내버려 두면 급속도로 번식하며 군락을 이루어 버린다. 대체로 군락을 이루기 전에 근처의 군대나 기사단, 고용된 용병이 처리하곤 했다.

그녀가 시간을 되돌리기 전의 대륙에는 쉽사리 처리할 수 없는 규모의 거대한 마물 소굴이 많았다. 마검의 악마가 학살을 하고 다닌 곳 대부분에서 마물이 대량으로 발생했다. 게다가 그것들이 번식하기 전 처리해야 할 기사단들, 이미 번식해 버려서 토벌하기 어려운 곳들을 골라 처리하던 창천 기사단까지도, 마검의 악마에게 대부분 몰살당했다.

"뭐, 마비됐다가 겨우 수습되는 중인 제국이 촌구석에 있는 그런 마물 소굴까지 토벌할 여력이 어디 있겠어. 요즘 그런 곳이 많잖나. 다 악마 탓이지."

그렇게 악마로 인해 생겨나, 악마 때문에 토벌할 수 없게 된 마물 소굴이 정말로 많았다. 마물의 성이 되어 버린 드라코툼바도 그중 하나였다.

"그 망할 악마, 안 나타난 지 꽤 되었는데 어디서 죽었는지 몰라도 아주 사지가 찢겨 죽은 거면 좋겠군."

상인은 그렇게 말하며 침을 뱉었다. 에키는 그저 손톱이 파고들어 손바닥이 패일 정도로 주먹을 움켜쥐고 고개를 숙였다.

"어쨌든, 내가 어쩌다가 그 성 지하 창고에 용의 뼈가 있다는 정보를 들었단 말이야. 성의 주인이었던 귀족 가문이 원래 보관하던 보물이라던가. 성 이름도 드라코툼바잖나, 고대어로 용의 무덤이란 뜻이지. 너처럼 무식한 용병은 모르겠지만."

귀족의 교양으로 고대어를 배웠었던 에키는 알면서도 침묵했다. 그 시절의 그녀는 늘 지치고 메마른 상태였다. 그런 사소한 것으로는 화를 낼 생각도 들지 않았다.

"멸종한 지 한참 된 용이지만, 그 뼈는 진짜라더군. 온전히 보관된 진짜 용의 뼈. 마물의 성에서 그걸 찾아서 가져와. 그쯤은 되어야 기오사와 교환할 만하지 않겠어?"

말도 안 되는 의뢰였다. 진짜 용의 뼈가 있는지도 확실치 않고, 만약 있다 해도 혼자서 거대한 용의 뼈를 찾아내 가져오는 것도 쉽지 않았으며, 드라코툼바는 악명 높고 오래 묵은 마물 소굴이었다.
하지만 에키는 그 의뢰를 받아들였고, 해냈다. 용의 뼈를 가지고 돌아갔더니 상인이 기오사를 주기는커녕 그녀에게 독을 먹였지만.

'미래에 마물 소굴이 되었고, 지금은 아니라는 건, 앞으로 그 성에서 흉한 일이 벌어진다는 거잖아.'

드라코툼바에서 발생할 흉사는 에키네시아 자신과 관련이 없는 일이었다. 그녀는 악마 시절에 그 성 근처에서 학살을 벌인 적이 없었다. 상인은 악마 때문에 생긴 마물 소굴일 거라 말했지만, 직접 갔을 때 그곳을 보고 알았다. 아무리 많은 학살을 했다지만 마을 단위로 사람을 죽인 장소는 잊지 못한다. 마검의 악마는 그곳을 지나간 적이 없다.

'거기서 나와 관계 없는 죽음이 발생해서, 그것 때문에 마물이 생겨났던 거야.'

이번에 유리엔과 그녀가 그 성에 가서 공녀의 가족을 구해 낸다면, 알 수 없는 미래의 참사를 막게 될지도 모른다. 그들의 개입은 과거에는 일어나지 않았던 일일 테니까.

얼마 전에 정리했던 조건들이 떠올랐다. 위험한 곳, 마물이 생겨나기 쉬운 곳, 인간의 감정이 격해지는 곳. 그리고 사람의 목숨과 관련된 것. 시간을 되돌린 자와 관계없는 사건.

'결절이 생길 수도 있어.'

어디까지나 추측이었다. 그러나 그 추측은 확신에 가까웠다.

"에키네시아."

그 사이 로잘린에게 설명을 끝낸 유리엔이 그녀를 불렀다. 에키는 화들짝 놀라 자리에서 일어났다. 그가 자연스럽게 그녀의 손을 받쳐 들었다. 그녀는 얼결에 그가 이끄는 대로 가든 하우스를 나와 정원 쪽으로 향했다.

"다녀오세요, 두 분."

로잘린이 그들에게 인사를 하며 가든 하우스의 문을 닫았다. 단장이 약혼녀와 함께 있는 정원에 누가 들어올 일은 어지간하면 없지만, 그래도 누군가가 가든 하우스에 유리엔을 찾으러 오면 로잘린이 둘러 댈 것이다.

기사단 본부에 딸린 정원은 여럿이었다. 이 정원은 그중에서도 상대적으로 외진 곳에 있으며 크고 무성한 정원수가 가득해 조그마한 숲처럼 꾸며진 곳이었다.

녹음의 그늘 사이로 구불구불한 오솔길이 이어졌다. 오솔길 양쪽으로는 장미 넝쿨이 가득했다. 정원사가 손질해 둔 색색의 장미가 한껏 피어 있었다. 숲 냄새와 뒤섞인 장미향이 코끝을 간질였다.

그러나 에키는 그런 주위를 전혀 느끼지 못하고 생각에 잠겨 있었다. 결절은 생겨난 장소에 영향을 받는다. 만약 드라코툼바에 결절이 생겨난다면…….

'거기에 생겼던 마물 소굴과 비슷하려나. 아니, 더할 수도 있지.'

"드라코툼바성을 지키는 인원은 50명 정도, 그리 수준이 높지 않다. 그대가 상대라면 말이다. 정면 돌파하는 건 쉬운 일이겠으나, 공녀 가족들의 안전을 위해서 조용히 일을 처리할 계획이다."

유리엔이 불쑥 말을 꺼냈다. 그녀는 고개를 들어 그를 보았다.

"우선 기오사 문제로 정식 방문을 청하고, 내가 성주를 상대하는 사이 그대가 내부를 조사해 줬으면 한다. 성의 구조상 짐작되는 장소가 몇 곳 있으니 그곳들 위주로 돌아보면 된다."

"길을 잃은 척 말인가요?"

"그런 식이 좋겠군. 되도록 얕보이는 게 낫다. 그때 감금된 곳을 찾아내면 그날 밤에 바로, 찾아내지 못하면 머물면서 다시 기회를 노리도록 하지. 세부적인 계획은 출발할 때 다시 알려 주겠다."

"알겠습니다, 로드."

그녀가 대답하자 유리엔이 미묘하게 우울해졌다. 왠지 시무룩한 느낌. 결절에 대한 생각에 빠진 상태라 대강 대답했던 에키는 그 이유를 금방 눈치챘다.

"……율."

고쳐 부르자 확 밝아졌다가 허둥거리며 입가를 슬쩍 가린다.

알기 쉬웠다. 로드라고 부르면 서운해하고, 유리엔이라고 부르면 좋아하고, 율이라고 부르면 좋아하면서도 수줍어서 어쩔 줄 몰라 한다. 결절 때문에 복잡하던 머리가 그를 보니 말끔해졌다.

'결절이 생길 것 같다고 해서 구하지 않을 거야? 아니잖아. 이미 세 번이나 겪어 봤는걸. 대비하고 들어가면 되는 거지. 더는 고민하지 말자.'

결정을 내리자 비로소 주위에 감도는 장미향이 느껴졌다. 나뭇잎 사이로 말갛게 내리꽂히는 여름의 햇볕도. 그리고 그녀의 곁에서 걷고 있는 달아오른 얼굴의 연인도.

아직 일어나지도 않은 위험을 미리 걱정하기엔 지나치게 좋은 날이었다. 앞으로 무슨 일을 겪든 결국에는 지금과 같은 행복으로 돌아올 것이다. 저절로 그리되지 않는다면, 그녀 자신이 무슨 수를 써서라도 행복으로 되돌아오도록 만들 것이다.

그런 예언 같은 기분이 들었다.

에키는 웃으며 그의 팔짱을 꼈다. 그의 얼굴이 더 빨개졌다. 키스까지 해 놓고서 그는 이런 사소한 일에도 넋이 나간다. 심지어 이게 꽤 익숙해진 결과였다. 처음 그녀가 팔짱을 꼈을 때 유리엔은 제대로 걷지도 못했다. 비틀거리며 걷다가 떨어서 안 되겠다며 정원의 나무를 붙들고 한동안 심호흡을 하던 것이 생각이 나서 에키는 조금 더 웃었다.

"율, 언제쯤 출발할 예정인가요?"

"사, 흘 후에, 출발할 예정이다."

"그럼 그렇게 알고 준비해 둘게요."

"……오늘 그대의 방에 돌아가면, 내가 보낸 마법 가방이 있을 것이다. 그것을 쓰도록."

"네? 마법 가방이요?"

유리엔은 저번 임무 때 에키가 니콜의 마법 가방을 빌려서 가져왔던 것을 기억하고 있었다. 같이 야숙할 때 그녀가 지나가는 말로 니콜의 것을 빌렸다고 말했었다. 그녀가 필요한 물건을 빌려 써야 한다는 게 마음에 들지 않았다. 그래서 또다시 장기 임무가 계획되자마자 마법 가방을 주문했다.

"그대에게 필요할 것 같아서."

에키는 멍하니 입을 벌렸다. 확실히 필요하긴 했다. 사실 마법 가방이 필요하지 않다고 말할 사람은 없을 것이다. 필요하다고 해서 쉽게 쓸 만한 물건이 아닐 뿐이다.

마법이 새겨지면 가격이 치솟는다. 반영구적인 마법진을 물건에 새길 수 있을 정도의 마법사면 마탑 수준이었고, 마탑 소속 마법사의 인건비는 장난이 아니었다.

일회용인 마도구와 달리 이런 마법 물품은 꾸준한 마나 충전이 필요해서 충전만 전문으로 하는 마법사가 따로 있기도 했다. 마법사가 아니면 마스터급 기사여야 충전이 가능한데, 마스터급 기사의 몸값은 충전 가능한 수준의 마법사보다 훨씬 비쌌다.

니콜은 마법 가방을 일상적으로 들고 다니며 에키에게 빌려주기도 하고, 로아즈 백작에게는 하나 선물하기까지 했지만, 본인이 마탑 소속 마법사인 데다 현자의 제자라는 지위에 있어서 가능한 일이었다.

에키는 마법 가방의 가격을 잠깐 생각해 보다가 그만두었다. 흔히 사고파는 물건이 아니라서 짐작이 안 갔다.

'이런 걸 받아도 되나. 이미 아메시스트부터 선물의 스케일이 장난이 아니긴 했지만……'

그녀가 멍한 상태로 있자 유리엔이 조심스럽게 눈치를 보았다.

"……필요 없는 물건인가?"

"아뇨, 그런 게 아니라……. 율, 저한테 너무 과한 선물을 주는 것 아니에요? 이 검도 그렇고, 저번의 드레스도……."

"선물을 받는 것이 부담스러운가? 하지만 그대는 그래도 되는 관계라고 하지 않았나."

그는 이해가 가지 않는 듯 갸웃거렸다. 에키가 고개를 저었다.

"선물 자체가 부담스러운 게 아니라, 과하게 비싼 것들이잖아요."

"그대에게 과한 것은 없다. 그대는 이런 것보다 훨씬 더 많은 것을 받아야 할 사람이다."

한 치도 의심하지 않는 당연한 명제를 말하는 어투였다. 에키는 말문이 막혀 버렸다. 가끔 그가 자신을 대체 뭐라고 생각하는 건지 의심스러웠다.

유리엔이 저보다 한참 위에 있는 존재를 대하듯 그녀를 대할 이유가 없다. 마검의 주인임을 모른다면 알려지지 않은 마스터라 해도 그의 스콰이어일 뿐이고, 안다면 증오하지 않는 게 기적인 판이니까.

하지만 실제로는 그녀를 보는 시선도 그렇고, 그녀의 재능에 대해 말했을 때도 그렇고, 지금도 그렇듯이, 그는 그녀를 우러르다시피 한다.

"전 그렇게 대단한 사람이 아니에요, 율."

"아니, 그대는 누구보다도 대단한 사람이다. 그러니 그런 식으로 말하지 마라. 부족한 것을 말하고, 바라는 것을 요구해 다오. 내가 할 수 있는 거라면 무엇이든 하겠으니."

지극히 당연하다는 어조. 눈부신 무언가를 보는 듯한 시선. 예전에는 그래도 나름 자제하고 숨겨서 티가 나지 않았던 것 같은데 연인이 되고 나서는 지금처럼 고스란히 드러낸다.

"그대가 나를 움직인다."

어스름이 진 방에서 그가 했던 고백이 떠오른다. 그의 눈에 비치는 자신은 대체 어떤 사람인 걸까. 에키는 절실하게 자신을 응시하는 푸른 눈을 마주하다가 천천히 말했다.

"그럼, 요구할게요."

유리엔의 낯이 확 밝아졌다. 기대되는 기색이 숨길 수 없이 묻어났다. 요구하겠다는 말에 이런 반응이라니, 정말 이 남자를 어떻게 해야 할까. 에키는 자신이 무슨 표정을 짓고 있는지도 모른 채 말을 이었다.

"눈을 감아요."

유리엔은 그 요구는 조금 잔인하다고 생각했다. 저렇게 달고 애틋한 표정을 짓고서 보지 못하도록 눈을 감으라니. 그러나 그는 순순히 눈을 감았다.

"움직이지 마세요."

그녀가 속삭이듯 말하고는 그의 어깨를 짚었다. 다른 손으로 그의 목을 당겨 아래로 내리고 그대로 입을 맞췄다. 유리엔이 그녀에게 했듯이 입을 맞추며, 로잘린에게 들은 조언을 합쳐서 실천해 보았다.

유리엔의 어깨가 들썩였다. 반사적으로 그녀를 끌어안으려던 그의 팔이 그녀의 요구를 떠올리고 멈췄다. 그가 휘청거리거나 무너지거나 그녀를 움켜쥐고 삼키려 들지 않은 건 순전히 그녀의 요구 때문이었다. 나가 버리려는 이성을 붙잡고 간신히 버텼다. 달콤한 불을 삼키는 시간이었다.

에키가 입술을 떼고 그를 바라보았다. 그는 눈을 감은 채 새빨갛게 달아올라 있었다. 그녀는 그 감은 눈가에 쪽 소리가 나도록 입을 맞춘 후에 그로부터 물러났다.

"이제 눈 뜨셔도 돼요. 요구는 끝났어요."

"……이게, 그대가 바라는 거라고?"

유리엔이 눈을 떴다. 그만큼이나 달아오른 얼굴로 에키네시아가 웃고 있었다.

"네. 지금 하고 싶었거든요."

잠깐 숨이 쉬어지지 않았다. 어지럽다. 이미 미쳐 있는데 더 미치는 것도 가능할 것 같다. 그는 쉰 목소리로 물었다.

"어째서?"

"어째서라니요. 당신이 좋아서죠. 저도 당신을 원하니까."

에키는 민망해서 살짝 시선을 피하면서도 솔직하게 답했다.

원한다, 고. 그녀가 그를 원한다고. 유리엔은 전에 그녀가 자신을 원한다고 말하는 것을 상상해 본 적이 있었다. 상상만으로도 미칠 뻔했었던 게 현실이 되어 있었다. 너무 달아서 현실 같지가 않았다. 사실 아침에 눈을 뜰 때마다, 그녀가 고백했을 때부터 지금까지 있었던 일이 전부 꿈인 건 아닌지 의심해 보곤 했다.

유리엔은 계속 품고 있던 질문을 충동적으로 던졌다.

"그대는 왜 나를 선택했지?"

그녀가 의아한 눈으로 그를 올려다보았다. 그는 혼란한 얼굴로 중얼거렸다.

"그대는 대체 언제부터, 왜, 나를……."

에키는 묘한 표정을 지었다. 언제부터, 왜.

거슬러 올라가면 그 시작은 그와 그녀가 처음으로 서로 시선을 마주했던 때. 마검에 물든 그녀를 성검으로 짓누른 채, 그가 그녀를 대신해 그녀의 심정을 언어로 만들어 주었을 때.

그때에 심어진 씨앗이 흔들림 없이 그녀를 기다려 주는 그를 보면서, 그리고 그녀의 손에 모든 것을 잃으면서도 그녀를 외면하지 않는 그를 보면서, 시간을 되돌려 만난 이후 처음으로 그의 미소를 보면서, 그렇게 싹이 트고 뿌리를 내려 꽃을 피웠다.

아직은 말할 수 없다. 그래서 그녀는 다른 말을 했다.

"당신밖에 없었어요."

나를 알아차리고, 나를 기다려 준 것은. 내가 가장 비참하던 순간에 내 곁에 있어 준 사람은. 그러니 내가 당신이 아닌 사람을 사랑할 수 있을 리가 없다.

유리엔은 이해가 가지 않았다. 그가 생각하기에 그녀에게는 바라하라는 선택지가 있었으니까. 그가 무어라 더 물으려던 순간 에키가 손을 뻗어 그의 목덜미를 가리켰다. 정갈한 깃 위로 흰 붕대가 조금 드러나 있었다.

"율, 여전히 붕대를 하고 있네요. 그때 입은 부상이 아직도 낫지 않았나요?"

"……거의 다 나았다."

"보여 주실 수 있나요?"

"그건……."

유리엔이 곤란한 낯으로 목깃을 추어올렸다. 조금 보이던 붕대가 완전히 가려졌다. 에키는 거의 확신하고 있었다. 저 아래에는 그녀가 그에게 입힌 상처가 있을 것이다. 그리고 그는 그녀가 마검의 주인이라는 사실을 알면서도 숨기려 한다.

그러나 그녀의 확신이 틀릴 아주 작은 가능성이 있었다. 틀린 채 말을 했다간 간신히 이어진 그와의 관계가 붕괴해 버린다. 이미 그에게 닿아 버린 그녀는 예전보다도 더 그것을 견딜 자신이 없었다. 그래서 그녀는 조건을 붙였다.

"그걸 보여 주세요, 율. 그러면……."

그녀는 그로부터 물러나 앞서 걷기 시작했다. 숲이 그늘을 드리우고 장미 넝쿨이 이어진 오솔길 위로 흰 구두가 걸음을 옮긴다. 하얀 미니 드레스 자락이 나비처럼 팔랑거렸다. 몇 걸음 걸은 그녀가 돌아서서 멍하니 멈춰 있는 그를 바라보았다.

"그때 제대로 대답할게요. 언제부터 당신을 사랑하게 되었는지를."

그 말을 하는 것과 동시에, 에키네시아는 예전에 유리엔이 대련 이후에 모든 것을 답하겠다고 미루었던 이유를 어렴풋이 깨달았다.

그날 기숙사로 돌아온 에키는 잘 포장된 상자를 발견했다. 유리엔이 보낸 마법 가방이었다.

기본적으로는 바퀴와 손잡이가 달려 끌고 다닐 수 있는 보통 여행

용 가방의 형태였다. 크기는 그렇게 크지 않았다. 다만 형태 외에는 겉보기부터 확연히 보통 가방과는 달랐다.

겉을 감싼 흰 가죽은 마법을 잘 받아들이는 재질일 것이다. 마법 가방에는 희귀한 마물을 특수 처리한 가죽을 쓴다고 니콜이 전에 설명해 준 것이 어렴풋이 기억났다.

상단에는 엄지손가락만 한 커다란 마석이 박혀 있고, 그것을 중심으로 가방의 절반을 뒤덮는 크기의 마법진이 금실로 수놓아져 있었다. 얼핏 보면 섬세한 문양으로 보였다.

에키는 시험 삼아 짐을 챙겨 넣어 보았다. 니콜한테 빌렸던 것보다 더 많은 양의 짐이 들어갔다.

그녀는 가만히 그것을 내려다보다가 무언가를 결심하고 자리에서 일어났다. 공녀 암살을 막은 대가로 받았던 포상금 전부와, 정식 스콰이어가 되면서 받아 모아 뒀던 월급을 챙겼다. 꽤 늦은 시간이었지만 그녀는 그것들을 들고 곧바로 아젠카 시내로 향했다.

[응? 너 이 시간에 어디 가?]

"주고 싶은 게 생겨서. 사흘 후 출발이니 시간을 맞출 수 있을지 모르겠네."

[누구한테 뭘? 죽일 만한 놈한테 독이라도 주려고?]

"죽이는 것밖에 상상이 안 되면 그냥 입을 다물어, 발."

[그게 아니면 재미없단 말이야!]

에키는 마검의 투덜거림을 무시하며 목표했던 가게를 찾아냈다. 그리고 주문 제작을 맡겼다.

그로부터 사흘 후, 에키네시아는 울부짖는 성으로 출발하기 직전에 아슬아슬하게 주문했던 물건을 받았다.

신력 1629년 7월 3일.

창천 기사단장 유리엔 드 하르덴 키리에와 그의 스콰이어 에키네시아 로아즈는 임무를 위해 비밀리에 아젠카를 떠났다.

'비밀리에'라고 하지만 부기사단장이나 대신관 같은 아젠카의 주요 인사들은 임무의 내용을 알고 있었다. 물론 그들이 아는 것은 마검 바르데르기오사에 대한 제보일 뿐, 공녀의 가족을 구출하러 간다는 진짜 이유는 알지 못했다.

열차의 객실에 자리를 잡은 후 유리엔은 곧바로 드라코툼바의 내부 지도를 꺼냈다. 그가 붉은색으로 표시가 된 곳들을 짚어 보였다.

"북쪽 탑은 폐쇄되어 접근할 수 없다고 한다. 뒤뜰에 복도 하나로 연결된 별채는 연구실이라고 불리면서 격리되어 있다. 지하 2층은 원래 존재했으나 지진으로 무너진 이후 들어갈 수 없게 되었다고 알려져 있다. 이 세 곳이 확인해 봐야 할 곳들이다."

에키는 지하에 표시된 붉은 가위표에 잠시 시선을 주었다. 그곳이 지워진 과거에 그녀가 용의 뼈를 찾아낸 장소였다.

'저긴 확실히 아냐. 용의 뼈를 보관해 둔 곳에 사람을 가둬 두진 못할 테니까. 그럼 둘 중 하나인가.'

"세 곳이 모두 아닐 경우 비밀 방이 있다고 간주하고 좀 더 세부적인 수색에 들어가야 한다. 그때에는 물러나서 처음부터 다시 조사할 예정이다. 다만 그럴 확률은 낮다고 생각한다."

"알겠습니다."

에키네시아는 알려지지 않은 마스터다. 기사단장의 스콰이어라지만 사관생도, 그것도 1학년에 불과한 그녀를 제대로 경계하진 않을 것이다. 경계 받지 않는 것에 비해 그녀는 마스터로서 마나의 흐름을 감지하여 마법으로 은폐된 곳이라도 알아차릴 수 있다.

따라서 유리엔이 성주를 상대하는 동안 그녀가 성 내부를 조사하는 건 괜찮은 계획이었다. 그들은 그 뒤 세부적인 사항과 공녀의 가족들을 구출한 후의 문제들에 대해 조금 더 논의했다.

논의가 끝난 후 유리엔은 내부 지도를 접어 그녀에게 건넸다. 에키는 그것을 받으며 전부터 묻고 싶었던 것을 물었다.

"율, 당신이 위장 약혼을 한 건 황태자 전하를 지지한다는 걸 확실히 보여 주기 위해서, 맞지요?"

"그렇다. 약혼을 거절하면서 지지한다고 하는 건 신뢰가 가지 않을 테니까."

"그리고 제가 길게 기다리지 않도록 하겠다고도 하셨죠. 어떻게 그게 가능한가요?"

에키는 한 차례 호흡을 고르고, 그를 똑바로 바라보았다.

"황태자 전하를 지지하려면 약혼을 유지해야 하죠. 그런데도 제가 길게 기다리지 않아도 된다는 건, 당신이 약혼을 오래 끌 생각이 없다는 뜻이잖아요."

그녀는 혼자서 그런 일이 가능한 경우를 몇 가지 생각해 보았다. 약혼을 파기하고도 황태자에 대한 지지가 유지되는 상황이 어떻게 가능한지를. 그리고 그녀가 가진 정보들을 이용해 한 가지 가능성을 추리해 냈다.

"약혼을 중지하고도 황태자 전하를 지지하는 데에 문제가 없다는 건, 디아상트 공작과 황태자 전하가 갈라서게 될 예정이라서인가요?"

아직 그녀가 맡겼던 쐐기의 조사 결과는 오지 않았다. 2황자 측의 근위 기사단장과 디아상트 공작이 콜본에서 자주 만났었는지에 대한 조사. 만약 그 조사 결과가 예상과 달라도, 에키는 확실하게 아는 것이 있었다. 황태자가 황제가 된 이후 디아상트를 숙청한다는 미래. 지워진 과거에 있었던 일.

로잘린 디아상트, 디아상트의 차녀와의 약혼이 황태자에 대한 지지가 되는 이유는 디아상트의 장녀가 현 황태자비이기 때문이다. 그러니 황태자와 디아상트가 갈라선다면 자연히 약혼은 의미가 없어진다.

유리엔이 황제를 끌어내리고 황태자를 바로 제위에 올릴 작정인 것을 모르고 있는 에키로서는 당연한 추리였다. 반면 유리엔은 당황한 기색을 숨기지 못했다.

"디아상트 공작과 황태자 전하가 갈라선다고? 그대는 왜 그렇게 생각하지?"

"확실한 건 아니지만…… 디아상트 공작과 2황자 전하 간에 무언가 있는 것 같아서요."

그렇게 되는 미래를 봤기 때문에, 라고 말하지는 못하고, 에키는 에둘러 대답했다. 그리고 유리엔은 그녀가 말하지 않은 것을 짐작했다. 자신이 본 그녀에 관한 기억들은 성검의 기억이라 완벽하지 않았다. 그가 보지 못한 시간들 중에 에키네시아는 디아상트와 황태자가 갈라서는 미래를 보았을지도 모른다.

'이미 결혼한 로잘린 디아상트를 약혼녀로 보낸 것부터 심상치 않았다. 독 사건도 수상하고. 확실히, 디아상트 공작은 그저 크루엔 형님을 지지하기만 하는 게 아니라 다른 무언가가 있다. 조사해 봐야겠군.'

에키는 고개를 갸웃거렸다. 어쩐지 그는 그녀가 한 말들을 아예 예상하지 못한 듯했다. 그럼 약혼을 끝낼 다른 계획이 있었나?

"율, 디아상트 공작을 조사해서 약혼을 파기할 계획이 아니었나요?"

"……아직 구체적으로 말할 수는 없으나, 다른 쪽으로 일을 진행하는 중이다. 빠르면 가을, 늦어도 올해가 가기 전에 결과가 나올 것이다."

마검으로 음모를 꾸민 정황을 밝혀내고, 2황자를 처벌하고 황제를 끌어내릴 날. 그때가 되면 그가 원하지 않아도 에키네시아에게 알릴 수밖에 없었다. 그녀가 마검의 주인임을 그가 이미 알고 있다는 사실을. 그녀를 지옥으로 밀어 넣은 계기가 자신이라는 진실을.

유리엔은 저도 모르게 목덜미를 만지작거렸다. 에키는 그 동작을 놓치지 않았다. 곧 그가 침착해진 어조로 말했다.

"디아상트 공작과 2황자 간의 관계에 대해서는 알아보도록 하겠다."

"……저도 확실한 증거가 생기면 알려 드릴게요."

잠시 정적이 고였다. 에키는 생각에 잠긴 유리엔을 가만히 살피더니 돌연 자리에서 일어났다. 유리엔의 시선이 반사적으로 그녀의 움직임을 좇았다.

그녀는 짐칸에 올려놨던 가방을 열고 그 안에서 작은 케이스를 꺼냈다. 그들 사이의 테이블에 그 케이스를 올려놓고 심호흡을 했다.

조금, 아니, 꽤 떨렸다. 유리엔이 아메시스트를 줄 때 왜 그렇게 수줍어했는지 알겠다. 마음에 들지 않을까 봐 조바심을 내며 그녀를 살피던 그의 모습이 떠오른 덕에 그녀는 웃는 얼굴로 케이스를 내밀 수 있었다.

"받아요, 율."

"이건……."
"그동안 받기만 했잖아요. 저도 당신에게 주고 싶어서."
"……무엇을?"
"그냥 선물이에요. 받지 않으실 건가요?"
유리엔이 삐걱거리는 움직임으로 그녀가 내민 케이스를 받았다. 검은 가죽 케이스의 겉에 묶인 하얀 리본에 손을 대고는 그대로 정지했다. 완전히 넋이 나간 얼굴이었다. 기다리던 에키가 독촉했다.
"열어 봐요."
그가 숨을 고르더니 떨리는 손으로 리본을 풀었다. 리본이 건드리면 깨어질 것처럼 느껴지기라도 하는지 몹시 조심스러운 손놀림이었다. 마침내 케이스의 뚜껑을 연 그가 안을 들여다보았다.
백금과 다이아로 섬세하게 세공된 커프스 버튼이었다. 중앙에 그의 손바닥에 있는 랑기오사의 문양과 똑같은 무늬가 금으로 새겨져 있었다.
에키는 유리엔에게 무엇을 선물하면 좋을지 꽤 고민했었다. 랑기오사 오너인 그에게 검과 관련된 선물은 필요가 없을 것이다. 서류 작업이 잦으니 만년필이 좋을까, 아니면 조각을 좋아하는 것 같으니 조각도는 어떨까.
고민 끝에 결정한 게 저것이었다. 가장 무난하고, 계속 지니고 다닐 수 있는 것. 제복 아래의 셔츠 소매에 달 수 있는 커프스 버튼.
막상 주고 나니 불안해져서 그녀는 살짝 눈치를 보았다. 유리엔은 멀거니 그것을 내려다보고만 있었다. 눈도 깜박이지 않았다. 가만 보니 숨도 안 쉬고 있는 것 같았다.
"율?"

그녀가 그를 부르자 그가 비로소 눈을 깜박였다. 그는 더듬더듬 물었다.

"그대가, 직접…… 의뢰해서 만든 것인가?"

랑기오사의 무늬를 새긴 커프스 버튼이 따로 있을 리가 없었다. 당연히 주문 제작품이었다. 임무를 다녀오기 전에 주고 싶어서 급하게 제작을 맡기고 출발 직전에 겨우 받았었다. 에키가 고개를 끄덕였다.

"네. 음, 급하게 맡긴 거라……. 다음엔 더 좋은 걸 드릴게요."

"그럴 필요는 없다."

유리엔이 잠긴 목소리로 대꾸했다. 그녀가 그를 위해 만든, 세상에서 하나뿐인 물건. 그게 무엇인지는 그리 중요하지 않았다. 그녀가 처음으로 그에게 준 선물이라는 게 가장 중요했다. 속에서 무언가가 벅차올라 가슴께와 목 안쪽을 꽉 틀어막았다.

"……이것이면 충분하다."

"유, 유리엔?"

에키가 당황해서 그의 이름을 불렀다. 유리엔이 의아하게 고개를 들자 그녀가 허둥거리며 말했다.

"왜, 왜, 우는 거예요?"

"……?"

그녀의 말에 그는 눈가를 더듬어 보았다. 물기가 묻어나서 그 스스로도 놀랐다. 고작 한두 방울이었지만, 아무리 감격했다지만, 울다니. 그것도 그녀 앞에서. 유리엔은 기겁해서 눈물을 닦아 냈다. 부끄러움에 그의 얼굴이 벌겋게 변했다.

"아니, 아무것도 아니다."

"울었잖아요, 지금!"

"그, 런 게 아니라……."

둘러댈 말이 있을 리가 없었다. 그는 어물거리며 눈가를 가리면서도 다른 한 손으로 케이스를 꽉 쥐고 놓지 않았다. 에키는 얼이 빠진 채 그를 바라보다가 푸슬 웃고 말았다.

"싫어서 운 건 아니죠?"

"그럴 리가 있겠나."

그가 정색하며 대답했다. 잠깐 고민하던 에키가 케이스 안에 담겨 있던 커프스 버튼을 집으려 했다. 유리엔이 빼앗기기 싫다는 듯 움찔 케이스를 움직였다.

"잠시만 이리 주세요."

그녀가 케이스를 가져가더니 커프스 버튼을 꺼냈다. 그리고 유리엔에게 손을 내밀었다.

"달아 드릴게요."

유리엔은 손목을 내밀기는커녕 그대로 굳어 버렸다. 에키는 포기하고 몸을 일으켜 그의 손목을 잡아당겼다. 그녀보다 훨씬 굵은 손목이었다. 유리엔을 볼 때면 늘 섬세하고 여리다는 생각이 드는데, 정작 만져 보면 굉장히 탄탄했다. 기사다운 몸이었다.

그녀는 그의 제복 소매를 약간 걷어 올리고 드러난 셔츠 소매에 커프스 버튼을 조심스럽게 달았다. 금과 백금, 다이아몬드로만 장식된 커프스 버튼은 그의 분위기와 잘 어울렸다.

"반대쪽도요."

유리엔이 천천히 반대쪽 손목을 내밀었다. 팔이 약간 떨리고 있었다. 그쪽에도 커프스 버튼을 달자 그가 손목을 들어 그것을 확인했다. 말이 나오지 않는 듯했다.

'진작 선물할 걸 그랬어.'

에키는 미소를 지은 채 말했다.

"다음에는 울지 마세요."

"다음이라니……."

"선물을 드릴 때마다 우시면 제가 곤란하잖아요."

유리엔이 벌건 낯으로 그녀를 바라보았다. 에키가 말을 이었다.

"계속 함께할 테니, 선물도 앞으로 계속 드릴 텐데. 이건 시작일 뿐인 걸요."

그는 홀린 듯한 눈으로 손목의 커프스 버튼을 다시 내려다보았다. 함께할 미래의 시작점이 반짝이고 있었다.

보통 성이란 요충지에 세워져 기사단이 주둔하며 방어를 전담하거나 도시를 감싸고 세워져 도시를 수비하게 된다. 이런 성은 국가에서 관리하고 성주를 임명하곤 했다.

그러나 그와 다른 경우로, 귀족들이 다양한 목적으로 지은 작은 성들도 있었다. 휴양을 위한 별장의 개념으로 아름답게 건설하기도 했고, 가문의 기사들을 훈련시키거나 재산을 보관할 목적으로 건설하기도 했다. 그런 성들은 개인 소유가 된다.

드라코툼바는 후자에 속하는 성이었다.

마을에서 전나무 숲 안쪽으로 이어진 좁고 울퉁불퉁한 길을 마차를 타고 한참 달리니 성이 보이기 시작했다. 절벽을 등지고 앉은 자그만 성은 늙은 쥐 같은 색이었다. 울부짖는 성이라는 별명에 걸맞게 어딘지 모르게 음산한 분위기를 풍겼다.

 진회색 돌로 지어진 벽은 견고했으나 갈색으로 말라붙은 담쟁이들이 흉물스럽게 엉켜 있었다. 성문의 금속 부분과 경첩은 벌겋게 녹슬었다. 성문 위의 성벽에서 석궁을 들고 있는 경비병은 눈 밑이 시커멓게 죽어 있었다.

 경비병이 마차를 보자마자 석궁을 겨눴다.

 "정지! 누구냐!"

 마부석에 앉아 있던 마부, 정확히는 마부 역할로 따라온 창천의 정보원이 목소리를 높였다.

 "창천 기사단장께서 드라코툼바 성주에게 방문을 청한다! 문을 열어라!"

 "창천……?"

 여기서 그 이름을 들을 줄은 몰랐던 경비병은 얼떨떨한 얼굴이 되었다.

 마부가 창천의 인장이 찍힌 서류로 신분을 증명하고, 경비병이 성주에게 소식을 알리고, 안으로 안내되어 유리엔과 에키가 성주의 만찬에 초대받기까지는 그리 긴 시간이 걸리지 않았다.

 성주는 나뭇가지처럼 마르고 퀭한 얼굴의 남자였고, 창천 기사단장은 그가 상대하기엔 지나치게 무거운 이름이었다. 그는 바짝 긴장한 표정으로 식탁에 앉은 유리엔을 바라보았다.

 "창천 기사단장께서 이 궁벽한 곳까지 무슨 일로 오셨는지……."

 "제보가 들어왔다."

 유리엔이 담담하게 말했다. 성주는 땀을 닦았다.

 "무, 무슨 제보 말씀이십니까?"

"이 성에 바르데르기오사가 있을지도 모른다고 하더군."

"바, 바르데르기오사요? 마검?"

"이 성이 울부짖는 성이라고 불린다고 들었다. 하루가 멀다 하고 비명이 들려온다고. 그 비명이 마검과 관련이 있는가?"

성주의 낯이 창백하게 질렸다. 그는 머리가 떨어지지 않을까 걱정스러울 정도로 고개를 저어 댔다.

"그, 그런 말도 안 되는……. 이곳은 스베인 백작가 소유의 성일 뿐입니다! 백작가 소속의 마법사님이 여기에 연구실을 차리셨는데, 마물로 실험을 하면서 마물이 내는 비명 때문에 그런 헛소문이 도나 봅니다."

"마물이라고? 마물 실험은 불법 아닌가?"

"아닙니다! 허가를 받았습니다. 허가서도 보여 드릴 수 있습니다."

성주는 절박하게 말했다. 에키는 드레스를 완벽하게 차려입고 유리엔의 오른편에 앉아 조용히 그 대화를 듣고 있었다.

'스베인 백작가가 아니라 디아상트 공작가의 소유일 텐데.'

성주는 당연히 진실을 말하지 않을 것이다. 어차피 성주와의 대화에서 소득을 얻는 건 기대하지 않았다. 에키는 적당한 타이밍을 노려 스푼을 내려놓고 유리엔을 불렀다.

"로드, 저……."

"아, 미안하군."

유리엔이 잊고 있었다는 듯 그녀를 돌아보더니 성주를 향해 말했다.

"대화가 길어질 듯하니, 내 스카이어를 먼저 숙소로 안내해 주겠나."

"아, 실례했습니다. 숙녀분은 피곤하실 텐데."

겉보기란 중요한 요소였다. 성주는 드레스 차림의 에키네시아를 기사단장의 스콰이어라기보다 귀족 영애로 인식하고 있었다. 성주가 하녀를 불러 안내를 명했다. 에키는 인사를 하고 하녀를 따라 만찬장을 나왔다.

[이제 가는 거지? 가다가 들켜서 죽일 일 생겼으면 좋겠다! 얘부터 죽이는 거야?]

마검이 신이 나서 떠들어 댔다. 에키는 마검의 말을 무시하고 촛대를 든 하녀를 따라 걸었다. 성 내부는 천장이 높고 창이 좁아 어두웠다. 약간 서늘한 복도를 따라 걷자니 지워진 과거에 이곳에서 마물이 배회하던 풍경이 떠올랐다. 어딜 봐도 음산했으나 폐허였던 그 때에 비하면 그래도 멀쩡하고 사람 사는 냄새가 났다.

손님방으로 보이는 곳에 도착하자 하녀가 문을 열어 주었다.

"여기서 쉬시면 됩니다, 아가씨."

"고마워."

하녀가 꾸벅 허리를 숙이고는 물러났다. 에키는 일단 문을 열고 방에 들어갔다. 방은 무난한 손님용 침실이었다. 그녀는 닫은 문에 기대선 채 하녀의 기척이 완전히 멀어질 때까지 기다린 다음, 도로 문을 열고 나왔다.

'감시하는 기척은…… 없네.'

성 전체의 신경이 유리엔에게 쏠려 있는 모양이었다. 그것을 의도하긴 했지만 그래도 한둘 정도는 그녀에게 따라붙을 줄 알았다. 예상보다 경계가 느슨하고 경비 수준도 낮았다. 덕분에 일이 쉬워질 듯했다.

지하 쪽은 용의 뼈가 있는 곳이니 확인할 필요가 없었다. 그래서 에키는 먼저 연구실이라 불리는 별채 쪽으로 움직였다. 오가는 경비병들의 눈을 피하는 건 드레스 차림으로도 어렵지 않은 일이었다. 구조는 내부 지도를 보고 외워 둔 데다 지워진 과거에 와 본 덕에 익숙했다. 용의 뼈를 찾아내기 위해 샅샅이 뒤지기까지 했던 곳이라 잘 알고 있었다.

에키는 금세 연구실 근처에 도착했다. 길게 이어진 복도의 끝에 경비병이 두 명 서 있었다. 그녀는 암살자나 첩자가 아니었기에, 이런 아무것도 없는 복도에서 경비병의 눈을 피하는 건 불가능했다.

[쟤들은 못 피하겠네? 그럼 죽여서 안 들키게 하자!]

에키는 마검의 헛소리를 한 귀로 흘리며 잠깐 생각하다가 그냥 정면으로 복도에 들어섰다. 금색 레이스로 장식된 적갈색 드레스 자락이 그녀의 걸음을 따라 사뿐사뿐 흔들렸다. 루비가 달린 금 귀걸이가 귓가에서 달랑거렸다.

그녀는 가진 드레스 중에서도 일부러 화려한 것을 입고 왔다. 어딜 봐도 귀한 신분으로 보이는 아가씨가 태연히 다가오자 경비병들이 당황했다.

"멈추십시오. 누구십니까?"

"이 성의 경비병들은 몇 안 되는 손님의 얼굴도 기억 못 하니?"

에키는 짜증스럽게 말하며 머리카락을 쓸어 넘겼다. 경비병들이 서로 눈치를 보더니 한 명이 깨달은 듯한 표정을 지었다.

"창천 기사단장님과 함께 오신 영애십니까? 몰라뵈어 죄송합니다."

"알면 됐어. 앞으로는 조심해."

그녀는 코웃음을 치고는 경비병들을 지나쳐 연구실 쪽으로 걸어가려 했다. 당황한 경비병이 창으로 막아서며 급히 말했다.

"이곳은 출입이 금지되어 있습니다, 아가씨."

"응? 여기가 어딘데? 이 성은 왜 이렇게 미로 같니?"

드라코툼바성이 복잡한 구조인 건 사실이었다. 경비병이 한숨을 쉬었다.

"길을 잃으신 거라면 손님방으로 안내해 드리겠습니다."

"기, 길을 잃었다니, 이건 그냥 산책이야! 산책한 것일 뿐이지만, 어쨌든, 뭐, 안내해 봐."

그녀가 턱짓하자 경비병 둘이 눈짓을 주고받았다. 그러더니 하나가 앞장서서 복도 밖으로 빠져나갔다.

"따라오십시오, 아가씨."

에키는 얌전히 경비병의 뒤를 따르다가 계단을 오르기 시작하자 슬쩍 발을 움직였다. 계단에 깔려 있던 양탄자가 강한 힘에 밀려 아래로 미끄러졌다.

"어, 어?"

바닥의 양탄자가 움직이는 바람에 비틀거리는 경비병의 목뒤를 재빨리 후려쳤다. 그러곤 기절한 경비병이 넘어지는 것을 받아 들어 계단 아래에 눕혀 놓았다. 그녀는 제국의 황족이 계단 아래로 굴러떨어졌던 모습을 기억 속에서 되살려 경비병의 자세를 고쳐 주었다. 계단에서 떨어진 것으로 보이도록.

[너 계단 되게 좋아한다? 그냥 쏙 해 버리는 게 더 편할 텐데.]

"시끄러워, 발. 바쁜데 자꾸 헛소리하지 마."

[헛소리라니, 충고라고! 솔직히 네가 생각하기에도 이런 번거로운 짓보다 죽이는 게 더 편하지 않아?]

"아무나 죽일 생각은 없으니까 좀 닥쳐."

에키는 빠르게 아까의 복도로 되돌아갔다. 혼자 남아 있던 경비병이 의심스럽게 그녀를 바라보았다.

"아가씨? 왜 돌아오셨습니까? 같이 간 녀석은……."

"빨리 따라와. 걔가 계단에서 혼자 고꾸라져서 기절했으니까."

"네? 그게 무슨……."

"네 동료가 계단에서 넘어졌다고. 여긴 대체 훈련을 시키긴 하는 거니? 어떻게 경비가 손님 얼굴도 제대로 못 알아보고, 계단에서 굴러 떨어지기나 해?"

그녀는 일부러 신경질적으로 대꾸했다. 그리고 경비병이 당황하든 말든 앞서 걷다가 짜증을 내며 돌아보았다.

"뭐 하니, 당장 안 따라와?"

경비병은 지키던 문을 돌아보며 고민하더니, 에키가 한 차례 더 짜증을 내며 성주까지 들먹이자 한숨을 쉬고 그녀를 따라왔다. 그녀는 그를 데리고 아까 그 계단으로 향했다. 널브러져 있는 동료를 본 경비병이 급히 그의 상태를 살피고는 에키를 돌아보았다.

"넘어지면서 다쳤을 수도 있으니 사람을 불러와야겠습니다. 잠시만 여기서 기다려 주시겠습니까? 아가씨를 안내할 하녀도 불러오겠습니다."

"알았으니 빨리 가. 피곤해 죽겠어."

"죄송합니다, 아가씨."

경비병이 황급히 달려갔다. 에키는 당연히 그가 돌아올 때까지 기다려 줄 생각이 없었다. 경비병이 사라지자마자 그녀는 연구실이 있는 복도로 되돌아갔다.

경비병들이 지키고 있던 문에는 마나가 흐르고 있었다. 알람 마법이나 공격 마법 같은 게 걸려 있는 모양이었다. 그녀가 유도했다지만 경비병들이 쉽게 자리를 비울 수 있었던 이유였다.

에키는 마법사가 아니었고, 마법에 조예가 있지도 않았다. 그녀가 마법에 대해 아는 건 교양으로 배운 것과 니콜에게 얻어들은 게 전부였다.

그러나 그녀에겐 기오사를 모으기 위해 9년을 떠돌며 얻은 경험과 마스터 위의 경지에 오른 실력이 있었다. 아직도 그녀는 자신의 경지를 무어라 부르는지조차 몰랐지만, 자신이 어디까지 할 수 있으며 어떤 일까지 가능한지는 너무나 잘 알고 있었다.

[부술 거야?]

"아니, 되도록 조용히 처리해야 하니까."

극과 극은 통하는 법이다. 검의 정점에 오르면 그 파괴력이나 마나 통제가 마법과 다름없는 수준으로 보이듯이.

문고리에 손을 올렸다. 침입을 느낀 마나의 흐름이 요동치며 마법이 발동되려 했다. 에키는 검에 마나를 불어넣는 요령으로 문고리에 마나를 불어넣어 마나의 흐름을 헤집어 놓았다. 그로 인해 발동하기도 전에 마법의 구조가 붕괴했다. 상당히 무식한 방법이었으나 효과적이었다.

이어 마나로 물건을 들어 올리던 것처럼 문고리 너머의 잠금쇠를 움직였다. 금세 달칵 하고 잠금쇠가 돌아가는 소리가 났다. 그녀는 소리를 내지 않고 문을 밀어 열었다.

그 안에서 에키네시아가 본 광경은 그녀가 전혀 예상하지 못한 범주의 것이었다.

연구실이라고 했고, 아까 성주가 마법사가 마물 실험을 하고 있다고 했었으니 그런 공간일 줄 알았다. 혹은 그녀가 찾고 있던 로잘린의 남편이나 딸이 갇혀 있는 곳이거나.

어느 쪽도 아니었다. 에키는 입구에 얼어붙은 채 숨을 멈췄다.

입구 근처는 확실히 마법사의 연구실다웠다. 커다란 책상에 어지럽게 양피지들이 널려 있고 책들이 제멋대로 쌓여 있었다. 한쪽에 마석과 각종 액체가 든 유리병이 진열되어 있었고 마법진을 그린 종이가 굴러다녔다.

입구의 바로 맞은편에는 철창으로 격리된 우리가 있었다. 우리 안에 있는 것은 짐승도, 마물도 아니었다.

사람이었다.

일렁거리는 검은빛으로 머리카락과 눈동자, 피부 일부가 물들어 버린 사람들. 사슬에 사지가 묶인 채 짐승처럼 으르렁거리는 몰골. 그 검은 눈에 분명하게 떠올라 있는 살의. 그들은 눈앞에 갑자기 나타난 인간을 죽이고 싶어서 몸부림쳤다. 사슬이 철컹거리는 소리가 들렸다. 바로 앞에 있는 인간을 죽일 수가 없자 그들이 마구잡이로 울부짖었다.

지워 버린 과거, 아젠카의 지하 감옥에 묶여 있었던 에키네시아 로아즈 자신과 비슷한 꼴이었다. 마검의 마나에 물든 자들.

"……이게, 무슨."

그 순간 그녀가 떠올린 건 니콜이 조사하기 위해 가져간 마석 목걸이였다. 2황자, 마검, 디아상트 공작과 2황자 간의 관계, 디아상트 공작이 은밀히 소유하고 있는 성에 갇혀 있는, 마검의 마나에 물든 인간. 연결고리가 느껴졌다. 오싹 소름이 돋았다.

[쟤네 되게 익숙한 느낌이다?]

마검이 이상하다는 듯 중얼거렸다. 에키는 신음처럼 대꾸했다.

"네 마나에 물든 인간들이잖아."

[설마 저번에 그 마석 같은 걸로? 뭐야, 걔네 너희 집에 나 가져다 두기 전에 내 마나를 엄청 많이 보관해 뒀나 봐?]

마검의 말에 퍼뜩 떠오른 게 있었다. 그녀는 유리병이 진열된 찬장 쪽으로 향했다. 알 수 없는 액체와 각종 재료가 든 유리병들 사이에 마석이 담긴 유리병들이 보였다. 언뜻 보기에는 그냥 보석 같지만 이런 곳에 있으니 마석일 것이다. 에키는 그중에서 검은 마석이 담겨 있는 유리병을 찾아보았다. 보이지 않았다.

대신 찬장 아래에서 잠겨 있는 서랍을 찾아냈다. 그녀가 자물쇠를 움켜쥐고 잠시 고민하자 마검이 종알거렸다.

[열쇠가 없잖아. 어떻게 할 거야?]

"없어도 돼."

짧게 답한 그녀가 고민을 끝내고 마나를 움직였다. 보랏빛이 반짝이더니 그녀의 손안에서 자물쇠가 으스러졌다. 그녀는 자물쇠의 파편을 탁탁 털어 내고 서랍을 열었다.

[어, 주인아, 조용히 처리할 거라고 하지 않았어?]

"우선순위가 바뀌었으니까."

[무슨 뜻이야?]

"조용히 처리하는 것보다 이게 어떻게 된 일인지 알아내는 게 급해."

에키는 서늘한 어조로 대꾸하며 안쪽을 뒤졌다. 서랍 안에 철제 금고가 있었다. 이번에는 망설이지 않고 맨손으로 마나를 뽑아내어 금고를 부쉈다. 그 안에는 케이스에 하나씩 담긴 검은 마석 몇 개와, 메모가 잔뜩 끼워진 노트가 있었다.

그녀는 케이스를 열고 검은 마석에 손가락을 대어 보았다. 목걸이 때처럼 마나가 흘러들어 오진 않았다. 마석은 마나를 저장하는 성질이 있지만, 그 안에 마나를 넣거나 빼내는 건 마석만 가지고는 불가능했다. 그러려면 특별한 가공이나, 마법사 혹은 마스터급 기사가 필요했다. 그리고 에키네시아는 바로 그 마스터급 이상의 기사였다.

그녀는 마석 안에 마나를 불어넣어 보았다. 그녀의 마나가 마석 안의 마나와 닿아 부드럽게 섞여 들었다. 그 안에서 익숙한 기운이 느껴졌다.

[우와, 진짜 내 마나다!]

"……미치겠네."

이로서 저 사람들이 마검의 마나에 물든 게 확실해졌다.

더불어 드라코툼바성에서 마물이 생겨날 정도의 참사가 벌어진 원인도 짐작이 갔다. 실수든 의도든, 살의에 물든 저 사람들이 풀려나와 참극을 일으켰을 것이다. 아직 일어나지 않은 미래의 일이니 정확하게 알 수는 없어도 관련이 있으리란 확신이 들었다.

'내가 시간을 되돌리기 전에도 이런 일이 있었던 거겠지.'

마검의 마나를 이용해서 실험을 하고 마석 목걸이 같은 것을 만들려면, 로아즈 저택에 마검을 보내기 전에 마검의 마나를 뽑아 놓아야 했다. 훨씬 예전부터 일이 진행되고 있었다는 뜻이다. 당연히 회귀 이전에도 일어났던 일일 터였다.

그럼에도 불구하고 살의에 물든 인간이나, 마검의 마나가 담긴 마석 같은 게 그 시절에는 발견되지 않았던 이유는…….

'악마 때문이야.'

에키네시아 로아즈의 잠재력이 이 일에 연루된 자들의 상상을 초월해 버려서. 그녀가 막을 수 없는 악마가 되어 대학살을 벌였으니까. 그 와중에 연루된 자들이 죽었을 수도 있고, 그것을 보고 경악한 자들이 위험하다고 생각해서 관련된 연구와 마석들을 모조리 폐기했을 수도 있다.

'하지만 이번에는 아무 일도 일어나지 않았으니 이런 게 남아 있고, 계속 진행되고 있는 걸지도.'

에키는 마석을 내려놓고 노트를 집어 들었다. 두께가 상당한 그것을 대강 휘릭 휘릭 넘겨 보았다. 암호인지 뭔지 모를 알아볼 수 없는 말들과 그녀로서는 해석하기 어려운 수식과 마법진들이 빽빽했다.

문득 그녀의 손이 멈췄다. 복잡한 수식들 옆에 고대어로 휘갈겨 놓은 낙서 같은 게 보였다. 교양으로 배웠던 고대어를 어렴풋한 기억 속에서 되살려 그것을 더듬더듬 읽어 보았다.

―마검에서 추출한 마나를 이용하면, 또 다른 마검을 만들 수 있지 않을까?

그녀의 손에서 노트가 미끄러져 떨어졌다.
[왜? 뭔데 그래?]
미처 보지 못했는지 바르데르기오사가 의아하게 물어 왔다. 에키는 입을 다문 채 미간을 문질렀다.
'무슨 미친 짓을 벌이려는 거야?'
현기증이 이는 머리를 짚고 알게 된 것들을 조합해 보았다. 디아상트 공작이 몰래 소유하고 있던 성. 마법사의 연구를 위해 지었다는 성. 여기서 마검을 연구한 자료가 나왔다. 노트의 상태로 보아 꽤 오래 된 것 같다.
'디아상트 공작이 예전부터 바르데르기오사를 가지고 있었던 걸까? 그러다가 황제에게 마검을 전달하고? 그럼 왜 공작은 황태자를

지지하고 있는 거지? 무엇을 노리고? 마검을 만든다는 건 대체…….'

에키는 장갑으로 가려 둔 오른손을 내려다보았다. 아득하고 어지러운 기분이 들었다.

[왜애, 뭔데? 무슨 말이었기에? 나도 가르쳐 줘! 나도오!]

"……발, 네 마나를 가지고 너 같은 검을 또 만드는 게 가능할까?"

[엥? 그게 뭔 말도 안 되는 소리야?]

"불가능해?"

[이 몸은 기오사라고. 날 만든 사람은 신의 권능을 빌린 인간이란 말이야! 내 찌꺼기로 나 같은 검을 만들 수 있을 리가 없잖아!]

"그래, 그렇겠지."

에키는 떨어뜨린 노트를 노려보다가 그것을 주워 들었다. 그러곤 주변을 뒤져 큼직한 가죽 주머니를 하나 찾아냈다. 그 안에 있던 잡동사니를 쏟아 버린 후, 살의가 담긴 마석들과 노트를 쓸어 담아서 챙겼다.

잠시 밖에 귀를 기울였다. 아직 경비병들은 돌아오지 않았다. 그대로 일어서서 나가려다 걸음을 멈췄다. 그녀는 천천히 뒤를 돌아보았다.

크르르.

캬아악!

짐승 같은 소리를 내며 몸부림치는 자들이 보였다. 중년의 남녀와 젊은 남녀, 총 네 명. 검게 물든 머리칼과 눈동자. 족쇄에 쓸린 피부가 까져서 피를 흘리고 있었다.

누구일까. 어떤 사람이었을까. 어쩌다가 살의에 물들어 이곳에 갇혀 있게 된 걸까. 저 사람들은 어떻게 되는 걸까. 지금 무슨 생각을 하고 있을까. 이성이 남아 있을까.

마검에 물들어 있을 때 그녀 자신은 무슨 생각을 하고 있었던가. 저들도 자신처럼, 저 몸뚱이 안에서 지금 울부짖고 있는 건 아닐까. 발이 떨어지질 않았다. 그것이 어떤 지옥인지 너무나 잘 알아서.

에키는 멍하니 자신이 챙겨 든 가죽 주머니를 바라보았다. 마석에 담아 놨던 마검의 마나로 물든 사람들이라면, 마검의 마나를 도로 뽑아내면 멀쩡해지지 않을까?

타인의 몸 안에 있는 마나를 흡수하는 건 본디 마법의 영역이었다. 마법진과 빈 마석이 필요했다. 그러나 이 연구실에 마나를 흡수할 수 있도록 가공된 마석이 있는지 없는지도 모르고, 설사 있다고 해도 에키는 그것을 구분할 수 없었다.

대신 그녀에게는 마나를 수족처럼 자유롭게 다룰 수 있는 실력이 있었다.

마스터라면 누구든 마석으로부터 저장된 마나를 흡수할 수 있다. 마스터의 몸 안에 생성되는 마나 코어가 그런 일을 가능하게 만든다. 그렇다면 마스터 위의 경지인 자신은 마석이 아니라 사람으로부터 마나를 흡수하는 것이 가능할지도 모른다. 해 본 적은 없지만 할 수 있을 수도 있다.

그녀는 오른쪽 끝에 있는 우리로 다가갔다. 우리의 창살을 움켜쥐고 안을 들여다보았다. 그녀 또래의 여자가 그 안에서 울부짖고 있었다.

멋대로 날뛰는 육체에 갇힌 채 울부짖던 시간들. 누군가 구해 주기를 내내 빌고 또 빌었다. 그러나 누구도 그녀를 구해 줄 수 없었다. 그건 스스로 이겨 내야 하는 시련이었다. 기오사. 고대어로 '시험'이라는 뜻의 그 이름처럼.

그녀와 달리 저 사람들은 바르데르기오사를 쥔 게 아니다. 그러니

구해 줄 수 있을지도 모른다. 누구보다 절실하게 발버둥 쳐 보았던, 마검의 악마였던 에키네시아는 시도해 보지도 않고 그 가능성을 외면할 수는 없었다.

[어? 뭐 하려고?]

에키는 철창의 자물쇠를 부수고 안으로 들어갔다. 가까워지자 사슬에 묶인 여자가 더 격렬하게 발광했다. 여자의 앞에 선 그녀가 장갑을 벗었다. 진주색에 가까운 분홍색 매니큐어를 바른 가지런한 손톱이 드러났다.

그 손톱이 감옥의 벽과 바닥을 긁느라 뒤집어지고 갈라져 피가 맺혀 있던 시절이 있었다. 그때의 고통은 의외로 별것 아니었다. 그 손에 아버지와, 어머니와, 란셀리드와, 니콜 언니와, 그 외에도 많은 사람들과…… 유리엔의 피를 묻힐 때에 비하면.

지저분한 누더기와 뒤엉킨 머리카락 사이로 그녀의 상처 하나 없이 깨끗한 손이 파고들었다. 이 여자는 마스터가 아니니 마나 코어도 없겠지만, 그래도 이론적으로 코어가 생기는 위치인 명치 위에 손을 올렸다.

에키는 여자의 몸부림을 무시하고 자신의 마나 코어를 움직였다. 마석의 마나를 흡수하는 요령으로 빨아들여 보았다. 허공을 휘젓는 느낌만 들었다. 몇 번 시도하다가 이번에는 반대로 마나를 불어넣어 보았다. 검이 아니라 사람의 몸임을 잊지 않고, 종잇장을 다루듯 세심하고 조심스럽게.

이질적인 마나가 흘러들자 여자가 더 미쳐 날뛰었다. 에키는 다른 손으로 버둥거리는 몸뚱이를 눌렀다. 여자의 몸에 스며든 그녀의 마나가 익숙한 것에 닿았다. 살의를 담은 마나. 그녀는 고여 있는 그것을 자신의 마나로 감싸 잡아당겨 보았다.

　처음 해 보는 일이라 잘되지 않았다. 이마에 식은땀이 맺혔다. 실제로는 길지 않았으나 체감은 몹시 긴 시간이 흘렀다. 어느 순간 손끝에서 그 익숙한 감각이 빨려 들어왔다.

　'됐……!'

　내심 환호하려던 찰나.

　[으악! 주인아! 앞에! 앞에 봐! 저거 또 나왔어!]

　마검의 호들갑에 그녀가 퍼뜩 고개를 들었다. 사슬에 묶인 여자의 머리 위 천장에서부터 공간이 일그러지고 있었다. 공간의 신검 라키아기오사가 공간을 베고 지나간 상처 자국. 결절이었다.

　"망할!"

　에키는 욕설을 내뱉으며 손을 떼고 뒤로 물러났다. 결절이 부풀어 오르며 여자를 삼켰다. 그 옆의 우리에 있던 남자도. 점점 범위를 넓히며 그것이 연구실을 거의 다 잡아먹었다. 그녀는 아까 챙겨 둔 가죽 주머니를 움켜쥐고 일단 연구실 밖으로 향했다.

　결절이 생긴 걸 보니 그녀가 시도했던 방법이 성공하긴 한 모양이었다. 방금 한 행동이 죽을 운명이던 저 사람들을 살려 낸다는 뜻이니까.

　장갑을 도로 끼며 일직선의 복도를 나는 듯이 빠져나가자 이제야 돌아오는 경비병들이 보였다. 경비병 하나가 인상을 찌푸리고 그녀를 향해 무어라 소리치려 했다. 에키가 그보다 먼저 소리쳤다.

　"도망쳐! 결절이야!"

　"예?"

　"결절이 생겼다고, 이 성에! 전부 나가!"

어리둥절해하던 경비병들은 그녀의 뒤로 물거품처럼 부풀어 오르는 일그러진 공간을 보고 새파랗게 질렸다.

"저, 저, 저게, 겨, 겨, 결절……?"

"결절 맞으니까 빨리 대피해! 당장 성 전체에 알려!"

에키는 그들을 지나쳐 가며 명령조로 말하고는, 하녀가 배정해 주었던 자신의 방으로 달렸다.

결절은 자연재해다. 결절을 확인하자마자 경비병들은 황급히 성 전체에 종을 울려 사태를 알렸다. 곧 성은 아비규환이 되었다. 하녀와 하인들, 경비병들까지 모조리 급한 대로 짐을 챙겨 밖으로 도망치기 시작했다.

다행히 결절이 부푸는 속도는 그렇게까지 빠르지 않았다. 물론 저 속도가 언제까지 유지될지, 결절의 전체 범위가 얼마나 될지는 아무도 몰랐다.

에키는 방에 들어가서 하인들이 가져다 놓은 마법 가방을 찾았다. 그것을 열고 연구실에서 챙겨 나온 가죽 주머니를 쑤셔 넣은 다음, 가방을 집어 들었다. 결절이 생길 수도 있다고 예상했기 때문에 마법 가방 안에 식량과 물, 약 등의 필수품들을 쟁여 놨었다. 이것만 가지고 있으면 결절에 들어가도 무리 없이 버티고 빠져나올 수 있을 것이다.

그녀는 가방을 들고 방 밖으로 나왔다. 곧바로 만찬이 이루어졌던 식당 쪽으로 향하다가 달려오던 유리엔과 딱 마주쳤다.

"에키!"

그가 창백해진 얼굴로 그녀를 불렀다. 에키는 말없이 그에게로 다가갔다.

'도망치라고 한다고 그가 도망칠까? 나를 두고?'

유리엔은 그러지 않을 것이다. 그녀는 그 사실을 확신했다. 그렇다고 그와 함께 결절에 들어갈 생각은 없었다. 유리엔이 안전한 곳에 있길 원했다. 강제로라도. 그래서 그가 있을 식당 쪽으로 온 참이었다. 에키는 그에게 다가가며 손을 휘둘렀다. 기절시키기 위한 손놀림이었다.

그녀는 마스터인 2황자 카르엠도, 근위 기사도 손쉽게 기절시켰었다. 그러나 이번에는 가로막혔다. 그들과 유리엔 사이에는 같은 마스터라 부르기 미안할 정도의 실력 차이가 있었다.

그는 눈에 보이지도 않는 속도로 다가오는 그녀의 손목을 움켜쥐었다. 에키가 흠칫 놀랐다.

"그대는……."

유리엔의 얼굴이 일그러졌다. 에키의 공격에서는 살의가 느껴지지 않았다. 기절시키려는 의도가 느껴졌다. 왜? 추측은 쉬웠다. 그는 그녀를 안다.

어떻게 된 일인지는 몰라도 결절이 생겼고, 이 성의 어딘가에 갇혀 있을 로잘린의 가족은 저 결절에 말려들어 갈 확률이 높았다. 구해야 하니 그를 안전한 곳에 두고 그녀 혼자 저 결절에 들어가려는 거겠지.

그것이 그를 화나게 만들었다. 차라리 죽이려 들었으면 화가 덜 났을지도 모르겠다. 왜, 항상, 늘, 혼자서 모든 것을 짊어지려 하는가. 그가 이를 악물었다.

에키는 당황하여 손목을 빼내려 했다. 뭐라고 변명해야 좋을지 모르겠다.

"저기, 율……."

"그대는 스스로 결절에 들어가면서, 나는 피하길 원하는가?"

내려다보는 하늘색 눈동자가 쨍할 정도로 강렬했다. 손목을 움켜쥐는 힘도 아플 정도로 강했다. 그는 화가 난 것을 숨기지 않았다.
 그녀는 입을 다물었다. 변명할 말이 없었다. 행동과 의도를 모조리 읽혀 버린 기분이었다. 그가 나직이 물었다.
 "에키네시아. 흰 까마귀 협곡에서 그대가 결절에 들어갔을 때, 내가 무슨 심정으로 그대가 무사히 돌아오기를 기다렸는지 아는가?"
 몰랐다. 그러나 그 결절에서 나왔을 때, 그녀를 끌어안고 그가 지었던 표정은 기억하고 있었다. 무너졌다가 간신히 복구된 것 같은, 오열과 환희가 뒤섞여 있던 얼굴. 그때에는 이해할 수 없었던 표정. 걱정했다는 단어로 표현하기엔 너무 깊고 무거웠던 감정.
 요란한 종소리가 귀를 때리고 있었다. 부산하게 달아나는 소음이 사방에서 맴돌았다. 고함 소리, 문을 여닫는 소리, 뛰어다니는 소리, 무언가가 쏟아지고 깨어지는 소리, 비명들. 그 속에서 그와 그녀만이 고요했다.
 일그러진 공간이 자리를 넓히며 다가오고 있었다. 가까워지는 결절을 흘깃 확인한 유리엔이 침묵을 깼다.
 "나는, 그대가 나보다 강하다는 것을 알고 있다."
 에키는 순간 숨을 멈추었다. 말한 적 없는 사실이다. 검을 제대로 맞댄 적이 없으니 그녀의 정체를 모른다면 알아챌 방법이 없는 진실이기도 했다. 그것을 담담하게 인정한 그가 말을 이었다.
 "그렇다고 해서 그대의 등 뒤에 숨어 있을 생각은 없다."
 유리엔이 그녀의 손목을 놓았다. 그의 빈손에서 하얀 검이 흘러나왔다. 성검 랑기오사. 그는 그것을 잡았다.
 "그대보다 약하다 해도, 나는 무력한 존재가 아니다. 그러니 나를 배제하려 하지 마라."

훅 하고 바람이 불었다. 갑자기 결절이 급속도로 팽창하기 시작했다. 유리처럼 굴절된 공간이 바로 앞까지 다가왔다. 그러나 유리엔도 에키네시아도, 미동도 하지 않고 서로만을 바라보고 있었다. 그가 속삭였다.

"그대의 곁에 서서 그대를 돕게 해 다오."

결절이 그들을 삼켰다.

가장 먼저 느껴진 건 소금기가 묻은 바람이었다. 바닷바람 같았다. 그러고 보니 울부짖는 성에서는 바다가 내려다보였었다. 해안마을 근처에 있는 성이었으니.

에키는 감았던 눈을 떠 보았다. 깊은 푸른빛이 아찔하게 펼쳐졌다. 구름 한 점 없는 하늘과 맞닿은 수평선. 끝없이 넓어 보이지만 가까이 가면 어느 순간 벽에 가로막힐 것이다. 결절은 분리된 공간이므로.

그녀는 고개를 숙여 발아래를 보았다. 비상식적인 공간이니 뭘 보든 놀라지 않을 작정이었는데, 보자마자 화들짝 놀라고 말았다. 바닥이 투명해서 아래의 바다가 그대로 비쳐 보였다. 기겁해 자세히 보니 무엇을 밟고 서 있는 건지 보였다. 유리창이었다.

대지의 좁은 일부가 까마득하게 솟아올라 있었다. 기둥처럼 솟아오른 대지들 사이는 시퍼런 바다가 채웠다. 그리고 그 좁은 땅 위에 거인이 장난삼아 뜯어내 올려놓은 것처럼 성의 일부들이 중구난방으로 꽂혀 있었다.

에키가 디디고 있는 건 창이 있는 복도의 일부였다. 모서리를 중심으로 건물이 기우뚱하게 박혀 있어 유리창 위에 서 있는 꼴이었다. 발한 번 잘못 굴렀다간 깨질 것처럼 보였다. 그녀는 조심스럽게 걸음을 옮겨 유리창에서 벗어났다.

단단한 바닥을 디딘 후에 주위를 둘러보았다. 바로 곁에 있던 유리엔은 보이지 않았다. 보이는 것은 아래의 바다, 곳곳에 솟아오른 기둥 같은 좁은 땅과 그 위에 제멋대로 널린 성의 파편들. 솟아오른 땅도 아니고 텅 빈 허공에 그냥 둥둥 떠 있는 건물의 일부들도 꽤 되었다.

그리고 대지와 대지 사이를 거미줄처럼 엮고 건물을 얽어매고 있는 거대한 식물의 줄기들이 있었다. 에키는 그것을 보자마자 눈살을 찌푸렸다. 마물 소굴에서 산성액을 토해 놓던 식물형 마물과 생긴 게 아주 비슷했다.

[주인아, 뒤! 뒤에!]

마검이 그녀를 부르는 것과 동시에, 에키는 뒤로 돌아서면서 허리에 있던 아메시스트를 뽑아 들었다.

그녀의 등을 후려치려던 것이 검에 깔끔하게 막혔다. 막히는 정도가 아니라 파삭거리며 갈라졌다. 하얀 뼛가루가 바람에 흩날렸다.

끼익, 끼익, 끼익!

"이건 또 뭐야. 와이번(Wyvern)…… 같긴 한데."

[우와, 뼈만 남았네. 마물 소굴일 때는 걸어 다니는 뼈다귀들만 나오더니 여긴 날아다니는 뼈다귀가 나오나 봐!]

와이번은 원래 팔 대신 박쥐 날개가 달려 있는, 악어와 비슷한 머리에 도마뱀 같은 몸통을 가진 마물이었다. 크기는 대체로 말과 비슷했고 비늘로 뒤덮인 단단하고 육중한 몸을 가지고 있었다.

하지만 지금 그녀의 눈앞에 있는 것은 허연 뼈만 있는 와이번들이었다. 뼈다귀만 남은 날개가 펄럭거리며 덜그럭거리는 소리를 냈다. 뻥 뚫려 있는 두개골의 눈 부분에 벌건 안광이 형형했다.

그녀의 칼에 앞발이 부서진 와이번이 뒤로 물러나며 끼익거렸다. 그 울음소리가 동료를 부르는 소리였는지 허공에서 배회하던 대여섯 마리의 와이번이 날개를 접으며 아래로 급강하했다. 작살이 내리꽂히는 것 같은 속도였다.

[뼈뿐이라 그런가 보통 와이번보다 빠른 거 같은데?]

말의 내용과 달리 마검의 어조는 한가했다. 에키는 한 걸음 움직이는 것으로 내리꽂히는 발톱들을 피하며 그대로 검을 올려쳤다. 바르데르기오사가 주인에게 제공하는 살육에 특화된 능력이 어디를 공격해야 죽일 수 있는지를 깨닫게 해 주었다.

'눈.'

올려쳐진 검에 와이번 하나의 두개골이 완전히 박살이 났다. 눈 부분이 부서지면서 벌겋던 안광이 사그라들었다. 그러자 몸을 구성하던 뼈다귀가 힘을 잃고 아래로 우수수 떨어졌다.

키이이익!

다른 와이번들이 괴성을 지르며 날아오르자 에키는 바닥을 박차고 뛰어올랐다. 가장 아래에 있던 와이번의 눈 부분을 베고 지나간 칼날이 옆에 있던 다른 와이번의 날갯죽지 뼈를 부쉈다.

키에엑!

키이, 키익, 키이익!

눈이 부서진 와이번은 뼈가 흩어지며 떨어졌지만, 날개가 부서진 와이번은 날개뼈가 도로 붙었다. 그 와이번은 기겁한 듯한 비명을 지르고는 다른 와이번들과 함께 그녀가 뛰어오를 수 없는 까마득한 높이로 치솟았다. 에키는 사뿐히 착지하며 혀를 찼다.

"골치 아프게 생겼네."

[왜?]

"마물을 다 쓸어 버려야 할 텐데, 날아다니면 잡기 어렵잖아."

[어, 그러게? 되게 귀찮겠다.]

부서진 뼈다귀들이 그녀의 주위로 툭툭 떨어졌다. 흐트러진 드레스 자락을 펴다가 무심코 그 뼈다귀들에 시선을 주었던 그녀의 미간이 구겨졌다. 바다에 떨어진 뼈가 녹아내렸다. 겉보기엔 평범한 바다로 보이는데 평범과는 거리가 먼 모양이었다.

[와! 와! 저거 봐, 녹았어! 떨어지면 뼈도 못 추리겠다, 그치?]

"발, 어쩐지 즐거워 보인다?"

[녹아 죽는 건 못 봤단 말이야! 주인아, 인간 빠뜨리자고는 안 할 테니까 마물이라도 빠뜨려 보자, 응?]

"……."

에키는 마검의 말을 무시하고 눈을 가늘게 뜬 채 다시금 주위를 살폈다. 해골 와이번들이 여기저기서 날아다니고 있었다. 언뜻 보아도 수가 엄청났다. 유리엔이라면 몰라도 다른 인간들은 저것으로부터 무사하기 어려울 것이다.

그녀가 자신보다 강하다는 것을 안다고 말하던 유리엔이 떠올랐다. 어떻게, 어디까지 알고 있는 걸까. 에키는 심호흡을 하고 그 생각을 일단 제쳐 두었다. 결절 안에서 찾아내야 할 사람이 많았다.

'대피할 시간이 있었으니 어지간한 사람들은 다 도망갔을 거고, 유리엔은 괜찮겠지만…… 로잘린의 가족들과, 연구실에 갇혀 있던 사람들은 위험해.'

조급해진 그녀는 조각난 성의 파편 중에서 구분할 수 있는 형상을 찾아내려 애썼다. 그러다 오른쪽 위에 떠 있는 연구실 문을 발견했다.

'사슬에 묶여 있었으니 그 사람들은 여전히 저기에 있겠지. 결절의 시작점도 저기일 거고.'

문을 확인하고 한 번 더 주변을 훑었다. 연구실과 지하가 아니니 로잘린의 가족들은 북쪽 탑에 갇혀 있을 확률이 높았다. 그러나 북쪽 탑 모양의 파편은 그녀의 시야에서는 보이지 않았다. 에키는 우선 앞에 보이는 것부터 해결하기로 결심하고 마법 가방을 쥔 채 발을 굴렀다.

바닥에서 부서져 있는 복도의 벽 위로, 벽을 디디고 중간의 허공에 떠 있는 발코니의 난간으로, 난간을 박차고 뛰어올라 연구실의 문고리를 움켜쥐었다. 무게가 실리자 기울어져 있던 문이 바깥쪽으로 확 열렸다. 에키는 열린 문에 매달린 채 일단 연구실 안쪽으로 가방을 던져 넣었다.

'하나, 둘.'

문을 잡고 흔들리며 타이밍을 잰 다음, 안으로 뛰어들었다.

무사히 연구실 안에 착지한 그녀는 내부를 살펴보았다. 비스듬히 기울어지는 바람에 찬장이 넘어져 한쪽에 처박혀 있었다. 깨진 유리병과 각종 액체가 기울어진 바닥에 뒤엉켜 고여 있는 꼴이 위험해 보였다.

다행인지 불행인지 살의에 물든 사람들은 묶인 사슬 덕에 액체가 고인 웅덩이로 빠지지는 않았다. 천장이 멀쩡해서 해골 와이번들이 공격하지 않은 것도 천만다행이었다. 그들은 인간을 발견하자 또다시 죽이고 싶어 발광하기 시작했다. 허공을 길게 가른 금 같은 시작점은 몸부림치는 여자의 위쪽 천장에 있었다.

에키는 기울어진 바닥을 요령껏 걸어 우리 앞으로 다가갔다. 철창을 열고 여자의 앞에 섰다. 손을 대기 전에 그녀는 찰나 고민했다.

'흡수하면 살의가 추가되는 거나 다름없겠지.'

참을 수 있는 양일까. 스스로의 인내를 가늠해 보았다. 아까 여자의 안에서 느낀 살의의 양도 떠올려 보았다. 네 명 다 그 정도라면 충분히 흡수할 수 있는 양이었다. 사실 이성을 잃지만 않는다면 훨씬 더 많은 살의도 억누를 자신이 있었다. 중독되어 정신을 잃었을 때 살의가 약간 줄어들어 여유가 있기도 했다.

'오히려 걱정되는 건……'

에키는 아랫입술을 살짝 깨물고 장갑을 벗었다. 맨손으로 날뛰는 여자의 명치를 누르고 조금 전과 똑같은 방법으로 마나를 흡수했다.

한 번 해 보았더니 두 번째는 수월했다. 얼마 지나지 않아 여자의 머리카락과 눈동자에서 물이 빠지듯 검은색이 물러나기 시작했다. 에키의 흰 손가락 끝이 잠깐 검게 물들었다가 가라앉았다. 검은색이 빠져나가고 갈색 머리카락으로 되돌아오자 여자의 몸부림이 멎더니 축 늘어졌다.

마검의 마나를 완전히 흡수한 에키가 손을 떼고 제 이마에 살짝 배어난 땀을 닦아 냈다. 그녀는 여자를 불러보았다.

"저기요. 제 말이 들려요?"

여자는 대답하지 않았다. 에키는 조심스럽게 숙인 여자의 턱을 받쳐 들어 올렸다. 머리카락이 흘러내리며 가려져 있던 여자의 얼굴이 드러났다.

"괜찮……"

그녀는 말을 멈췄다. 벌어진 여자의 입에서 침이 흐르고 있었다. 뒤집혀 있는 눈에는 빛이 없었다. 보자마자 알 수밖에 없었다. 숨을 쉬고 있어도 시체나 다름없다는 것을. 여자는 정신이 죽어 버렸다.

[으엑. 못 견뎠나 봐. 하긴 미치는 게 정상이지.]

에키는 표정이 사라진 얼굴로 여자를 들여다보다가 천천히 손을 뗐다. 이 점을 걱정했었다. 어떤 고통인지 알기에, 그리고 살의에 물든 여자가 무슨 짓을 저질렀는지 모르기에, 버티지 못하고 망가진 그녀가 약하다는 생각은 들지 않았다.

에키네시아는 자신이 미치지 않은 게 운과 오기 덕분이었음을 안다. 살면서 한 번도 극한에 몰려 본 적이 없어서 마검을 쥐기 전에는 몰랐으나, 그녀는 의지가 굉장히 강한 편이었다. 그래서 그 악몽을 버텨 낼 수 있었다. 최악의 순간에 무너지는 대신 불타오르는 것을 택했다.

그러나 모든 인간이 그녀 같을 수는 없었다. 그것이 잘못되었다거나 나쁘다는 뜻이 아니다. 그저 그들이 버틸 수 있는 것과 그녀가 버틸 수 있는 것의 종류가 다를 뿐이다.

에키는 사슬을 끊고 늘어지는 여자를 안아 올렸다. 액체가 고인 곳을 피해 엎어진 책장에 여자를 기대 앉혀 놓았다. 그리고 다른 우리로 다가갔다.

[자아도 안 남아 있을 텐데 구해서 뭐 하게?]

"남아 있을 수도 있지. 내가 그랬던 것처럼."

[흐응, 너 같은 사람이 흔하진 않을 텐데.]

"아예 불가능한 건 아니잖아."

한 명이라도 자신처럼 자아가 살아 몸에 갇힌 채 울부짖고 있다면,

외면할 수 없었다. 그녀는 남은 세 사람의 살의를 차례차례 흡수했다.
 그러나 기적은 일어나지 않았다. 그들 중 누구도 의식이 되돌아오지 못했다. 에키는 그저 살아 있을 뿐인 네 개의 몸뚱이를 가만 내려다보았다. 까득, 이가 갈렸다. 그녀의 눈 안쪽에 용암 같은 분노가 치솟았다가 오래 묵은 냉정 아래로 가라앉았다.
 [어? 살의다! 얘네를 죽이려는 건 아닐 거고……. 주인아, 누굴 죽이고 싶어진 거야? 이 인간들 물들인 나쁜 놈?]
 "글쎄."
 그녀는 기묘하게 웃고는 마법 가방을 들고 일어섰다. 지체할 여유가 없었다. 구해야 할 사람들이 더 있었다.

 유리엔이 눈을 뜨자마자 본 것은 입을 벌리고 달려드는 해골 와이번이었다. 그는 반사적으로 쥐고 있던 랑기오사를 휘둘렀다.
 키이익!
 랑기오사가 증폭시킨 마나가 빛무리처럼 허공을 갈랐다. 와이번은 반으로 갈려 떨어져 내렸다. 갈린 부분이 불에 그슬린 것처럼 까맸다. 성검이 가진 파마의 힘이 발휘된 흔적이었다.
 [죽음을 거스른 악한 것들이구나. 그런데 주인, 분명히 다음에는 이러지 않겠다고 약속하지 않았나? 또 결절에 제 발로 들어오다니.]
 유리엔은 성검의 말에 대꾸할 틈이 없었다. 그는 몰아쳐 오는 10여 마리의 와이번들을 정신없이 베어 냈다. 까맣게 탄 뼈들이 수북이 쌓이고 나서야 그는 숨을 돌릴 수 있었다.

"……약속한 적은 없지 않나. 노력해 보겠다고 했을 뿐."

[그래서 네가 안 들어오려는 노력을 하긴 했느냐? 들어오려고 노력했지.]

"그건…… 미안하군."

[사과는 필요 없고 앞으로는……. 아니다, 말해 봐야 소용없는 일이겠군. 차라리 빨리 마검의 주인과 결혼하기나 해라.]

주위를 살펴보던 유리엔은 사레가 들릴 뻔했다. 성검이 모든 것을 내려놓은 듯한 어조로 말을 이었다.

[어차피 그녀와 얽히면 죄다 내던져 버리니, 그냥 다 털어놓고 얼른 결혼해라. 그럼 사고라도 덜 치겠지.]

"……."

유리엔은 대답 없이 목깃을 추어올렸다. 그가 무엇을 두려워해 진실을 제대로 말하지 못하는지 잘 아는 성검이 한숨을 쉬었다. 성검은 조언을 주려다가 인간 사이의 감정 문제는 자신이 끼어들지 않는 게 나았던 경험을 되새기고 입을 다물었다.

그사이 유리엔은 주변을 대충 확인했다. 기괴한 공간이었다. 사방을 살피며 분홍색을 찾던 그의 귀에 가느다란 울음소리가 들렸다. 아기 울음소리였다.

그는 금세 울음소리가 들리는 곳을 찾아냈다. 탑의 꼭대기만 남아 있는 대지가 약간 떨어진 곳에 있었다. 북쪽 탑의 일부인 듯한 뾰족한 지붕에 와이번들이 가득 내려앉아 있었다. 아기 울음소리는 그 안쪽에서 들려왔다. 와이번들은 그 울음을 좇아 뼈만 남은 앞발로 지붕을 파헤쳐 댔다.

폐쇄되어 있던 북쪽 탑. 아기. 아마도 로잘린의 어린 딸일 것이다. 상황을 파악한 유리엔이 급히 움직였다. 그가 있는 곳에서 탑 쪽으로 바로 갈 방법은 없었다. 다른 것을 징검다리 삼아 이동해야 했다.

허공에 떠 있는 정원의 일부에서 뻗어 나온 넝쿨이 유리엔이 서 있는 복도의 파편에 엉켜 있었다. 정원이 좀 더 높은 곳에 있어서 그의 위치에서는 잔털처럼 돋아난 뿌리가 가득한 흙바닥이 보였다. 넝쿨을 타고 올라가 정원에서 뛰어내리면 와이번이 몰려 있는 지붕에 착지할 수 있을 듯했다. 판단하자마자 그는 복도의 벽 위로 뛰어올라 엉켜 있는 넝쿨을 밟았다.

넝쿨은 성인 팔뚝 정도 되는 두께의 진녹색 줄기에 뾰족한 잎사귀와 손톱만 한 빨간 열매가 다닥다닥 맺혀 있는 형태였다. 열매가 기이할 정도로 많아 붉은 반점으로 뒤덮인 것처럼 보여 징그러웠다. 그 모양이 어쩐지 불길해서 유리엔은 최대한 열매를 피해 발을 디뎠다.

하지만 넝쿨은 좁았으며, 열매는 지나치게 많았고, 와이번들이 지붕을 뚫고 들어가는 데까지 남은 시간은 얼마 되지 않았다. 중간쯤에서 그는 열매를 하나 밟고 말았다.

"큭."

으깨진 열매에서 투명한 액체가 팍 튀어 올랐다. 손톱만 한 열매에서 나왔다기엔 믿을 수 없을 정도로 양이 많았다. 본능적으로 제복 망토를 당겨 액체를 막은 그는 액체가 닿은 부분이 녹아내리는 것을 보았다.

[이런, 달려라!]

성검이 다급히 소리를 질렀다. 유리엔은 랑기오사가 소리를 지른 이유를 바로 알 수 있었다.

공중으로 튀어 오른 액체가 넝쿨에 맺힌 다른 열매에 떨어졌다. 그러자 그 열매가 터지며 다시 산성액이 솟구쳤다. 그 액체는 또다시 다른 열매를 터뜨렸다. 연쇄적으로 열매가 터지며 산성액이 아래에서 튀어 오르고 위에서 쏟아지기 시작했다.

유리엔은 망토로 몸을 가리고 열매가 터지든 말든 밟으며 전속력으로 달렸다. 액체가 비처럼 쏟아지자 넝쿨마저 녹아내렸다. 발밑이 위태롭게 출렁거렸다.

그는 넝쿨이 끊어지기 직전에 간신히 공중에 떠 있는 잔디밭에 도착했다. 뒤를 돌아보니 넝쿨은 가닥가닥 끊어져 아래의 바다로 떨어지고 있었다.

키에에!

와이번의 울음소리와 뼈끼리 부딪치며 덜그럭거리는 소리가 들려왔다. 지붕의 일부가 뚫려 구멍이 난 것이 보였다. 시간이 촉박했다. 유리엔은 망토라기보다 그물에 가까워진 너덜너덜한 천을 벗어 내던져 버리고 랑기오사를 고쳐 쥐었다.

아래에 북쪽 탑의 지붕과 빽빽한 와이번들이 보였다. 바로 뛰어내리기엔 거리가 멀었다. 그는 뒤로 물러서며 도움닫기를 하여 밑으로 뛰어내렸다.

끼아아아악!

기괴한 비명과 함께 콰그작, 하고 뼈가 으스러졌다. 떨어져 내리며 그가 짓밟은 와이번의 갈비뼈가 산산조각 났다. 몰려 있던 해골들이 모조리 그를 향해 시선을 돌렸다. 수십에 달하는 새빨간 불빛들이 형형하게 한 곳을 보는 광경은 심약한 사람이라면 기절해도 이상하지 않을 만큼 섬뜩했다.

그러나 유리엔은 담담했고, 성검은 별 경고를 하지 않았다. 그는 랑기오사를 들었다. 하얀 빛무리가 파도처럼 몇 차례 쓸고 가자 남은 것은 부서진 뼈다귀들뿐이었다. 파마의 권능이 발휘되는 랑기오사를 쥔 창천 기사단장 앞에서 마물은 별 위협이 되지 못했다.

마지막에 남은 와이번 몇 마리가 정신없이 달아났다. 유리엔은 그제야 검을 내렸다. 남은 와이번의 뼈들이 지붕의 경사를 따라 미끄러져 떨어졌다. 그는 바다에 닿자마자 뼈들이 녹아 버리는 것을 보고 눈살을 찌푸렸다. 성검이 혀를 차며 잔소리를 했다.

[보통 바다는 아닐 거라 생각했지만…… 떨어지지 않도록 조심해라.]

"알겠다."

지붕에 난 구멍은 그가 들어가기엔 작았다. 유리엔은 지붕에서 아래의 좁은 땅으로 뛰어내렸다. 입구의 철문에는 육중한 자물쇠와 사슬이 걸려 있었으나 그에게는 무의미한 장벽이었다. 그는 자물쇠째로 철문을 반으로 갈라 치웠다.

"으아아악!"

안으로 한 발짝 들여놓는 순간 절규인지 기합인지 모를 괴성과 함께 무언가가 휘둘러졌다. 유리엔은 머리를 내려치는 그것을 한 손으로 움켜쥐었다. 망가진 철창에서 떼어 낸 것 같은 쇠막대였다.

"허억, 허억, 허억……."

막대를 움켜쥔 남자가 어깨가 들썩일 정도로 숨을 몰아쉬었다. 검은 머리카락이 땀에 젖어 이마에 들러붙어 있고 벌겋게 충혈되어 노려보는 눈에는 눈물이 그렁했다. 그는 부들부들 떨면서도 유리엔의 손에 잡힌 막대를 도로 빼내려 버둥거렸다.

유리엔은 그 곱상한 얼굴을 단번에 알아보았다. 초상화를 보고 기억해 둔 얼굴이었다.

"피레 출신의 션 워런트, 맞나? 나는 유리엔 드 하르덴 키리에, 아젠카의 창천 기사단장이다."

발악하던 남자의 움직임이 멎었다. 연한 갈색의 눈동자가 휘둥그렇게 커졌다. 유리엔은 쥐고 있던 쇠막대를 놓아주며 말을 이었다.

"로잘린 디아샹트의 청으로 구출하러 왔다. 딸은 어디 있지?"

"……예? 로잘린이 어떻게……. 저, 진짜 창천 기사단장이십니까? 서, 성검의 주인?"

"그렇다."

유리엔은 증명 삼아 그의 눈앞에서 랑기오사를 문양 안으로 회수했다. 션의 눈이 더 커져서 금방이라도 튀어나올 듯했다. 문양에 검을 보관하여 자유롭게 넣고 빼내는 건 기오사 시리즈만의 특징이었고, 기오사 오너의 상징이기도 했다.

유리엔은 놀라 굳어 버린 션을 내버려 두고 안쪽을 둘러보았다. 철창이 달린 작은 창이 사람 키보다 높은 곳에 있는 휑한 방이었다. 철창 위쪽의 벽 일부가 떨어져 나가 쇠막대 몇 개가 바닥에 나뒹굴었다. 저 중에 하나를 주워 무기 삼아 그에게 휘두른 모양이었다.

낡은 나무 침대 위에는 매트리스조차 없이 닳아 빠진 이불이 놓여 있었고, 이 빠진 테이블이 엎어진 채 침대 아래를 가리고 있었다. 아기 울음소리는 테이블로 가려진 침대 아래에서 들려왔다. 어떻게든 딸을 지키려고 션이 아기를 거기에 숨겨 둔 듯했다.

유리엔은 잠시 고민했다. 결정은 빨랐다. 이곳은 벽과 천장, 문까지 부서진 데다 와이번들에게 들켜 안전하지 않으니 이동해야만 했다.

테이블을 밀어 치웠다. 침대 아래의 바구니에 낡은 포대기에 파묻힌 아기가 보였다. 그는 울고 있는 아기를 포대기째로 안아 올렸다. 6~8개월쯤 되어 보이는 아기는 제법 묵직했으나 마스터인 유리엔에게는 새털처럼 가벼운 무게였다. 그가 아기를 안고 일어서자 션이 화들짝 놀라 팔을 벌리고 그에게 다가왔다.

"리, 릴리! 제, 제, 제가 안겠습니다!"

"그대는 자기 몸을 간수하는 데 집중하도록."

유리엔 자신은 한 팔에 아기를 안고도 마물들을 처리할 수 있으나, 저 남자는 그를 따라오기도 벅찰 것이다. 그가 아기를 안고 이동하는 게 나았다.

아기는 낯선 사람에게 놀랐는지 울음을 그치고 딸꾹거리고 있었다. 아버지를 빼닮은 얼굴이었지만 보송한 머리카락은 어머니를 닮아 붉은색이었다. 유리엔은 포대기를 고쳐 아기가 그의 품에 기대도록 만들고는 오른손으로 다시 랑기오사를 뽑아 들었다.

"션 워런트. 결절에 대해 아는 것이 있는가?"

"결절이요? 들어는 봤습니다만……."

"이 성은 결절에 삼켜졌다. 밖의 풍경이 기괴하더라도 너무 놀라지 말도록. 마물이 많으니 내 뒤에서 떨어지지 마라."

자세히 설명할 시간이 없었다. 유리엔은 빠르게 말하고는 아기를 안은 채 밖으로 나갔다. 션이 허둥지둥 그를 뒤따라왔다.

'내부에 생겨난 마물……. 정확히는 괴생명체들을 전부 죽이고, 시작점에 기오사를 꽂아 넣는다.'

결절 내부의 마물은 편의상 마물이라 부를 뿐 실제 마물과는 다른 존재다. 유리엔은 결절 탈출법을 되새기며 주위를 둘러보았다. 시작점에서 기다리면 반드시 에키네시아와 마주치겠지만, 그는 이 결절의 시작점이 어디인지 모른다. 아기와 무력한 션을 데리고 시작점이나 에키를 찾으러 다니는 건 너무 위험했다.

'이들이 머물 수 있는 안전한 장소를 확보하고, 그 뒤에 그녀를 찾는다.'

어떻게 할지 정한 그가 멀리까지 훑어보았다. 천장이 막혀 있고 벽이 멀쩡한 곳을 찾아야 했다. 가장 좋은 건 지하다. 기둥처럼 치솟은 땅이나 허공에 떠 있는 성의 일부들을 보면 지하가 멀쩡히 있을 확률은 희박했으나, 어차피 결절은 기존 세계의 법칙이 들어맞지 않는 공간이었다.

유리엔은 외워 뒀던 성의 내부 지도를 떠올리며 지하와 연결된 방이나 복도가 근처에 있는지 찾아보았다. 오래지 않아 그는 반 토막 난 주방이 있는 땅을 발견했다. 드라코툼바성의 주방은 지하의 술 저장고와 연결되어 있었다. 주방 바닥에 들어 올려 여는 방식의 문이 설치된 것이 보였다.

문은 멀쩡한 듯했지만, 그 아래에 술 저장고가 제대로 연결되어 있을지는 의문이었다. 그래도 여기에 있는 것보다는 그쪽으로 가는 것이 나았다.

'꽤 멀군.'

문제는 거리가 상당하다는 점이었다.

그는 제멋대로 솟아오른 높이가 다른 땅들과, 허공에 떠 있는 건물의 일부들과, 그 사이를 드문드문 얽어매고 늘어져 있는 넝쿨을 확인했다. 그리고 점처럼 보이는 높이에서 배회하고 있는 해골 와이번들의 수를 가늠해 보았다.

"맙소사……."

뒤에서 선이 괴상한 풍경을 보고 경악성을 흘리고 있었다. 유리엔은 돌아서서 그의 몸을 살펴보았다. 키가 크고 날렵했지만, 단련되지 않은 몸이었다. 화가라고 했으니 당연한 일이었다. 그는 혹시 몰라 그들이 선 땅의 바로 옆에 떠 있는 부서진 돌계단을 검으로 가리켰다.

"여기서 저곳으로 뛰어넘어 갈 수 있겠나?"

션은 멍하니 그가 가리킨 곳을 보았다. 적어도 10미터는 될 거리였다. 가능할 리가 없었다.

션이 창백해진 채 고개를 저었다. 그러자 유리엔이 그에게 등을 보였다.

"업혀라. 힘주어 매달리도록."

"예? 가, 감히 어찌……."

"딱히 다른 방법이 없으니. 떨어지지 않게 조심해라."

션은 유리엔의 말을 금방 이해했다. 스스로 넘어갈 방법이 없으니 어쩔 수가 없었다. 그는 덜덜 떨며 유리엔의 등에 올라탔다. 유리엔은 그를 등에 업고 왼팔에는 아기를 안은 채로 가볍게 일어나더니 몇 발자국 도움닫기를 했다.

그는 놀라울 정도로 쉽게 그 거리를 뛰어넘어 돌계단에 착지했다. 마나로 신체를 강화하는 마스터, 그중에서도 월등한 그에게 이 정도는 어렵지 않았다. 걱정되는 건 따로 있었다.

품 안에서 흔들림에 놀란 아기가 울음을 터뜨렸다. 유리엔은 흘깃 허공을 보았다. 하늘을 배회하던 해골 와이번들이 울음소리를 듣고 몰려들었다. 그는 랑기오사를 움켜쥐었다.

에키네시아는 연구실의 문을 닫아걸고 나와 유리엔과 로잘린의 가

족을 찾아다녔다. 그 와중에 해골 와이번을 50마리쯤은 벤 것 같았다. 그녀는 짜증스럽게 쥐고 있던 가방을 휘둘렀다. 가방 모서리에 찍힌 와이번의 눈이 박살 나며 뼈다귀가 쏟아졌다.

"끝이 없네, 진짜. 얼마나 많이 있는 거야?"

투덜거리며 다음 파편으로 건너가려던 그녀가 우뚝 걸음을 멈췄다. 문득 떠오른 것이 있었다.

[응? 무슨 생각해?]

"발. 결절 내부는 생겨난 장소, 그곳에 남은 감정이나 사념으로부터 영향을 받잖아."

[그게 왜?]

"살의에 물들어 망가져 버린 사람들이 있는데, 여기 마물들 왜 이렇게 약하지?"

산성액이 튀는 넝쿨은 움직이지 않으니 마물이 아니었고, 해골 와이번은 보통 와이번보다 빠르고 재생이 되긴 해도 그렇게까지 위협적이진 않았다. 약점도 지나치게 분명했다.

샤이를 구할 때 들어갔던 결절이야 하나의 비극, 그것도 미수에 그친 비극이 있던 장소에 불과하니 그리 위험하지 않았던 게 이해가 갔다. 그러나 이곳은 살의에 물들어 정신이 망가진 인간이 넷이나 있었던 장소였다. 게다가 피해자가 네 명뿐이었다는 보장도 없었다. 이 성은 이미 몇 년 전부터 울부짖는 성이라고 불리고 있었으니.

그런데도, 지워 버린 과거에 사형장 근처에서 생겼던 결절이나, 흰 까마귀 협곡 전쟁터에 생겼던 결절과 비교해 보면 이곳은 상대적으로 평화로웠다. 정확히는 마물이 너무 약했다. 지형이 기괴해서 그렇지 회귀 전에 이곳에 생겨났던 마물 소굴보다도 약했다. 불길한 예감이 들었다. 마검이 태평하게 종알거렸다.

[넌 내 주인이잖아, 너한텐 뭐든 다 약한 게 당연하지!]

"그게 아니라……."

눈살을 찌푸린 채 대꾸하려던 에키가 말끝을 흐렸다. 말이 씨가 된 걸까. 이번은 갑작스레 일어났다.

푸르던 하늘이 저물었다. 태양은 어디에도 보이지 않는데 하늘만 새빨갛게 물들었다. 주위가 조금 어두워졌다. 어스름이 막 깔리기 시작하는 초저녁처럼. 동시에 그녀에게 덤벼드는 해골 와이번들의 뼈가 숯처럼 검어졌다. 에키는 위에서 급강하하는 검은 뼈의 와이번을 향해 아메시스트를 쳐올렸다.

깡, 하고 금속끼리 부딪치는 소리와 함께 검이 멈췄다. 조금 전까지만 해도 이 정도의 힘이면 손쉽게 뼈를 으스러뜨렸는데 이번에는 흠조차 나지 않았다.

[단단해졌네? 우와, 신기하다.]

단단해지기만 한 게 아니었다. 힘도 더 강해졌다. 위에서 내리누르는 발톱을 검으로 버티며 그녀의 팔이 부들부들 떨렸다. 에키는 인상을 찌푸리고 힘을 더 가해 보았다. 밀려나지 않았다. 근육이 땅기는 느낌이 들었다. 그녀의 몸으로 이 이상의 근력을 발휘하려 하면 무리가 올 것이다.

그녀는 포기하고 마나를 움직였다. 아메시스트의 흰 칼날에 보랏빛이 불꽃처럼 어룽거렸다. 검기를 덧씌운 칼날은 푸딩을 가르듯 간단하게 검은 뼈를 갈라 버렸다.

그러면서 에키는 손목을 틀어 놈의 척추뼈 중 하나를 검의 궤적 안에 넣었다. 이번에는 눈이 아니라 그곳을 부숴야 재생하지 않을 테니까. 마검의 주인이기에 핵의 위치가 바뀐 것을 본능적으로 알아차릴 수 있었다. 뼈다귀가 되어 떨어지는 와이번의 잔해를 피하며 그녀가 혀를 찼다.

"좋지 않네."

[뭐가? 쉽잖아?]

"마나엔 한계가 있으니까. 검기가 아니면 벨 수 없는 게 끝도 없이 몰려온다면……."

[내가 있잖아! 나! 나 쓰면 되지!]

마검이 신이 나서 떠들어 댔다. 에키는 대답 대신 한숨을 쉬고 걸음을 빨리했다.

이변은 하늘과 해골 와이번에게만 일어난 게 아니었다. 넝쿨을 디디려던 그녀는 그것이 스륵 움직이며 그녀의 발을 피하는 바람에 아래로 추락할 뻔했다. 열매만 피하면 되던 넝쿨이 뱀처럼 움직이며 발목을 휘감으려 들었다. 자르면 산성액이 쏟아지니 베어 내기도 조심스러웠다. 그 와중에 와이번도 끝없이 몰려들었다.

사실 이러한 이변들은 그녀에게 그다지 큰 위협이 되지 못했다. 그저 옷자락까지 피하는 건 힘들어져서 드레스 끝단이 엉망이 되었을 뿐이었다. 그럼에도 불안감은 가시지 않았다. 기묘한 초조감마저 솟아올랐다.

에키는 쉬지 않고 사방을 뒤져 나갔다. 허공에 떠도는 와이번이 소리에 예민하게 반응해서 이름을 외치며 찾을 수는 없었다. 몰려드는 것들을 처리하는 건 문제가 아니지만 시간이 지체될 테니까.

천장이 날아간 침실의 벽 위에 섰을 때, 그녀의 귀에 와이번의 괴성과 함께 날개뼈끼리 부딪치는 소리가 들렸다. 그녀의 주변에서 나는 소리는 아니었다.

'수가 많아.'

저것들이 공격하고 있는 건 누구지?

그 방향에 있는 대지에 성벽의 일부가 꽂혀 시야를 가리고 있었다. 그녀는 가방을 쥔 채 꿈틀거리는 넝쿨을 짓밟으며 공중으로 뛰어올랐다. 허공에서 몸을 틀고 성벽의 중간을 박차고 재도약했다.

성벽 꼭대기에 올라서자 시야가 탁 트이며 바람이 불었다. 바람에 머리카락과 옷자락이 마구잡이로 흩날렸다. 에키는 흩날리는 머리카락을 누르고 아래를 살폈다.

벽난로가 있는 바닥의 일부가 허공에 떠 있었다. 벽은 하나도 남지 않았고 굴뚝만 남아 우뚝 솟아 있었다. 그 굴뚝과 벽난로를 와이번 떼가 새카맣게 뒤덮었다. 뼈밖에 없는데도 워낙 수가 많으니 안쪽이 잘 보이지 않았다.

그러나 에키는 곧바로 그 안쪽에서 하얀 남자를 찾아냈다. 그의 옷 곳곳이 붉게 물들어 있었다.

"유리엔!"

그녀는 비명처럼 그의 이름을 불렀다.

유리엔은 그녀의 목소리를 언뜻 들었다. 반응할 여유는 없었다. 그는 벽난로 입구를 몸으로 가린 채 쉼 없이 랑기오사를 휘두르는 중이었다. 하얗게 마나가 어린 검이 닿을 때마다 검은 뼈들은 갈라졌지만, 검이 지나가고 나면 도로 달라붙었다. 물을 베는 꼴이었다.

그의 등 뒤 좁은 벽난로의 안쪽에서는 션이 딸을 감싸며 몸을 웅크리고 있었다. 머리 위로 뚫린 굴뚝에서 와이번들이 어떻게든 비집고 들어오려고 주둥이와 발톱을 마구잡이로 들이댔다. 겁에 질린 아기는 목이 쉬었는데도 계속 울었고, 그 소리가 끊임없이 와이번을 불러들였다. 션이 울먹이며 아기의 입을 막았으나 그래도 울음소리가 새어 나가는 것을 막을 수는 없었다.

아기가 자꾸만 울었기 때문에 처음부터 그들은 이동하는 내내 끊임없이 해골 와이번과 싸워야 했다. 유리엔은 100여 마리가 넘는 와이번을 쓰러뜨리며 전진했다. 왼팔에 아기를 안은 채로도 그에게는 여유가 있었고, 션은 감탄하기 바빴다.

그때까지는 괜찮았다. 와이번이 검게 변한 이후부터가 문제였다.

[젠장, 대체 어떻게 변했기에 파마의 힘이 먹히지 않는 건지.]

성검이 분노한 어조로 중얼거렸다. 해골 와이번이 검게 변한 후부터 악을 처단하는 성검의 기능이 제대로 먹히지 않았다. 성검으로 베어도 와이번은 부서지지 않고 계속해서 공격해 왔다.

유리엔은 당황하지 않고 핵을 찾았다. 재생형 마물은 부수면 재생이 멈추는 핵이 있기 마련이니까. 문제는 거기서 발생했다. 허연 뼈의 와이번들은 눈을 꿰뚫으면 망가졌다. 반면 검게 물든 해골 와이번들은 개체마다 핵의 위치가 달랐다. 어떤 놈은 눈, 어떤 놈은 척추, 어떤 놈은 발톱이었다.

에키네시아는 마검의 능력으로 보는 순간 어디가 핵인지 알아차리기에 상관없었다. 그에 비해 유리엔은 와이번을 한 번에 처리하는 것이 불가능해졌다. 그래도 그 혼자 있었다면 차근차근 피해 가며 부수면 되었겠지만, 그에게는 지켜야 할 사람이 둘이나 있었다.

두개골을 갈라 버렸던 해골 와이번이 부수자마자 재생되며 왼팔에 있는 아기를 노렸을 때, 유리엔은 아기를 감싸며 어깨를 내주었다. 뒤에 서 있던 션이 물어 뜯기려던 때에는 그를 걷어차 밀어내면서 다리를 물렸다.

다리를 다친 곳이 벽난로가 있는 바로 이곳이었고, 조금만 더 가면 주방이 있는 땅이었다. 벽난로 바닥과 주방은 넝쿨로 연결되어 있었다. 그 넝쿨은 밟으려는 순간 돌변하여 발목을 휘감았다. 유리엔은 넝쿨을 잘라야 했다. 쏟아진 산성액은 간신히 피했으나, 넘어갈 방법이 사라졌다.

그 결과가 지금 상황이었다.

에키는 자세한 상황은 몰랐지만 위태롭다는 건 보자마자 알 수 있었다. 그녀는 황급히 주위를 둘러보았다. 벽난로가 있는 곳으로 갈 길이 보이지 않았다. 정확히는 보였지만 한참을 돌아가야 했다. 너무 멀었다.

멀다, 라고 판단하는 순간 몸이 먼저 움직였다.

구두를 벗었다. 이어 드레스 아래의 페티코트를 빠르게 벗어 던지고 너덜거리는 드레스 자락을 무릎 높이에서 잘라 냈다. 다리가 완전히 자유로워졌다. 그녀는 가방을 두고 아메시스트만 움켜쥐었다.

선명한 눈동자가 공중을 바라보았다. 해골 와이번들이 아기 울음소리에 이끌려 계속해서 모여들고 있었다. 그녀는 그 움직임을 눈에 담았다. 퍼덕거리는 와이번들의 날갯짓에 그녀의 호흡이 맞춰져 갔다.

[주인아? 너 설마……]

'지금.'

그녀가 맨발로 성벽 위에서 뛰어올랐다. 보통 사람이 보기에는 나는 것처럼 보일 높이와 거리로 뛰었으나, 벽난로에 닿기에는 한참 모자랐다. 정점에 오른 몸이 자연스럽게 추락하기 시작했다. 그 추락 지점에 해골 와이번 한 마리가 있었다.

진주색 페디큐어를 바른 하얀 발이 와이번의 검은 두개골을 밟았다. 텅, 하는 소리가 나며 그 발은 다시 허공으로 솟았다. 밟힌 두개골이 반동으로 완전히 으스러졌다. 높이를 다시 얻었다. 하지만 아직도 모자랐다. 포물선을 그리며 떨어지던 그녀는 벽난로를 향해 날아가던 또 다른 와이번의 머리를 밟았다. 그리고 또 다시. 다시 한번 더.

곡예에 가까운 행위였다. 에키는 네 마리의 와이번을 징검다리처럼 밟고 무사히 벽난로가 있는 바닥에 착지했다. 착지와 동시에 아메시스트가 보랏빛을 머금고 휘둘러졌다.

끼아아!

키익, 키익!

그녀의 눈동자가 빠르게 움직였다. 눈이 멈춘 곳에 어김없이 검이 찔러 들어갔다. 가끔은 다른 곳을 보면서 아무렇게나 베기도 했다. 그럼에도 그녀의 검이 거쳐간 해골 와이번은 더 이상 재생하지 못했다. 마검의 살육 특화 능력을 그녀는 완벽히 체득하고 있었다. 어디를 찔러야 저것이 죽는지를 머리보다 몸이 먼저 알고 움직였다. 그것을 정교하게 찌를 검술도 있었다.

절반 이상의 와이번이 검은 뼈다귀가 되어 쌓이자, 와이번들의 움직임이 변했다. 한둘이 달아나기 시작하더니 얼마 지나지 않아 퍼덕거리며 전부가 흩어졌다. 에키는 그것들을 뒤쫓지 않았다. 뒤쫓을 방법도 없었다.

어지간한 그녀로서도 마나 소모량이 많았다. 그녀는 가쁘게 어깨를 들썩이며 검을 늘어뜨리고 유리엔 쪽을 보았다. 유리엔은 벽난로에 기대선 채 숨을 고르고 있었다. 왼쪽 어깨와 오른쪽 허벅지가 피로 물들어 새빨갰다. 그녀의 눈이 흔들렸다.

"율……!"

다행히 중상은 아닌 듯했다. 그녀는 그를 부르며 걸음을 떼었다.

그 순간, 길고 날카롭고 소름 끼치는 울음소리가 아득히 깊은 곳에서부터 하늘을 향해 치솟았다. 에키의 얼굴에서 핏기가 사라졌다. 아까부터 맴돌던 불안감의 근원이 저 아래에서 느껴졌다. 유리엔 역시 무언가를 느꼈다.

그들은 아래를 내려다보았다. 까마득한 아래, 새파란 바다에서 부글부글 기포가 솟았다. 그리고 그 사이에서 무언가가 올라왔다.

처음 보인 것은 두 개의 뿔. 이어서 드러나는 건 새카만 비늘로 뒤덮인 머리, 붉게 번뜩이는 눈동자, 기다란 목, 육중한 몸통. 그리고, 온 하늘을 뒤덮을 것처럼 거대한 날개.

드라코툼바의 지하에 잠들어 있던 용의 뼈가 결절의 뒤틀린 법칙에 따라 육신을 얻었다. 바다를 가르며 몸을 일으킨 검은 용이 날개를 펼쳤다.

날개를 편 용의 몸집은 압도적이었다. 그것이 몸을 일으키자 근처에 서 있던 땅이 부서져 내렸다. 완전히 일어난 용이 기지개를 켜듯 날갯짓했다. 날개 끄트머리가 그들이 있는 벽난로 쪽으로 다가와 스쳤다. 단지 그것만으로도, 바닥의 절반이 박살 나며 벽난로의 굴뚝이 부러졌다.

"으아악!"

비처럼 떨어지는 벽돌에 선이 비명을 질렀다. 에키와 유리엔은 눈을 마주쳤다. 일단 여기서 벗어나야 한다는 건 말하지 않아도 알았다. 유리엔이 빠르게 말했다.

"주방 쪽에 지하 술 저장고로 연결되는 문이 있다. 지하가 남아 있을지는 모르겠으나……."

"저긴가요?"

에키가 30미터쯤 떨어져 있는 반토막 난 주방을 가리키자 유리엔이 고개를 끄덕였다. 잘린 넝쿨이 그 사이에서 덜렁거리고 있었다.

용이 몸을 털며 한 차례 더 날갯짓을 했다. 날개 한 짝이 어지간한 연무장만 했다. 거대한 날개 그림자가 그들이 있는 바닥 위를 뒤덮었다. 곧 직격할 것이다.

그것을 보자마자 에키와 유리엔은 같은 행동을 했다. 션과 아기가 숨어 있는 벽난로로 달려갔다. 다리를 다친 유리엔보다 에키가 빨랐다. 에키는 자신보다 큰 션의 뒷덜미를 잡고 어린아이를 끌어내듯 손쉽게 끌어냈다.

"아기 꽉 안아요! 율, 넝쿨! 넝쿨 잡아요!"

길게 말할 틈이 없었다. 그녀의 말이 끝남과 동시에 날개가 그들이 있는 곳을 내리쳤다. 용에게는 몸 풀기에 지나지 않는 행위였지만 그 결과는 끔찍했다. 바닥이 산산이 조각 나 아래의 바다로 추락했다. 남은 건 고작 벽난로의 일부와, 그 일부에 연결된 넝쿨뿐이었다. 발 디딜 공간은 남지 않았다.

에키는 부서진 벽난로의 틈새에 아메시스트를 박아 넣고 그것에 매달렸다. 그녀의 다른 팔에 아기를 안고 있는 션의 뒷덜미가 잡혀 있었다. 션은 대롱대롱 흔들리며 아기를 꽉 안았다.

벽난로에서 좀 떨어진 곳에 있던 유리엔은 에키의 외침을 알아듣고 떨어지면서 끊어진 넝쿨을 잡았다. 그가 힘주어 움켜쥐지 않아도 넝쿨은 저절로 움직여 그의 팔을 얽어매었다. 아까 잘라내면서 열매가 다 터진 덕에 산성 액체는 남아 있지 않았다.

날개를 털어 낸 용이 완전히 바다에서 빠져나왔다. 그것이 퍼덕거리기 시작하자 광풍이 불었다. 유리엔이 붙잡은 넝쿨이 진자처럼 흔들리고 에키의 몸도 정신없이 흔들렸다. 팔이 빠질 것 같았다.

그녀는 이를 악물고 버티며 바람의 방향을 가늠했다. 아무리 그녀라도 이런 자세로 이런 상황에서 오래 버티기는 힘들었다. 용이 날아오르고 있었다. 날갯짓이 빨라지며 바람도 미친 듯이 강해졌다. 결국 그녀는 아래의 션을 향해 소리쳤다.

"머리! 잘 감싸요! 아기랑!"

"네?"

"던질 테니까! 잘 굴러야 해요!"

"더, 던져요? 네?"

션의 얼굴이 새파래졌다. 에키가 주방 쪽으로 턱짓하자 무슨 뜻인지 깨달았는지 그 얼굴은 결국 파랗다 못해 새하얘졌다. 그는 몸을 움츠리며 아기를 온몸으로 감쌌다. 아기는 서럽게 울어대고 있었다.

에키는 그의 상태를 확인하고 바람을 주시했다. 용이 날개를 퍼덕일 때마다 바람의 방향이 바뀌었다. 그 바람이 주방 쪽으로 향하는 순간, 그녀는 몸을 흔들어 얻은 반동으로 주방을 향해 션을 있는 힘껏 던졌다.

"우와아악!"

션이 길게 비명을 남기며 날아갔다. 그녀의 힘에 바람을 탄 그의 몸은 넉넉하게 주방에 닿았다. 그의 운동신경으로 제대로 착지하는 건 무리였는지 구르고 부딪히며 여기저기 상처가 나긴 했지만 어쨌든 무사했다. 아기는 그의 품에 파묻혀 다치지 않은 듯했다.

에키의 행동을 본 유리엔은 알아서 움직였다. 랑기오사를 넝쿨에 대고, 흔들림에 그대로 순응하다가 넝쿨이 주방 쪽으로 뻗는 순간 넝쿨을 잘랐다. 그는 손목에 엉겨 붙은 넝쿨을 단 채로 깔끔하게 주방에 착지했다. 그리고 바로 에키 쪽을 보았다.

그녀는 사정이 좋지 않았다. 션을 던진 반동으로 아메시스트가 반쯤 뽑혀 나와 위태로웠다. 마검이 불안하게 중얼거렸다.

[야, 야, 아무리 너라도 저 밑에 떨어지면 좀 위험할 것 같은데?]

용의 몸이 떠오르며 바람이 점점 심해졌다. 헐겁게 박혀 있던 아메시스트가 조금씩 밀려 나오기 시작했다. 그녀는 그것을 보며 입술을 깨물었다.

'어쩌지? 이 상태에서 기어오르려 하면 아메시스트가 내 몸을 지탱할 수 있나? 주방까지 뛰어넘으려면 도움닫기를 해야 거리가 될 텐데······.'

"에키네시아! 이쪽을!"

유리엔이 절박하게 외쳤다. 반사적으로 그를 본 에키는 유리엔이 주방 쪽에 늘어져 있던 넝쿨을 쥐고 있는 것을 발견했다. 그는 그 끝에 부서진 벽돌들을 엮어 놓았다. 넝쿨이 닿는 것을 휘감으려 드는 덕에 빠르게 매달 수 있었다.

그가 벽돌을 매단 넝쿨을 들어 올렸다. 던지려는 듯했다. 의도를 알아차린 에키가 고개를 끄덕이자 유리엔은 곧바로 그것을 집어던졌다. 힘을 주는 바람에 그의 허벅지 상처에서 피가 튀었다.

잘린 넝쿨은 주방과 벽난로 사이의 중간 정도까지 오는 길이였다. 에키는 매달린 벽돌이 가장 높은 곳에 다다르기 직전에 몸을 튕겨 맨발로 아메시스트가 박혀 있는 부분을 걷어찼다. 반동을 얻은 몸이 검과 함께 튕겨 나왔다. 그녀는 중간에서 떨어지기 시작한 넝쿨을 움켜쥐는 데 성공했다.

[와, 짜릿하다. 이거 은근 재밌는데?]

마검이 철없이 감탄했다. 에키는 넝쿨을 쥔 채 흔들리며 옅게 한숨을 쉬었다. 유리엔이 위에서 그녀가 매달린 넝쿨을 끌어 올렸다.

용은 완전히 공중에 떴다. 그것이 떠오르는 경로에 있던 걸리적거리는 기둥이나 건물의 일부가 모조리 부서져 바다로 떨어졌다. 그들이 조금 전까지 있던 벽난로도 꼬리에 부딪히며 박살이 나 추락했다.

겨우 주방에 올라온 에키는 유리엔의 왼쪽 어깨에서 피가 줄줄 흐르는 것을 보았다. 통증이건 부상이건 전부 도외시하고 그녀를 끌어 올리는 바람에 상처가 벌어진 모양이었다.

"율, 상처가……."

더 말할 틈이 없었다. 하늘에 떠오른 용이 포효하며 공기가 진동했다. 그와 동시에 소름 끼치는 음성이 그녀의 뇌리를 때렸다.

[죽여. 죽이겠다. 죽이고 싶어 견딜 수가 없어.]

"……!"

[나 아니야! 내가 한 말 아니야! 난 얌전히 있었어!]

악의에 찬 메아리. 마검에 물들어 있을 때 느끼던 것과 비슷했다. 바르데르기오사가 제 발이 저렸는지 빽 고함을 질렀다. 확실히 목소리가 달랐다. 당황한 유리엔과 기겁한 션의 얼굴을 보니 그녀만 들은 것도 아닌 모양이었다.

"용이다."

유리엔이 신음처럼 말했다. 에키는 용을 올려다보았다. 그것은 선혈 같은 눈동자를 굴리며 아래를 살피고 있었다. 낮은 울음소리가 났다. 천둥이 우르릉거리는 듯했다.

[인간. 인간을 죽여야 해.]

동시에 뇌리를 울리는 말. 뼈에서 살아난 용이 말을 하고 있었다. 마검에 물들어 버린 것 같은 어투였다. 용이 말을 할 수 있던가? 이 시대의 용은 전설 속에나 남아 있는 터라 그녀로서는 알 수가 없었다.

그러나 짐작되는 건 있었다. 이 결절이 생긴 곳은 마검의 살의에 물들어 미쳐 버린 인간이 적어도 네 명 이상 있었을 장소다.

'그 영향이겠구나.'

용을 올려다보는 그녀의 옆에서 유리엔이 움직였다. 그는 주방 바닥에 있는 문으로 달려가 그것을 들어 올렸다. 아래를 확인한 그의 얼굴에 안도가 퍼져 나갔다. 지하가 있을 공간이 없어 보이는데도 불구하고 술 저장고가 연결되어 있었다.

유리엔은 끙끙대고 있는 션을 들어 저장고 안에 밀어 넣었다. 그리고 에키를 불렀다.

"이리로, 에키!"

[인간……!]

까마득한 위에서 섬뜩한 살기와 함께 열이 느껴졌다. 그들을 발견한 용의 입에 불길이 모여들었다. 에키가 저장고 안으로 뛰어들고 유리엔이 문을 닫는 것과 동시에 용의 입에서 불이 쏟아졌다.

캬아아아!

문밖에서 용이 울부짖는 것이 들렸다. 나무문에 불이 붙어 타닥타닥 타올랐다. 이곳엔 술병이 가득했다. 불이 번졌다간 끔찍한 일이 벌어질 것이다. 에키와 유리엔은 급하게 주위를 뒤졌다.

유리엔이 청소 용도인 듯한 물통을 찾아냈다. 그가 문을 향해 물을 뿌렸다. 찬물 세례를 맞은 불이 잦아들었다.

"사, 살았……."

부들부들 떨던 션이 말을 마치기도 전에, 콰각 하고 소름 끼치는 소리가 났다. 사람 몸통만 한 금속질 발톱이 젖은 나무문을 으스르뜨리다시피 하며 안으로 파고들었다. 발톱이 흔들리며 문의 파편을 떨어내더니 시뻘건 눈동자가 뚫린 공간을 들여다보았다. 그르릉, 하는 불티 섞인 숨이 흘렀다.

[죽이고 싶다.]

유리엔과 에키는 본능적으로 검을 쥐었다. 하얀 마나를 머금은 랑기오사와 보라색 마나를 머금은 아메시스트가 용의 눈을 향해 휘둘러졌다. 두 줄기의 마나가 날아오자 용이 눈을 감았다. 검기는 금속보다 단단한 검은 비늘로 뒤덮인 눈꺼풀을 뚫지 못했다.

[야, 이런 걸로는 안 먹히겠다. 엄청 단단하네. 그거 있잖아, 네가 집중해서 만드는 검기! 그걸로 찌르면 될 거 같은데?]

[저것이 실제 용과 비슷하다면, 검기를 날리는 것으로는 절대 못 뚫는다. 마나를 중첩해서 정제된 검기를 형성해야 한다. 지금의 너로서는 불가능해. 알고 있겠지? 검기 중첩이 가능하면 제니스 초입의 경지다.]

마검과 성검이 각자의 주인에게 조언을 주었다. 에키는 미간을 구겼고 유리엔은 성검을 흘깃 보았다. 주인의 의문을 알아챈 성검이 말을 덧붙였다.

[이전에 주인과 함께 용을 잡아 본 적이 있다. 인간의 기준에서 용은 악인 경우가 많았으니까. 어쨌든 마나를 아껴라, 지금 네 검기로는 약한 부위밖에 못 벤다.]

용이 감았던 눈을 떴다. 피가 떨어질 것처럼 새빨간 눈동자가 휘릭 구르며 그들을 바라보더니 약간 멀어졌다. 좁은 입구에 용의 입이 보였다. 누구나 용의 다음 행위를 예상할 수 있을 것이다. 용은 그대로 저장고 안쪽으로 불을 뿜을 작정이었다.

션은 핏기가 가신 얼굴로 등을 돌리고 품 안의 아기를 사력을 다해 감쌌다. 아기는 우는 것도 한계인지 히끅거리는 소리만 내고 있었다.

에키네시아는 멍하니 서 있었다. 저 비늘을 뚫으려면 평소보다 훨씬 많은 양의 마나를 사용하여 압축하고 중첩하는, 보다 강력한 검기를 사용해야 했다.

그러나 그녀의 코어에 남아 있는 마나로는 그것이 불가능했다. 검기를 쓰지 않으면 벨 수 없는 해골 와이번들을 아까부터 계속 처리하느라 많은 양을 소모해 버렸다. 시간이 지나면 다시 마나가 쌓이겠지만 지금은 모자랐다.

실상 그녀는 몸에 코어를 형성한 지 얼마 되지 않았다. 당연히 보유하고 있는 마나의 양이 적었다. 그럼에도 그녀는 두 가지 이유 덕분에 어지간한 마스터와는 상대도 되지 않는 위력을 보일 수 있었다. 하나는 그녀의 영혼이 달성한 경지로 인한 마나의 정순함. 그리고 다른 하나는, 놀랍도록 효율적으로 마나를 사용하는 기술.

더 많은 양의 마나가 필요할 경우, 세상의 인간이 누군가에게 살의를 품는 한 계속해서 생성되는 마검의 마나를 써야 했다. 흰 까마귀 협곡의 결절에서 대량의 마물을 처리하기 위해 마검을 사용했듯이.

그녀의 이성은 이미 결론을 내렸다. 바르데르기오사를 꺼내고 마검의 마나로 저 용을 상대해야 한다. 하지만 그녀의 마음이 격렬하게 그것을 거부했다. 토할 것 같았다.

'유리엔 앞에서? 그를 죽였던 때처럼, 머리카락과 눈동자를 검게 물들이라고?'

그녀가 갈등하는 사이 용이 입을 벌렸다. 거무칙칙한 입 안쪽의 살과 동굴처럼 깊은 목구멍이 보였다. 그 안에 불꽃이 모여들기 시작했다.

유리엔은 검을 움켜쥐었다. 저대로 불을 뿜으면 술 저장고 안에 있는 그들은 살아남을 수 없을 것이다. 이 안에는 피할 곳이 없었다. 그리고 입 안쪽은 겉보다 확실하게 약한 부위였다.

'기회는 지금뿐이다.'

그는 판단과 동시에 행동했다. 용의 입안으로 뛰어들었다. 랑기오사가 하얀 마나를 머금고 용의 입천장을 향해 찔러 들어갔다.

그 순간 얼핏 보이는 용의 눈에 악의 어린 웃음이 감돌았다. 용은 기다렸다는 듯 불을 뿜는 대신 입을 다물었다. 유리엔의 모습이 거대한 용의 입안으로 삼켜졌다.

에키는 그 광경을 보았다. 시간이 아주 느리게 흐르는 것처럼 보였다. 거대한 용의 이빨이 빗장처럼 다물린다. 하얀 남자의 뒷모습이 용의 입안으로 천천히 사라진다. 다물린 용의 이빨 사이로 불꽃이 뚝뚝 흘러넘쳤다. 새빨간 불티가 꽃잎처럼 흩날렸다.

'유리엔.'

증오받을까 두려운 마음도, 그의 앞에서 마검을 쥔다는 거부감도, 그 외의 복잡하고 상처투성이인 감정들도, 삽시간에 모조리 쓸려 나갔다. 어쩌면 이렇게 되고야 말리라고, 마음 깊은 곳에서 예감하고 있었을지도 모르겠다.

그녀는 아메시스트를 내던지며 오른손의 장갑을 쥐어뜯듯 벗었다.

화마가 들이치지 않자 고개를 든 션은 에키네시아가 검을 팽개치고 장갑을 벗어 던지는 것을 보았다. 드러난 하얀 오른 손바닥에 날카롭고 새카만 무늬가 있었다.

그 무늬에서 모래처럼 무언가가 쏟아졌다. 그것은 유리같이 투명한 칼날을 형성했고, 불길한 검은빛의 손잡이를 형성했다. 투명한 칼날에는 문양이 새겨졌다. 우아하게 느껴질 정도로 깔끔한 형태의 검이었다.

화가인 션은 기오사 시리즈의 외양에 관심이 많았다. 로잘린 디아상트가 그런 그에게 알려진 기오사들의 외양을 모아 놓은 화첩을 보여 준 적이 있었다. 그래서 그는 한눈에 에키네시아가 쥔 것이 무엇인지 알아차렸다.

기오사 시리즈 중에서 유일하게 주인이 기오사 오너가 아닌, 인간을 학살하는 악마로 불리는 검. 마검 바르데르기오사.

에키네시아는 망설이지 않고 그것을 쥐었다. 쥐자마자 검에서부터 피어오른 검은 기운이 그녀에게 스며들었다. 분홍색 머리카락과 보라색 눈동자 위로 물감이 쏟아지듯 검은색이 퍼져 나갔다.

그 모습을 본 션은 공포에 질려 뒤로 기었다. 그러나 그가 걱정하는 일은 일어나지 않았다. 그녀는 자신의 의지로 몸을 움직였다.

[어, 진짜? 진짜 나 쓰는 거야? 우와아! 신난다! 이게 얼마만이야!]

마검이 들떠서 재잘거리는 말보다 그녀가 검을 휘두르는 것이 더 빨랐다. 에키는 마검을 쥐는 것과 거의 동시에 용의 입을 길게 베었다. 투명한 검신에 마나로 이루어진 검은 칼날이 덧씌워졌다. 그것은 검기조차 튕겨 냈던 용의 비늘을 부드럽게 갈랐다. 썩은 늪 같은 녹색의 피가 솟구쳤다.

캬아아악!

코에서부터 턱까지, 입을 세로로 베인 용이 고통에 찬 괴성을 내질렀다. 입이 벌어지자마자 유리엔이 뛰쳐나왔다. 언뜻 보기에는 괜찮아 보였다. 용의 입천장을 찌르면서 쏟아진 초록색 피로 젖어 있어 잘 구별이 가지 않긴 했지만, 실제로 그가 용의 입에 삼켜져 있던 시간은 극히 짧았으니 심하게 다치지는 않았을 것이다. 그러기를 바랐다.

에키는 그를 보고 안도했다. 그리고 유리엔은 검은 머리와 검은 눈의 그녀를 보았다. 그의 푸른 눈동자가 파문이 이는 호수처럼 요동쳤다. 그것을 본 그녀의 눈동자가 흐려졌다.

용이 울부짖으며 머리를 빼냈다. 에키는 곧바로 고개를 돌렸다. 그녀는 마검을 쥔 채 물러나는 용의 머리를 따라 저장고 밖으로 달려나갔다.

저런 거대한 생물 한 마리를 상대할 때는 양손에 검을 드는 것보다 검 하나를 양손으로 쓰는 것이 낫다. 그래서 에키는 아메시스트를 챙기지 않고 바르데르기오사만 양손으로 쥐었다. 마검은 그게 만족스러운지 행복한 음성으로 말했다.

[주인아, 역시 저 허연 칼 따윈 쓸모없지? 내가 최고지, 그치?]

에키는 무표정하게 용을 주시했다. 입에서 피를 철철 흘리며 용이 그녀를 내려다보았다. 그것이 그녀를 향해 덩치에 맞지 않게 빠른 움직임으로 앞발을 내리쳤다. 주방의 한쪽 벽이 으스러지며 추락했다. 추락하는 것 중 그녀의 모습은 없었다.

그녀는 내리쳐진 용의 앞발 위에 올라탔다. 나는 듯한 속도로 용의 팔을 타고 달려 올라갔다. 급하게 잘라 낸 드레스 자락과 올이 풀어진 금색 레이스가 그녀의 뒤로 날개처럼 흩날렸다.

[얜 심장을 찔러야 죽을 거 같은데, 어음, 그냥 찔러서는 심장까지 닿기 힘들겠네. 무지무지 커!]

마검은 혼자 들뜬 어조로 떠들어 댔다. 에키는 대꾸하지 않고 용의 어깨에 올라섰다. 심장을 베어야 한다는 건 보자마자 알았다. 문제는 저 비늘과 살과 근육을 뚫고 용의 심장에 닿으려면 가로등만 한 검이 있어도 모자랄 것이란 점이었다. 평범한 롱소드보다 길고 넓은 바르데르기오사도 용 앞에서는 이쑤시개만 했다.

[어떻게 할 거야?]

마검이 흥미롭다는 듯 묻자, 에키는 덤덤하게 답했다.

"여러 번 베면 돼."

심장에 닿을 때까지, 라는 말이 생략되어 있었다.

사라진 인간이 제 어깨 위에 있다는 걸 뒤늦게 알아챈 용이 그르릉거렸다. 에키는 내려치는 앞발을 피하며 마나를 씌운 마검을 용의 어깻죽지에 박아 넣었다. 그리고 그대로, 대각선으로 체중을 실어 떨어져 내렸다. 용의 가슴팍이 길게 베이며 녹색 피가 쏟아졌다.

크아아!

용이 지금까지와는 확연히 다른 괴성을 질렀다. 에키는 발광하는 용의 몸뚱이를 박차고 가장 가까운 곳에 남아 있는 건물의 파편 위로 떨어졌다.

아득한 높이에서의 추락이었다. 부서져 튀어나온 대들보를 움켜쥐며 한 차례 충격을 줄이고, 아래의 비스듬한 돌바닥을 디디고 주르륵 미끄러지며 몸을 낮추며 착지했다. 마나로 감싸긴 했지만 맨발이 완벽히 무사할 수는 없어서 여기저기 생채기가 났다.

[인간—!]

발을 돌아볼 틈은 없었다. 용이 천둥 같은 분노를 토해 내며 불을 뿜었다. 머리 위로 불이 쏟아졌다.

에키는 그 파편에서 뛰어올라 위쪽의 다른 파편으로 이동했다. 그녀의 움직임을 따라 용의 머리가 움직이며 불길이 따라왔다. 착지하자마자 다시 위의 다른 파편으로, 또다시 위의 파편으로. 그녀가 디딘 건물의 파편마다 불바다가 되어 타올랐다.

그녀는 곧 거꾸로 꽂힌 탑의 꼭대기에 도착했다. 탑의 아래에서부터 불길이 타고 올랐다. 더 이상 올라갈 파편이 없었기에 피할 곳이 사라진 것처럼 보였다.

하지만 에키는 일부러 여기로 온 것이었다. 용의 머리와 비슷한 높이에 도달하기 위해.

도움닫기를 하여 뛰었다. 닿을 수 없는 거리처럼 보이던 용의 몸뚱이까지 그녀는 닿을 수 있었다. 하얀 발이 불을 뿜고 있는 용의 콧잔등을 디뎠다. 가장 처음에 그녀가 베어 낸 상처가 있는 위치였다.

용이 번들거리는 눈으로 그녀를 노려보았다. 에키는 입꼬리를 올려 웃고는 놈이 앞발을 휘두르자마자 거기에서 아래로 뛰어내렸다. 제 코를 때릴 뻔한 용이 분노를 토해 내기 전에 어깨를 디디고, 다시 똑같은 자리에 마검을 꽂아 넣고, 똑같은 방식으로 베어 내려갔다. 상처가 더 깊어졌다.

크아아악!

용이 몸을 반 바퀴 틀며 긴 꼬리를 착지한 그녀에게 휘둘렀다. 워낙 거대하여 성벽이 움직여 내려치는 것 같았다. 바람만으로도 사람을 날려 버릴 듯한 위력이었지만, 맞지 않으면 아무런 소용이 없는 법이다.

에키는 꼬리가 내려치기 전에 뛰어올라 바로 위에 있던 넝쿨을 왼손으로 잡았다. 잡은 손안에서 열매가 터져 산성액이 쏟아지며 장갑을 녹였다. 예상하고 잡은 일이라 그녀는 넝쿨을 잡자마자 도로 손을 놓았다.

수직으로 떨어진 그녀는 정확한 타이밍에 내리쳐진 꼬리 위에 내려섰다. 그리고 꼬리를 타고 달려 올라갔다. 용이 날뛰어 꼬리도 요동쳤지만 그녀는 균형을 잃지 않았다. 그녀가 등을 거쳐서 어깨에 도달하는 건 순식간이었다.

그리고 다시 한번 더. 어깨에서부터 옆구리까지 용의 가슴팍이 길게 베였다. 오차 없이 전과 똑같은 위치였다. 같은 곳을 세 번 베이고 나서야 용은 개미 같은 인간에게 정말로 죽을지도 모른다는 위기감을 느꼈다.

용의 움직임이 달라졌다. 그것은 초조하고 급박하게 에키를 뒤쫓았다. 하지만 그 거대한 덩치로는 그녀를 잡을 수가 없었다. 애꿎은 건물의 파편들만 부서지고 불이 붙었다. 디딜 곳이 점점 사라지고 있었으나 그녀는 용의 몸뚱이를 발판 삼아 또 어깨에 도달했다.

결국 한 번 더 같은 곳을 베이자, 용은 도저히 안 되겠다고 판단했다.

[죽일 거다! 죽여 버리겠다, 인간!]

발악 같은 절규를 남긴 용이 날개를 퍼덕였다. 거대한 몸체가 삽시간에 까마득한 하늘로 솟아올랐다. 에키는 눈살을 찌푸리고 하늘로 계속해서 올라가는 용을 올려다보았다. 불그스름한 하늘에 닿은 용이 그 하늘 안으로 뛰어들었다. 첨벙거리는 물소리가 나며 하늘에 파도가 일었다.

그녀는 멍하니 입을 벌렸다. 마검이 얼떨떨하게 중얼거렸다.

[주인아, 저거 하늘 아니었어?]

"······하늘······ 인 줄 알았는데."

용이 바다에 잠겨 드는 것처럼 하늘 속에 잠겨 들고 나자, 하늘이 돌변했다. 처음 결절에 들어왔을 때처럼 구름 한 점 없는 새파란 빛깔로 돌아왔다. 드리웠던 어스름도 사라지고 사위가 대낮처럼 밝아졌다.

그녀는 설마 싶어서 용을 피해 달아나서 먼 곳에서 배회하고 있는 해골 와이번들을 유심히 보았다. 그것들도 도로 하얀 뼈로 변해 있었다.

[저 하늘 비슷한 게 빨개지면 뼈다귀들이 까매지고 용이 바다에서 나오나 봐! 용이 돌아가면 원래대로 돌아오고. 그게 이 결절의 법칙인 거 아니야?]

"아마도."

어찌 되었든 한동안은 조용하리라는 판단이 섰다. 에키는 마검을 늘어뜨리고 거칠어진 호흡을 갈무리했다. 물든 머리칼과 눈동자에서 색이 빠져나가며 문양 안으로 바르데르기오사가 되돌아갔다. 당면한 위기를 해결하고 나니 비로소 자신을 기다리고 있는 상황이 떠올랐다.

'그는 전부 봤겠지.'

용을 앞에 두었을 때보다 훨씬 더 막막한 기분이 들었다. 그녀는 망연히 오른손에 선명하게 드러난 문양을 내려다보다가, 느릿하게 손을 말아 쥐었다.

주방이 있는 쪽으로 돌아가려던 에키는 아까 벽난로를 향해 뛰어내렸던 성벽을 발견했다. 용이 날뛴 곳과 거리가 좀 되었던 덕에 성벽은 멀쩡하게 남아 있었고, 그 위에 그녀가 내버려 두었던 가방도 운 좋게 멀쩡했다.

가방을 챙겨서 천천히 이동했다. 와이번들이 근처에 날아다니고 있지 않아서 아까처럼 질러갈 방법도 없었지만, 빠르게 갈 수 있었더라도 그녀는 돌아서 갔을 것이다.

'이미 알고 있었을 거야, 유리엔은. 그러니까 괜찮아.'

스스로에게 되뇌는데도 두려움이 가시지 않았다. 그를 마주하는 게 무서웠다. 혹여 그가 알지 못하고 있었다면. 그래서 그녀를 보는 그의 시선이 변한다면.

'견딜 수 있을까.'

살의를 억누를 수 없게 되므로, 그녀는 절대로 이성을 잃어서는 안 된다. 유리엔이 증오로 그녀를 보며 저주하더라도 그녀는 이성을 유지해야만 했다. 걸음이 자꾸만 느려졌다. 가까워질수록 고산지대를 오르는 것처럼 숨이 가빠졌다.

영원히 닿지 않기를 바랐으나, 불가능한 바람이었다. 주방의 일부가 보였다. 뛰어내리기만 하면 되는 곳에서 그녀의 발이 뿌리를 내린 것처럼 멈췄다. 문이 부서진 술 저장고 바깥에 유리엔이 서 있었다. 뒤집어쓴 녹색 피를 대강 닦아 내었는지 꽤 말끔해진 상태였다.

그래서 잘 보였다. 그의 상태가.

왼쪽 소매가 거의 다 타 버렸다. 너덜너덜한 천 조각들 안쪽으로 화상을 입어 벌겋게 짓무른 왼팔이 보였다. 용의 입안에서 불길을 막다가 입은 부상이었다. 그는 아무렇지도 않게 그 팔을 늘어뜨린 채 그녀를 올려다보았다.

유리엔의 얼굴보다 그 팔이 먼저 눈에 들어왔다. 에키는 화상이 얼마나 통증이 심한지 잘 알고 있었다. 화상은 다치는 부위가 넓은 만큼 다른 상처보다 더 아프다. 덧나기도 쉬웠다.

제 손으로 그를 죽였던 기억이 있는 그녀는 그의 부상에 반응할 수밖에 없었다. 보자마자 두려움이 밀려나며 생각이 아주 단순해졌다.

그가 다쳤다. 얼른 치료해야 했다. 들고 있는 마법 가방 안에 치료 용품이 있었다. 에키는 황급히 뛰어내려 그에게로 다가갔다.

"율, 팔이……! 약이 있으니까, 얼른……."

"에키네시아."

그의 앞에 가방을 내려놓고 열던 그녀가 그의 부름에 우뚝 멈췄다. 애칭이 아니라 이름이었다. 잠깐 밀려났던 두려움이 도로 목을 죄었다. 고개를 들고 그의 얼굴을 볼 수가 없었다. 그의 표정을, 그의 눈동자를 보는 게 두려웠다.

마검을 뽑은 직후 마주했을 때 호수처럼 출렁이던 눈동자가 떠올랐다. 그녀는 입술을 깨물었다.

"……치료부터 해요, 일단."

고개를 들지 않고 가방에서 연고와 지혈제, 붕대 등의 치료용품들을 꺼냈다. 창천의 매 문양이 새겨진 금속 통 연고는 예전에 유리엔이 그녀에게 챙겨 주었던 물건이었다. 약을 챙겨 드는 그녀의 머리 위로 그의 그림자가 드리워졌다.

유리엔이 허리를 숙여 앉더니 그녀의 맨발을 감싸 쥐었다. 있는 대로 날뛴 그녀의 발은 엉망이었다. 흰 발 곳곳에 생채기가 나 피가 흘렀다. 불에 덴 곳도 있었다. 유리엔은 그 발을 보며 꽉 막힌 음성으로 속삭였다.

"그대도 다쳤잖나."

"이런 건 그냥 생채기예요. 당신 부상이 훨씬 심각하다고요!"

오른쪽 다리나 왼쪽 어깨나 다 피범벅에, 왼팔은 아예 그슬려 놓고서 무슨 소린지. 에키는 울컥 화를 내고는 그의 팔을 잡아당겼다. 그녀가 익숙한 손놀림으로 소독을 하고 약을 바른 다음 붕대를 감는 동안 유리엔은 줄곧 그녀의 발에 시선을 두고 있었다. 그 시선이 부담스러워서 그녀는 다른 말을 꺼냈다.

"션 워런트 씨와 아기는 괜찮나요?"

"그는 팔꿈치 뼈에 약간 금이 간 것 같다. 발목도 접질렸고. 하지만 그 외에는 단순한 타박상들이다. 그가 감싼 덕에 아기는 다치지 않았다."

"던져진 것치고는 양호하네요. 그 사람한테도 치료를 해 줘야겠어요."

"내가 판자로 부목을 대어 주고 술로 소독하여 응급처치해 놓았으니 급한 치료는 필요하지 않다. 지금은 기절하다시피 잠든 상태니 조금 후에 하는 게 낫겠군."

"아…… 네, 지쳤을 텐데 굳이 깨울 필요는 없으니까……."

"용은 어떻게 된 건가? 하늘로…… 뛰어드는 것은 봤다만."

"일단 물러난 것 같긴 한데, 잘 모르겠어요. 만약 다시 나타났을 때 다 회복되어 있다면 좀 골치가 아프겠네요. 차라리 결절이 저절로 아물어서 원래대로 돌아갈 때까지 안 나타났으면 좋겠어요. 식량은 많거든요."

아무 변화도 일어나지 않은 것 같은 대화였다. 에키는 여전히 그의 얼굴을 보지 않은 채 붕대를 감았다. 고통이 심할 텐데 그는 신음 하나 흘리지 않았다.

팔과 어깨에 이어 허벅지 바깥쪽의 물어뜯긴 상처까지 급한 대로 치료하고 나자, 얌전히 치료를 받고 있던 유리엔이 움직였다. 그는 그녀의 발을 잡아당겼다. 에키는 당황해서 발을 잡아 빼며 목소리를 높였다.

"괜, 괜찮다니까요, 이런 건!"

"내가 괜찮지 않다."

유리엔이 딱 잘라 말하더니 그녀의 발을 제 무릎 위에 올렸다. 다리가 들어 올려져 짧아진 드레스 자락이 허벅지를 타고 흘러내렸다. 그녀는 황급히 옷자락을 붙잡았다.

유리엔이 그녀의 맨발을 감싸 쥐고 꼼꼼히 치료해 나가기 시작했다. 왼팔이 불편할 텐데 그런 티는 전혀 내지 않았다. 피와 먼지와 용의 피 따위를 닦아 내고, 소독하고 연고를 바른 후에 붕대를 감았다. 한쪽이 끝나자 곧 다른 발을 받쳐 올렸다.

조심스럽고 정성 어린 손길이었다. 에키는 그제야 그의 얼굴을 보았다. 평소 같은 표정은 아니었다. 내리깔린 눈썹, 흐려진 낯. 슬픔과 자책 같은 것이 옅게 깔려 있었다. 그러나 그뿐, 어디에도 증오나 혐오는 보이지 않았다. 악마였던 시절처럼 마검을 들고 검게 물든 그녀를 보았음에도.

[쟤 하나도 안 놀라네? 왜 저렇게 태연해?]

바르데르기오사가 신기하다는 듯 중얼거렸다. 에키는 조그맣게 물었다.

"안 물어보세요?"

"무엇을?"

"……보신 것, 전부요."

그는 대답하지 않고 마지막 붕대를 마무리했다. 매듭을 지은 그가 곱게 자란 아가씨다운 작고 보드라운 발에 감긴 거친 붕대를 내려다보았다. 그의 손이 가만히 그녀의 발끝을 쓸어 올라가 발등에 닿았다.

어쩐지 애달픈 접촉이었다. 에키는 움찔 어깨를 떨었다. 통증 때문이 아니었다. 그녀가 재차 발을 빼려 하자 이번에는 그가 순순히 놓아주었다. 그러곤 조용히 대답했다.

"그대가 묻지 않길 원한다면."

아무것도 묻지 않겠다. 이대로 모른 척하겠다. 그런 뜻이었다. 말도 안 되는 대답이었으나, 깊은 무언가가 깃든 대답이기도 했다.

"그대가 그것을 숨기고 싶다면, 숨겨 주겠다. 원한다면 나 역시 잊어버리도록 노력하마."

마스터임을 들켰을 때 유리엔이 했던 말이 떠올랐다.

'정말 당신은 알고 있나? 그러면서 아무런 티를 내지 않고 있나? 왜? 내가 숨기고 싶어 해서?'

기절했다 깨어났을 때, 모른 척하려는 그를 알아차리고 그녀 자신이 했던 생각도 떠올랐다. 기묘한 먹먹함이 물처럼 차오른다. 에키는 속에서부터 솟구쳐 튀어 나가는 물음을 막지 않았다.

"유리엔. 제가 누구인지 알아요?"

유리엔이 고개를 들었다. 눈이 마주쳤다. 그녀는 물기 어린 하늘 같은 눈동자를 보았다. 짧고 아득한 정적 끝에 그가 우는 것처럼 웃으며 대답했다.

"그래, 알고 있다."

"전부요? 제가……."

차마 제 입으로 말하진 못하고, 에키는 아무렇게 늘어뜨린 오른손에 시선을 주었다. 장갑을 벗어 던진 손바닥에 검은 문양이 뚜렷했다. 그녀의 시선을 따라 그것을 본 유리엔이 그녀가 하지 못한 뒷말을 수긍했다.

"그대가 마검의 주인임을, 그리고 이제는 존재하지 않게 된 과거도, 알고 있었다."

알고 있었다고. 짐작하고 있었음에도 실제로 들으니 온몸에서 핏기가 빠져나갔다. 생각이 가닥가닥 끊어지며 어지러워진다. 에키는 숨을 들이켜고, 마구잡이로 솟아나는 의문들도 숨과 함께 삼키고, 지금까지 줄곧 그녀의 마음을 얽어매고 있던 가장 두려운 것을 끄집어냈다.

"당신은…… 저, 를…… 증오, 하지, 않나요?"

길지 않은 물음에 지독하게 무거운 감정이 매달려 말을 잇기가 쉽지 않았다. 더듬더듬 발음을 이을 때마다 뱃속 깊은 곳에 박혀 있는 갈고리를 잡아당기는 것 같았다. 그 갈고리는 내장을 할퀴고 목 안쪽을 긁으며 올라와 혀를 아리게 만들었다. 말이 아니라 상처를 뱉어 내는 듯했다.

그녀의 물음에 유리엔이 잠시 침묵했다. 전혀 예상하지 못한 질문을 들었다는 듯이. 그의 눈이 커졌다가 떨리기 시작했다. 곧 그가 입을 열었다.

"……에키네시아. 나는, 단 한 번도 그대를 증오해 본 적 없다."

그 음성은 습기가 묻어날 것처럼 젖어 있었다.

예전에는 절대 불가능하리라 여겼던 대답이었다. 처음으로 그것이 가능할지도 모른다고 생각했을 때, 치받아 올랐던 뜨겁고 무거운 것이 다시금 전신을 채웠다.

정말로. 정말로?

"어떻게…… 당신은 다 기억하고 있잖아요."

"그래, 기억하고 있다."

그녀의 눈에서 아무런 전조 없이 눈물이 한 방울 툭 떨어졌다.

"그런데도요? 저는 당신을 죽였고, 당신이 소중하게 여기는 것들을 모조리 망가뜨렸잖아요! 그것도 당신이 준 기회를, 당신이 준 신뢰를 배신하면서!"

눈물이 투둑투둑 떨어졌다. 그 눈물에 얼어붙었던 유리엔이, 그녀가 비명처럼 말을 쏟아 내자 급하게 다가왔다. 그는 양손으로 그녀의 얼굴을 감싸며 엄지로 뚝뚝 떨어지는 눈물을 닦아 냈다.

"에키. 그대는 한 번도 나를 배신한 적이 없다."

다정하고 서글픈 어조였다. 그녀는 이렇게 다정한 말을 들을 자격이 없었다. 에키가 그의 손을 밀어내며 정신없이 고개를 저었다.

"이겨 내지 못했잖아요, 저는! 당신이 믿어 주었는데도! 결국 다, 죽이고, 그토록 끔찍하게……!"

울먹이며 헐떡이는 그녀의 턱을 그가 잡았다. 유리엔은 눈물로 가득한 작은 얼굴을 내려다보았다. 방금도 그의 목숨을 구해 놓고서 그건 아무것도 아니라는 양, 원해서 저지른 것도 아닌 과거의 죄악으로 울고 있는 얼굴을.

그가 아는 한 가장 강한 사람. 검으로도, 영혼으로도, 눈부시게 빛나는 사람. 그리고 그가 아는 한 가장 상처가 많은 사람. 그를 죽이고 그를 살려 낸 사람. 그가 움직이는 이유가 되어 버린 사람. 그가, 사랑하는 여자. 그녀가 또 스스로에게 악의를 겨누고 있다. 정안을 떠 보지 않아도 알 수 있었다.

"당신이, 당신이 어떻게 절 증오하지 않을 수 있죠? 그런, 짓을, 저질렀는데! 아무리 없던 일이 되었다 해도, 그런, 그런 걸, 잊을 수 있을 리가. 검을 쥔 손가락 틈새로 흘러내리던 핏물의 감촉이 아직도 생생해. 당신뿐만이 아니라, 나는…… 읍."

유리엔은 그녀의 젖은 턱을 쥐고, 검은 문양이 새겨진 오른손을 얽어 쥐고, 입술을 맞대었다. 겁에 질려 달아나는 혀를 끝까지 쫓아 제 혀로 감싸 안았다. 공포로 식은 입술에 온기를 나누었다. 엉망으로 흐트러진 숨을 받아 삼켰다.

느리고 부드러운 입맞춤이었다. 애원하는 몸짓이기도 했다. 그녀의 몸에서 차츰 떨림이 잦아들었다. 그가 입술을 뗐다. 속눈썹이 서로 스칠 듯이 가까웠다. 멈추지 못하고 눈물을 뚝뚝 흘리고 있는 보라색 눈동자를 주시하며 그가 속삭였다.

"에키네시아. 그건 그대의 죄가 아니었다. 그러니 제발 스스로를 탓하지 마라."

"제가 저지른 짓인데도요?"

"그중에 그대가 원해서 행한 일은 아무것도 없다. 그대는 아무것도 잘못하지 않았다."

그녀가 만들어 낸 희생자 중에서도 최대의 피해자인 남자가, 그녀가 가장 듣고 싶었던 말을 속삭였다.

마음 깊은 곳에 있던 억울함. 원해서 그런 일을 저지른 게 아니라는 항변. 나 역시 피해자라는 호소.

그렇게 외면하기엔 그녀가 저지른 짓이 너무 거대하여, 염치가 없어서 제대로 꺼내 본 적 없던 그 심정을, 그가 입에 담았다. 처음 마주했을 때처럼.

굳어 버린 그녀의 머리카락을 그가 쓸어 넘겼다.

"그럼에도 그대는 자신의 죄도 아닌 그것들을 모조리 짊어지고, 끝내 모든 것을 원래대로 되돌리기까지 했지 않나."

코가 맞닿았다. 이마가 맞닿았다. 젖은 음성이 귓가에 닿았다.

"에키, 나는…… 그대가 모두를 살려 냈다는 것을 알고 있다. 그러기 위해서 감내한 시간을 안다. 고통스럽고 외로운 세월이었음을 안다. 그대가 어떻게 기적을 만들어 냈는지, 그대가 얼마나 노력했는지, 나는 알고 있다."

어떻게 알고 있느냐는 말 이전에, 울음이 또다시 치받았다. 누구에게도 하소연할 수 없고 누구에게도 이해받을 수 없으리라 생각했던 세월이었다. 아무도 알아주지 못한다 해도 상관없다 여겼다. 심지어 누군가가 알게 되었다간 그런 것으로 네가 저지른 학살과 일으킨 비극들이 무마될 줄 아냐며 분노하지 않을까 두려워하기도 했었다.

죄책감과 공포가 고독과 함께 뒤섞여 만들어진 상처는 그녀 자신조차 제대로 파악하지 못할 정도로 깊었다. 행복으로 덮은 아래에 여전히 벌어져 있던 그 상처에 온기가 와 닿았다.

너는 아무것도 잘못하지 않았다고. 얼마나 노력했는지 안다고.

너무나도 듣고 싶은 말이었음을, 줄곧 원해 왔던 위로라는 것을, 에키네시아는 그 말을 듣고 나서야 자각했다. 먹먹함이 차올라 아무것도 할 수 없었다. 그저 한 방울 한 방울이 용암 같은 눈물만 소리 없이 솟았다.

유리엔이 그런 그녀의 눈물을 자꾸 닦아 냈다. 그가 흠뻑 젖은 눈으로 그녀를 담으며 말을 이었다.

"그런데 어떻게 내가…… 그대를, 증오할 수 있겠는가."

그는 지금까지 모르고 있었다. 에키네시아가, 자신이 그녀를 증오할까 봐 두려워하고 있을 줄은 정말로 몰랐다. 그에게는 그녀를 증오하지 않는 게 너무나 당연한 일이었으니까. 오히려 그가 그녀를 볼 때마다 증오에 대한 두려움과 죄책감을 느꼈으니까. 그래서 생각하지 못했다.

그녀가 그의 앞에서 간혹 두려움을 드러낼 때, 그게 그와는 상관없이 그에게서 연상되는 그녀의 과거 때문인 줄로만 알았다.

그의 증오 따위가 뭐라고 그토록 두려워했단 말인가. 마검을 드러낸 후 가장 먼저 하는 질문이 자신을 증오하고 있지 않느냐라니.

그 질문에서 유리엔은 그녀가 겪었을 자책을 온전히 깨달았다. 그리고 동시에, 마검을 쥐게 된 원인을 모르는 그녀로서는 그를 볼 때 죄책감을 가질 수밖에 없음을 깨달았다. 자괴감이 치밀어 올랐다. 유리엔의 낯이 천천히 무너져 내렸다.

홍채의 결까지 낱낱이 보이는 거리였다. 에키는 그의 푸른 눈에 차올라 있던 습기가 결국 넘치는 것을 보았다. 그는 울면서 그녀의 뺨을 어루만졌다.

"내가, 어떻게, 감히 그대를. 에키. 에키네시아."

부서질까 겁이 나는 것처럼 애타고 조심스러운 손길이었다. 덜덜 떠는 손가락이 그녀의 눈가를 반복적으로 훑었다. 쉼 없이 닦아 내는데도 그녀의 눈물은 그치지 않았다. 에키는 눈물처럼 말을 쏟아 냈다.

"원망하지 않았어요? 미워하지 않았나요? 나는, 나는 당신이, 나를 죽이고 싶어 할 거라고 생각했는데."

"한 번도. 처음부터 마지막까지, 한 번도 그런 생각을 품어 보지 않았다. 나는 절대로 그럴 수 없다. 그럴 수가 없었다."

"당신은 죽을 때 눈을 감지 않았었잖아요. 그때에도 저를 원망하지 않았다고요? 어떻게? 대체 어떻게 그럴 수 있나요?"

그녀가 울음 섞인 질문을 던졌다. 유리엔은 그 질문을 더 이상 피할 수 없었다. 몸에 입은 부상보다 마음 안쪽이 더 쓰라렸다. 그는 자해하는 심정으로 진실을 입 밖에 내었다.

"내가 어떻게 감히 그대를 원망할 수 있겠는가. 그대가…… 마검을 쥐게 만든 원인이…… 나였는데."

그의 입술을 타고 눈물이 흘러 떨어졌다.

"……내가 그대를 악마로 만들었다, 에키네시아."

에키는 그의 말을 이해하지 못했다. 그녀가 멍하니 되물었다.

"그게 무슨 뜻인가요?"

"내가 그대를 보았다."

유리엔이 천천히 그녀로부터 손을 뗐다. 그는 그 손으로 제 얼굴을 가리며 그녀에게서 약간 물러섰다.

"카르엠이…… 형님이 있는 것을 알면서도 그대에게 시선을 주었다. 그저 호기심이었다. 그래, 고작 호기심이었다. 그 호기심이 그대를 그렇게 만들었다. 내가 그대를 보지 않았다면, 그대에게 관심을 두지 않았다면……."

젖은 채 이어지는 말이 어지러웠다. 반면 담고 있는 진실은 단순했다. 갑작스럽게 튀어나온 2황자의 이름. 그리고 보았다는 말.

"나를 바보로 아나? 넌 유리엔과 만난 적이 있다. 작년 탄신 연회 때 내가 분명히 보았지."

축제 마지막 날의 연회에서 카르엠이 그녀에게 했던 말이 생각났다. 이어서 니콜이 마검의 음모를 밝혀 내 그녀에게 설명해 주었을 때, 결국 풀지 못했던 의문도 생각났다.

"그 조건에 부합하는 게 우리뿐이야?"
"아니, 몇 더 있지. 그중에 하필 로아즈가 걸린 이유는 모르겠어. 제비뽑기라도 했나. 아니면 나 때문인지도 모르지."
"언니 탓이 아니야."
"로아즈가…… 선택된 건, 다른 이유겠지."

끝까지 알아내지 못했던, 로아즈가 선택된 이유.
시간을 되돌린 후 처음 다시 만났을 때, 분수대 앞에서 유리엔과 나눴던 대화.

"작년 여름, 탄신 연회 때 말이다."
"탄신 연회에서, 저를…… 보셨었어요?"
"그대가 누구인지는 몰랐지만, 그대를 본 기억은 있지."

텅 빈 뇌리에서 유리엔의 말들과 함께 다른 것들이 천천히 맞물려 갔다. 결론은 금방 나왔다.
유리엔이 탄신 연회 때 그녀를 보고 관심을 가졌다. 카르엠이 그것을 알아차렸다. 그래서 카르엠은 마검의 제물로 로아즈 가문을, 에키네시아 로아즈를 선택했다.
왜 하필 로아즈였는지에 대한 해답이었다. 왜 하필 그녀가 마검을 쥐게 되었는지에 대한 해답이기도 했다. 그녀에게서 핏기가 빠져나갔다. 고작 그런 이유로 그녀가 마검을 쥐게 된 거였다고? 발아래가 붕괴하는 기분이 들었다. 새하얗게 질린 그녀를 본 그가 이를 악물었다.

"그러니 나를 원망해라. 나를 증오해라. 그대는 죄가 없다."

무너지려던 정신이 그의 말에 멈췄다. 생각하기도 전에 말이 튀어나갔다.

"유리엔. 당신이 마검을 제게 보내라고 명령했나요? 제가 불행해지길 원하고 의도했나요?"

"아니! 그런 바람 따윈 품어 본 적 없다!"

"그럼 당신 탓이 아니잖아요."

생각보다 먼저 나온 말이 귀를 통해 다시 돌아왔다. 스스로 한 말이 그녀를 지탱하고 일으켜 세웠다. 에키는 망연히 중얼거렸다.

"그래요. 당신 탓이 아니야. 아니잖아요. 당신은 그저 저를 본 것뿐이잖아요."

"하지만 그것이 계기가 되어 그대의 삶을 망가뜨렸다. 내가 그대를 바라보지 않았다면 그대는 그런 불행을 겪지 않고, 그저 평화롭게…… 살 수 있었을 테니까."

그의 한마디 한마디가 고통스럽게 떨리고 있었다. 에키는 그의 턱을 타고 흘러 떨어지는 눈물을 보았다. 그것이 핏방울처럼 느껴졌다.

"그래서 당신을 미워하라고요? 그건 싫어요, 유리엔. 그러고 싶지 않아요."

그녀가 고개를 젓고는 그를 올려다보았다.

"당신이 잘못한 건 아무것도 없어요. 잘못한 사람은 따로 있잖아요."

유리엔의 눈이 커졌다. 그는 입을 약간 벌린 채 더운 숨을 내뱉다가, 쉰 목소리로 물었다.

"나를 원망하지 않나? 나 때문에 그대가 나락에 떨어졌는데. 나로 인해 무관하던 그대가 그토록 긴 세월을 고통받았는데. 내가 증오스럽지 않나? 나를……."

"율."

에키는 희미하게 웃었다. 눈물은 아직도 그치지 않고 흘렀고, 머릿속은 여전히 뒤죽박죽이고, 가슴 안쪽은 무겁고 뜨겁고 쓰라린데도, 이상하게 웃음이 나왔다.

"그건 아까 제가 당신에게 했던 질문이잖아요. 증오하지 않냐니."

그녀는 그에게 손을 뻗었다. 젖어 있는 그의 뺨을 감싸고 어루만지며 속삭였다.

"우리, 서로에게 같은 것을 묻고 있네요. 대답도 똑같아요."

유리엔의 호흡이 흐트러졌다. 에키는 그가 그녀에게 주었던 대답을 그에게 되돌려 주었다.

"저도 당신을 증오하지 않아요. 당신의 죄도 아닌 것으로 당신을 원망하진 않아요. 어떻게 제가 그럴 수 있겠어요."

그녀 자신이 그토록 두려워했던 것을 그에게 겨눌 수 있을 리가 없다. 그를 위해 복수를 포기할 각오도 했었는데, 그가 의도하지도 않았던 일로 증오하는 건 불가능했다. 유리엔으로 인해 그녀가 선택되었다고 해도 그것은 그의 의지가 아니었다. 게다가 그는 스스로의 의지도 아니었던 일의 결과로 치르지 않아도 될 대가를 너무 많이 치렀다.

그녀를 믿고 기회를 주었다. 그것으로 인해 터전을 잃었고, 친구를 잃었고, 가족 같은 사람과 동료들, 마침내 자신의 삶마저 잃었다. 잃고 난 후에도 불명예가 남았다. 에키는 9년 동안 유리엔과 창천 기사단이 그녀 때문에 모욕당하는 것을 들었다.

"당신은 당신으로 인해 내가 나락에 떨어졌다고 했지만, 그게 아닌걸요. 저를 그렇게 만든 건 당신이 아니고, 당신도 피해자일 뿐인데."

그녀의 손에 죽을 때도 자신은 원망 한 점 드러내지 않아 놓고서, 되레 그녀보고 자신을 원망하라니. 그 지옥 속에서 그녀에게 유일한 빛이었던 사람이.

그제야 에키네시아는 유리엔이 그녀를 한 번도 증오한 적 없다는 말을 온전히 이해했다. 그녀가 이 순간 그를 증오할 수 없듯이, 그 역시 그녀를 증오할 수 없었던 것이다.

"오히려…… 유리엔, 저는 당신으로 인해 그 나락에서 버틸 수 있었어요. 당신이 마검에 물들어 있던 저에게 기회를 주었을 때, 그리고 저를 계속해서 지켜봐 주었을 때, 그게 저에게 얼마나 큰 구원이었는지…… 당신이 알까요."

목이 메어 왔다. 에키는 언젠가 꿈꿨던 것처럼 환한 미소를 띤 채 말했다.

"나를 기다려 줘서 고마워요. 당신이 있어서, 이겨 낼 수 있었어요."

오래도록 하고 싶었던 말이었다. 긴 시간을 흐르고 돌아 마침내 그 말이 그에게 닿았다.

유리엔의 입술이 떨렸다. 후두둑 눈물을 쏟으며 그는 무언가 말하려다가, 말을 하지 못하고 입을 다물었다. 무어라고 표현해야 할지 모르겠다. 지금 그의 심정을 전달하기에 언어는 너무나 부족한 도구였다.

그래서 그는 떨리는 팔로 그녀를 끌어안았다. 하고 싶은 말들도, 아직 하지 못한 이야기도 산더미처럼 많았다. 그러나 이 순간에는 말이 필요하지 않았다. 심장박동이 겹쳐졌다. 언어 대신 체온이 닿았다. 닿은 체온이 서로를 감싸 안았다. 입술에서는 눈물 맛이 났다.

드라코툼바성에 방문한 창천 기사단장에 대한 보고와 결절이 터졌다는 소식은 거의 동시에 도착했다.

디아샹트 공작은 나란히 올라온 보고를 내려놓았다. 공작의 붉은 머리칼에는 새치가 섞여 있었고 눈매에는 주름이 져 있었으나, 눈동자만은 세월에 무뎌지지 않고 형형했다.

"쯧."

목뒤를 주무르던 공작이 가볍게 혀를 찼다.

이제 더는 드라코툼바성이 필요하지 않으니 결절이 발생한 건 나쁘지 않았다. 저절로 증거를 지워 줄 테니까. 문제는 그곳에 잃어버리기엔 아까운 게 있다는 사실이었다. 돈 주고도 구하기 어려운 용의 뼈라든가, 마검의 마나가 담긴 마석이라든가. 디아샹트 공작의 뇌리에 그 성에 처박아 놨던 로잘린의 남편과 딸은 떠오르지 않았다.

'이참에 결절이 3황자도 해치워 주면 좋겠지만 그건 쉽지 않겠지. 기오사 오니까.'

공작은 손끝으로 테이블을 톡톡 두드렸다.

두 번째 황후를 잃고 무능해져 버린 황제, 비틀린 편애를 받고 망가져 버린 2황자, 그런 2황자를 상대로도 유리하지 못한 상황인 황태자, 쫓겨나다시피 했고 황제의 증오를 받고 있음에도 홀로 거목이 되어 버린 3황자. 그리고 그들 외에는 직계 혈족이 남지 않은 하르덴 황실의 상황.

 그 정황을 보며 디아상트 공작은 꿈을 꾸기 시작했다. 제국의 상징이 은사자가 아니라 디아상트의 문장인 붉은 사슴으로 바뀌는 꿈을. 아무리 황실의 상황이 심상치 않아도 처음에는 망상에 불과했다. 그러나 신도 그가 꿈을 이루길 바라는 건지 그에게는 점차 쓸 만한 장기말들이 생겨났다.

 그중에서도 가장 핵심적이고 강력한 것은 마검 바르데르기오사였다.

 공작위를 계승한 직후, 드라코툼바에 대대로 물려받은 용의 뼈가 있다는 것을 알게 되어 확인하러 갔었다. 그때 거대한 뼈들 사이에 꽂혀 있던 바르데르기오사를 보고 얼마나 놀랐던가. 아마도 선대의 누군가가 마검을 얻고 나서, 창천 기사단에 넘겨주기는 아깝고 그렇다고 쓰는 것도 불가능하여 그곳에 둔 모양이었다.

 디아상트 공작은 마검을 발견하자마자 흥미로운 구상을 떠올렸다.

 황실이 마검을 이용해서 황위 다툼을 벌이면 어떻게 될까? 그 결과 다른 황족들이 다 죽고 최후의 승자가 남았을 때, 그 승자가 마검을 이용해 제국민들을 제물 삼아 황위를 얻은 거라고 밝혀 버리면?

 최후의 승자는 분노한 군중들에게 목이 잘리고, 하르덴 황실은 몰락하고, 음모를 밝혀낸 자는 제국 전체의 영웅이 될 것이다. 영웅이 되면 비어 버린 옥좌에 앉을 수도 있지 않겠는가.

 그 구상이 너무도 매혹적이라, 디아상트 공작은 그것을 실현하지 않고는 견딜 수가 없었다. 그래서 공작은 은밀히 그 구상을 다듬고 구체화했다. 세력을 키우고, 장녀를 황태자비로 보내고, 근위 기사단장과 관계를 쌓고, 황제가 마검을 발견하도록 만들고, 음모를 부추겼다. 모든 것이 순조롭게 실현되어 가고 있었다.

그런데 얼마 전부터 그의 구상이 조금씩 어긋나기 시작했다. 전멸하며 마검의 등장을 알려야 할 로아즈 백작가에서 아무 일도 일어나지 않은 게 어긋남의 시작이었다. 마검은 증발했고, 3황자는 로아즈의 장녀를 스콰이어로 삼았다.

공작은 2황자가 아젠카의 태양 축제에서 그 스콰이어와 접촉한 후 있었던 일에 대해 알고 있었다.

'마검의 마나에 영향을 받지 않는 여자. 혹은, 마검의 주인.'

디아상트 공작은 창천 기사단장의 방문에 대한 보고서를 다시 들춰 보았다.

'마검이 있다는 소문의 진위를 확인하러 왔다라……'

몇 년 전만 해도 틀린 소문은 아니었다. 지금은 헛소문이 되었지만.

'3황자가 드라코톰바에서 마검에 대한 단서를 발견할 확률은…… 높겠군.'

디아상트는 마검과 연루되어서는 안 된다. 그랬다간 모든 계획이 무너져 버린다. 어긋남을 더는 내버려 둘 수 없었다.

'아무래도 3황자부터 치워 버려야겠어.'

3황자가 결절에서 나오기 전에 선수를 쳐야 했다. 디아상트 공작은 다른 계획을 실행하기로 결정했다.

에키와 유리엔은 남아 있는 주방의 문을 뜯어 내었다. 부서진 술 저장고의 문 대신 입구를 임시로 덮기 위해서였다. 해골 와이번들은 용 때문에 불바다가 된 주변 탓인지 근처로 날아오지 않았지만, 언제 또

덮쳐들지 모를 일이었다.

"무리하지 말아요, 율. 왼팔 상태가 좋지 않잖아요."

에키는 그를 밀어내고 혼자서 그 일을 하려 했다. 괜찮다고 말하려 왼팔을 들어 보이던 유리엔이 갑자기 얼어붙더니 안색이 파랗게 질렸다. 그리고 곧 절망적인 사실을 깨달은 것 같은 얼굴이 되었다.

"율? 아파요? 어디가 안 좋아요?"

그 표정을 본 에키가 놀라 다가왔다. 유리엔은 떨리는 손으로 얼굴을 문지르고는 고개를 저었다.

"아니……. 아무것도 아니다."

"아무것도 아닌 얼굴이 아니잖아요. 숨기지 마세요, 아프면 참지도 말고요! 부상이 더 있었나요?"

"아픈 것도 아니고, 부상이 더 있지도 않다. 신경 쓰지 마라."

"어떻게 신경을 안 써요!"

엉망으로 다친 것도 속상한데, 그가 더 큰 부상을 입고도 숨기려 하나 싶어 화가 났다. 에키는 너덜너덜해진 그의 제복 옷깃을 붙잡았다. 벗겨서라도 확인하려는 기세에 그가 놀라며 그녀의 손을 잡았다.

"정말로 그런 게 아니다. 더 다친 곳은 없다."

"그럼 왜 그렇게 놀란 거예요?"

"그……."

유리엔이 머뭇거리더니 왼 손목을 감싸 쥐었다. 그러곤 힘없이 대답했다.

"그대가 준 선물이…… 미안하다."

에키는 뒤늦게 그가 뭘 말하고 있는지 알아차렸다. 왼팔 전체가 화상을 입을 정도였으니 당연히 왼팔의 소매도, 그 소매에 달려 있던 그녀가 준 커프스 버튼도 사라져 버렸다. 아마 소매가 타면서 떨어져 용의 입안에서 녹아 버렸을 것이다. 에키는 황당해져서 눈을 깜박이다가 헛웃음을 흘리고 말았다.

'왼팔이 저 꼴이 되었는데 커프스 버튼 따위가 뭐가 중요하다고. 정말이지……'

"그런 걸로 사과하지 마세요."

"하지만……"

"사과하려면 다친 걸 사과하세요. 그게 더 속상하니까."

에키는 딱 잘라 말하고는 문 쪽으로 향했다. 그러더니 퍼뜩 놀라 다시 유리엔을 돌아보았다.

"그렇다고 진짜 사과하라는 건 아니고요."

"……"

유리엔이 찔끔한 낯으로 시선을 피했다. 제지하지 않았으면 정말로 다쳐서 미안하다고 사과했을지도 모르겠다. 에키는 옅게 한숨을 쉬고 문의 경첩을 아메시스트로 내리쳤다.

유리엔은 우울하게 왼쪽 손목을 바라보다가 오른쪽 손목에 아직 남아 있는 커프스 버튼을 확인했다. 그는 그것을 떼어 내어 안전하게 품에 넣으려다가, 그게 그녀가 직접 달아 준 것이었다는 사실을 떠올리고 멈췄다. 결국 그는 그것을 떼어 내지도 못하고 그대로 두었다.

'돌아가면 장식장을 주문해서 소매째로 보관해 둬야겠군.'

유리엔은 에키가 알면 기겁할 생각을 하며 그녀와 함께 문을 떼어 냈다. 와이번들이 들을 만큼 큰 소리가 나지 않도록 주의하느라 약간 시간이 걸렸다. 그들은 저장고의 부서진 문을 치운 뒤, 뜯어낸 문으로 위를 덮고 안으로 들어갔다.

에키는 가방에서 담요를 꺼내 저장고 구석에서 기절하다시피 잠든 션과 아기의 잠자리를 마련해 주었다. 별다른 도구도 없이 유리엔이 해 놓은 응급처치가 생각보다 깔끔해서, 치료를 위해 깨울 필요는 없을 듯했다.

담요에 이어 그녀가 간단한 먹거리와 식수가 든 병을 꺼내 늘어놓자 유리엔이 감탄했다.

"그런 것들을 다 챙겨 온 건가?"

"결절이 생길지도 모른다고 예상했었거든요. 식량은 꼭 챙겨야겠더라고요."

예전에 결절에 갇혀 썩은 마물의 고기와 피를 먹던 그녀가 떠올라 그의 표정이 가라앉았다. 에키는 그런 그의 반응을 알아채지 못하고 가방을 뒤적이며 고민하고 있었다.

유리엔이나 션이나 부상자니 말라비틀어진 육포보다는 따뜻한 음식이 나을 거고, 아기는 미음을 먹여야 한다. 어느 쪽이든 불이 필요했다. 지하 술 저장고에서 불을 피울 순 없지만 위가 주방이라 거기서 얼마든지 조리를 할 수 있었다. 문제는 연기나 냄새로 인해 몰려올 해골 와이번들이었다.

'용이 언제 튀어나올지도 모르고, 얼마나 버텨야 할지도 몰라. 일단 쉴 수 있을 때 쉬어 두고 제대로 된 식사를 해야 해. 좀 쉰 뒤에는 연구실에 숨겨 둔 사람들도 데려와야겠지.'

이 정도까지 몸을 혹사한 건 회귀 이후 처음이었다. 전에 비해 많이 단련하긴 했지만, 그래봤자 겨우 4개월 단련한 귀족 영애의 몸이다. 나중에 몸살이 나는 건 피할 수 없겠으나, 근육까지 다치지 않으려면 좀 쉬어 주어야 했다.

"그런데 그대는 결절을 어떻게 예상한 거지?"

유리엔이 그녀가 꺼내 놓은 육포와 소금, 햄, 치즈, 건빵, 물 등을 챙겨 들며 물었다. 에키는 어떻게 설명해야 할지 고민하다 역으로 물었다.

"그전에 율…… 제가 시간을 되돌린 건 어떻게 알았어요? 정황상 추측이야 할 수 있다 쳐도, 되돌린 과정은 어떻게 아는 거예요? 처음부터 전부 알고 있었던 건가요?"

식재료를 챙겨 든 그가 멈칫했다. 가만히 듣고 있던 랑기오사가 그에게 말했다.

[마검의 주인에게라면 정안까지 밝혀도 된다. 믿을 수 있는 사람이고, 정안을 알리지 않고는 설명하기 어려운 것도 많을 테니.]

이런 날이 오리라는 것을 짐작하고 있었기에 성검은 담담하게 말할 수 있었다. 유리엔은 바깥으로 향하며 입을 열었다.

"긴 이야기가 될 것 같다. 괜찮은가?"

"어차피 서로 해야 할 이야기가 많은걸요. 잠깐, 지금 어디 가요? 다리도 다친 사람이!"

"이 정도는 아무렇지도 않다. 제대로 된 식사를 하는 편이 나을 것 같아서."

유리엔이 문을 밀고 나가자 에키가 뒤따라 왔다. 그는 박살이 난 주방을 뒤적거렸다. 에키는 그를 도우며 혹시나 마물이 다가오면 바로 알아챌 수 있도록 감각을 넓게 펼쳐 놓았다.

"연기가 나면 마물이 몰려올 텐데요."

"연기가 나지 않게 요리할 방법 정도는 안다."

야숙을 하면서 마물이나 짐승, 때론 사람에게 들키지 않도록 요리하는 요령 정도는 스콰이어 시절에 익혔었다. 그는 용케 찌그러지지 않은 냄비 두어 개, 숯과 화로, 귀뚱이가 눌린 종이 상자, 으스러지거나 망가지지 않고 살아남은 식재료 등을 찾아내며 랑기오사의 특성과 정안(正眼)에 대해 에키에게 설명해 주었다.

[와, 뭐야, 저거 사기 아냐? 치사하다! 누군 주인이 각성시키지 않으면 일어나지도 못하는데! 성검 주제에 치사해!]

바르데르기오사가 투덜거렸다. 에키는 예상도 하지 못했던 성검의 능력에 충격을 받고 걸음을 멈췄다.

"그, 그럼 절 처음 봤을 때부터 그냥 알아본 거예요? 그 정안으로?"

"그렇다."

그녀의 얼굴이 새빨개졌다. 그동안 알아보지 못하게 하겠다고 꾸미고 다니는 자신을 보면서 대체 무슨 생각을 했을까. 그녀는 참지 못하고 묻고 말았다.

"……저기, 율. 제가 음, 기사답지 않게 입고 다니는 걸 보고 뭐라고 생각했어요?"

"에키, 기사다운 것과 옷차림은 관계가 없는 일이다."

"아, 으, 그런 게 아니라……. 솔직히 말해 주세요. 아젠카에서 절 처음 봤을 때 무슨 생각을 하셨나요?"

"아젠카에서 처음 봤을 때라면……."

부서진 벽에 걸터앉아 화로에 숯을 넣고 커다란 냄비를 뒤집어서 뚜껑처럼 덮어 놓던 그가 말끝을 흐렸다.

선발 시험 때는 눈이 부셨고, 분수대에서 만났을 때는 눈을 떼기가 어려웠다. 그러면서 그녀가 여자라는 것을 제대로 인식했고, 그리고, 난생처음 타인에 대한 욕구를 느껴 보았다. 금세 그의 얼굴이 그녀만큼이나 새빨개졌다.
"……왜 빨개지는 거예요?"
"아무것도 아니다."
"대체 무슨 생각을 했어요? 괜찮으니까 솔직하게 알려 주세요."
그녀가 재차 독촉하자 유리엔이 겨우 입을 열었다.
"……서……."
"네?"
"……그대가, 너무 예뻐서. 눈을 떼기가 어렵다고 생각했었다."
"…….'

[야, 너도 전에 쟤 보고 예쁘다고 하지 않았어? 너네 되게, 어, 좀……]

다른 방향으로 부끄러운 대답이었다. 마검이 황당한 듯 중얼거렸고 에키는 멍하니 입을 벌렸다. 유리엔은 제가 말해 놓고도 수줍은지 눈을 돌리고 허둥지둥 손을 놀렸다.

[너, 실은 마검의 주인이 뭘 하든 무조건 예뻐 보이는 것 아니냐?]

성검이 헛웃음을 섞어 물었다. 유리엔은 그 물음을 못 들은 척하며 뚜껑을 덮은 화로 위에 다시 냄비를 올린 다음, 물을 붓고 뚜껑의 열기로 데우며 재료를 손질하기 시작했다.

에키는 머리가 복잡해졌다.

'사실 안 들키고 싶어서 꾸미고 다닌 거라고 말하면 엄청 부끄러워지겠지?'

보자마자 알았다고 하니 도저히 그 이유를 말할 수가 없었다. 그렇다고 이제 와서 갑자기 옷차림을 바꾸면 그것도 이상했다. 이미 그녀는 아젠카 내에서 드레스 차림의 사관생도로 유명한 판이었다.

'어차피 이젠 다들 성격이려니 하고 있고, 그사이 익숙해지기도 했

고, 유리엔도 예, 예쁘다고 하고, 나도 꾸미는 건 즐거우니까…….'

 안 들키려고 치장했던 건 없었던 일로 하자. 아예 잊어버리는 거야. 난 그냥 드레스 쪽이 더 좋아서 입고 다니는 거라고. 원래부터 그걸 더 좋아하는 건 맞잖아.

 에키네시아는 더 뻔뻔해지기로 결심했다. 그녀는 달아오른 뺨으로 헛기침을 하며 목소리를 가다듬고는 다른 것을 물었다.

 "그럼 율, 제가 기오사를 모은 걸 알게 된 것도 그 정안 덕분인가요?"

 "아니. 그건 랑기오사의 기억을 공유받은 덕분이다."

 "네? 랑기오사의 기억이라뇨?"

 유리엔은 냄비 위에 상자를 덮어 혹시라도 연기가 빠져나가는 것을 막은 후, 미음을 끓이며 천천히 모든 것을 이야기했다. 그가 어떻게 마검의 악마 속에서 그녀의 혼을 보았고, 어떻게 마검의 음모를 알게 되었으며, 랑기오사를 통해 무엇을 보았는지를. 그가 어떻게 그녀를 사랑하게 되었는지를.

 긴 이야기였다. 아기를 위한 미음이 끓었다가 식고, 그들과 션이 먹을 수프가 다 끓을 정도로. 완성된 요리들을 가지고 저장고로 내려가 식사를 마친 후에야 그의 이야기가 끝났다.

 에키는 그가 끓인 수프를 먹으며 조용히 모든 것을 들었다. 수프는 예상한 대로 맛있었으나, 그의 이야기는 예상하지 못했던 것이었고, 예상하지 못했던 깊이를 품고 있었다.

 마지막으로 그는 자신이 지금 마검의 음모와 관련하여 진행하고 있는 계획을 설명했다. 그녀가 멍하니 입을 열었다.

 "율, 저는 복수를 포기하려 했었어요."

 션 몫의 요리를 챙겨 놓던 유리엔이 그녀를 바라보았다.

"어째서?"

"당신의 가족이니까요. 당신과 함께하려면 그래야 한다고 생각했어요."

일순 그녀의 말을 알아듣지 못했던 유리엔은 뒤늦게 그녀의 말이 의미하는 바를 알아차렸다. 그녀가 자신이 겪은 15년에 대한 복수보다도 그와 함께하는 미래를 선택했다는 뜻이다. 심장 안쪽이 달구어지는 듯했다.

[적어도 감정적인 문제로 엇나갈 일은 없겠구나, 주인. 네가 그토록 사랑하는 여자가 너를 이리 깊이 사랑해 주고 있으니.]

성검이 약간 마음을 놓은 듯한 어조로 중얼거렸다. 유리엔은 흐트러지려는 호흡을 간신히 고르고 그녀를 향해 말했다.

"에키, 그들은 내게 가족이 아니다. 나 때문에 그들을 용서해 줄 필요는 없다."

"그래도……."

"그대가 복수하겠다면 도울 것이고, 그대가 혹 복수하지 않겠다 해도 내가 그들을 벌할 것이다. 그대가 용서할지라도 나는 그들을 용서할 수 없다."

에키는 유리엔이 언뜻 드러낸 냉혹한 표정에 약간 놀랐다. 마검의 악마로서 그를 마주했을 때조차 본 적 없던 표정이었다. 내리깐 눈, 굳은 턱, 살기 어린 분노를 차갑게 품은 얼굴.

'저런 표정도 지을 줄 아는 사람이었구나.'

그가 분노하고 복수를 말하자 신기하게도 그녀 안에 도사리고 있던 분노가 유해졌다. 유리엔이 그녀를 대신해 화를 내어 주는 것만으로도 모든 게 괜찮아지는 기분이었다. 그녀는 살짝 웃었다.

"당신을 보니 정말로…… 전, 복수하지 않아도 괜찮을 것 같아요."

흘러넘치려는 분노를 갈무리하던 유리엔이 당황해서 그녀를 바라보았다. 에키는 곧 웃음을 거두고 나직이 말했다.

"하지만 그들을 내버려 둘 순 없어요. 저지른 짓에 대한 처벌은 받게 해야죠. 율, 당신의 계획대로면 그들은 어떤 벌을 받게 되나요?"

"폐위는 당연하나 그 뒤의 처벌이 문제다. 실제로는 아무 일도 일어나지 않고 미수에 그친 터라, 극형에 처하긴 어렵다. 과거와 달리 사망자가 나오지 않았으니까."

유리엔은 냉정한 현실을 말했다. 마검의 학살을 체감하지 못했기 때문에, 그리고 상대가 몇백 년을 이어 온 제국의 황제이기에, 폐위까진 쉬워도 극단적인 처벌은 힘들었다. 이 명분을 내걸고 황제를 치는 게 황태자라는 것도 문제였다.

실질적으로 피해를 본 사람이 없는 상태라 사형에 처할 경우 반발이 나올 수밖에 없었다. '아무리 그래도 아들이 아비를 죽이다니'라는 손가락질 같은. 그래서 황태자는 신분 박탈과 유폐 정도의 처분을 구상하고 있었다.

에키는 턱을 괸 채 생각했다. 그녀 역시 이번 삶에서는 아무도 마검 때문에 죽지 않았을 거라 판단했었다. 그래서 유리엔을 봐서라도 넘어가 주려 했다.

그러나…….

그녀는 연구실에 있을, 이미 살아 있다고 하기 어려운 네 명의 사람을 떠올렸다. 얼마나 많은 이들이 희생되었을까. 황제는 디아상트 공작이 이런 실험을 하고 있는 것을 알고 있었을까. 그녀의 눈이 깊게 가라앉았다.

"미수가 아니라면요?"

"……?"

유리엔이 의아한 얼굴로 그녀를 응시했다. 에키는 무표정하게 말을 이었다.

"이곳으로 오는 열차 안에서 2황자 전하와 디아상트 공작의 관계에 대한 이야기를 했었죠. 제가 어떻게 그것을 확신했는지 알려 드릴게요."

그녀는 디아상트 공작가가 숙청되었던 미래와, 그녀가 2황자와 디아상트 공작 간의 관계를 의심하게 된 계기를 설명해 주었다. 그리고 연구실에서 그녀가 본 것과, 마법 가방 안에 넣어 둔 노트와 마석 케이스에 대해서도. 그들은 아직도 서로에게 말해야 할 것들이 많았다.

그녀의 말을 듣는 유리엔의 움켜쥔 주먹에 힘이 들어가 핏줄이 섰다. 그러다가 어느 지점에 이르러 그의 낯이 창백해졌다. 그가 그녀의 말을 끊었다.

"잠깐, 에키. 그들에게 있던 살의를 그대가 흡수했다고?"

"……그러고 보니, 율."

에키가 고개를 기울이더니 갑자기 자리에서 일어났다. 그들은 션이 잠든 곳에서 좀 떨어진 곳에 쌓여 있는 커다란 나무 술통에 나란히 기대앉아 이야기를 하던 중이었다. 그녀가 유리엔의 바로 앞으로 오더니 그에게 바짝 다가앉았다. 그러곤 그의 목덜미로 손을 뻗었다.

"이제 이 붕대 아래에 뭐가 있는지 보여 줄 수 있죠?"

유리엔이 움찔 놀라며 상체를 뒤로 물렸다. 뒤에 있는 나무 술통 탓에 그가 물러날 수 있는 공간은 얼마 되지 않았다. 에키는 그의 목깃에 손끝을 댄 채 속삭였다.

"제가 기절했을 때 무슨 일이 있었는지 알려 주세요. 그 상처와 관계가 있는 거죠?"

"이건, 그저 부상일 뿐이다."

3주쯤 되었는데도 아직 희미하게 멍이 남아 있었다. 유리엔은 그녀에게 그것을 보이고 싶지 않았다. 살의에 휘둘려 자신을 죽이려 한 자국은 분명히 그녀를 슬프게 만들 테니까. 하지만 에키는 확고했다.

"그저 부상이라면 왜 이토록 숨기나요? 역시 제가 당신을 다치게 만들었나요?"

유리엔은 대답하지 못했다. 에키는 입술을 지그시 깨물더니 그의 목깃 단추를 풀기 시작했다. 그가 놀라 그녀의 손을 움켜쥐었으나 그녀는 멈추지 않았다. 목을 감고 있는 붕대가 드러나자 유리엔은 포기하고 그녀의 손을 놓아주었다. 에키는 매듭을 풀고 붕대를 벗겨 냈다.

하얀 피부에 흐려져 가는 멍이 남아 있었다. 거의 희미해졌지만 누가 봐도 목을 졸렸던 자국이었다. 에키의 손에서 풀린 붕대가 스르륵 미끄러졌다.

"이건……."

그녀는 떨리는 손으로 멍 자국을 더듬었다. 그녀의 것일 게 틀림없는 손자국이었다. 회복이 빠른 마스터임에도 이렇게 자국이 남아 있다는 건 거의 목이 부러질 뻔했다는 소리였다.

"이러고도 아무 일도 없었던 척, 모르는 척했단 말이에요? 당신은 정말이지……!"

왈칵 화를 내던 에키가 말끝을 흐렸다. 그가 부득불 이것을 보이지 않으려 한 이유를 말하지 않아도 알 수 있어서. 그녀는 힘이 빠진 머리를 툭 하고 그의 어깨에 기댔다. 유리엔은 찰나 숨을 멈췄다가, 팔을 들어 그녀의 머리를 가만히 쓰다듬었다.

"그대의 의지가 아니었음을 잘 안다. 신경 쓰지 마라."

"아뇨, 신경 쓸 거예요."

약간 젖은 목소리로 반박한 에키가 그에게 기댄 채 호흡을 골랐다. 머리를 쓰다듬어 주는 손길과 닿은 곳에서 느껴지는 그의 심장박동이 위로처럼 다정했다. 그녀가 속삭이듯 물었다.

"완전히 물들었던 거죠, 저는?"

"……그래."

"어떻게 제압했어요? 쉽지 않았을 텐데."

유리엔은 잠시 망설이더니 곧 그때 있었던 일을 사실대로 털어놓았다. 그의 가슴팍에 거의 기댄 채 이야기를 듣던 에키는 그가 했던 도박에 기겁해 상체를 세웠다.

"그런 무모한 짓을 했단 말이에요? 미쳤어요? 차라리 그냥 봉인구를 채우지 그랬어요!"

"마나 없이 독을 버티는 건 불가능할 테니, 그럴 순 없었다."

"그렇다고 그런 말도 안 되는 짓을……!"

"성공했지 않나. 후회하지 않는다. 오히려, 이제 혹여 그대가 흔들리더라도 도울 수 있으니 다행인 일 아닌가."

유리엔이 웃었다. 그 웃는 얼굴이 정말로 기뻐 보여서 에키는 말문이 막혔다. 보고 있자니 맥이 풀리며 뭉클해졌다.

[아, 저래서 살의는 줄었는데 상쾌하지 않고 찜찜했던 거구나. 주인아, 쟤보고 앞으론 그거 하지 말라고 해. 기분이 별로였단 말이야!]

"좀 닥쳐, 발."

철없는 마검의 말 때문에 몽글몽글 풀리던 기분이 흐트러졌다. 에키가 짜증스럽게 쏘아붙이자 유리엔이 눈을 깜박이더니 물었다.

"마검이 무어라 했나?"

"……네."

유리엔 앞인 걸 알면서도 긴장이 풀려서 막말을 해 버렸다. 그게 부끄러워서 그녀는 살짝 시선을 피했다. 가만있던 성검이 그 광경을 보고 유리엔에게 말을 걸었다.

[반응을 보아하니 마검의 성격이 어느 정도 짐작되는군. 주인, 바르데르와 대화를 할 수 있게 해 주겠나?]

"대화라니, 왜?"

[바르데르기오사가 깨어난 건 이번이 겨우 두 번째라, 한 번도 이야기를 나눠 본 적이 없어서 말이지. 어떤 성격인지 좀 알아 두고 싶다.]

유리엔의 중얼거림에 에키가 의아한 듯 그를 보았다. 유리엔이 그녀에게 말했다.

"성검이 마검과 대화해 보고 싶다고 청하는데, 괜찮겠나?"

[어, 나 할래! 할래! 얘기해 보고 싶어!]

마검이 신이 나서 끼어들었다. 에키는 저도 모르게 인상을 찡그렸다. 이 촐싹거리고 아무 생각 없는 녀석을 성검과 만나게 해 줘도 되는 걸까.

[빨리! 빨리이! 물어보고 싶은 게 있단 말이야! 주인아, 뭐 해?]

바르데르기오사의 징징거림에 결국 그녀는 손에서 마검을 꺼냈다.

"성검에게, 음, 미리 미안하다고 전해 주세요."

"어째서? 그대가 미안할 이유가 있나?"

"바르데르기오사가 좀, 아니, 많이 철이 없어서요."

[내가 뭘! 나 똑똑하고 착하고 눈치도 빨라! 너랑 쟤랑 요상한 분위기면

열심히 입 다물고 참, 아! 아! 아파! 왜 때려!]

에키는 억울하다고 항변하는 마검을 한 대 쥐어박은 후 한쪽에 내려놓았다. 유리엔도 성검을 꺼내서 그녀의 마검과 칼날이 닿도록 놓았다.

[직접 대화하는 건 처음이군, 바르데르기오—]

[있잖아, 어떻게 하면 너처럼 계속 깨어 있을 수 있어?]

랑기오사가 차분하게 하는 인사를 끊어 먹으며 바르데르기오사가 캐물었다. 에키네시아의 반응을 보고 어느 정도 짐작했던 일이라 성검은 당황하지 않고 대답했다.

[랑기오사의 특징이자 능력이다. 너는 불가능해.]

[그런 게 어딨어, 같은 기오사인데! 진짜 치사하다. 나도 깨어 있고 싶단 말이야!]

[치사하지 않다. 이건 공정한 기능이야. 주인이 악행을 저지르면 나를 쥘 수 없게 되는데, 악행의 기준을 알려 주기 위해—]

[넌 그럼 안 자? 잠 안 와?]

[자려 하면 잘 수는 있다. 굳이 그럴 필요성을 못 느낄 뿐이지. 피로하지 않은데 잠을 잘 필요는—]

[잔다고? 그럼 어떻게 일어나는데? 난 주인이 없는 상태에선 일어날 수가 없는데.]

[너나 다른 기오사들은 주인의 혼에 자아를 의존하지만, 내 자아는 주인과 별개로 본체에 깃들어 있다. 처음부터 구조가 달—]

[넌 네 마음대로 깰 수 있단 거네? 어떻게? 일어나야지 하는 생각이 들어? 난 잠들어 있을 땐 아무 생각도 못 하겠던데.]

[너는 안 되는 게 정상이다. 내 경우엔 만들어질 때부터 제작자가 의도하

고 구조를—]

[요령 좀 알려 줘. 나도 깨어 있고 싶어! 너만 알고 있다니 치사해!]

칭얼거리는 어투로 마검이 졸라 댔다. 하는 말마다 끊긴 성검은 몇 마디 나누지도 않고 피로감을 느꼈다.

[나만 알고 있는 게 아니라, 원래 그런 거라고 하지 않았나.]

[알아, 네 자아는 본체에 깃들어 있다며? 그러니까 어떻게 깃들어 있는지 알려 달란 거라고.]

[알면서 뭘 더 묻는 거냐?]

[너 은근 답답하다. 바보야?]

마검이 한심하다는 듯 말하자 성검은 순간적으로 울컥할 뻔했다. 랑기오사는 바르데르기오사의 정신연령을 생각하며 참았다. 마검이 종알종알 말을 이었다.

[너 말고 다른 기오사들은 주인의 혼으로부터 조건에 맞는 자극을 받아야 각성할 수 있고, 주인의 혼이랑 연결된 건 주인에게 새겨진 문양이잖아. 그래서 연결이 끊기면 잠들어 버리는 거고.]

[당연한 얘길 하는군.]

[야, 너도 주인의 손에 문양이 새겨지잖아. 그럼 너도 문양을 통해서 주인이랑 연결된다는 건데, 연결된 상태이면서도 주인의 혼에 영향받지 않는 비결이 뭐야?]

[아까부터 말했잖나, 내 자아는 주인과의 연결에 의지하는 게 아니라 내 본체인 검 자체로 유지된다. 연결과 별개로 말이다.]

[정확히 어디에? 네 본체를 감싸고 도는 그 황금빛 문양? 뭐가 네 자아를 유지하는 거야?]

[그렇게 구체적으로 생각해 본 적은 없다만. 아마 그 문양이 맞을 거다.]

[그럼 봐, 내 본체에도 칼날에 문양이 있어. 대장장이가 심심해서 새긴 문양은 아닐 거 아냐. 다른 기오사들은 이런 문양 없잖아!]

[……!]

[나도 너처럼 내 의식을 주인과 연결된 문양이 아니라 내 칼날의 문양을 통해 유지하면, 주인이 정신을 잃어도 자아를 유지할 수 있어?]

성검은 의외로 날카로운 질문에 상당히 놀랐다. 제작자부터 다른 신검 둘을 제외하면, 확실히 다른 기오사의 본체에는 자신이나 마검 같은 문양이 없었다. 바르데르기오사가 아이 같은 말투에 막무가내로 굴어도 역시 기오사인 만큼 마냥 어린아이인 건 아니었다. 잠시 침묵하던 성검이 조용히 물었다.

[바르데르. 왜 그렇게 그것에 집착하는 거지?]

[나도 너처럼 주인과 별개로 깨어 있을 수 있으면, 주인이 정신을 잃어도 내가 조절할 수 있잖아.]

[……살의 말이냐?]

[어. 날뛰고 나면 나야 좋지만…… 쟤가 엄청 화낸단 말이야. 난 주인이 화내는 게 싫어. 너도 봤다며? 쟤 자해했을 때 진짜 놀랐다고. 그땐 장난 아니어서 한동안 말도 못 붙였어.]

그렇게 말하는 마검의 목소리는 풀이 죽어 있었다.

[인간 좀 죽인다고 큰일 나는 것도 아닌데, 주인은 아닌가 봐. 찝찝하면 나쁜 놈만 골라서 미리 조금씩 죽이면 될 텐데 그것도 싫어해. 죽일 만한 상황일 때 죽이자고 하면 화내기만 하고.]

[악인을 처벌하는 건 나로서도 거부하지 않는 일이다만.]

[정말 아니다 싶으면 죽이긴 해. 그래도 그 정도로는 어림도 없어. 살의가 계속 늘기만 할걸.]

[아마 그녀는 조종당했을 때의 기억 때문에 되도록 살인을 피하려는 걸 거다.]

[그러니까 가르쳐 줘. 어떻게 하면 너처럼 자아를 유지할 수 있어?]

[자아를 유지해서, 주인이 폭주하는 걸 막고 싶다는 뜻이냐?]

[잘될지는 몰라도 같이 정신을 잃는 것보단 낫잖아. 어, 그리고 혹시 그게 가능해지면, 주인이…… 날 안 버릴지도 모르고. 쟤, 날 버리려고 준비하고 있거든.]

[……]

[버려지기 싫어. 난 쟤가 맘에 든다고. 쟤랑 헤어지면 또 언제 깨어날 수 있을지도 모르는데. 나도 다른 기오사처럼 주인을 상징하는 검이 되고 싶단 말이야!]

성검은 예상치 못한 이야기에 침묵했다. 마검이 이런 생각을 하고 있을 줄은 짐작도 하지 못했다. 타고난 기능을 바꾸고 싶어 하다니. 기오사를 만든 대장장이는 그들에게 자아를 부여하며 이런 미래를 예상했을까.

[빨리 알려 줘, 응? 어떻게 본체의 문양으로 자아를 유지하는 건데?]

[……한 번도 그 점을 깊게 생각해 본 적이 없어서 자신이 없다. 내겐 너무나 당연한 일이니.]

[일단 다 말해 줘, 어떤 느낌인지. 따라 하다 보면 뭔가 될지도 모르잖아!]

[네 본체의 문양이 나와 같은 기능을 하는 건지, 그저 장식일 뿐인지는 모른다. 그러니 너무 기대는…….]

[알 게 뭐야, 그런 건 해 보고 안 되면 생각할래. 얼른 가르쳐 주기나 해. 안 가르쳐 주면 너 성검 아냐! 나쁜 검이라고 소문낼 거야!]

마검이 막무가내로 떼를 썼다. 그러나 성검은 조금 전과 달리 화가 나지 않았다. 랑기오사는 웃음기가 어린 목소리로 부드럽게 대꾸했다.
 [알았다, 보채지 마라. 차근차근 짚어 가며 다 말해 줄 테니.]

 검을 떨어뜨려 놓은 에키네시아와 유리엔은 기오사들이 무슨 대화를 하는지 몰랐다. 말을 걸어 오면 들을 수 있지만, 기오사들은 각자의 주인에게 따로 말을 걸진 않았다.
 그동안 에키는 유리엔에게 연회 때 그녀와 2황자 사이에서 있었던 일을 포함한, 그가 모르는 것들에 대해 전부 털어놓았다. 서로의 과거 이야기를 하는 것만으로도 오랜 시간이 걸렸다. 그녀는 미래 이야기를 꺼내기도 전에 피로를 느꼈다.
 혹사한 몸이 휴식을 요구하는 탓도 있었고, 기대어 있는 그의 품이 지나치게 따뜻하고 편안한 탓도 있었다. 그의 앞에서 항상 유지되던 긴장이 풀려서일지도 모르겠다. 눈이 자꾸만 감겼다. 유리엔이 그런 그녀에게 속삭였다.
 "에키, 좀 쉬는 게 좋겠다."
 "경계를……."
 "내가 깨어 있잖나."
 "당신이 더 피곤할 텐데요."
 "그다지. 그대가 일어난 후에 자면 된다. 먼저 자라."
 그리 말하며 그녀의 머리를 쓰다듬는 손길이 나른했다. 에키는 애써 눈꺼풀을 들어 올리다가 유리엔이 그녀를 안아 올리는 바람에 화들짝 놀랐다.
 "잠깐만, 율, 부상자가! 팔 안 아파요?"
 "그대는 가끔 잊어버리는 것 같은데."

그는 아까 에키가 담요를 펼쳐 놓았던 곳으로 가서 그녀를 내려놓으며 말을 이었다.

"나는 마스터이고, 그대만큼은 아니라도 숱한 부상을 경험해 보았다. 이 정도 부상에 휘둘리지는 않는다."

"……."

"그러니 나를 믿고 쉬어라."

유리엔이 그녀의 바로 옆 술병이 진열된 선반에 기대앉았다. 에키는 멍하니 그를 바라보다가 천천히 자리에 누웠다.

그가 손을 뻗어 누운 그녀의 이마 위로 흐트러진 머리카락을 쓸어 넘겼다. 눈이 마주치자 눈매가 접히며 예쁜 웃음을 돌려 준다. 에키는 저도 모르게 그를 따라 설핏 웃고는, 금세 잠들었다. 이마에 보드랍고 말캉한 감촉이 닿았다가 멀어지는 게 흐릿하게 느껴졌다.

유리엔은 잠든 에키네시아를 내려다보다가 고개를 들고 제 오른손을 보았다.

그녀가 용과 싸울 때 그는 아무것도 하지 못했다. 이토록 스스로가 나약하게 느껴진 건 처음이었다. 그는 검을 익히면서 벽을 느껴 본 적이 없었다. 적수가 될 만한 사람도 없었다. 막연한 향상심과 성실함은 가지고 있었으나 절박함을 느껴 보지는 못했다. 에키네시아가 마검을 이겨 내기 위해 지독하리만치 절박하게 자신을 갈고닦은 것과 달리.

좀 더 강해지고 싶다. 그녀가 의지할 수 있는 사람이 되고 싶다. 그는 생애 최초로 느낀 절박함을 품고 눈을 감았다. 머릿속에서 가상의 용을 향해 검을 겨누어 본다. 그의 몸을 타고 마나가 휘돌기 시작했다.

에키네시아는 정확히 세 시간 만에 눈을 떴다. 옷차림이 불편했는데도 놀라울 정도로 편안하게 잠들었다. 짧지만 깊은 잠이었다. 몸을 일으키자 션과 마주 앉아 있던 유리엔이 바로 알아차리고 그녀를 바라보았다.

"좀 더 자지 않고."

"이 정도면 충분해요."

그는 더 이상 무어라 하지 않고 식사를 챙겨 주었다. 션이 품에 안고 있는 딸아이에게 미음을 먹이며 꾸벅 인사를 했다.

"아까는 정말로 감사했습니다."

그녀가 잠든 동안 유리엔에게 대략적인 설명을 듣고 침묵을 부탁받은 션은 직접 목격한 마검에 대해서 아무 말도 하지 않았다. 그는 그녀가 아니었다면 용에게 딸과 함께 죽었을 상황에서 마검이라며 난동을 피울 만큼 못난 인간이 아니었다.

"아뇨, 당연한 일인걸요."

에키는 머쓱하게 시선을 피하며 대꾸하고는 빠르게 식사를 했다. 식욕은 없었으나 체력 소모가 심해서 배를 채워 줘야 했다. 유리엔이 만든 요리가 입맛에 정말 잘 맞았기에 어려운 일은 아니었다.

그녀는 식사를 마치자마자 바로 바깥의 동태를 살폈다. 하늘인지 뭔지 모를 위에 있는 것은 여전히 푸른빛이었다.

"습격이 있거나 하진 않았나요?"

"전혀. 신기할 정도로 조용하다."

"그럼 율, 좀 쉬어요. 무리했잖아요."

유리엔은 사양하지 않았다. 피로한 상태로 버텨 봤자 짐이 될 뿐이니까.

 에키는 그가 잠드는 것을 지켜보고 나서 우선 옷을 갈아입었다. 용의 피가 말라붙었고 산성액에 군데군데가 녹았으며 밑단을 잘라 낸 드레스는 누더기가 따로 없었다. 그녀는 망설임 없이 그것을 버렸다.

 회귀 이후 사치를 누렸더니 목욕을 할 수 없는 게 좀 아쉬웠다. 대강 몸만 닦고 연하늘색 원피스를 꺼내 입었다. 여기서 싸우려면 몸이 가벼운 편이 좋았다. 가죽 바지와 가죽 재킷보다는 무릎에 안 닿는 짧은 원피스가 가볍고 편했다.

 '그리고 이쪽이 더 취향이니까.'

 에키에게는 중요한 선택 기준이었다.

 장신구를 모두 풀어 놓고, 화장을 지웠다. 유리엔 앞에서 이제 '아가씨'인 모습을 고집할 필요는 없었다. 그래도 입술 정도는 다시 발랐다. 바른 쪽이 예쁘니까.

 성가시지 않도록 리본으로 머리를 높게 올려 묶었다. 신발은 신지 않았다. 용의 비늘을 타고 올라야 하는 이런 상황에서는 맨발인 편이 더 잘 움직일 수 있었다.

 옷을 갈아입은 에키는 응급처치만 되어 있던 션을 치료해 주며 잡담을 했다. 그는 로잘린에게 들었던 대로의 사람이었다. 그리고 아기 릴리는 몹시 귀여웠다. 에키가 바라보자 방긋 웃기까지 했다.

 "어제는 너무 놀라서 계속 울었지만, 원래는 순하고 낯도 별로 가리지 않는 아이입니다."

 릴리가 운 탓에 위험해진 것을 기억하는 션이 죄스러운 얼굴로 말했다. 에키는 괜찮다며 그를 안심시켰다.

 '둘 다 무사해서 정말 다행이야.'

솔직히 살의에 물든 사람들을 연구실에서 발견했을 때 션이나 아기도 멀쩡하지 못할 거라 각오했었다. 공작이 베푼 한 조각의 자비였는지, 아니면 그저 아직 실험할 차례가 아니었을 뿐인지는 몰라도, 어쨌든 그들은 물들지 않았다. 운이 좋았다.

치료가 끝난 션이 릴리를 재우기 시작하자 에키는 내내 붙어 있었던 성검과 마검에게 다가갔다. 마검을 집어 드니 바르데르기오사가 빽 소리를 질렀다.

[으악! 야! 야! 말 끊겼잖아! 도로 내려놔!]

"뭐?"

[주웅요한 이야기 중이었단 말이야!]

"성검을 괴롭히고 있는 게 아니고?"

[무슨 소리야, 내가 왜 쟬 괴롭혀? 나처럼 착한 검이 어디 있다고!]

에키는 의심스럽게 투명한 칼날을 내려다보았다. 이어 바닥에 있는 성검을 바라보았다. 주인처럼 하얗고 예쁜 검. 마검을 상대하느라 고생했을 거란 확신만 들었다. 무심코 그것을 집어 들려던 그녀는 손잡이 바로 앞에서 손을 멈췄다.

쥘 수 있을까.

과거, 거대한 학살을 저질렀던 그녀는 성검을 만질 수조차 없었다. 오너가 되는 건 기대도 하지 않았으나 건드릴 수도 없을 줄은 몰랐었다. 악행을 저지른 적이 한 번도 없어야 랑기오사 오너가 될 수 있지만, 랑기오사를 만지거나 옮기는 것 자체는 평범한 사람들도 가능했으니까.

당시의 에키네시아는 성검의 정의에 따라 '처벌해야 할 악인'이었기 때문에 랑기오사를 건드릴 수가 없었다. 그때에는 수많은 사람이 그녀를 악마라 부르며 그녀가 천벌을 받기를 원했으므로.

시간을 되돌려 모두를 되살려 냈어도 그 죄는 남아 있을까. 랑기오사에 누적되는 '인간의 정의'는 여전히 그녀를 살아 있을 가치가 없는 악마라고 판별할까.

[너 뭐 해? 랑한테 물어보려는 거 아니었어?]

"랑?"

[성검 말이야. 랑한테 직접 물어봐, 내가 걜 괴롭혔는지 아닌지.]

그새 친해졌는지 마검은 아무렇지도 않게 성검의 이름을 부르고 있었다.

[물어봐, 얼른! 난 당당해!]

마검이 억울하다는 어조로 채근했다. 에키는 엉겁결에 성검을 집어 들었다.

쥘 수 있었다. 랑기오사는 그녀의 손을 거부하지 않았다. 그녀는 손에 잡힌 성검의 손잡이를 뚫어져라 보았다. 눈시울이 시큰해졌다. 울지 않기 위해 약간 턱을 들었다.

"……랑기오사?"

조심조심 불러 보았다. 몇 차례 더 불러 보아도 성검은 대답하지 않았다. 그녀는 마검 쪽을 노려보았다.

"말 안 하잖아."

[어, 이상하다? 대답 안 해? 나 랑한테 닿게 해 줘.]

그녀는 두 검의 칼날을 맞닿게 했다. 곧바로 한심하다는 어투의 말이 바르데르기오사에게 전해졌다.

[기오사는 주인 외의 인간과 대화할 수 없다, 멍청아. 그것도 모르고 있었느냐?]

[진짜? 야, 내가 그걸 어떻게 알아! 주인 말고 다른 사람이 날 만지면 살의에 물들어 버린다고!]

[문양을 통해 주인과 연결되는 건 알면서, 문양도 없는 인간과 연결되는 게 불가능한 건 왜 모르는 거냐.]

[어…… 그러게?]

랑기오사가 혀를 차는 소리를 냈다. 바르데르기오사는 구시렁거리며 주인에게 성검의 말을 전해 주었다.

"기오사 오너만 대화할 수 있는 거였구나. 하긴 당연하겠네."

[어쨌든 난 안 괴롭혔어. 당장 나 쓸 것도 아니니까 빨리 붙여 놔 줘.]

"대체 무슨 이야기를 하는 건데?"

[기오사끼리만 할 수 있는 이야기야. 주인은 몰라도 돼! 비밀이야!]

바르데르기오사가 빼기는 어조로 말했다. 에키는 한숨을 쉬고는 두 검을 겹쳐서 내려놓았다.

"랑기오사 너무 귀찮게 하지 마."

[귀찮게 안 한다니까.]

항변한 마검이 곧 조용해졌다. 성검과 이야기를 하는 모양이었다. 에키는 검들로부터 좀 떨어진 곳에 앉아 바깥을 경계하며 앞으로 어떻게 할지를 구상했다. 그사이 아기를 재우던 션은 꾸벅꾸벅 졸다가 딸과 함께 도로 잠들어 버렸다.

유리엔은 오래 자지 않았다. 두 시간 남짓 만에 깨어났으니 거의 눈만 붙인 수준이었다.

"더 자도 돼요, 율."

"나 역시 이 정도면 충분하다."

그가 에키 곁으로 다가왔다. 에키는 가방에서 꺼낸 작은 수첩에 연필로 지도 같은 것을 그려 놓은 상태였다. 섬처럼 듬성듬성하게 그려진 원들이 보였다. 그리 자세하지는 않아도 결절 내부의 구조인 모양이었다. 유리엔이 그녀의 옆에 앉아 그것을 들여다보자 그녀가 설명했다.

"다시 용이 나타나면 이 근처에서는 상대하기 힘들어요. 성의 파편이 거의 다 부서져서 디딜 바닥이 없잖아요. 만약 제가 입힌 상처가 전부 나았다면 두세 번 베는 걸로는 무리거든요."

용에게 들키지 않고 버틸 수 있다면 그게 최선이겠지만, 들킬 경우 전투를 고려해야 했다. 유리엔이 고개를 끄덕였다.

"파편이 많이 남아 있는 곳으로 이동하는 게 낫겠군."

"네. 연구실에 있는 사람들도 걱정되고……. 그쪽으로 가는 게 좋겠어요."

자아를 잃어 그저 살아 있을 뿐인 사람들이라도, 그대로 내버려 둘 순 없었다. 그녀의 말에 그가 지도에 그어진 선을 가리켜 보였다.

"이건 이동할 경로를 잡아 본 건가?"

"전 연구실 근처에서 출발했으니까요. 오는 와중에 봤던 걸 대충 그려 봤는데, 음, 정확하진 않아요. 길은 참고만 하세요."

에키는 눈을 가늘게 뜬 채 연구실과 그들이 있는 술 저장고 사이의 한곳을 짚었다.

"여기에도 지하로 연결되는 문이 있을 거예요. 복도에 걸려 있는 태피스트리가 익숙하더라고요."

"태피스트리?"

"용이 수놓아진 태피스트리예요. 그 뒤에 지하로 연결되는 통로가 있어요. 지하 2층으로 곧바로 이어지는 통로죠. 지하 1층과 지하 2층

사이 통로는 당신이 알려 준 대로 무너져 있지만……."

"그대가 말했던, 용의 뼈를 확인하러 가는 용도의 통로인가."

"네, 맞아요. 태피스트리의 용 눈 부분 뒤의 벽돌을 누르면 열려요."

"그리로 옮기자는 건가?"

"그래요. 용이 살아서 돌아다니니 거긴 비어 있을 거고, 넓으니까 안에서 불을 피울 수도 있겠죠. 여기에 사람들을 숨겨 두고 용에게 들키지 않게 조심하면서 당신과 저만 드나드는 게 좋겠어요."

"결절이 저절로 사라질 때까지?"

"그럴 수 있으면, 되도록이요."

용과 싸울 수는 있어도, 용을 상대로 다른 사람들을 지키는 건 어려웠다. 마법사도 아닌 그녀가 불이 뿜어지는 걸 막을 방법은 없었다. 유리엔이라면 공격을 피하는 것이 가능하겠지만 나머지 사람들은 그게 불가능했다. 유리엔도 다리까지 다친 부상자라 위험할지도 모른다. 게다가 용을 벨 수 있는 건 그녀 혼자뿐이니, 유리엔마저도 용을 상대할 때는 도움이 되지 않았다.

유리엔 역시 현재 상황을 뼈저리게 깨닫고 있었다. 잠시 침묵하던 그가 불쑥 물었다.

"에키, 내게 검기를 중첩하는 법을 가르쳐 줄 수 있겠나?"

의외의 요청에 에키는 당황해 눈을 깜박였다. 유리엔이 진중한 낯으로 말을 덧붙였다.

"용을 베려면 중첩된 검기가 필요하다고 랑기오사가 알려 주었다. 그대가 쉴 때 혼자 시도해 보았으나 제니스의 초입에 들어서지 않으면 쓸 수 없는 기술이라서인지 역시 잘되지 않아서……."

"잠깐만요, 제니스? 그게 뭔가요?"

"그대의 경지잖나."

"제가 달성한 경지요?"

"그대가 제니스가 아니면 누가 제니스겠나. 중첩검기를 쓸 수 있고, 마나를 손발처럼 써서 물건을 움직이거나 부술 수 있으며, 마법을 파괴하는 게 가능하고, 마나 소드와 마나 실드를 만들 수 있는……. 설마 전혀 알지 못했나?"

에키가 얼이 빠진 표정을 짓자 유리엔이 몹시 당황했다. 그는 그제야 에키네시아가 오로지 독학과 실전으로 검을 익혔다는 것을 상기했다.

"어쩐지 마나 소드는 쓰면서도 마나 실드는 쓰지 않더라니. 나는 그대가 피하는 것으로도 충분해서 쓰지 않는 줄 알았는데……."

"마나 실드요? 전 그게 뭔지도 몰라요."

"마나 실드란 마나 소드를 만들 수 있는 제니스가, 음, 마나 소드는 그대가 빈손에 마나로 칼날 모양을 만드는 것을 부르는 명칭이다."

유리엔은 창천 기사단의 단장이었다. 일반인들이 제니스가 뭔지도 잘 모르는 것에 비해, 그에게는 제니스가 어떤 경지인지, 제니스가 가능한 기술이 뭐가 있는지에 대한 상세한 지식이 있었다. 전부 창천의 기사들이 정립하고 대대로 덧붙여 온 검술 이론이었다. 게다가 제니스인 주인을 모셔 본 경험이 있는 랑기오사가 일러 준 것도 꽤 되었다.

유리엔은 그녀에게 제니스의 기술에 대해 짤막하게 설명해 주었다. 제니스는 동시대에 두 명은커녕 한 시대에 한 명도 희귀했었지만, 1,000년이 넘어가는 창천 기사단의 전승에는 역대 제니스들이 보여 준 기술이 대부분 정리되어 있었다.

다만 기술이 구현된 원리는 밝혀내지 못한 경우가 많았다. 그래서 유리엔이 가르쳐 줄 수 있는 것은 기술의 명칭과 형태 정도였다. 그러나 에키네시아에게는 그것만으로도 충분했다.

"세상에. 왜 이렇게 써 볼 생각을 못 했지."

에키는 얼떨떨하게 중얼거렸다. 엷은 보랏빛이 감도는 마나가 그녀의 주위를 막처럼 감쌌다. 마나 실드였다. 보기에는 마법사들의 방어 마법과 유사해 보였으나 검사인 제니스가 수식이 아니라 감으로 쓰는 기술이었다.

'이거라면 용이 불을 뿜어도 막을 수 있겠네.'

[어? 주인아, 방금 너 뭐 한 거야?]

멀리 떨어져 있던 마검이 말을 걸어왔다. 에키는 마나 실드를 풀며 미간에 주름을 잡았다.

"마나 실드. 발, 너도 몰랐어? 네 전 주인은 이런 걸 쓴 적이 없어?"

[몰라, 처음 봐. 걔보다 네가 강하니까, 걘 못 썼나 보지.]

에키가 한숨을 쉬는 사이 유리엔은 성검과 대화 중이었다.

[원리도 모르는 상태에서 형태에 대해 듣자마자 바로 가능하다니, 소름이 끼치는군. 널 보고도 정말 엄청난 재능이라고 생각했는데, 마검의 주인은 무서울 정도야.]

"네 주인이었던 제니스와 비교해 보아도 그런가?"

[그녀는 마흔이 넘어서 제니스가 되었다. 그녀도 대단했지만, 마검의 주인은 뭐랄까…… 압도적이군. 타고난 재능도 재능이겠으나 처한 상황과 절박함이 저렇게까지 그녀를 개화시킨 거겠지.]

"그녀라서 가능한 걸 거다. 그 작은 불씨를 태양으로 키워 낸 사람이니."

성검은 그렇게 말하는 유리엔이 묘하게 들뜬 어투인 것을 눈치챘다. 자랑스러워하는 것 같기도 하고 뿌듯해하는 것 같기도 했다.

아주 좋아 죽는구나. 성검은 그 말은 속으로만 생각했다. 자신의 주인은 마검 문제만 아니었으면 사방에 대고 그녀에 대한 자랑을 하고 다녔을지도 모르겠다.

그사이 에키가 마검을 손안으로 회수했다. 유리엔도 성검을 문양으로 되돌리려 하자 그녀가 가로막았다.

"검기를 중첩하는 요령, 알려 드릴게요."

"고맙다, 에키."

유리엔의 얼굴이 밝아졌다. 진심으로 기뻐하는 그 얼굴이 심장에 좋지 않아 그녀는 슬며시 시선을 피했다. 우선 에키는 유리엔이 랑기오사를 들고 검기를 씌우게 만들었다.

"사실 특별히 요령이랄 건 없어요. 검기 위에 계속해서 검기를 덧씌우면 되는 거라서. 하다 보니까 검 없이도 검기를 만들게 되더라고요."

"확실히, 중첩 검기가 마나 소드의 기초라고 알고 있다. 하지만 검기를 덧씌우려 하면……."

랑기오사의 하얀 칼날에 어린 백색 마나가 조금 부풀었다.

"이렇게, 검기가 커질 뿐 겹쳐지지 않는다."

"으음, 솔직히 말로는 설명을 잘 못 하겠어요. 그러니까 잠시만요."

에키가 검을 든 그의 뒤에 달라붙었다. 그녀는 뒤에서 감싸 안듯 팔을 뻗어 그의 명치 근처, 마나 코어가 있을 위치에 손을 올렸다. 팔 안에서 그의 몸이 움찔거리더니 딱딱하게 굳었다. 랑기오사에 어려 있던 검기가 폭풍 앞의 촛불처럼 위태롭게 깜박였다. 고통이나 부상에도 깨어져 본 적이 없던 그의 집중이 흔들리고 있었다.

[……이해는 간다만 집중해라, 주인.]

닿은 감촉이, 그녀의 체향이, 너무 강렬했다. 유리엔의 얼굴이 새빨갛게 달아올랐다.

"제가 마나를 유도할…… 율? 다친 곳이 아프면 무리하지 말아요."

"아니, 아무것도 아니다."

유리엔은 정신력이란 정신력은 다 끌어모아 집중을 쥐어짜 냈다. 간신히 검기가 형태를 다시 잡았다. 에키는 갸웃거리고는 마나를 유도하는 데에 집중했다. 사람의 몸 안에 마나를 집어넣는 건 살의에 물든 사람을 되돌릴 때 처음 해 본 일이라 그녀로서도 깊게 집중해야 했다.

"이런 식으로, 검기를 극도로 얇게 만들어서……. 덧바르는 게 아니라 기존의 검기 위에 살짝 얹는 느낌으로요. 계속해서 겹친 다음, 마지막에 누르듯이 압축해서……."

그녀가 그의 몸에 불어 넣은 마나가 그의 마나를 이끌었다. 타인의 마나와 어우러져 하나의 검기를 만드는 건 유리엔이나 에키나 처음 경험해 보는 일이었다.

본능적으로 반발하려는 각자의 마나를 억누르고 상대와 부드럽게 접촉한다. 동조하는 느낌. 하얀색과 보라색이 뒤섞인 검기가 형성되자 기묘한 일체감이 온몸을 적셨다. 그건 정말 이상한 느낌이었다. 에키는 한 차례 시범을 보이고 얼른 마나를 거두었다. 그에게서 물러나는 그녀의 뺨이 약간 상기되어 있었다.

"대, 대충 이런 식이에요."

"……원리는 알겠다. 익숙해지려면 연습이 필요하겠군."

한 번 경험해 봤다고 바로 파악하는 유리엔도 평범의 범주를 넘어서기는 마찬가지였다. 그녀처럼 약간 붉어진 낯의 유리엔이 검을 거두는 순간이었다.

캬아아아!

아득한 거리에서 터져 나온 울부짖음이 사방을 진동시켰다. 졸고 있던 션이 화들짝 놀라 일어나고 릴리가 깨어나 울음을 터뜨렸다. 유리엔과 에키는 즉시 달려가 문을 열고 밖을 보았다. 하늘이 붉어져 있었다.

너무 빨랐다. 하늘이 언제 붉어질지는 몰랐지만, 파란 하늘이 처음 결절에 들어왔을 때만큼은 유지될 거라고 막연히 생각하고 있었다. 반나절 정도 말이다.

그러나 반나절도 되기 전에 어스름이 내렸다. 그리고 곧바로 붉은 하늘을 물처럼 가르며 용이 머리를 내밀었다. 완전히 빠져나온 용이 날개를 폈다.

"역시 나왔어……."

에키는 신음처럼 중얼거렸다. 그녀가 입힌 부상이 보이지 않았다. 용이 나온 이상 이동하는 건 위험했다. 그녀는 판단을 끝내고 유리엔을 돌아보았다.

"율. 제가 나갈게요. 안에서 나오지 마세요."

유리엔은 고통스러운 빛을 눈에 띠었다가 빠르게 감추었다. 자신은 부상자였고, 아직 용을 벨 실력이 되지 않았다. 돕고 싶다는 이유로 방해가 될 수는 없었다. 그는 붕대로 감싸 놓았을 뿐인 그녀의 발에 시선을 주었다.

"발은?"

"이런 곳에서 뛰어다니려면 맨발이 나아서요."

"알았다. 부디…… 조심해라."

그가 감추었다지만 그녀는 언뜻 드러난 그의 심정을 보았다. 사실 그녀로서는 모든 것을 알고도 그녀를 지지하고, 이해하고, 걱정하며, 곁에 있어 주려 하는 그의 존재 자체가 넘칠 정도의 도움이었다.

'당신이 나를 걱정해 준다는 것만으로도 이렇게 기쁜걸.'

에키는 그의 옷깃을 잡아당겼다. 그의 입술에 제 입술을 꾹 누르고는 발갛게 달아오른 뺨으로 웃었다.

"다녀올게요."

유리엔은 홀린 듯한 눈으로 그 미소를 보았다. 치맛자락과 리본으로 올려 묶은 머리카락이 살랑거렸다. 여름에 저택의 정원을 산책하는 소녀 같은 차림으로, 그녀는 마검을 뽑아 들고 날듯이 뛰어올랐다.

에키는 최대한 빠르게 주방에서 멀어졌다. 분홍색 머리카락은 파란 바다와 진회색 성의 파편들 사이에서 쉽게 눈에 띌 것이다. 그녀는 용이 금세 자신을 발견하고 공격하러 내려오리라고 예상했다.

실제로 용은 금방 그녀를 발견하긴 했다. 그러나 그녀를 발견한 용이 취한 행동은 예상과는 달랐다. 용은 높은 창공에서 내려오지 않고 불을 뿜었다.

벌겋다 못해 푸르게 보이는 화염이 천벌처럼 내리꽂혔다. 에키는 쉽게 그것을 피했다. 더 가까운 거리에서 쏟아지던 불도 피하던 그녀가 까마득한 높이에서 떨어지는 불을 피하지 못할 리가 없었다.

그녀가 피한 땅이 불의 압력에 부서져 내렸다. 용은 그녀가 이동한 곳에 다시금 불을 뿜었다. 에키는 또다시 피했다. 그것을 몇 차례 반복하자 그녀는 용의 의도를 알아차렸다.

[저거, 내려올 생각이 없는 거 같은데?]

마검의 말대로였다. 용은 그녀가 절대 닿을 수 없는 높이의 하늘에서 불만 뿜어 댔다. 에키는 기가 찼다.

"지금 인간이 무서워서 안 내려온다는 거야? 용이?"

[결절 안이니까 가짜 용이잖아.]

"가짜건 뭐건!"

[랑이 그러는데, 원래 진짜 용은 마법을 쓴대. 말도 잘하고 말이야. 저건 몸뚱이는 진짜 용이라 해도 머리엔 살의만 든 짐승이라서 마법을 못 쓰는 것 같다던데?]

"그건 정말 다행이네."

저 용이 마법까지 써 댔다면 목숨이 위험했을 것이다. 그녀는 어찌 살아남더라도 다른 사람들은 모조리 죽었겠지. 간담이 서늘했다. 그러면서 에키는 계속해서 불을 피하고 있었다.

[근데 주인아, 이거 좀…… 불리하지 않아?]

"불리하지. 엄청."

그녀는 응접실의 파편에서 넝쿨을 타고 복도의 일부로 넘어갔다. 넝쿨이 감겨드는 속도보다 그녀의 움직임이 빨랐기에 붙들리지는 않았다. 그녀가 지나간 자리에서 터진 열매가 뿜은 산성액이 비처럼 쏟아지며 넝쿨을 끊어 버렸다.

응접실의 파편은 내리꽂힌 불에 부서지고 타오르며 바다로 떨어졌다. 에키는 반쯤 부서진 복도의 벽 위에 올라서서 그 꼴을 보았다. 그녀가 디뎠던 곳마다 용의 불에 부서져 내려서 바다가 점점 더 잘 보이고 있었다.

용이 그녀의 머리 위로 다시 불을 뿜었다. 그녀는 아래에 있는 지붕의 일부로 뛰어내리며 중얼거렸다.

"디딜 곳이 사라지고 있으니까."

불을 끝없이 뿜을 수 있는 건 아닐 터다. 용의 불이 한계에 달하는 것과, 그녀가 디딜 바닥이 전부 사라지는 것 중에 어느 쪽이 빠를까. 확실한 것은, 용은 지치면 하늘로 뛰어들어 회복하고 나타나겠지만 사라진 바닥은 다시 생겨나지 않는다는 사실이었다.

[저거 처음부터 널 맞추는 게 아니라 파편들을 죄다 부숴 버릴 목적인 거 아니야?]

"아마도. 그러다 내가 맞으면 좋고, 아니면 바닥이 줄어드니 좋고."

이를 갈며 에키는 하늘을 올려다보았다. 마나 실드로 막는 건 소용이 없는 일이었다. 그러면 용은 그녀가 아니라 그녀 근처의 모든 파편을 부수면 그만이니까. 피할 곳을 잃은 좁은 바닥에서 막고만 있는 건 자살행위였다. 숨어 버리면? 용은 모든 파편을 부술 때까지 멈추지 않겠지.

그녀는 또다시 쏟아져 내리는 불을 피하며 마검을 움켜쥐었다. 그녀의 머리카락과 눈동자가 검게 물들었다. 반원을 그리며 휘둘러진 검에서 검은 마나가 화살처럼 쏘아졌다. 날아가는 검기의 속도는 상당했으나 거리가 너무 멀었다. 용은 날갯짓 한 번으로 그것을 피했다.

[야, 그런 걸로는 답이 없겠는데?]

검은 용은 손바닥만 하게 보였다. 아무리 그녀가 높이 뛰어도 날개가 없는 이상 저것에 도달하는 건 불가능했다.

[주인아, 어떻게 할 거야?]

"기다려 봐, 생각 중이니까."

에키는 불을 피하며 초조하게 대꾸했다. 파편이 계속해서 부서지며 남은 파편 간의 거리가 멀어지고 있었다. 바로 뛰어넘기엔 멀어서 중간의 넝쿨에 매달리자 열매가 터지며 산성액이 쏟아졌다.

그것을 피해 빠르게 이동하려던 그녀는 문득 든 생각에 마나 실드를 만들어 냈다. 예상대로 산성액은 마나 실드를 통과하지 못했다. 그녀가 그것을 공격이라고 인식했기 때문이었다. 보라색 마나의 막 위로 타고 흐르는 산성액에 그녀의 시선이 닿았다.

'잠깐, 이거라면…… 될지도 몰라.'

그녀는 아래의 바다를 내려다보았다. 지체한 시간은 짧았으나 벌써 머리 위로 후끈한 열기가 덮쳐 왔다. 용이 넝쿨에 매달려 있는 그녀를 향해 불을 뿜었다. 에키는 고민을 그만두고 감을 따라 그대로 손을 놓았다. 그녀의 몸이 까마득한 아래의 바다를 향해 떨어져 내렸다.

[으악! 야! 야! 떨어지면 어떡해!]

마검이 기겁해서 소리를 질러 대건 말건 그녀는 아래를 똑바로 주시했다. 짙은 푸른빛으로 출렁이는 바다가 급속도로 가까워졌다. 물에 닿는 순간 마검이 비명을 질렀으나 에키는 눈을 감지 않았다. 첨벙, 하고 요란하게 물이 튀었다.

[주인아! 악! 주인 죽으면 안 되는데! 난 어떡하라고!]

"발, 아까는 녹아서 죽는 게 보고 싶다며?"

[그건 너 말고 다른 인간 얘기지! 딴 인간들은 다 죽어도 주인은 죽으면 안 된단 말이야! 죽지 마! 주인아 죽지 마!]

"귀 따가우니까 소리 그만 질러. 안 죽었어."

[어? 진짜?]

에키는 전혀 젖지 않았다. 구 형태로 그녀의 몸을 완전히 감싼 마나 실드가 뼈까지 녹이는 산성 바닷물을 막고 있었다.

[……와, 마나 실드라는 거 되게 편하네?]

바닷속에는 아무것도 없었다. 그저 짙은 푸름뿐. 아래로 내려갈수록 푸른빛이 짙어졌다. 밑은 빛조차 들지 않아 무저갱 같은 검은색이었다.

그녀는 물을 가르며 아래로 떨어지고 있었다. 수면이 빠른 속도로 멀어졌다.

[어, 야, 근데 이렇게 계속 빠져도 되는 거야? 결절이니까 끝이 있는 거겠지?]

"없을지도 몰라."

[뭐? 그럼 큰일 난 거 아니야?]

"글쎄. 오히려……."

에키는 눈을 가늘게 뜬 채 아래를 응시했다. 순식간에 검푸른 심해에 도달했다.

해저에는 에키의 짐작대로 바닥이 없었다. 그녀는 끝없이 떨어져 내렸다. 물거품이 마나 실드 뒤로 유성처럼 이어졌다. 이대로 아무것도 없는 어둠 속에 짓눌려 죽을 것 같은 분위기였다.

[주인아? 이, 이거, 괜찮은 거야?]

"괜찮아. 봐."

무한할 듯하던 어둠이 어느 순간부터 옅어지고 있었다. 암흑에서 검푸른 빛으로, 그리고 점점 더 푸르게 변하더니 조금씩 붉어졌다. 푸른 물속에 불그레한 빛이 퍼져 나갔다. 노을 지는 하늘 같은 빛깔이었다. 먼 아래로 일렁이는 수면이 보였다.

[잉? 저게 뭐야? 수면은 위에 있었잖아? 왜 아래에도 수면이 있는 거야?]

"바다에서 나왔던 용이 하늘로 뛰어들었었잖아. 그래서 혹시나 했는데."

수면에 마나 실드가 닿았다. 작게 일었던 파문이 커지며 파도가 되어 출렁거렸다. 수면을 완전히 통과하자 발밑으로 결절 내부의 풍경이 드넓게 펼쳐졌다.

바다에 떨어졌던 그녀는 하늘에서 추락했다. 거대한 용의 몸뚱이가 이제 그녀의 아래에 있었다. 에키는 슬쩍 입꼬리를 올렸다.

"역시."

[우와. 너 똑똑하다.]

용의 덩치가 크다는 것이 이럴 때는 이득이었다. 공중에서 약간 방향을 튼 것만으로도 용의 위로 떨어질 수 있었다. 구형의 마나 실드는 기울어진 용의 등에 부딪혀 경사를 따라 데굴데굴 굴렀다.

내버려 두면 아래로 떨어져 버릴 것이다. 그녀는 마나 실드를 흩어버리고 주르륵 미끄러진 다음 몇 바퀴 굴렀다. 중간에서 비늘 틈에 손가락을 넣어 잡으며 겨우 몸을 멈췄다.

"윽."

물을 통과해서 속도가 줄긴 했지만 그래도 까마득한 높이였다. 실드로 일차적인 충격을 흘렸는데도 전신의 부담이 굉장했다. 다행히 마나로 강화한 덕에 어디가 부러지거나 하진 않았다. 보통 사람이었으면 피떡이 되었을 상황이었다.

짧은 신음을 흘리며 움츠러든 직후에 에키는 곧바로 움직였다. 용이 알아채기 전에 행동해야 했다. 가슴팍을 베어도 심장에 닿기 힘든 용을 상대로 지금 무엇을 해야 할지는 명확했다.

넓은 용의 등 위를 가로지른 에키가 용의 날갯죽지에 도달했다. 마검에 새카만 검기가 몇 겹이나 덧씌워졌다. 그녀는 나무를 베듯이 가로로 눕힌 검을 날갯죽지에 찍어 넣었다. 이어 손잡이를 꽉 움켜쥐고 그대로 기다란 날갯죽지를 따라 달렸다.

그녀가 용의 날개를 베어냈다.

크아아악!

[인간—!]

소름 끼치는 비명이 사방을 진동시켰다. 날개 잃은 용은 잘린 날개와 함께 녹색 피를 흩뿌리며 추락하기 시작했다.

유리엔은 먼 곳에서 에키의 전투를 지켜보고 있었다. 그 덕에 그는 보다 빠르게 상황을 깨달았다.

[영악한 놈이군. 하긴, 마검의 마나로 물들었던 인간들에게 영향을 받은 결절이라면 살의만 있는 게 아닐 테니.]

"그게 무슨 뜻인가?"

[마검을 구성하는 재료에는 인간의 악의도 있지. 악의란 대체로 집요하고 교활한 법이다. 저 용은 그 악의에도 영향을 받았을 거다.]

집요하고 교활하다. 그 말을 듣자마자 퍼뜩 떠오른 것이 있었다. 그는 용에게 부서지는 파편들을 유심히 살폈다.

"……!"

무언가를 깨달은 그의 안색이 창백해졌다. 유리엔은 급하게 저장고 안으로 뛰어들어 가서 짐들을 마법 가방 안에 쑤셔 넣었다. 구석에서 릴리를 안고 덜덜 떨고 있던 션이 겁에 질린 눈으로 그를 바라보았다. 유리엔이 가방을 챙기며 그를 향해 말했다.

"일어나라. 이동해야 하니."

"아, 아, 안에 있으라고 하지 않았어요?"

"여기 있다간 죽는다."

그저 죽이고 싶어 날뛰는 짐승이면 자신을 다치게 만든 인간만을 노릴 것이다. 하지만 교활하고 악의 어린 짐승이라면.

'우리가 숨어 있는 곳도, 그녀가 우리를 지키려 한 것도 알겠지.'

용은 언제든 방향을 틀어 이곳으로 올 수 있다. 그것이 에키를 공격하며 부수고 있는 성의 파편은 대부분 그녀와 그들이 있는 곳 사이에 있는 것들이었다. 멀리서 지켜보니 확연히 보였다.

'길을 없애 버리려는 거다.'

이대로라면 그녀가 이리로 올 길이 사라진다. 물론 날개가 있는 용은 길과 상관없이 순식간에 날아올 수 있을 것이다. 그렇게 되면 그들은 죽는다.

'다가갈 방법을 없애고 그녀가 지키려던 인간들을 그녀의 앞에서 죽이는 것. 악의와 살의가 동시에 충족되겠군.'

그러니 여기에 있어선 안 된다. 설명할 시간이 없었다. 유리엔은 션을 잡아 일으킨 후 밖으로 나갔다. 어제 에키에게 던져지며 발목을 접질린 그는 심하게 절뚝였다.

"아이를 넘기고 업혀라. 가방은 그대가 들도록."

"으, 네, 네……."

션이 훌쩍이며 그가 시키는 대로 했다. 유리엔은 릴리를 안고 션을 업은 채, 전투가 벌어지는 곳을 피해 빙 돌아 이동했다. 와이번이나 용에게 들키지 않기 위해 소리를 죽였다.

중간에 크게 흔들리는 것에 놀란 릴리가 울음을 터뜨렸다. 션도 유리엔도 일순 오싹했으나 다행히 용이 난동을 부리는 소리에 울음소리가 묻혔다. 션이 다급히 릴리를 달랬다.

어느 순간 용이 불을 뿜는 것을 멈췄다. 그것은 허공을 빙빙 돌면서 긴 목을 빼고 아래를 살폈다. 에키가 바다에 뛰어드는 것을 제가 뿜어낸 불에 가려서 보지 못한 용이 그녀를 찾으려는 행동이었으나, 유리엔으로서는 용이 왜 저러는지 알 수가 없었다.

한참을 공중에서 배회하던 용이 불현듯 방향을 틀었다. 용은 날갯짓 두어 번만으로 자리를 옮길 수 있었다. 곧 무언가를 찾은 용이 추락하는 듯한 속도로 하강하더니 꼬리로 파편 하나를 후려쳤다. 그들이 바로 조금 전까지만 해도 숨어 있던 주방의 파편이었다.

[나오지 않았다면 죽었겠군.]

"끅⋯⋯."

그 광경을 본 션이 비명이 튀어나오려는 제 입을 틀어막으며 괴상한 소리를 냈다. 용은 앞발과 꼬리로 마구잡이로 파편을 부수더니 마지막 남은 조각은 입을 벌려 삼켜 버렸다. 파편이 완전히 사라져 버리자 용이 까마득한 하늘 위로 날아올랐다. 그것이 다시 무언가를 찾듯 공중을 날아다녔다.

그사이에도 멈추지 않고 침착하게 이동한 유리엔은 얼마 지나지 않아 에키네시아가 알려 주었던 태피스트리에 도달했다. 그녀가 말한 대로 벽돌을 누르자 아래로 내려가는 통로가 열렸다. 그는 션을 통로 안쪽으로 밀어 넣고 밖을 살폈다.

[용이 저러는 걸 보니, 마검의 주인이 사라졌나?]

"……."

[죽은 건 아닐 거다. 죽었다면 용이 저리 찾으러 돌아다니진 않을 테니까.]

유리엔은 아무 말도 하지 않았다. 그저 피가 나도록 입술을 깨물 뿐이었다.

'그녀의 곁에 서고 싶다고 하면서, 이토록 무력하다니.'

주인이 무슨 심정일지 잘 아는 랑기오사는 입을 다물었다. 자신의 주인은 강하다. 역대 주인들 중에서도 손에 꼽을 강자였다. 이 속도로 성장한다면 서른 후반에서 마흔 즈음에 순조롭게 제니스가 될 터였다. 제니스였던 전 주인도 그즈음에 경지에 이르렀고, 용을 잡을 땐 창천의 기사들과 마법사들이 여럿 함께했었다.

그러니 자신의 주인이 약한 게 아니었다. 마검의 주인이 아예 규격을 벗어나는 존재일 뿐이다. 시간을 되돌리기 전에도 20대에 이미 제니스가 되었던 데다가, 제대로 된 용은 아니라 해도 몸뚱이는 용인 것을 홀로 몰아붙이고 있으니.

그러나 이런 사실은 주인에게 위로가 되지 못할 것이다. 성검은 침묵하다가 조심스럽게 종용했다.

[주인, 들어가 있는 게 낫겠다. 마검의 주인은 괜찮을 거다.]

"……알았다."

신음처럼 답한 유리엔이 떨어지지 않는 발길을 돌렸다. 그는 기다리고 있던 선과 함께 통로를 따라 내려가 지하의 넓은 공터에 도착했다. 안쪽은 몹시 어두웠다. 벽에 횃대가 걸린 것을 발견한 유리엔이 횃불에 불을 붙여 들어 올렸다.

"……!"

"으아악!"

빛이 비치는 곳을 본 션이 기겁해 뒷걸음질을 치다가 주저앉았다. 거대한 용의 뼈가 불빛에 어른어른 드러났다.
[이게 왜 여기에…… 그럼 밖의 용은 대체……?]
성검이 얼이 빠진 음성으로 중얼거렸다.

날개 잃은 용은 바다로 떨어져 내렸다. 에키는 함께 추락하며 마나 실드를 발동했다. 용이 바다에 빠지며 해일 같은 물보라가 일었다. 뒤따라 바다에 떨어진 그녀는 괴상한 현상을 목격했다.
물에 들어간 용이 심해에 닿자 먼지처럼 흩어져 갔다. 수중에서 구멍 같은 것이 입을 벌렸다. 그 구멍은 검은 가루처럼 흩어진 용의 몸을 빨아들인 다음 순식간에 사라져 버렸다. 구멍 안쪽에 언뜻 보인 것은 웅크리고 있는 거대한 뼈였다.

유리엔은 공터의 천장이 뚜껑처럼 열리는 것을 보았다. 위로 검푸른 바다가 보였다. 바다에서 검은 가루 같은 것이 공터 안으로 떨어져 내리고 천장이 도로 닫혔다. 동시에 우르릉거리는 소리가 나며 그들이 들어왔던 계단이 돌벽으로 막혔다.
가루가 용의 뼈 위로 쏟아졌다. 그것이 뼈에 들러붙으며 천천히 용의 몸뚱이를 재구성하기 시작했다. 그 기괴한 광경을 보자마자 유리엔은 어떻게 하늘로 뛰어들었던 용의 상처가 모조리 나았는지 깨달았

다. 나은 게 아니라 몸체를 새로 만들었던 거다.

[맙소사, 저게 완성되면······!]

"안다!"

가장 먼저 구성되고 있는 건 심장이었다. 저 용은 심장을 베어야 죽을 거예요. 에키가 지나가듯 했던 말이 떠올랐다. 심장 위로 살과 근육이 구성되고 비늘이 뒤덮고 나면 늦는다. 유리엔은 지체하지 않고 만들어지기 시작한 심장을 향해 달렸다.

기둥처럼 굵은 갈비뼈 사이를 뛰어넘었다. 그새 완성되어 안쪽에 자리 잡은 심장의 주위로 검은 가루가 휘몰아치고 있었다. 유리엔은 중간에서 횃불을 내던지고 양손으로 랑기오사를 움켜쥐었다.

웅웅, 하는 소리와 함께 하얀 검기가 폭발적으로 차올랐다. 랑기오사의 마나 증폭 기능이 검기를 확장해 얇은 칼날의 성검을 대검에 가까운 크기로 만들어 주었다. 하얗게 빛나는 마나가 횃불을 대신해 주위를 밝혔다. 그는 펄떡이기 시작한 용의 심장에 성검을 꽂아 넣었다.

심장마저 검기를 버텨 낼 정도로 강하진 못했다. 하얀 검이 검붉은 심장을 부드럽게 파고들었다. 유리엔은 꽂힌 성검을 그대로 내리그었다. 사람보다 큰 거대한 심장이 반으로 갈라지며 푸확, 하고 녹색 피가 쏟아졌다. 벌어진 심장에서 흘러넘치는 피는 흐르는 늪처럼 보였다. 잘린 부위가 끄트머리부터 검은 가루로 변해 흩날렸다.

'되었나?'

[주인, 심장 안을 봐라!]

성검이 다급히 외쳤다. 너덜거리는 심장 안쪽 깊숙한 곳에 사람 머리통만 한 검은 돌이 있었다. 돌 안에서 검은빛이 기괴하게 일렁거렸다. 크기가 너무 큰 것만 빼면 익숙한 형태였다.

"마치…… 마검의 마나가 담긴 마석 같군."

유리엔은 중얼거리면서 망설임 없이 검을 휘둘렀다. 저것이 에키가 말했던 진짜 '심장'이라는 감이 왔다. 성검이 마나를 머금고 검은 돌을 내려쳤다. 하얀 마나가 눈부시게 빛났다.

깡, 하고 둔탁한 소리가 났다. 유리엔은 당황해서 내리친 부분을 보았다. 검은 돌은 검기를 덧씌운 성검으로 내려쳤는데도 흠 하나 나지 않았다.

[이거 아무래도……]

성검이 신음을 흘렸다. 용의 비늘처럼, 저 검은 돌은 보통 검기로는 부술 수 없을 것이다. 유리엔은 성검과 같은 사실을 깨닫고 검을 치웠다.

그는 뒤를 흘깃 돌아보았다. 릴리를 안은 션이 기절하지 않은 게 용한 낯으로 계단 근처에 웅크리고 있었다. 웅크린 등이 부들부들 떨렸다. 공터의 천장은 아까 열렸던 것이 거짓말인 양 단단한 암석 표면만 보였고, 계단은 돌벽으로 꽉 막혀 있었다. 달아날 길은 없다.

다시 앞을 보았다. 그가 잘라 낸 심장이 천천히 복구되기 시작했다. 발치를 적시던 늪 같은 녹색 피가 검은 가루로 화해 용의 뼈에 달라붙었다. 핏줄이 돋아나고 근육이 차오른다. 용은 그를 비웃듯이 그의 코앞에서 되살아나고 있었다.

여기서 용이 되살아나면 자신도, 뒤에 있는 공녀의 가족들도 죽겠지. 저 용이 완성될 때까지 남은 시간은 얼마나 될까. 사라진 에키네 시아는 지금 어디에 있을까. 그녀는 괜찮을까.

초조함. 무력감. 긴장. 불안. 걱정. 절망감. 정신이 요동치는 와중에도 그의 얼굴은 고요했다. 유리엔은 성검을 양손으로 쥐고 정면을 향해 똑바로 들어 올렸다.

"나를 기다려 줘서 고마워요."

울어서 엉망이 된 얼굴로 눈부신 미소를 지으며 그녀가 했던 말이 떠올랐다. 그가 죽으면 그녀는 몹시 슬퍼할 것이다. 그러니 죽을 수 없다. 그녀를 기다려 주어야 했다.

"이런 식으로. 검기를 극도로 얇게 만들어서……. 덧바르는 게 아니라 기존의 검기 위에 살짝 얹는 느낌으로요. 계속해서 겹친 다음, 마지막에 누르듯이 압축해서……."

그녀가 속삭였던 말이 귓가에 느린 노랫말처럼 맴돌았다. 닿았던 감촉, 닿았던 마나. 그의 마나에 뒤섞여 그를 이끌어 주던 그녀의 마나를 머릿속에 그려 본다. 그의 마나 코어에서 마나가 가늘게 흘러 왔다. 더 가늘게. 더 얇게. 거미줄보다 가늘고, 종잇장보다 얇도록.

이마에 삽시간에 진땀이 가득해졌다. 화상을 입은 왼팔이 부들부들 떨렸다. 이동하느라 도로 터졌던 어깨와 허벅지의 상처에서 피가 줄줄 배어 나왔다. 경고하려던 성검은 주인이 무엇을 시도하는지 알아차리고 아무 말도 하지 않았다. 유리엔은 그 통증 속에서도 집중을 흐뜨리지 않았다.

바람만 불어도 찢어질 것처럼 얇아진 검기를 가느다란 칼날 위에 쌓아 올린다. 무너졌다. 다시. 천천히. 한 겹 한 겹 신중히. 실패. 다시 한번 더.

 검은 가루가 들러붙으며 용의 형태를 구성해 간다. 식은땀이 속눈썹에 맺혀 눈으로 흘러든다. 마나가 흔들렸다. 눈을 깜박이고, 처음부터 다시. 바늘 위에 물방울을 얹듯이. 숨을 멈추고, 느리게 겹친다. 실패. 촛불처럼 검기가 일렁인다. 다시, 또 다시.

 집중을 유지해서. 그녀가 유도해 주었던 것을 기억하며. 더. 조금 더. 간절히. 절박하게.

 제발.

 불현듯 마나 코어가 기묘하게 움직였다. 쿵, 쿵쿵, 하고 코어가 터질 듯이 박동했다. 가슴 안쪽이 타오르는 것처럼 답답했다.

 '으······.'

 저절로 나온 신음은 입 밖으로 나가지 못하고 목 안쪽에서만 돌았다. 너무나 갑갑했다. 숨이 턱 막힌다. 몸이 움직이지 않았다. 마나가 의지를 따르지 않는다. 어떤 형태를 이루어야 할지 손에 잡힐 듯이 선명하게 떠오르는데 마나는 굼뜨기만 했다. 그 갑갑함이 최고조에 이른 순간.

 갑자기, 벼락이 내리치듯이, 무언가가 꿰뚫렸다. 전신을 죄고 있던 질긴 막 같은 것이 찢어지며 피부에 바람이 직접적으로 와 닿는 듯한 느낌. 서늘하고 오싹했다. 몸 안에서 흐르는 마나가 소름 끼칠 정도로 생생하게 느껴졌다. 직감적으로 깨달았다.

 이제 실패하지 않는다.

 코어에서 흘러나온 마나가 손발처럼 그의 의지에 복종했다. 삽시간에 검기가 몇 겹이나 중첩되었다. 중첩된 검기를 압축한다. 성검의 날 위로 정련된 마나의 칼날이 돋아났다.

유리엔 드 하르덴 키리에는 바로 지금, 제니스의 초입에 발을 들였다.

[……!]

성검은 소리 없이 감탄했다. 역시 제 주인도 괴물 같은 천재였다. 아무리 마검의 주인 덕에 몸으로 체감해 봤다지만 이렇게나 빨리 가능해질 줄은.

유리엔이 검을 들어 올렸다. 성검이 마나를 증폭했다. 보다 강력해진 중첩검기로 휘감긴 랑기오사가 일렁이는 검은 돌을 향해 내리쳐졌다. 조금 전에는 흠집조차 나지 않았던 돌이 매끄럽게 갈라지며 썩은 나무토막처럼 부서졌다. 부스러지는 검은 돌에는 더 이상 광택이 존재하지 않았다.

그르륵.

[인…… 간…… 죽…… 이…….]

가래 끓는 듯한 괴성이 성대도 존재하지 않는 용의 목에서 흘러나왔다. 늘어지는 단말마와 함께 검은 돌에서 색이 빠져나갔다. 휘몰아치며 몸뚱이를 이루던 검은 가루들도 힘을 잃고 모래처럼 떨어져 내렸다.

마지막으로, 웅크린 자세를 유지하고 있던 용의 뼈가 힘을 잃으며 바닥으로 쏟아졌다. 덜그럭거리며 넘어지고 부딪히며 뒹구는 뼈들을 피해 유리엔은 급히 뒤로 물러났다.

거리를 벌린 그는 성검을 늘어뜨리고 멀거니 무너지는 뼈들을 보았다. 형태를 유지하고 있던 것이 아무것도 아닌 뼈다귀가 되어 산사태처럼 쏟아졌다. 종내에는 중구난방으로 쌓인 뼈 무더기만이 남았다.

"……끝났나."

[제니스의 경지에 발을 들인 것을 축하한다, 주인.]

성검의 말에 유리엔이 멍한 얼굴로 제 손을 들여다보다가 가슴께에 손을 올렸다. 마나 코어가 심장처럼 박동하고 있었다.

검의 정점에 오른 자. 제니스. 겨우 한 발자국이었으나 분명히 그 안에 발을 디뎠다. 실감이 잘 나지 않았다.

계단 위에서 달려오는 급박한 발소리가 들렸다. 유리엔은 반사적으로 그쪽을 향해 고개를 돌렸다. 계단을 틀어막았던 암벽은 어느새 사라져 있었다. 그 아래에 선이 엎어져 있는 게 보였다. 의외로 잘 버틴다 싶더라니 결국 기절한 모양이었다.

아버지의 품에서 벗어난 릴리가 커다란 눈을 깜박이며 기어다녔다. 이곳은 아기가 기어다니기엔 좋지 않은 바닥이었다. 유리엔은 비틀거리며 걸어가 성검을 거두고 오른팔로 아기를 안아 올렸다.

긴장이 풀리자 왼팔이 잘 움직이지 않았다. 어떻게든 치료해야 할 듯했으나 지금은 아무 생각도 들지 않았다. 묘하게 몽롱한 것이 통증도 잘 느껴지지 않았다. 품에 안긴 릴리가 그의 땀 냄새가 마음에 들지 않는지 버둥거리며 조그만 얼굴을 찡그렸다.

"이잉……"

"유리엔!"

계단을 나는 듯이 뛰어내려 온 에키가 그의 이름을 불렀다. 막 울음을 터뜨리려던 릴리가 그녀의 외침에 놀라 딸꾹거리며 울음을 멈췄다.

에키는 바닷속에서 언뜻 본 웅크린 뼈가 어디에 있는지 잘 알았다. 방향을 틀 방법이 없어 그대로 물을 통과해 하늘에서 떨어진 그녀는, 그나마 가까운 파편에 착지하다가 다리가 부러질 뻔했다.

요령 좋게 구르면서 전신 타박상 정도로 그치고 나니 주방의 파편이 있던 자리가 텅 비어 있는 게 보였다. 에키는 피가 식는 경험을 했다. 제정신이 아닌 상태로 태피스트리가 걸린 복도로 향했다.

통로가 열려 있는 것을 보고 그가 이리로 왔구나 하며 찰나 안심했다가, 바닷속에서 가루가 된 용도 여기에 있다는 것을 떠올리고 정말로 미치는 줄 알았다. 계단을 뛰어 내려가는 몇 초가 무한하게 길었다.

그렇게 도착한 공터에는 용이 아니라 뼈 무더기가 되어 버린 것이 있었다. 그것을 보고 있던 유리엔이 아기를 안고 돌아섰다. 눈이 마주쳤다.

막 새로운 경지에 접어든 충격과 통증이 뒤섞여 몽롱하던 유리엔의 정신이 그녀를 보자 흐물흐물 풀어졌다. 그는 본능처럼 그녀를 향해 환하게 웃었다. 무방비하게 기뻐하는 미소를 띤 채 그녀를 부르며 다가왔다. 엉망인 꼴로도 웃는 얼굴이 사람 여럿 잡을 만큼 황홀했다.

"에키."

그가 무사하다. 겨우 안심한 에키는 다리에 힘이 풀려 그 자리에 주저앉았다.

풀어진 얼굴로 다가온 유리엔은 옆에 릴리를 내려놓고 허리를 굽히더니 그녀에게 입맞춤했다. 쪼는 듯한 입맞춤이 그녀의 이마, 눈가와 뺨, 입술에 차례로 떨어졌다. 용과 싸우느라 지저분한 상태인데 전혀 아랑곳하지 않는다.

에키는 얼떨떨하게 그것을 받아들이다가 입술에 닿았을 때 무심코 입을 벌렸다. 익숙해진 덕분이었다. 유리엔은 기다렸다는 듯 깊게 파고들어 왔다.

입을 맞추며 그는 천천히 무릎을 꿇었다. 점점 그녀에게로 몸이 기운다. 에키는 계단에 앉은 채 뒤로 눕다시피 했다. 유리엔이 잘 안 움직이는 왼팔 대신 오른팔로 계단을 짚으며 몸을 지탱했다.

옆에 말똥말똥 앉아 있던 릴리가 제 앞에 늘어진 은발을 쥐고 잡아당겼다. 반짝이는 머리카락이 신기한지 아래위로 흔들어 댔다.

그는 머리카락이 잡아당겨지든 말든, 무리하는 바람에 터져 버린 상처들이 아프든 말든, 성검이 기가 차서 고래고래 소리를 치든 말든, 정신없이 그녀의 입술을 탐했다. 그녀가 무사히 돌아온 게 기뻤다. 그녀가 좋았다. 닿고 싶었다. 더 깊이. 닿을수록 통증이 사라지는 것 같았다. 맛이 간 머리는 본능에 몹시 충실했다.

"으응……."

에키는 신음을 흘리며 움찔 어깨를 떨었다. 평소보다 배로 집요하고 격렬한 것이 첫 키스를 할 때보다 더했다. 반쯤 넋이 나간 상태로 따라가기에 급급하던 그녀는 머리카락이 뽑히는 느낌에 정신을 차렸다. 은발만큼이나 신기한 분홍 머리를 발견한 릴리가 옆에 앉은 채 그녀의 머리카락을 마구잡이로 잡아당기고 있었다.

"……!"

릴리를 본 에키는 당황해서 그를 밀어냈다. 밀려난 유리엔이 눈썹을 늘어뜨린 채 그녀를 내려다보았다. 글썽이는 눈이 몇 차례 느릿하게 깜박인다. 그 얼굴을 보니 그를 밀어낸 그녀가 굉장히 잘못한 것 같았다.

그리고 덜컥 그의 몸이 무너졌다.

"율?"

에키는 경악해서 제 위에 쓰러져 버린 그를 들어 올리려 했다. 그녀에게는 여리게만 보여도 사실 그는 극도로 단련된 몸이라 꽤나 무거웠다. 그녀는 축 늘어져 버린 그를 들어 올리기 위해 마나를 써야 했다. 버둥거리며 간신히 그를 일으킨 에키는 그가 기절하다시피 잠들었을 뿐임을 확인하고 안도의 한숨을 내쉬었다.

그사이 마음껏 그들의 머리카락을 가지고 논 릴리가 양손에 분홍색과 은색 머리카락 몇 가닥을 함께 움켜쥐고 앉아 까르륵 웃음을 터뜨렸다.

용을 처리하고 난 후의 결절은 그다지 위험하지 않았다. 와이번들이 아직도 징그럽게 많이 남아 있긴 했지만, 그것들이 들어올 수 없는 지하가 있고 식량이며 각종 도구가 가득 든 마법 가방도 있으니 큰 걱정은 없었다.

에키는 유리엔이 잠든 직후 통로를 나와서 연구실을 찾아갔다. 연구실은 난장판이 된 곳과 거리가 꽤 되었던 덕에 멀쩡했다. 그러나 연구실에 있던 사람들은 멀쩡하지 못했다. 네 명 모두 아무 외상 없이 잠든 것처럼 죽어 있었다. 육체가 부서진 정신을 뒤따라간 듯했다. 그녀는 가라앉은 표정으로 그들을 보다가, 시신 위에 테이블보를 끌어다 덮어 주고 나왔다.

연구실에서 돌아오자마자 에키 역시 기절하듯 잤다.

잠든 세 사람 중에서 가장 먼저 일어난 건 션이었다. 션은 낑낑거리며 불을 붙이고 요리를 하다가 주방에서 챙겼던 몇 개 안 되는 소중한 냄비 바닥을 태워 먹었다. 탄 냄새에 일어난 에키는 로잘린이 했던 말을 떠올렸다.

"생활력도 영 글러 먹었어요. ……열심히 하긴 하는데 실수하는 꼴이 속 터지더라고요."

에키는 냄비를 빼앗고 선에게 요리를 금지시켰다. 그녀가 대충 먹을 만한 수준의 음식을 만드는 동안에도 유리엔은 일어나지 않았다. 그들 중에서 가장 심한 부상을 입고도 끊임없이 움직였으니 한계에 이른 듯했다.

유리엔이 일어난 건 꼬박 하루가 지난 후였다. 결절 안에서는 시간의 흐름을 알기 어려웠으나 대충 그 정도쯤 되었다.

그가 깨어난 후 대강 식량을 셈해 보았다. 주방에서 찾아낸 것도 있어서 릴리까지 넷이 넉넉하게 먹어도 열흘 치는 충분했다. 그래도 결절이 저절로 아물 때까지 얼마나 걸릴지 모르니 하루빨리 나가는 게 나았다.

"율은 쉬고 있어요."

"그럴 수는 없다. 함께 가지."

"왼팔, 잘 안 움직이잖아요. 다리 상처도 덧나고. 제가 모를 것 같아요?"

에키가 눈꼬리를 치켜올리자 유리엔이 입을 다물었다. 그녀는 명령조로 말했다.

"마물들은 제가 청소할 테니 당신은 쉬어요."

"부상은 나가서 치료받으면 된다."

"그러다 혹시 후유증이라도 남으면 정말로 화낼 거예요. 당신 지금 중상이라고요."

"그렇다고 혼자 싸우면 그대가 무리하게 되잖나."

"어차피 남은 마물들은 별거 아니에요. 수가 많을 뿐이지."

"그래도 쉬고만 있는 것은……."

"먼저 쉰다고 생각하세요. 나가면 제가 쉴 테니까. 율, 전 더 이상 당신이 다치는 걸 보고 싶지 않아요."

현재 그의 상태로 싸웠다간 그녀의 신경을 분산시킬 뿐이다. 유리엔은 그 점을 깨닫고 더는 고집을 피우지 않았다. 그 뒤부터 그가 안정을 취하는 동안 에키는 결절 내의 마물들을 처리해 나갔다.

그녀는 잠잘 때를 제외하고 마나 사용을 멈추지 않았다. 거리낄 것 없이 마검을 사용하니 마나가 남아돌아서이기도 하지만, 정확히는 멈추면 몸을 가눌 수 없어서였다. 이미 피로가 극에 달한 몸은 마나 사용을 중단하면 그대로 앓아누울 게 뻔했다.

[야, 이러다 나가면 너 진짜 한 달은 앓아눕는 거 아냐?]

"일주일 정도겠지. 그래봤자 몸살이야. 다친 곳이 있는 건 아니니까 휴가라 생각하고 쉬면 돼. 유리엔은 돌아가자마자 샤이에게 부탁해야겠지만."

그녀의 부상은 추락하면서 생겼던 타박상이나 손발의 생채기 정도라서 괜찮았다. 몸살은 아젠카에 돌아가서 실컷 쉬면 될 일이다. 에키는 아슬아슬하게, 근육이 파열되지 않을 정도를 유지하며 몸을 혹사시켰다.

그녀가 결절 내의 해골 와이번들을 모조리 쓸어 버리는 데에는 사흘 정도가 걸렸다. 마물을 모조리 처리한 후, 그녀는 연구실로 되돌아가 결절의 시작점에 바르데르기오사를 꽂았다.

신력 1629년 7월 12일.

에키네시아 로아즈와 유리엔 드 하르덴 키리에는 션 워런트와 릴리 워런트를 구출하여 결절에서 탈출하는 데에 성공했다.

비슷한 시각, 디아상트 공작의 계획에 따라 2황자로부터 은밀한 명을 받은 자들이 목적지를 향해 출발했다.

11막.
선택하는 것과 선택할 수 없는 것(1)

션 워런트와 릴리 워런트는 창천의 정보원들에게 도움을 받아 정체를 숨기고 우회하여 아젠카로 향해야 했다. 그들의 존재와 로잘린의 상황을 드러내려면 디아상트 공작을 실각시켜야 했고, 그러기 위해서는 준비가 필요했으므로 당장은 감춰야 했다.

반면 유리엔과 에키네시아는 곧바로 열차를 타고 아젠카로 돌아왔다. 그들이 아젠카에 도착한 건 7월 13일 저녁의 일이었다.

유리엔은 소식을 듣고 본부에서 미리 기다리고 있었던 성녀에게 치료를 받았다. 샤이는 치유검 엘기오사를 사용하여 생채기 하나 남기지 않고 그의 모든 부상을 완치시킨 다음 탈진해 버렸다.

에키는 그가 완전히 낫는 것을 확인하자마자 쓰러졌다. 혹여 그의 왼팔에 후유증이라도 남을까 걱정하다가 안심이 되며 긴장이 풀린 탓이었다. 유리엔은 사람들이 쓰러진 그녀를 병실로 데려가려는 것을 막았다.

"그녀는 내 스콰이어니 내가 직접 돌보겠다."

강경한 어조였고 그리 틀린 말도 아니었다. 로드의 임무를 함께한 스콰이어가 다치거나 병에 걸릴 경우 로드가 책임지는 건 당연한 일이었다. 결국 그는 에키네시아를 자신의 사택으로 데려가는 데 성공했다.

　로드와 스콰이어이긴 하지만 남녀 사이라 미심쩍어하는 사람들도 있었으나, 유리엔이 성검의 주인인 데다 예비 약혼녀인 로잘린과 자주 만나려 업무를 줄이는 등의 변하는 모습까지 보였던 터라 큰 의심은 돌지 않았다.

　유리엔으로서는 필수적인 결정이었다. 피로한 상태인 그녀를 마음 편히 쉬게 하기에는 출입을 완전히 통제할 수 있는 그의 사택이 기숙사나 병실보다 나았다. 마석 목걸이 건 이후 침묵하고 있는 2황자나, 드라코툼바성에 그들이 방문했던 걸 알게 된 디아샹트 공작이 에키에게 무언가 수작을 부리는 것을 미리 차단하려는 의도도 있었다.

　하지만 역시 가장 큰 이유는 그녀 곁에 있고 싶은 그의 욕심이었다. 그는 아예 기사단에 휴가를 내고 마검의 음모와 관련된 일만 은밀히 처리하며 사택에 머물렀다.

　어렴풋이 잠에서 깨자 느껴진 것은 보드랍고 사늘한 이불의 감촉이었다. 에키는 눈을 반쯤 떴다가 도로 감았다. 적당히 따뜻하고, 적당히 시원하고, 매우 푹신했다.

　편안한 환경과 달리 몸 상태는 상당히 나빴다. 열이 올라 있는지 이마가 지끈거리고 전신에 힘이 들어가질 않았다. 아래로 푹 꺼지는 기분이었다. 목덜미는 땀으로 미끈거렸고 목 안쪽과 입술은 열로 인해 바짝 말라 있었다. 갈라지는 느낌에 에키는 약간 뒤척이며 침을 삼켰다.

작은 행동이었는데도 알아차린 건지 덜컹하고 누군가 일어서는 소리가 났다. 다가오는 기척이 익숙해서 경계심이 전혀 들지 않았다. 그래서 그녀는 일어나는 대신 베갯잇에 뺨을 파묻었다.

다가온 손길이 조심스럽게 그녀의 등을 받치더니 상체를 들어 올렸다. 그는 그녀를 제게 기대도록 만들었다. 그러더니 축축한 것이 땀이 맺힌 이마에 닿았다. 시원했다. 물수건이 그녀의 얼굴과 목덜미를 꼼꼼히 닦아 내는 동안에도 에키는 눈을 뜨지 않았다. 눈을 뜨기도 피곤했고, 기댄 몸이 지극히 편안했다. 의지하며 그저 푹 쉬어도 될 것 같은. 날을 세울 필요도 긴장할 필요도 없이 그저 믿어도 될 듯한.

곧이어 입가에 미지근한 물이 느껴졌다. 목이 갈라지던 참이었기에 반사적으로 입을 벌렸다. 조금씩 물이 밀려드는 것을 받아 삼켰다. 지나치게 차갑지 않은 물이 달게 목을 적셨다. 끈적거리던 땀이 닦이고 갈증까지 해소되고 나니 한없이 졸렸다. 부드럽게 쓰다듬는 손길과 감싸 오는 체온이 나른했다.

그녀는 자신을 받치고 있는 사람에게 온전히 기대어 다시 잠들었다. 말캉한 감촉이 이마에 상냥하게 와 닿았다.

꼬박 이틀을 비몽사몽으로 보낸 후에야 에키는 무거운 눈꺼풀을 들었다. 아주 작게 바스락거리는 소리가 지속적으로 들렸다. 흐릿한 시야에 소리의 근원이 비쳤다. 그녀가 누운 침대에서 조금 떨어진 곳에

책상이 있었다. 언뜻 보아도 호화로운 침실인 방에 그 책상은 영 어울리지 않았다. 일부러 끌다어 놓은 것 같았다. 은발의 남자가 그곳에 앉아 서류 더미를 뒤적였다.

'유리엔……'

종이를 내려다보며 미세하게 얼굴을 찡그렸다가, 턱을 만지작거리다가, 깃펜을 쥔다. 소매를 반쯤 걷어 드러나 있는 팔뚝은 단단하고 펜을 놀리는 손도 커다란데, 손가락의 모양이나 몸이 그리는 선이 우아해서 거칠다기보다는 조각상처럼 매끈해 보였다.

에키는 멍한 머리와 반쯤 뜬 눈으로 그를 지켜보았다. 그림 같아. 예쁜 파란 눈. 팔뚝 만져 보고 싶다. 만지면 부끄러워하겠지.

이제 그에게 숨길 필요도, 두려워할 필요도 없다. 남은 문제들만 처리하고 나면 그와 함께할 수 있다. 계속 같이 있고 싶어. 같이 하고 싶은 것도 많고 나눠야 할 이야기도 많은걸.

'다 끝나면…… 결혼하게 되려나. 부모님 놀라시겠네. 란셀리드는 기절할지도.'

의식의 흐름이 마구잡이로 흐르며 그녀의 입가에 희미하게 미소가 떠올랐다.

[어, 주인아, 일어났어?]

마검의 말에 그녀는 이불 속에 파묻혀 있던 오른손을 들어 올렸다. 다른 사람 앞에서는 늘 끼고 있던 장갑이 없는 맨손이었다. 하얀 손바닥에 검은 문양이 뚜렷했다.

"에키!"

우당탕하고 의자가 넘어지는 소리와 함께 유리엔이 그녀를 불렀다. 손을 들어 올리는 작은 움직임에 그녀가 일어난 걸 알아챈 그가 서류를 팽개치고 침대 가로 다가왔다. 에키는 웃는 얼굴 그대로 그를 보았다.

"율."

"……걱정했다."

달리다시피 다가왔으면서 침대에 걸터앉는 건 느꼈다. 그는 에키의 이마 위에 제 손을 올려 열을 재어 보았다.

"많이 내렸군. 다행이다."

"얼마나 잤어요, 저?"

"이틀 정도. 중간에 조금씩 깨긴 했지만."

"여기는……."

"내 사택이다. 그대가 편히 쉬기엔 여기가 나을 것 같아서."

유리엔의 눈길이 그녀의 오른손에 잠시 머물렀다. 그의 말대로, 기숙사나 다른 사람들이 드나드는 병실이었다면 마음껏 쉬지 못했을 것이다. 마검의 문양을 들킬까 봐 불안해서. 에키는 그의 시선을 따라 오른 손바닥을 가만 응시하다가 불쑥 물었다.

"줄곧 당신이 제 곁에 있었나요?"

"그래. 줄곧 그대의 곁에 있었다."

그가 그녀의 흐트러진 머리칼을 쓸어 넘겼다. 다정하고 애틋한 손길. 잠결에 어렴풋이 그 손길을 몇 번 느낀 게 기억났다. 속에서 몽글하고 따뜻한 것이 차올랐다. 그게 민망해서 에키는 일부러 살짝 짓궂게 물었다.

"설마 목욕도?"

"그, 그, 그런, 무례한 짓은, 하지 않았다!"

애틋하던 유리엔의 얼굴이 삽시간에 새빨갛게 달아올랐다. 오른손을 붕대로 가려 놓고 하녀에게 시켰다며 황급히 설명하는 그를 보며 에키는 웃음을 터뜨렸다. 웃다가 근육통이 남은 전신이 아파 와서 낑낑거리자 유리엔이 허둥지둥 연고를 찾았다.

"괜찮아요. 그보다 배가 고픈데요."

"잠시만 기다려라."

[주인아, 일어난 김에 나 또 랑이랑 얘기하게 해 주면 안 돼? 쟤보고 랑 꺼내 달라고 해!]

유리엔이 하인을 불러 식사를 가져오라 명하는 사이 바르데르기오사가 칭얼거렸다. 에키는 커다란 베개에 기댄 채 수상하다는 표정을 지었다.

"또? 뭐 하려고?"

[기오사들끼리 하는 주웅요한 얘기!]

"대체 무슨 얘긴데, 그거."

[그런 게 있어! 빨리, 빨리이, 응? 너 자는 동안 혼자 궁리하던 거 랑한테 물어봐야 한단 말이야!]

"뭘 물어보려는 거야?"

[안 돼, 못 가르쳐 줘! 비밀이야! 그러니까 빨리 꺼내 줘! 여긴 들킬 일도 없잖아!]

"너 역시 랑기오사 괴롭히려는 거지?"

[야, 넌 왜 이렇게 자기 기오사를 못 믿어? 안 괴롭힌다니까. 랑한테 물어봐. 걔가 싫다고 그러면 안 조를게. 빨리! 얼른!]

에키는 한숨을 쉬고 침대 가로 돌아오는 유리엔을 바라보았다. 미리 준비시켜 두었던 건지 그새 나온 음식 쟁반을 들고 있었다. 침대 위에 직접 식사를 차려 주는 그를 향해 그녀가 말했다.

"율, 바르데르기오사가 랑기오사하고 이야기를 하고 싶대요. 랑기오사가 싫어하지 않나요?"

[음? 뭔가 알아낸 게 있나. 마검과 이야기하게 해 다오, 주인.]

에키의 말이 끝나자마자 성검이 답했다. 유리엔은 고개를 기울였다.

"알아낸 거라니?"

[헛된 일일 수도 있으니, 확실해지면 알려 주겠다. 지금은 말하기가 그렇군.]

"알았다."

그는 성검을 뽑고, 에키가 꺼낸 마검과 함께 한쪽 구석의 협탁 위에 겹쳐서 올려놓았다. 에키는 성검이 대화를 허락했다는 걸 믿기 어려운 듯 고개를 내저었다.

"기오사들이 무슨 할 얘기가 있는지 모르겠네요."

"글쎄, 성검은 워낙 오랜 세월을 살았으니…… 마검에게 뭔가 가르칠 게 있는 것 아니겠나."

"마검이 배운다고요? 뭔가를? 성검으로부터?"

마검의 성격을 아는 그녀는 황당한 표정이 되어 기오사들 쪽을 바라보았다. 서로 대화하느라 바쁜 기오사들은 주인에게 신경 쓰지 않았다. 유리엔은 조금 웃고는 수프 그릇을 그녀 쪽으로 밀었다.

"식겠다. 우선 먹어라."

"아, 네."

에키가 식사를 시작하자 그는 그녀가 잠든 동안 있었던 일에 대해 설명해 주었다. 일단 그가 제니스가 되었다는 건 당분간은 비밀로 할 예정이었다. 아직 명백히 제니스라 하기엔 서툴기도 하고, 적에게는 정보가 덜 알려질수록 유리하므로.

"로잘린의 가족들은 그럼 오늘이나 내일 중에 도착하겠네요."

"한동안은 창천 기사단 내부에 머물게 할 생각이다. 외부에서 알아채기 어려운 곳이니."

"언제까지요?"

"당장 진실을 밝히기는 어렵다. 마검의 음모를 공표하며 2황자와 황제를 벌하고, 크루엔 형님이 제위에 오른 후가 낫겠지."

"하긴, 지금 당장은 공작의 죄를 밝혀 봤자 황태자 전하의 세력만 위태로워지겠군요."

"그래. 디아상트 공작이 황태자의 장인인 이상, 공작을 잘못 규탄했다간 2황자파에게 형님을 쳐 낼 명분만 주는 꼴이 된다."

"2황자와 공작이 연계되어 있다는 걸 증명하면 되잖아요."

"그러니 우선 증거를 찾아내야 한다. 그리고 그 증거로 크루엔 형님부터 납득시켜야겠지."

유리엔이 잠시 일어나더니 서류 뭉치를 가져왔다. 진행 중인 조사와 계획들을 정리한 문건이었다.

"그대가 연구실에서 찾아낸 노트의 해석, 니콜 시즈튼에게 맡겼다는 마석 목걸이의 분석, 그리고 근위 기사단장과 디아상트 공작이 콜본에서 만났을지도 모른다는 정황 조사. 이 세 가지 조사가 끝난 후에 결과를 취합하여, 로잘린 디아상트를 내게 약혼녀로 보낸 경위와 함께 황태자 전하께 드릴 생각이다."

"황태자 전하는…… 받아들이실까요?"

믿을 수 있는 사람인가, 라고 물으려다 너무 적나라하여 에둘러 물었다. 유리엔은 그녀가 무슨 의도로 물었는지 알아채고 담담히 답해 주었다.

"크루엔 형님은 무엇이 옳은지 모르는 사람은 아니다. 그 점은 걱정하지 않아도 된다."

"그럼, 로아즈에 마검이 보내진 음모에 대한 증거로 황제와 2황자를 실각시키고, 그 뒤 취합한 증거로 공작을 실각시키고 나면……."

"모든 일이 끝나고, 비로소 그대에게 제대로 청혼할 수 있게 되겠지."

유리엔이 혼잣말처럼 중얼거린 말에 에키가 멍해졌다. 그녀가 침묵하자 서류를 보고 있던 그가 의아한 듯 고개를 들었다. 제가 무슨 말을 했는지 제대로 깨닫지 못하고 있는 것 같은 낯이었다.

"……율, 방금 뭐라고 했어요?"

"모든 일이 끝나면 그대에…… 게……."

순순히 대답하다 말고 유리엔의 말끝이 흐려졌다. 연회에서 했던 충동적인 것 말고, 좀 더 제대로 된 청혼부터 결혼식까지 어떻게 진행할지 요즘 내내 구상하던 중이라 무심결에 입 밖에 내어 버렸다. 그가 입가를 가리더니 목욕 이야기가 나왔을 때보다 더 붉어져서는 벌떡 일어났다.

"율?"

"디, 디저트를 가져오겠다."

"그건 시간이 되면 알아서 가져오는 거 아니에요?"

"명, 령하는 것을, 잊어서. 하인들도, 잊어버렸을 수도 있으니까……. 금방 다녀오지."

말도 안 되는 변명을 주워섬긴 그가 도망치듯 침실 밖으로 나갔다. 홀로 남은 에키는 세운 무릎에 얼굴을 파묻고 웃다가 근육통 때문에 신음을 흘리기를 반복했다.

[응? 주인 왜 저래? 바보 같아.]

[인간들은 사랑에 빠지면 바보가 되기도 하고 제정신이 아니게 되기도 하지. 그러려니 해라.]

[내 주인이 바보가 됐으니까 그럼 네 주인은 제정신이 아닌 거야?]

[……]

에키네시아가 일어났다는 소식에 다음 날부터 사람들이 병문안을 왔다. 가장 먼저 찾아온 건 앨리스였다.

"왜 이렇게 자주 앓아눕는 겁니까?"

"그러게요. 아무래도 체력 훈련을 더 해야겠어요."

"무슨 소립니까, 당신이 훈련하는 걸 제가 다 봤는데. 거기서 더 하면 훈련 때문에 앓아누울 겁니다. 도대체가 검술은 그렇게 뛰어나면서 몸은 왜 덜 만들어져 있습니까?"

앨리스로서는 걱정하며 하는 잔소리였지만 에키 입장에선 날카로운 질문에 뜨끔할 수밖에 없었다. 앨리스가 한숨을 쉬었다.

"파티마 선배님은 임시 스콰이어 임무 중이셔서 못 왔습니다. 대신 이걸 전해 주라고 하셨고요."

"꿀에 절인 약초네요. 전에 주셨던 것도 맛있었는데. 고맙다고 전해 주세요, 앨리스."

"예."

"위즈덤은 어때요? 다들 잘 지내나요?"

"……사실 파티마 선배님 말고 다른 클럽원들도 다 병문안을 오려 했습니다. 그런데 단장님께서 거절하셔서. 저와 파티마 선배님만 허락해 주시더군요."

"유…… 로드가요?"

"예. 에키가 피로한 상태라 많은 사람이 오는 건 좋지 않겠다고 하셨습니다."

"그렇게 심한 건 아닌데……."

에키는 유리엔이 왜 다른 클럽원들의 방문을 막았는지 알 수가 없어서 고개를 갸웃거렸다. 문득 떠오른 것은 있었으나, 설마 유리엔이 그런 유치한 짓을 할까 싶었다.

'그냥 나를 걱정한 거겠지.'

"앨리스, 파티마 선배님은 누구의 임시 스콰이어직을 하고 있는 건가요? 미하일 생도랑 테오 생도랑 그리고 음, 바라하 선배님은…… 잘 지내시죠?"

떠난 기간은 2주 남짓했으나 많은 일이 있었다 보니 한참 떠나 있었던 기분이었다. 앨리스는 그녀가 없었던 동안 사관학교와 클럽에서 있었던 일에 대해 차근차근 이야기해 주었다.

다음으로 다녀간 건 샤이였다. 수석 신관 아론과 함께 찾아온 샤이는 들어오자마자 에키를 치료하려 들었다.

"샤이, 이건 부상도 아니고 병도 아니라서 효과가 없을 거야. 정확히 말하면 그냥 지친 거니까. 유리, 아니, 로드께서도 설명해 주셨을 텐데."

"설명, 듣긴 했지만…… 그래도 해 봐야 아는 거잖아요. 언니, 저 정말 열심히 연습했어요. 하게 해 주세요, 네? 언니 아픈 거 싫어요……."

샤이의 회색 눈에 눈물이 그렁그렁했다. 그녀는 당황해서 소녀를 달래다가 결국 포기하고 엘기오사를 써 보라고 허락해 주었다. 단검이 가슴께를 파고드는데도 통증도 상처도 없는 건 무척 기묘한 느낌이었다. 엘기오사를 거둔 샤이는 조그만 손으로 에키의 이마를 짚어 보더니 완전히 실망한 얼굴이 되었다. 에키의 열은 그대로였다.

"병이 아니라서 그래. 치료가 아니라 휴식이 필요한 상태거든. 그러니까 괜찮아."

"……저, 언니한테 도움이 별로 안 되네요."

"그럴 리가. 저번에 독을 마셨을 때 샤이가 날 치료해 줬잖아. 이번에도 로드를 치료해 줬고. 정말 고마워."

"그런 건 당연한 일인걸요. ……얼른 나아야 해요, 언니."

에키는 시무룩해진 소녀를 다독여 보냈다. 다음으로 찾아온 건 의외로 테레사였다.

"체력 훈련이 필요하면 말해라. 네게는 여러모로 신세를 졌으니 그 정도는 얼마든지."

그 말과 함께 테레사는 커다란 과자 상자를 두고 갔다.

'지나가다 들렀다면서 이런 건 언제 산 건지.'

과자 상자는 예쁜 분홍색에 귀여운 금박 무늬가 그려진 것이었고, 안에 든 쿠키는 동물 모양이었다. 테레사의 드레스 취향과 일맥상통했다. 에키는 과자를 먹으면서 웃고 말았다.

이어 니콜이 보낸 전보가 왔다. 마석 목걸이 분석 진행 중이라는 말과 함께 걱정 좀 시키지 말라는 잔소리였다. 오랜 예전이라면 귀찮아했을 잔소리가 지금은 따뜻하기만 했다. 에키는 유리엔이 그녀가 마검의 주인이라는 걸 알게 되었다는 사실을 조만간 니콜에게도 알려야겠다고 생각했다.

마지막으로 온 것은 로잘린 디아샹트였다. 그녀는 화장으로도 완전히 가리지 못한 부은 눈을 하고 찾아왔다.

"오늘 아침에 그이랑 딸이…… 도착했어요. 조금 전까지 함께 있다가 오는 길이에요."

"오랜만에 만났을 텐데 더 함께 있지 않고요."

"어차피 지금은 오래 같이 있어서는 안 되는걸요. 들키면 위험하잖아요."

"……조금만 기다리면 계속 같이 있을 수 있을 거예요, 로잘린."

"에키네시아 로아즈 양."

로잘린이 자리에서 일어나더니 드레스 자락을 쥐었다. 그녀는 침대에 기대앉은 에키를 향해 우아하고 완벽하게 귀족의 인사를 했다.

"저는 그리 대단한 위치에 있지도 않고, 지금은 무력하지만…… 그래도 제법 수완이 있답니다. 혹 제 도움이 필요하다면 뭐든, 언제든, 제게 말하세요."

"아, 아뇨, 괜찮아요, 로잘린은 이미 큰 도움을 주고 있잖아요?"

"그래도요. 알겠죠? 잊지 마세요."

로잘린은 운 흔적이 역력한 얼굴로 화려하게 웃었다.

에키네시아가 일어날 때까지 외부 일정을 모조리 미뤄 두었던 유리엔은 밀린 것들을 처리하느라 밤늦게 사택으로 돌아왔다. 그는 일하기 싫고 빨리 집에 가고 싶은 심정을 난생처음 느껴보았다. 총행정관 임명을 끝냈으니 이제 조금씩 일이 줄어들 거라는 게 그나마 위안이었다.

방에서 쉬고 있던 에키는 이상한 상자들을 한 아름 안고 들어온 그를 보고 당황했다.

"그게 다 뭐예요, 율?"

"오는 길에 그대에게 주려고 샀다."

"……그걸 다요?"

에키가 얼이 빠져서 되물었다. 유리엔은 협탁에 들고 온 것들을 내려놓다가, 쌓아 놓고 보니 생각보다 많아서 내심 당황했다. 들어오자마자 마검과 함께 한쪽에 놓인 성검이 거 보라는 듯 중얼거렸다.

[난 분명히 말렸다, 주인. 사탕 병을 살 때부터.]

[왜? 뭔데? 우와, 저게 다 뭐야?]

[됐다, 바르데르. 주인들은 내버려 두고 하던 얘기나 계속하지.]

성검은 한숨을 쉬고는 마검과 다시 '문양'에 대해 논하기 시작했다. 유리엔은 창천 기사단 본부에서 사택으로 가는 짧은 길에 가게가 그렇게 많은 줄 처음 알았다. 그중에서 에키네시아가 연상되는 것이나 그녀가 좋아할 법한 것만 샀는데 뭘 보든 자꾸 생각이 나더니만 이 지경이 되어 버렸다. 제가 봐도 좀 과해서 그는 슬며시 에키의 시선을 피했다.

"보이니까, 그대 생각이 나서."

에키는 멍하게 그를 바라보다가 상자들을 풀어보았.

비단 리본, 레이스 손수건, 색색의 사탕이 든 유리병, 작은 생화 다발, 독수리 깃펜, 보라색 잉크, 섬세한 무늬가 새겨진 오르골, 꽃을 말려 만든 향 주머니, 조그만 솜인형, 검 모양의 금속 책갈피, 오밀조밀한 분홍색 초콜릿 통.

자잘하고 예쁘고 소소한 물건들이었다. 처음엔 당황스러웠는데 하나 하나 풀어 나가다 보니 입가에 미소가 떠오르는 것을 막을 수가 없었다. 가슴 안쪽이 간질간질했다.

"고마워요, 율."

눈치를 보고 있던 유리엔이 그녀가 웃으며 하는 인사에 확 밝아졌다. 에키는 고개를 기울이며 말을 덧붙였다.

"하지만 이렇게 많이 사 올 필요는 없어요. 당신이 보기에도 그렇죠?"

"……앞으로는 자제하겠다."

유리엔이 살짝 상기된 얼굴로 대답했다. 아, 정말 사랑스러워서 못 견디겠다. 에키는 그런 생각을 하며 그의 왼팔을 잡아당겼다.

"저도 선물을 하고 싶은데, 지금 당신에게 줄 만한 게 없어서."

"그대에게 무언가 받고 싶어서 사 온 것은 아니니 부담은……!"

정색하며 말하던 유리엔이 헛숨을 들이켰다. 그의 왼쪽 셔츠 소매를 걷어 올린 에키가 소매로 가려지는 손목 안쪽에 입술을 가져다 댔다. 그녀는 전에 로잘린에게 배운 대로 그의 피부를 살짝 빨아들였다. 촉, 하는 소리가 났다. 입술을 뗀 그녀가 웃었다.

"잃어버린 커프스 버튼 대신이에요. 제대로 된 선물은 나중에 줄게요."

유리엔은 그녀가 입술을 댔던 손목 안쪽을 멍하니 내려다보았다. 곧 꽃잎 같은 분홍색 자국이 생겨났다. 그는 넋이 나가서는 뚫어져라 그 자국을 바라보았다.

에키는 그가 한참을 꼼짝 않고 있자 불안해졌다. 로잘린이 분명 이러면 엄청 좋아할 거라고 했는데. 게다가 내 것이라는 자국을 남겨 둔 느낌이라 만족스럽다고도 해서, 그녀로서도 그에게 해 보고 싶기도 했다. 그래도 역시 물어보고 할 걸 그랬나.

"율? 싫어요? 미안해요, 전 당신이 좋아할 줄 알고……."

그녀의 사과에 삐걱거리며 고개를 든 유리엔이 손을 뻗었다. 그녀를 잡아당겨 안고는 그대로 입을 맞췄다. 맞닿은 몸 너머에서 그의 심장이 미친 듯이 뛰고 있었다. 갈급하게 탐하고, 약간 떨어진 틈에 쉰 음성으로 속삭였다.

"싫지 않다. 하지만 앞으로는 하지 마라."

"으, 역시 싫었던 거죠? 물어봤어야 했는데, 실수를……."

"그게 아니라."

다급히 그녀의 말을 끊은 그가 잠시 숨을 골랐다. 그리고 그녀를 놓고 떨어져 물러섰다.

"내가 그대에게 실수를 할지도 모른다. 그러니 하지 마라. 아니, 아예 하지 말라는 게 아니라, 내가, 준비를 하고, 인내할 수 있을 때에……."

횡설수설 말하던 그가 신음을 흘리며 제 손에 얼굴을 묻었다. 흘러내린 은발 사이로 보이는 귀가 시뻘겋다. 그가 무슨 말을 하는 건지 알아듣지 못하고 있던 에키는 그 귀를 보고 불현듯 말뜻을 알아차렸다. 그녀의 얼굴이 그의 귀만큼이나 빨개졌다.

"미, 미, 미안해요. 앞으로는 안 그럴게요."

유리엔은 손을 떼고 달아올라 시선을 피하는 에키를 보았다. 앞으로 안 그런다는 말에 어쩐지 엄청나게 서러워졌다. 결혼하고 싶다. 빨리. 이러다 죽을 것 같으니. 딱 그 생각만 들었다.

서로 어쩔 줄 몰라 하고 있는데 문가에서 요란한 노크 소리가 들렸다.

"단장님. 급한 전갈입니다."

"……나가마."

유리엔은 얼굴을 문지르고 일어나 밖으로 향했다. 복도에 창천의 정보원이 땀에 흠뻑 젖은 채 서 있다가 경례를 하고 밀랍으로 봉한 편지를 건넸다.

붉은 봉투였고, 피처럼 붉은 밀랍이었다. 그것이 무슨 뜻인지 잘 아는 유리엔은 굳은 낯으로 봉인을 떼어 냈다. 편지에는 다급하게 휘갈겨진 글씨가 가득 채워져 있었다. 첫 줄이 비수처럼 그의 눈에 파고들었다.

―키리에 제국 남부, 로아즈 영지에 마검 바르데르기오사가 출몰했습니다.

로아즈 영지는 제국 남부에 있는 자그만 영지였다. 마을이나 성이 몇 개 있었지만, 중심은 백작의 저택이 있는 로아즈시다.

성으로 둘러싸인 로아즈 시내에서 이변이 시작된 것은 7월 14일 한밤중이었다.

데릭은 로아즈의 기사들을 이끄는 수석 기사였다. 직위에 걸맞게 영지 내에서 가장 뛰어난 검술의 소유자로, 마나 코어를 형성하지 못해 마스터는 못 되었지만 검을 휘두를 때 체내에서 무의식적으로 마나를 활용하는 수준은 되었다.

그날 밤, 집에 돌아간 그는 괴상한 꾸러미를 발견했다. 꾸러미 안에는 검은 보석이 달린 목걸이가 있었다.

기사인 만큼 그는 마검 바르데르기오사의 외형을 얼추 알고 있었다. 그 안에 있는 것이 마검의 형상을 하고 있었다면 결코 건드리지 않았을 것이다. 하지만 그건 조잡한 목걸이였고, 미혼인 데릭의 집에는 여자가 살지 않았다. 누가 왜 이런 목걸이를 보냈지? 데릭은 그런 생각을 하며 무심코 목걸이를 집어 들고 말았다.

데릭의 집 근처에는 로아즈 가의 기사들이 거주하는 저택이 많았다. 몇 명의 사상자가 난 후에 기사들은 이변을 알아차렸다.

대장이 미쳤다.

평소 데릭은 가문의 기사들을 세 명까지 상대할 수 있었다. 다섯 명의 기사가 데릭을 막아섰다. 그들이 모조리 도륙당했을 때, 남은 기사들은 사태가 심상치 않다는 것을 깨달았다.

전령이 달려갔다. 백작의 저택과 붙어 있는 영주관에 도착한 전령은 자신 말고도 이미 다른 전령들이 도착해 있는 것을 보았다. 14일 밤에 로아즈 시내에 뿌려진 검은 목걸이는 하나가 아니었다.

조잡하고 작은 마석이었으나, 그것으로도 치명적이었다. 살의가 전염병처럼 거리를 휩쓸었다. 검게 물든 자가 이웃과 가족에게 칼과 창을, 도끼를, 쇠스랑을, 낫을 겨누었다. 지옥이 도래했다.

"북부 거리에서 살인마가 날뛰고 있습니다!"

"중앙 시장에 광인이 나타나……."

"곡물 창고 안에서 계속 비명이 들리는데, 들어간 사람이 아무도 돌아오지 못하고 있습니다!"

"제3 경비대가 광장 근처에 출몰한 미친 자들을 상대하는 중인데

도저히 막을 수가 없답니다! 증원이 필요합니다!"

15일 새벽, 로아즈 영주관은 아비규환이었다. 자다가 나온 백작 부부는 경비병과 기사들을 전원 호출해 사방으로 보냈다. 그러나 보내진 자들은 돌아오지 못했고, 보고는 계속해서 늘어났다. 밤중에 시작된 사태는 몇 시간 만에 극단으로 치달아 해가 뜰 무렵에는 손쓸 수 없는 지경이 되어 있었다. 백작은 결단을 내렸다.

종이 울려 퍼졌다. 경비병과 기사들이 목숨 걸고 막아서는 사이 시민들이 대피했다. 영주관이 있는 내성(內城) 안쪽으로 살아남은 자들이 도망쳐 왔다. 모든 경비대와 기사들은 시내를 버리고 내성 성문 쪽으로 물러났다. 버티고 버티다 들어온 마지막 기사들이 성문을 닫았다. 경비대는 반수 이상이 죽었다.

안개 낀 아침이었다. 안개와 성벽 너머로 비명과 괴성이 피 냄새와 함께 넘어왔다. 미처 달아나지 못한 자들이 희생되고 있었다. 내성 안으로 도망쳐 온 사람들은 공터에 빼곡하게 모여 앉아 공포에 떨었다.

로아즈 백작은 영주관 집무실에서 창밖을 보며 신음을 흘렸다. 그의 뒤에서 영주관 소속 마법사 레베카가 위급 시에 사용하는 통신구를 연결하려 낑낑대고 있었다.

"마법 통신은 아직 연결되지 않소?"

"예, 이상합니다. 이럴 리가 없는데. 마치 누가 일부러 차단해 놓은 것처럼……."

"영주님! 큰일 났습니다!"

"여기서 더 뭐가 일어난단 말이냐?"

"데릭 경이 마스터였습니다! 성문이 부서졌습니다!"

"영주님, 피하십시오! 내부에서도!"

죽일 인간이 사라지자 내성 성문으로 온 데릭이 마스터처럼 검기를 뽑아냈다. 성문이 반으로 갈라졌다. 공터에 모여 있던 사람들이 절규했다. 영주관 안쪽에서도 비명이 울려 퍼졌다. 내성 안에서 나타난 검게 물든 인간들 몇이 살육을 벌이기 시작했다. 피비린내와 비명이 하늘로 치솟았다.

"전부 영주관 안으로! 다 들이고 문을 닫아라!"

백작이 고함을 질렀다.

살의. 마검의 마나. 진짜 마검이 아니라 마검의 마나 일부일 뿐이기에 일정 이상의 인원을 죽이면 살의가 해소되어 멈출 터였다. 시간이 흐르면 숙주의 몸이 한계에 이르러 쓰러질 수도 있었다.

그러나 로아즈에 그 사실을 아는 사람은 아무도 없었다. 알고 있었더라도 그때까지 막는 것이 불가능하니 소용이 없었을 것이다.

"막아, 막으라고!"

"무립니다! 힘이, 크아악!"

"아, 아, 선배님, 다이크가, 다이크가……!"

"생각하지 마! 저건 그냥 적이다!"

"버, 버티기가, 도저히, 문을 봉쇄해야 합니다!"

"안 돼! 아직 밖에 사람들이 있다!"

"젠장, 너, 너, 그리고 너, 저놈을 맡아! 너랑 나는 저자를 막는다! 나머지는……!"

"버텨! 기사가 시민을 상대로 막는 것도 못 하나!"

"아아악!"

"대장님!"

"빌어먹을, 나라고, 데릭 이 미친 새끼야!"

"피해!"

내성을 포기한 기사들이 영주관의 정문에 모여들었다. 상대적으로 무력이 부족한 경비병들은 거의 전멸이었다. 옆 사람이 죽는 사이 살아남은 시민들이 영주관 안뜰로 도망쳐 왔다. 막아서던 기사들이 하나둘 죽어 나갔다. 한때 가장 든든한 기사였던 데릭이 동료들을 학살하고 있었다.

아비규환. 저택과 연결된 영주관에 막 도착한 란셀리드는 하얗게 질린 채 그 광경을 보았다. 소년은 가슴께를 더듬었다. 벨벳 케이스가 만져졌다.

"일종의 보험이다. 에키네시아에게는 알리지 말고 그대만 알고 있어라. 위급 시에 잊지 말고 쓰도록."

"아버지!"

"나중에, 란셀! 피해 있어라! 집사, 란셀리드를 데려가게!"

"알겠습니다, 영주님!"

집사가 백작에게 다가가려는 란셀리드를 잡아끌었다. 란셀리드는 버둥거리다가 소리를 질렀다.

"아버지! 제게 마도구가 있어요! 창천 기사단장, 님이, 주신 마도구가!"

"……뭐?"

집사가 멈칫하고 백작이 돌아보았다. 란셀리드는 허둥지둥 달려가서 벨벳 케이스를 열어 보였다.

"이동 마법이 새겨져 있대요. 발동까지 걸리는 시간은 10초, 범위는 반경 1미터, 안에 있으면 인원 제한 없이 안전한 곳으로 옮겨진다고……."

백작은 한눈에 그것이 범상치 않은 물건임을 알아보았다. 근처에 있던 마법사 레베카도 확언을 해 주었다.

"이동 마도구입니다. 굉장하군요, 이 정도 물건은 처음 봅니다. 형식을 보니 도련님 말씀대로의 성능일 듯합니다."

창천 기사단장이 '보험'이라며 주었다고. 백작은 마도구를 들여다보았다.

반경 1미터. 아무리 딱 붙어서도 들어갈 수 있는 인원은 스무 명 정도. 살아남아 영주관의 안뜰에 들어온 자들만 백여 명이었고, 아직 살아 있는 기사가 십여 명, 간신히 살아남은 경비병도 몇 있었다.

로아즈 백작은 피와 비명이 가득한 영주관 정문을 바라보았다. 짧은 순간에 격렬한 갈등이 몰아쳤다. 그는 결국 마도구를 도로 아들에게 내밀었다.

"가지고 있어라."

"백작님, 가족분들과 함께 마도구로 대피하십시오. 데릭 경이 마스터라면 버텨 봤자 시간문제입니다."

"아니, 아직 수가 남아 있네."

곁에서 함께 들은 집사가 간언하는 말에 백작이 고개를 저었다. 밖에서 울부짖는 듯한 고함이 들려왔다.

"더는 못 버팁니다!"

"문을 닫아라!"

영주관 정문이 닫히기 시작했다. 먼 곳에서 비명이 들려오고 있었지만 더는 열어 놓을 수가 없었다. 미쳐 날뛰는 자들은 십여 명에 불과했으나 그들 중 쓰러진 자는 한 명도 없었고, 기사와 경비대는 계속 죽어 나가고 있었다. 기사들이 핏발 선 눈으로 문을 닫았다.

백작은 영주관 중앙 계단으로 달려가 벽에 걸려 있는 커다란 액자를 가리켰다.

"떼어 내라, 당장! 레베카, 통신은 포기하고 이리 오시오!"

하인들이 달라붙어 액자를 내렸다. 액자 뒤에는 거대한 마법진이 있었다. 아젠카로 떠나 있는 사이 로아즈를 지켜 달라는 에키의 부탁을 받은 니콜이 설치해 둔 것이었다. 레베카는 마법진의 중앙에 있는 마석을 보자마자 자신이 뭘 해야 할지 깨달았다.

"발동시킬 수 있겠소?"

"물론입니다!"

달려온 그녀가 재빨리 마석에 손을 올렸다. 웅, 하고 마법진이 울었다. 마법진의 선을 따라 퍼져 나간 푸른빛이 순식간에 사방으로 확산되었다. 반투명한 푸른 막이 영주관 전체를 감싸 안았다. 범위 방어 마법이었다. 레베카가 때를 잊고 감탄했다.

"맙소사, 이런 수식이라니, 역시 니콜 님은 대단해요……."

"집사, 밖의 상황은?"

백작은 감탄할 틈이 없었다. 백작의 명을 들은 집사가 창가로 달려갔다. 곧이어 희망에 찬 목소리가 들려왔다.

"못 뚫고 있습니다!"

푸른 막 너머에서 검게 물든 자들이 들러붙었다. 데릭이 검은 마나로 휩싸인 검으로 막을 내리쳐댔으나 막은 잘 버텼다.

여기저기서 안도의 한숨이 터져 나왔고, 울음과 신음도 함께 터져 나왔다. 가족과 친지가 죽은 사람들, 가족과 친지에게 죽은 사람들.

숨죽여 우는 자와 넋을 잃은 자, 절규하는 자와 웅크려 떠는 자들이 있었다. 오열과 고통과 공포가 공기 중에 흘렀다.

영주관에 머물던 백작의 주치의와 조수들, 신관이 부상자를 치료하기 시작했다. 하인과 하녀들이 물과 깨끗한 천 등을 날라 왔다. 기사들과 몇 남지 않은 경비병들, 그들을 도와 나섰던 시민들은 지쳐 쓰러졌다.

그리고 영주관 바깥에서 은밀히 숨어 그 광경을 지켜보고 있는 자들이 있었다. 기척을 감추는 마법진 안에서 그들이 대화를 나누었다.

"변수로군."

"현자의 제자가 아무리 탁월해도 저 규모의, 게다가 본인도 아니고 다른 사람이 발동한 방어막이 오래 가진 못할 겁니다."

"방어막보다 악마들이 빨리 소모되겠는데. 진짜 마검처럼 무한정 마나가 공급되는 게 아니니."

"마검처럼 누구든 마스터급으로 만들지는 못해도, 실력 있는 기사면 마스터 흉내는 낼 수 있습니다. 특별히 강한 자를 골라 물들게 해 놓았으니 그자가 곧 저걸 부수겠지요."

"좋아. 우선 기다려 보지. 인질 외에 생존자가 남아선 안 돼. 포위는 어떻게 되어 가고 있지?"

"성 밖으로 도망친 자들은 모조리 처리하는 중입니다. 오후가 되면 마검의 저주를 받은 땅이라 선언하고 격리할 예정입니다. 내부의 생존자는 악마를 계속 풀어 넣으면 처리될 겁니다."

"그 검은?"

"준비해 뒀습니다."

"막이 부서지고 악마들이 안에 들어가면 곧바로 행동을 개시한다. 로아즈 일가의 초상화는 숙지해 뒀겠지?"

"예."

"괜히 악마들에게 걸리지 않게 조심하도록. 저것들은 피아 식별이 불가능하니."

"알겠습니다."

후드를 눌러쓴 자들은 조용히 푸른 막을 주시했다. 데릭이 쉼 없이 검기로 막을 내려치고 있었다. 어느 순간 막이 흔들렸다. 그것을 본 영주관 내부에서 비명이 솟구쳤다.

"마, 막에 금이 가고 있습니다!"

기사가 외치지 않아도 백작 또한 그것을 보고 있었다. 검게 타오르는 검기. 영주관 안에서 검기를 쓰는 데릭을 막을 수 있는 자는 아무도 없었다. 시간이 촉박했다. 선택해야 했다. 백작은 이를 악물었다.

"……걷기 힘든 자들을 모아라. 가장 심한 자로 스무 명. 그리고 안거나 업힐 수 있는 어린아이를 모아. 란셀리드, 이리 와라."

백작의 부름에 란셀리드가 새파랗게 질린 얼굴로 다가왔다. 백작이 소년의 어깨를 쥐었다.

"마도구의 범위대로 원을 그리고, 부상자들과 아이들을 최대한 채워 넣어라. 어린애들을 안아 들면 더 많은 수가 마도구로 이동할 수 있을 것이다. 너도 함께 가라."

"어떻게 저만……!"

"걱정 마라. 나와 네 어머니는 사람들을 데리고 저택의 비밀통로로 나갈 테니. 너도 아는 통로지 않느냐. 우리가 그리로 가는 사람들을 이끌 테니, 너는 마도구로 이동하는 사람들을 이끄는 거다."

아들의 어깨를 쥔 백작의 손에 힘이 들어갔다. 보라색 눈동자가 형형한 빛을 담고 같은 색의 눈동자를 응시했다.

"도망치라는 게 아니다. 네가 그 사람들을 책임지란 뜻이다. 그게 후계자의 의무니까. 알겠느냐?"

"……예, 알겠습니다."

란셀리드의 창백한 얼굴에 사명감이 깃들었다. 백작이 설핏 웃고는 아들의 등을 밀었다.

"가거라."

소년이 달려갔다. 백작은 사랑하는 아들의 등을 잠시 응시하다가 고개를 돌렸다.

방어막이 버티는 사이 로아즈 백작은 저택의 비밀 통로를 열었다. 성 밖으로 연결되는 지하 통로였다. 움직일 수 있는 자들과 기사들이 부상자를 부축하여 그리로 들어갔다.

란셀리드는 저택 뒤뜰에 원을 그렸다. 이동할 사람들 중에 어린아이를 제외하면 멀쩡한 사람은 란셀리드 혼자였다. 소년은 정중앙에 한쪽 팔과 다리가 잘려 아이를 안을 수 없는 경비병을 세우고 남은 손에 마도구를 쥐어 주었다.

"출발하라고 하면, 마도구를 부러뜨리고 열까지 세어라. 이동 마법은 마도구를 부러뜨리고 나서 10초 후에 발동되니까."

"아, 알겠습니다, 도련님."

경비병은 고통으로 식은땀을 줄줄 흘리면서도 결연히 대답했다. 란셀리드는 기사들이 선별해 내려놓고 간 부상자들을 차례로 좁은 원 안에 세웠다. 대다수가 어린아이를 안거나 업은 상태였다. 다친 곳을 짓눌린 자들이 고통스럽게 신음하고 있었으나 소년은 눈을 딱 감고 가차 없이 그들을 밀어 넣었다.

마지막으로 란셀리드가 그들 사이에 달라붙어 섰다. 주위를 살피고, 전원이 붙어선 것을 확인한 뒤 외쳤다.

"출발해라!"

란셀리드의 명에 중앙의 경비병이 마도구를 부러뜨렸다. 웅, 하는 낮은 울림이 들렸다. 그가 떨리는 음성으로 숫자를 세기 시작했다.

"하나."

"최대한 밀착하고 아이를 꽉 안아라! 10초만 버티면 된다!"

사람들에게 외치던 란셀리드의 눈에 뒤뜰로 난 문이 벌컥 열리는 게 보였다. 문을 연 것은 서너 살짜리 어린아이였다. 아이가 눈물로 흠뻑 젖은 얼굴로 사방을 두리번거렸다.

"둘."

란셀리드는 문을 잡고 선 아이를 향해 미친 듯이 손짓했다.

"이리 와!"

"셋."

아이는 겁에 질린 얼굴로 문고리만 붙들었다. 낯선 사람들이 고통에 차 신음을 흘리며 원 속에 모여 있으니 괴상하게 보일 만도 했다.

바닥에 그려진 원을 따라 희미한 빛무리가 일었다. 마법이 준비되고 있었다.

"넷."

갑자기 무언가 깨어지는 소리가 나며 머리 위에서 푸른 막이 부서져 내렸다. 마침내 데릭이 방어막을 부순 모양이었다. 아이가 놀라 몸을 움츠리며 하늘을 올려다보았다.

란셀리드는 그 찰나에 수만 가지 생각을 했다.

자신은 걷기 힘든 부상자들을 부축해 밀어 넣느라 아이를 안지 않은 빈손이었다. 아이가 선 뒷문까지는 네다섯 걸음 정도밖에 되지 않았다. 자신을 제외한 다른 사람들은 죄다 제대로 걷지도 못하는 부상자였다.

"다섯."

멀리서 달려오는 발소리가 들렸다. 짐승처럼 그르륵거리는 사람의 괴성과 함께.

'내가 구해야 해. 시간은 충분해.'

생각과 동시에 소년은 원 밖으로 튀어 나갔다.

"여섯."

아이를 안아 들었다. 급하게 돌아섰다.

"일곱."

돌아서는 걸음이 너무 급했다. 란셀리드의 발이 뒷문과 뒤뜰 사이에 있는 턱을 비스듬히 밟았다. 비틀거린 그가 넘어졌다.

"여덟."

란셀리드는 넘어지면서 아이를 원 쪽으로 확 밀쳤다. 제대로 다리가 꼬인 그는 돌바닥에 무릎과 턱을 찧었다. 밀려난 아이는 가장자리에 있던 여자가 잡아당겨 안쪽으로 세웠다. 빛무리가 강해져 주위를 환하게 밝히고 있었다.

"아홉."

"크윽."

란셀리드가 신음을 흘리며 비틀비틀 일어났다. 소년이 아직 들어오지 못한 것을 본 사람들이 소리를 질렀다.

"도련님!"

"도련님, 빨리……!"

그제야 사태를 알아챈 경비병이 허옇게 질린 낯으로 란셀리드 쪽을 바라보았다. 경비병은 마지막 숫자를 세지 않았다. 그러나 시간은 그가 세지 않아도 흘렀다.

소년의 눈앞에서 금빛이 솟구치며 원 안의 사람들을 감싸 안았다.

7월 16일, 아젠카.

유리엔은 에키네시아가 있는 침실 밖의 복도에서 붉은 편지를 읽고 있었다.

―……명하신 대로 로아즈 영지 근처에 잠복하고 있던 정보원들이 군의 움직임을 포착했습니다. 근처의 성에 주둔하던 제국군으로…… 정체를 알 수 없는 후드를 걸친 집단이 성에서 도망치는 시민들을…… 달아나는 시민들은 미처 구하지 못했습니다.

흔들리고 기울어진 필체는 정황이 얼마나 급박했는지를 고스란히 드러내고 있었다.

여러모로 대비하긴 했으나 그것은 전부 로아즈 일가만의 위기를 상정했던 대비라, 도시 하나가 통째로 이렇게 될 줄은 예상하지 못했다. 유리엔은 핏기가 가신 얼굴로 계속해서 읽어 내려갔다.

―……니콜 시즈튼이 영주관에 설치해 둔 방어막 마법진이 발동될 경우 자신에게 연락이 오도록 예비해 두었다고 합니다. 그러나 근방의 마법 통신이 차단되어 연락이 가지 못하고…… 이는 저희 측 마법사가 로아즈의 마법사가 뿌린 마나 통신을 감지해 알아낸 사실입니다. ……도주 중이던 로아즈의 마법사와 연결된 통신을 통해 비밀통로의 출구 위치를 전해 들었습니다. 급히 마차를 준비하여…… 로아즈 백작 부부를 포함한…… 구조에 성공했습니다.

유리엔은 미세하게 안도했다. 일부나마 구조했고, 구조된 사람들 중에 에키네시아의 가족이 있다는 게 그나마 위안이었다.
그 아래에는 다른 글씨로 써진, 다른 자가 올린 보고가 있었다.

―별장에 마도구를 사용한 사람들이 도착했습니다. 총 38명, 부상자와 어린아이로 구성되어 있으며 사전에 알려 주셨던 로아즈 가문의 사람은 포함되어 있지 않습니다.

정말이지 그녀의 가족다웠다. 가장 안전한 수단은 다른 사람들에게 넘기고 자신들은 비밀 통로로 나가는 선택을 하다니.
'그래도 로아즈 일가는 전부 구조되었으니…… 잠깐.'
유리엔은 황급히 편지를 다시 읽었다. 어디에도 없었다. '란셀리드 로아즈가 구조되었다'는 보고가. 대신 있는 것은 가장 아래에 덧붙여진 문장이었다.

―란셀리드 로아즈는 행방이 묘연합니다. 마도구로 이동한 자들의 증언을 조합해 보면…….

"……영주관 내에 남겨진 것 같다, 고."
 란셀리드 로아즈는 당연히 가문의 비밀 통로를 알고 있었을 것이다. 홀로 남겨졌다면 통로로 이동했을 터다. 창천의 정보원들도 같은 판단을 하고 비밀 통로의 출구에서 대기했으나 소년은 나타나지 않았다. 기다리던 정보원들 중 몇이 통로를 통해 시내로 진입하기로 결정했다는 말로 편지가 끝났다.
 유리엔이 고개를 들자 정보원이 목소리를 낮추어 속삭였다.
 "보고가 올라오는 사이 새로운 소식이 도착했습니다."
 "말해라."
 "여기 있습니다."
 정보원이 건넨 건 전보였다. 전보를 펼쳐 본 유리엔의 얼굴이 일그러졌다.

―로아즈 영지에 마검이 출몰했다고 선포되며 격리 명령이 내려짐. 제국군이 통제에 들어가 접근 불가.

"로아즈 영지에 괴현상이 발생했답니다."
 "대체 무슨 일이오?"
 "머리카락과 눈동자가 검게 물든 자들이 눈에 띄는 대로 사람을 죽이려 든다는군요."

"검게 변해 사람을 죽인다니, 이건…… 전설 속의 마검 같지 않습니까?"

"마검 바르데르기오사가 나타난 겁니까?"

"그런 듯합니다. 그런데 그저 마검이 나타났다기엔 양상이……."

"하나가 아니랍니다."

"이건 저주입니다! 마검의 저주!"

"저주라니, 마검에 그런 기능도 있었답니까?"

"일단 뭐든 격리해야 합니다! 저대로 내버려 뒀다간 다른 영지에도 피해가……."

황궁 대회의실에 모인 대신들과 귀족들이 웅성거렸다. 몇 계단 위의 옥좌에 앉은 황제는 턱을 괸 채 그들을 내려다보았다. 황제보다 한 칸 아래의 황족석에는 황태자와 2황자가 앉아 있었다.

2황자 카르엠이 입을 열었다.

"이미 제국군이 로아즈를 격리하고 있소. 아침에 소식을 듣자마자 명이 하달되었으니, 지금쯤이면 격리가 이루어졌을 것이오."

"오오……."

"대단히 빠른 조치로구나. 나는 조금 전에야 소식을 들었는데."

황태자 크루엔이 웃는 얼굴로 말했다. 말에 칼이 달려 있었다. 카르엠이 비스듬히 입꼬리를 올렸다.

"미리 대비를 하고 있었던 덕분이지요, 형님."

"대비라니?"

귀족들이 하나둘 2황자를 바라보았다. 집중된 시선 속에서 카르엠은 매끄럽게 대꾸했다.

"원래 마검은 소유주를 악마로 만들 뿐, 이번처럼 다수의 사람을 물들이는 힘은 없지 않습니까. 그러니 이건 사고가 아닙니다. 마검이라는 천재지변이 아니라, 누군가가 만들어 낸 인재(人災)라는 뜻입니다."

대회의실 안에 차가운 정적이 내려앉았다. 황태자는 보이지 않는 입 안쪽 살을 깨물었다. 이 말을 꺼내는 건 자신이었어야 했다. 선수를 빼앗겼다. 불길한 예감이 들었다. 그는 표정이 일그러지지 않도록 주의하며 말했다.

"이상할 정도로 확신하는 것 같구나."

"전부터 수상하게 여기던 중이었습니다."

"무엇을 말이냐?"

"창천 기사단 말입니다."

의외의 말에 낮은 소란이 일었다. 카르엠은 느긋하게 손깍지를 꼈다.

"이번에 엘기오사를 찾아냈으니, 창천 기사단에서 행방을 알지 못하는 기오사는 신검 라키아기오사를 제외하면 딱 하나뿐이지요. 마검 바르데르기오사."

카르엠이 녹색 눈동자로 황태자를 응시했다.

"크루엔 형님. 한 번도 의심해 보신 적 없습니까? 기오사를 수호한다는 사명을 가진 창천 기사단이, 정말로 마검이 어디에 있는지 모르고 있는 걸까. 혹시 알면서도 감추고 있는 건 아닌가."

"그게 무슨 말도 안 되는 소리냐. 창천이 뭐 하러?"

"생각해 보십시오. 창천은 기오사를 찾는다는 핑계로 순례단을 각국에 보냅니다. 대놓고 타국을 샅샅이 조사하고 다니지요. 각국에선 창천의 조사를 암묵적으로 받아들이고 있고요. 불과 며칠 전에도 창천 기사단에서 마검을 핑계로 스베인 백작의 성을 조사하지 않았습니까?"

스베인 백작 개인 소유의 성에 창천 기사단장이 조사하러 왔었고, 때마침 결절이 터져서 성이 완전히 박살 나다시피 했다는 건 벌써 소문이 파다했다. 귀족들의 술렁임을 바라보며 카르엠이 말을 이었다.

"창천 기사단장이 제국의 황족이라 해도 창천은 제국이 아닙니다. 그럼에도 창천이 멋대로 제국을 조사할 수 있는 건, 기오사라는 명분이 있기 때문이지요. 따라서 신검을 제외한 기오사를 전부 찾아내면 더 이상 그런 핑계로 월권행위를 할 수 없게 됩니다. 안 그렇습니까?"

"……그래서 지금, 타국에 간섭하기 위해 창천이 기오사를 숨기고 있다는 소리냐? 창천이 그런 짓을 해서 얻는 이득이 뭐가 있나? 망상도 정도껏……."

"왜 하필 행방불명인 유일한 기오사가 마검입니까? 나타났다 하면 막기 어려운 학살이 벌어져서, 결국 창천이 출동해야만 하는 바르데르기오사 말입니다."

황태자의 말을 끊은 카르엠이 대회의실 내부를 둘러보았다. 숨죽인 정적 속에서 모두가 그에게 집중하고 있었다. 카르엠은 자꾸만 올라가려는 입꼬리를 자제하며 계속해서 말했다.

"형님, 진정 모르시겠습니까? 행방을 알 수 없는 마검이 존재함으로 인해 창천 기사단이 얻는 이득을. 창천의 무력은 다들 잘 아실 겁니다. 마스터만 수십 명. 그 엄청난 무력을 누구도 거부하기 어려운 명분으로 휘두를 수 있단 말입니다. 마검이 나타난다면!"

"……창천이 정복 전쟁을 하는 것도 아니고, 설사 마검을 핑계로 출동한다 해도 그들의 행위는 마검 토벌에만 국한된다. 그 이상의 간섭은 대륙 전체가 용납하지 않을 것이다. 당연한 상식 아니었나?"

"글쎄요. 창천이 마검을 이미 가지고 있다면, 마검이 나타날 곳을 정하는 것도 자유롭겠지요. 이득이 되는 방향으로, 혹은 본보기로 처리할 곳에 마검이 출몰하도록 만들 수도 있다는 겁니다. 그러면 마검 토벌에만 국한되어도 상관이 없지요. 그래도 목적이 달성될 테니까요. 안 그렇습니까?"

궤변이었다. 그러나 아예 일리가 없진 않았다. 귀족 중 하나가 조심스럽게 손을 들었다.

"2황자 전하, 그럼 전하께서는 로아즈의 참사 배후에 창천이 있다고 생각하시는 겁니까?"

"그렇소. 뭐, 의도가 아니라 실수일 수도 있겠다고는 생각하오."

"실수라니요?"

"마검을, 바르데르기오사를 제 입맛대로 이용하려 하다가 통제를 벗어난 결과물일 수도 있다는 거요. 이번 사태는."

"설마……."

그때, 계속 침묵하고 있던 황제가 입을 열어 짧게 말했다.

"기오사를 관리하는 집단이라면, 기오사를 악용하는 집단으로 변질될 수도 있겠지."

황제의 말은 무거웠다.

창천은 기오사 시리즈를 관리하고 수호한다. 기오사의 악용을 방지하기 위해 창천은 어느 국가에도 소속되지 않는다. 하지만 그 창천이 직접 기오사를 악용할 수도 있다. 아무도 의심하지 않던 명제에 대한 의심이 퍼져 나갔다.

"폐하, 현 창천 기사단장은 성검의 주인입니다. 성검 랑기오사는 악행을 저지를 경우 쥘 수 없게 되는 기오사잖습니까. 게다가 이번에 피해를 입은 로아즈 영지는 창천 기사단장의 스콰이어가 소속된 곳 아닙니까?"

황태자가 반박했다. 상식적인 말이었으므로 귀족들이 동조하며 고개를 끄덕였다. 카르엠이 기다렸다는 듯 말을 꺼냈다.

"창천 기사단장이 정말로 성검의 주인입니까? 지금도?"

"무슨 헛소릴, 불과 얼마 전 태양 축제의 사열식 때도 랑기오사를 보이지 않았나?"

"그게 진짜 랑기오사일까요?"

"……?"

"창천이 보유하고 있는 기오사 중에는 자유자재로 형상을 바꿀 수 있는 기오사나, 환상을 펼쳐 눈을 속이는 힘이 있는 기오사, 오너가 마법을 사용할 수 있게 해 주는 기오사까지 있습니다. 셋 중 어느 기오사든 성검으로 위장하는 게 가능하겠군요."

"……카르엠. 그게 말이 되는 소리라고 생각하나?"

"왜 아닐 거라 생각하십니까? 창천 기사단장이 '성검의 주인'인 편이 창천에 유리하잖습니까. 다른 기오사의 주인인 것보다 훨씬. 지금도 보십시오, 오로지 '성검의 주인'이라는 이유로 의심을 거두려 하지 않았습니까?"

카르엠이 비릿한 미소를 띤 채 말했다. 그는 과장스럽게 팔을 벌리며 외쳤다.

"기오사를 관리하는 것도, 기오사 오너를 인증해 주는 것도, 기오사를 공개하는 것도 창천의 마음입니다. 그러니 단장을 보다 유리한 기오사 오너로 꾸미는 것도 얼마든지 가능할 것입니다!"

소리 없는 경악이 대회의실을 채웠다. 황태자마저 말문이 막혔다. 고요 속에서 입을 연 것은 디아상트 공작이었다.

"지나치게 비약이 심합니다, 2황자 전하. 마검이 원인이라서 기오사를 관리하는 창천이 수상하다니요. 게다가 성검이 가짜일 수도 있다니. 전하, 창천을 의심할 만한 증거가 있습니까? 증거도 없는 주장은 선동에 불과합니다."

공작은 황태자와 제 사위가 될 창천 기사단장을 편드는 것처럼 보였다. 실상은 2황자의 발언과 주장도, 디아상트 공작의 반론도 사전에 계획된 것이었다. 그것을 알지 못하는 귀족들이 조심스럽게 동의했다.

"마, 맞습니다. 창천이 그럴 필요가 있습니까?"

"창천은 세습하지 않는 집단이고, 아젠카 외의 영토를 소유하는 게 금지되어 있으며, 그 구성원들은 대륙 각지에서 온 자들입니다."

"타국에 간섭하지도, 간섭받지도 않는 것이 창천의 근본 아닙니까? 창천의 근본을 저버리면 기사단의 유지 자체가 불가능할 텐데요."

"다른 나라에 마검을 일부러 가져다 놓는다니, 창천의 기사들이 그런 명을 따를까요?"

"그들을 뭉치게 하는 건 왕도 아니고 충성심도 아니잖습니까. 창천이라는 집단의 사익을 위해 사명과 명예를 저버리는 일에 기사 전원이 동의하는 건 불가능합니다."

"하나하나가 마스터급인 창천 기사들의 혈연과 친지들이 대륙 각지에 퍼져 있는데, 창천이 마검으로 타국을 농락하려 한다니……."

"하물며 기오사를 다른 기오사로 위장한다는 건……."

"황태자 전하의 말씀대로, 피해를 입은 게 창천 기사단장의 스콰이어가 소속된 가문인 것도 이상합니다. 왜 일부러 그런 짓을 하겠습니까?"

"애초에 창천이 그런 짓을 해서 얻는 이득이라는 게 정말로 있긴 합니까?"

"기오사를 관리하는 집단이니까 기오사 관련 사건의 배후라뇨. 이건 의심을 위한 의심 같군요. 근거 없는 억측 아닙니까."

분위기가 서서히 바뀌어 가는 가운데, 2황자가 난데없이 웃음을 터뜨렸다. 요란한 웃음에 귀족들이 하나둘 입을 다물었다. 카르엠은 웃음을 갈무리하며 귀족들을 향해 말했다.

"창천은 확실히 왕의 명에 따르는 보통 기사단들처럼, 단장의 명에 무조건 순종하는 기사단은 아니오. 하지만 명분이 있다면 기꺼이 검을 뽑겠지. 마검은 그래서 더욱 훌륭한 명분이오, 기오사잖소."

"그야 그렇습니다만, 전하……."

"그러니 창천 전원이 합심할 필요는 없소. 마검에 대해 아는 건 극히 소수의 기사로도 충분할 거요. 예를 들면, 창천 기사단장 혼자서…… 마검의 위치를 알면서 숨기고 있다거나."

반박하려는 귀족의 말을 끊은 카르엠이 자리에서 일어났다.

"그리고 내가 미리 대비를 하고 있다지 않았소? 아무런 증거도 없이 창천을 의심하고 대비했을 것 같소?"

황족석에서 내려와 대회의실 중앙원탁에 다가온 그가 품에서 무언가를 꺼내 원탁에 내려놓았다.

"이것이 증거요."

그것은 투명한 보석이 달린 목걸이였다. 귀족들이 의아하게 그것을 바라보는 가운데, 디아상트 공작이 조용히 물었다.

"이게 무엇입니까, 2황자 전하?"

"이게 바로 '마검의 저주'의 정체요."

귀족들이 얼어붙었다. 카르엠은 유리엔에게 곧잘 지어 보였던 그 기묘한 미소를 띤 채, 나직이 말을 덧붙였다.

"그리고 창천에서 만들어 낸 물건이기도 하지."

전갈을 받자마자 사택에서 단장 집무실로 온 유리엔을 기다리고 있던 것은 황태자가 급하게 보낸 마나 전보였다. 마법사 간의 통신을 통해 전해지는 전보는 마법사라는 고급 인력을 쓰기 때문에 길게 보내지 않는 게 보통이었다. 그런 전보가 빽빽하게 다섯 장. 유리엔은 빠르게 그것을 읽었다.

─……2황자가 마석 목걸이를 창천 기사단이 마검을 연구하다가 만들어 낸 물건이라며 제시했다. 마탑 소속 현자의 제자이자 로아즈 가문의 후원을 받은 마법사 니콜 시즈튼이 연구하던 물건을 7현자 중 하나가 빼돌렸다는 모양이다.

[예상보다 더한 놈들이구나, 이자들은]

그와 함께 모든 것을 보고 들은 성검이 착 가라앉은 음성으로 중얼거렸다. 유리엔은 무의식적으로 힘주어 움켜쥐는 바람에 끝부분이 구겨져 버린 전보를 책상 위에 내려놓았다.

─그 현자의 증언, 니콜 시즈튼과 로아즈의 관계, 너와 로아즈의 관계를 바탕으로, 2황자는 네가 살의를 담은 마석 목걸이를 만들어 냈다고 주장했다.

[기가 찰 노릇이군.]
"……덫이다."
유리엔이 신음을 흘렸다. 마탑의 현자 중에 2황자에게 매수된 자가 있었다니. 니콜 시즈튼은 스승인 현자가 비호하고 있었으나 대회의가 종료된 이후에 구금되었다고 한다. 스승이 있으니 당장 위험하지는 않겠지만 상황이 나쁜 건 확실했다.
마석 목걸이는 에키네시아가 2황자에게 직접 받은 물건이었다. 하지만 그것을 아는 사람은 에키네시아 본인뿐이다. 목걸이와 2황자 간의 관계를 증명할 방법이 없었다. 당장 그것을 가져와 제작한 곳을 역추적해 보면 가능할지도 모르겠으나, 이제 와서 그런 식으로 증명하려면 시간이 너무 오래 걸렸다. 2황자파가 증거를 남겨 놓았을 확률도 낮았다.

─로아즈가 마검 사태로 제국군에 의해 격리되는 바람에, 로아즈에 저자들이 마검을 가져다 놓았다는 증명도 어려워졌다. 증인이 될 만한 자들이 이번 사태로 죽었을 확률이 높다. 살아남았어도 2황자파인 제국군이 격리한다는 명분으로 처리했겠지.

'이렇게 되면 증거를 아무것도 공개할 수가 없다.'

드라코툼바에서 회수한 마석들과 마검을 연구한 노트. 이것 역시 디아상트 공작과의 관계를 증명할 방법이 없다. 결절 때문에 성이 완전히 박살이 나서 단서가 사라졌다.

[내가 성검이 아니라 다른 기오사라고……. 정말 참신한 발상이다. 칭찬하고 싶을 정도군.]

유리엔이 성검의 주인이기에 그의 발언은 신뢰를 얻는다. 지금까지 그가 쌓아 온 행적이 그 점을 뒷받침해 주기도 했다. 그러나 2황자가 그 신뢰의 근간을 흔들어 놓았다. 지금 유리엔이 이 노트를 드라코툼바에서 발견했다고 내세웠다간, 되레 창천이 마검을 연구한 증거로 몰릴 뿐이었다.

마찬가지로 유리엔이 마검의 위치를 알고 있다는 사실도 이제 밝힐 수 없다. 창천이 마검을 고의적으로 숨기고 있었다는 것을 인정하는 꼴이 되어 버릴 테니까.

에키네시아의 가문인 로아즈를 참극으로 몰고 갈 리가 없다는 정황은 먹히지 않는다. 2황자가 '실수'를 언급했기 때문이다.

마검으로 실험하다가 실수하는 바람에 참사를 불러왔다. 왜 로아즈냐고? 마검으로 실험하던 곳이 로아즈니까. 로아즈의 장녀가 왜 창천 기사단장의 스콰이어가 되었겠나. 그게 다 로아즈에서 마검을 실험하기 위해서였다.

'창천이 로아즈에서 마검으로 실험을 하고 있는 게 아닌가 의심스러워 조사를 하고 있었기에, 제국군이 로아즈 참사에 빠르게 대응할 수 있었다.' 이것이 2황자의 주장이었다.

[주인, 나를 증명하는 건 몹시 간단하다. 그걸 저자들이 모를 리가 없어.]

"그래, 모를 리가 없지. 그런데도 이런 말도 안 되는 주장을 내세웠다는 건……."

 이 모든 사항은 유리엔이 성검의 주인임을 증명하고, 마검으로 수작을 부린 것은 2황자파와 디아상트 공작이라고 증언한 뒤 조사에 들어가면 해결할 수 있다. 대놓고 조사했다간 증거를 인멸하거나 막다른 길에 몰린 자들이 내전을 일으킬 우려가 있어 은밀히 진행 중이었지만, 이 상황에서는 창천의 혐의를 벗는 게 더 중요했다.
 성검을 증명하는 법은 간단하다. 기오사 홀에 보관된 모든 기오사를 공개하고, 유리엔이 가진 것이 환상을 만드는 솜니움기오사나 모양이 변형되는 팔란타기오사, 마법을 쓸 수 있는 알라다트기오사가 아니라 '성검 랑기오사'임을 확인시켜 주면 된다.
 그러나 2황자가 주장하고 제국 대회의에서 결정한 증명 방법은 그것이 아니었다.

 ─아젠카에서 진행하는 증명은 믿을 수 없다는 이유로 다른 방법이 제시되었다. 곧 정식 공문이 도착할 거다.

 "로아즈에서 발생한 마검 사태를 창천 기사단과 제국군이 함께 해결한다. 그 과정에서 창천 기사단장은 기오사를 사용하여, 제국이 보는 앞에서 성검의 주인임을 증명하라……."
 기오사와 관련된 문제로 나설 경우 창천은 단독으로 행동하는 것이 원칙이었다. 기오사가 일으키는 사건은 대규모 인원보다는 소수의 특출한 자들, 즉 기오사 오너와 보조할 마스터들 몇 정도만 나서는 것이 훨씬 효율적이었기 때문이다. 실력이 부족한 다수는 괜히 발목만 잡는 꼴이 되는 경우가 대부분이었다.

그래서 각국에서 창천에 토벌을 요청하면 창천은 후방지원 외의 지원을 거부해 왔다. 이번에 제국은 창천의 그 원칙을 깬 합동작전을 원하고 있었다. 제국군의 사령관으로는 2황자가 직접 나선다고 한다. 마탑 대표로는 니콜 시즈튼을 고발했던 현자가, 황태자 측에서는 디아상트 공작이 직접 로아즈까지 와서 유리엔의 성검을 검증한다고.

―내가 직접 가려 했으나, 디아상트 공이 만류하고 나서서 그가 가기로 했다. 우리 측 마법사를 공작과 함께 동행시켰다. 혹 카르엠이 증명 과정에서 불순한 짓을 벌이면 공작이 막아 줄 것이다.

디아상트 공작과 2황자의 관계를 모르는 황태자로서는 나쁘지 않은 판단이었다. 성검이 혀를 찼다.
[누가 봐도 함정이군.]
"그렇다고 가지 않을 수는 없다."
마검 토벌에 창천이 나서지 않으면 의심이 더 커질 것이다. 게다가 제국군과 디아상트 공작이 입맛대로 로아즈 참사의 증거를 조작할 수도 있다. 보다 확실한 증거를 꾸며 내어 창천을 참사의 주범으로 몰고 갈지도 모른다.

유리엔 자신이 아니라 다른 사람을 보내는 건 성검에 대한 의혹을 증폭시키는 꼴이 된다. 그러니 그가 직접 가야 했다. 그리고 이런 상황에서 에키네시아 로아즈가 마검의 주인임을 밝힐 수도 없었다.
'내 스콰이어인 그녀가 마검의 주인이라고 하면, 마찬가지로 창천이 마검의 위치를 숨겼다는 사실을 긍정하는 것이 된다.'
또한 제국은 마검의 주인인 에키네시아의 신병을 요구하게 될 것이다. 지워진 시간에도 그러했듯이.

"……가는 수밖에 없다."

유리엔의 중얼거림에 성검이 한숨을 쉬었다.

[위험하지 않겠나?]

"대충 어떤 함정을 꾸며 뒀을지는 짐작이 간다."

유리엔은 에키네시아가 찾아낸 노트에 있던 문구를 떠올렸다. '마검에서 추출한 마나를 이용하면, 또 다른 마검을 만들 수 있지 않을까.' 그리고 저들이 이용하고 있는 살의가 담긴 마석들.

"아마 내가 살의에 물들 수밖에 없는 상황을 유도하겠지. 더 이상 성검을 쥘 수 없도록 말이다."

[그걸 알면서도 가겠다는 뜻이냐?]

"살의를 정화하는 것은 한 번 해 보았던 일 아닌가. 그들은 너의 이런 기능을 알지 못한다. 그리고 내가 제니스의 초입에 접어든 사실도 알지 못하고 있겠지."

[그 짓을 또 하자는 말이로군.]

"미안하다, 랑."

[됐다. 그 편이 깔끔하긴 할 터이니. 네가 내 주인이며, 내가 랑기오사임을 증명하기에도 괜찮은 방법이고. 마검의 주인은 싫어할 것 같지만.]

"그녀에겐 비밀로 할 예정이다."

유리엔은 잠시 창밖으로 시선을 주었다. 에키네시아가 쉬고 있을 사택을 향해.

"결절에서 무리하는 바람에 가뜩이나 지쳐 있는데, 이 일에 대해 알게 되면 더 무리하려 들겠지."

[로아즈의 참사는? 그것도 알리지 않을 작정인가?]

"란셀리드 로아즈의 행방이 명확해지면, 그때. 관련된 일은 내가 처리하면 되니……. 적어도 몸이 회복될 때까지만이라도 그녀가 마음 편히 쉬었으면 좋겠다."

[……그래, 일단은 숨기는 게 좋겠지.]

성검은 다른 이유에서 에키네시아에게 당분간 이 사실을 알리지 않는 것을 찬성했다. 그녀의 자제심을 알지만, 가문의 터전이 그들로 인해 또 몰살당하고 남동생마저 사라졌다는 사실을 알면 과연 그 자제심이 버텨 줄까.

랑기오사는 굳이 그 점에 대해서 언급하지는 않았다. 성검은 제 주인이 함정에 대비하고 모함에 반박하기 위해 움직이기 시작하는 것을 조용히 지켜보았다.

바로 다음 날인 7월 17일, 창천 기사단장 유리엔 드 하르덴 키리에와 기오사 오너 테레사 폰 프랑 알마리, 정식 기사 열 명이 로아즈를 향해 출발했다. 부기사단장 바론 틸리어스는 아젠카에 남았다.

에키는 출정 소식 자체를 듣지 못했다. 그녀가 들은 것은 유리엔이 기사단 쪽에 밀린 일을 처리하느라 한동안 사택에 오지 못하게 되었다는 전갈뿐이었다. 그가 그동안 일도 미뤄 두고 그녀 곁을 지켰다는 걸 아는 에키는 그러려니 했다.

유리엔이 사택에 고용해 둔 하녀들은 솜씨가 좋고 입이 무거운 자들이었다. 에키는 침실 밖으로 한 걸음도 나가지 않은 채 정성 어린 시중을 받았다. 그녀는 먹고 자고 쉬는 것만 반복하며 회복에 집중했다.

그렇게 약 이틀. 이제 거의 회복되었으니 내일은 기숙사로 돌아가야겠다는 생각과, 이틀이나 유리엔을 보지 못했더니 꽤 서운하다는 생각을 하고 있던, 7월 19일 저녁.

쐐기가 그녀를 찾아왔다.

에키는 침대에 푹신한 베개를 몇 개나 겹쳐 놓고 기대서 한가롭게 수를 놓고 있었다. 멍하니 있자니 심심해서 하녀에게 수틀을 가져다 달라고 부탁한 참이었다. 귀족 영애의 교양으로 배웠던 자수였지만 말 그대로 교양이라, 그녀가 할 수 있는 건 손수건에 약간의 수를 놓는 정도였다. 그나마도 바늘을 쥐는 게 15년 만이어서 예전보다 더 서툴렀다.

'예쁘게 만들어지면 유리엔에게 선물하려 했는데.'

그녀는 엉성하기 그지없는 손수건을 들어 올려 살펴보다가 한숨을 쉬었다.

"……도저히 안 되겠다, 이건."

[주인아, 너 진짜 못한다. 포기해.]

"그 정도는 아니거든? 예전엔 잘했었어. 칭찬도 들었다고."

[그럼 뭐 해, 지금은 못하는 거 맞잖아.]

"좀 하다 보면 감이 돌아올 거야."

항변하던 에키가 문득 고개를 돌렸다. 창가에 막 도달한 검은 그림자가 창을 두드리려다 그녀와 눈이 마주치고는 그대로 얼어붙었다. 가느스름하게 뜬 눈으로 창 너머의 정원수에 매달린 남자를 바라보던 그녀가 피식 웃었다.

"열어 주기 귀찮으니까 알아서 열고 들어와. 그쯤은 쉽겠지?"

남자는 창문을 두드리려던 자세로 잠시 굳어 있더니 곧 능숙하게 손을 움직였다. 잠금쇠를 따고 소리 없이 방에 착지한 남자가 침대로부터 몇 걸음 떨어진 곳에 멈춰 섰다.

늘씬한 체격에 단출한 가죽옷을 입은 남자였다. 평범한 외모, 짧은 밤색 머리카락, 짙은 갈색 눈동자. 특이한 점이라곤 없는 흔하디흔한 인상이었다. 그럼에도 에키가 그를 기억하고 알아본 건 그의 정체 때문이었다.

"그랜마의 오른팔이 여기까지 무슨 일이야?"

쐐기의 유일한 마스터. 마스터쯤 되면 어느 나라에 가도 신분이 어떻건 간에 귀족에 준하는 대우를 받으니, 마스터의 실력을 가지고서도 뒷골목 조직에 속해 있다는 건 정말 특이한 경우였다.

남자는 묘한 눈으로 에키를 훑었다. 하늘하늘한 잠옷에 숄을 걸치고 푹신하고 커다란 침대에 기대 있는 여자. 흘러내린 분홍색 머리카락이나 수틀을 잡고 있는 손목이나 가느다란 것이 온실에서 자란 꽃 같았다.

하지만 남자는 그녀와 검을 맞대었다가 손아귀가 터졌던 것을 기억하고 있었다. 괴물. 진짜 괴물. 절대 적대해서는 안 될 수준의 괴물. 그 점은 그랜마가 강조하지 않아도 남자 스스로 체감했다. 남자는 맹수와 거리를 유지하듯 달아날 거리를 유지하고서 입을 열었다.

"당신이 맡긴 조사의 결과를 가지고 왔습니다."

"콜본? 딱 한 달쯤 걸렸네."

태양 축제 즈음, 근위 기사단장과 디아상트 공작이 콜본에 방문했던 날짜와 동선에 대해 맡겼던 조사였다. 고개를 기울인 그녀가 덧붙여 물었다.

"그런데 왜 당신쯤 되는 사람이 직접 왔어? 전에는 다른 조직원을 통해서 전달하더니."

"의뢰대로 콜본을 조사하다가, 쉽사리 조사하기 어려운 부분이 생겨서 제가 직접 온 겁니다."

"뭔데?"

남자가 품에서 양피지 두루마리를 꺼내더니 그녀의 침대 끝에 내려놓고는 도로 거리를 벌렸다. 에키는 손을 뻗기가 귀찮아 마나로 그것을 들어 올려 가져왔다. 남자는 그 광경을 보고 숨을 삼키고는 반 걸음 더 물러났다.

"……디아상트 공작은 온천, 근위 기사단장은 사냥터. 각자 다른 목적으로 들리고 콜본에 가는 날짜도 다릅니다. 그런데 그들이 늘 공통적으로 들리는 곳이 있습니다."

"그게 어디야?"

"세공품 공방입니다. 주문제작만 받는다는."

에키는 두루마리의 봉인을 뜯으며 남자를 흘깃 바라보았다. 남자가 말을 이었다.

"그 외에도 그들이 공통적으로 방문하는 장소가 있긴 합니다. 하지만 그런 곳들은 다른 사람들도 많이 드나드는 데다 조사해 보니 별다른 게 없었습니다."

"세공품 공방만 수상하다는 거네."

"잠입이 불가능했습니다. 저희로서는 도저히 뚫을 수 없는 수준의 마법진이 구축되어 있어서. 세공은 보석이나 귀금속을 사용하니 보안이 철저한 게 보통이긴 하지만, 거긴 비정상적인 수준입니다."

"그래서?"

"따라서 더 이상 조사하는 게 불가능합니다. 지금까지 조사한 내용은 그 두루마리에 모두 모아 놓았습니다. 이 점을 알려 드리러 왔습니다."

남자는 긴장한 음성으로 말하며 그녀의 눈치를 보았다. 저자가 왜 저러나 싶어 의아해하는 에키에게 마검이 종알거렸다.

[야, 쟤네 너한테 되게 쫄았나 봐. 못 한다고 하면 네가 죽일 거 같아서 저러는가 본데?]

'그렇게까지 겁을 줬었나.'

검 한 자루 들고 조직의 전투원 대부분을 전투 불능으로 만들고, 숨겨 놓은 중요 장부와 서류에 인장까지 빼돌리고, 수장 손자의 거주지까지 들먹였던 데다 맨손으로 창고를 박살 내기까지 해 놓고서, 에키는 그런 생각을 했다.

두루마리에는 그간의 조사 결과와 세공품 공방의 위치, 쐐기가 알아낸 공방에 대한 정보가 나열되어 있었다. 수상한 장소의 위치를 알아낸 걸로 충분했다. 어차피 뒷골목 조직에게 그 이상까지는 바라지 않았다. 그녀는 두루마리를 내려다보며 대꾸했다.

"알았어. 그게 다야?"

더 보고할 내용은 없느냐는 뜻으로 한 말이었으나, 남자는 새파랗게 질리고 말았다. 그는 허겁지겁 말을 꺼냈다.

"로, 로아즈 관련 소식을 궁금해하실 것 같아 전력을 다해 조사하는 중입니다! 그 외에도 더 필요한 것이 있으시면……."

"로아즈?"

에키가 두루마리에서 고개를 들고 눈살을 찌푸렸다. 저들이 그녀의 정체를 알아내는 건 당연한 일이라 생각했었지만, 그래도 대놓고 로아즈 이야기가 그들의 입에서 나오는 건 매우 거슬렸다.

"너희가 로아즈 조사를 전력으로 하고 있다고?"

"예, 격리된 상태라 들어가는 건 무리여도 근처의 소문을 취합하여……."

"잠깐만."

격리? 이상한 표현이 들렸다. 그녀가 서늘하게 남자를 응시했다.

"격리라니?"

"……설마 모르고 계셨습니까?"

남자의 낯에 당황한 기색이 떠올랐다. 에키가 침묵하자 그가 말을 덧붙였다.

"로아즈시에 마겸이 나타나서 시 전체가 격리된 상태잖습니까."

[마겸? 나? 난 여기 있는데?]

바르데르기오사가 황당하다는 듯 중얼거렸다. 에키는 순간적으로 머리가 하얗게 비었다. 그녀는 두루마리를 내팽개치고 자리에서 일어나 남자에게 다가가 그의 멱살을 움켜쥐었다. 그 동작이 너무나 빨라서 남자는 침대에 있던 그녀가 제 코앞으로 순간 이동이라도 한 줄 알았다.

"그게 무슨 헛소리지? 당장, 전부, 말해."

불길이 일 듯 형형해진 보라색 눈동자가 남자를 똑바로 들여다보았다. 멱살을 틀어쥔 손이 목덜미에 드리워진 칼날처럼 느껴졌다. 남자는 마른침을 삼키고 급하게 설명했다.

"바, 바르데르기오사가 로아즈에 출몰하여 마겸의 저주가 그 땅에 퍼졌다고 합니다. 그래서 7월 15일부터 격리된 상태입니다. 제국군과 창천 기사단이 합동작전으로 토벌을 진행한다고……."

남자의 말이 이어질수록 에키의 낯빛이 희게 질려 갔다. 남자는 그녀의 안색을 살피며 조심스럽게 뒷말을 이었다.

 "저희가 조사한 바대로면, 창천 기사단이 로아즈 참사의 배후가 아닌지 의심받는 중입니다. 그것을 해명하는 것을 겸해 단장이 직접 로아즈로……."

 "참사…… 라고. 정확히 무슨 일이 있었던 거지? 로아즈 일가는 어떻게 됐어?"

 그녀의 목소리가 떨리고 있었다. 겁에 질린 것 같은 음성과 달리 그녀에게서 새어 나오는 기세는 무시무시했다. 남자가 식은땀을 흘리며 답했다.

 "로, 로아즈시는 거의 전멸이라고 보면 됩니다. 내부에 숨어 있는 생존자가 있을지는 모르겠으나 일단 탈출한 생존자는 없다고 합니다. 로아즈 백작가의 행방은, 구, 궁금해하실 것 같아 이미 조사 중입니다. 아, 아직까지는 찾아내지 못했습니다."

 눈앞이 아찔해졌다가 새빨갛게 물들었다. 나가 버리려는 정신을 아슬아슬하게 붙잡고, 그녀는 나직이 물었다.

 "창천이 의심받고 있다는 건 뭐야."

 "이건 저희도 어렵게 입수한 정보입니다만…… 창천 기사단이 마검을 이미 가지고 있으면서도 일부러 숨겼다는 의혹이 있습니다. 이번 참사도 창천이 숨겨 뒀던 마검을 잘못 관리해 일어난 실수일 수도 있다더군요. 그것의 해명을 위해 창천 기사단장이 직접 로아즈로 갔다고……."

 대체 어떻게? 마검에 관해 말하려면 마검을 가져다 놓은 게 자기들이라고 자백하는 꼴이 되는 게 아니었나? 의혹이라니? 바르데르기오사는 여기에 있는데, 로아즈에 나타났다는 마검은 뭐야? 마검의 저주는 또 무슨 소리고? 거기다 유리엔이, 로아즈로 갔다고?

생각을, 해야 하는데, 머리가 빙글빙글 돌아 생각이 이어지지 않았다.

어머니. 아버지. 란셀리드. 마검.

설마 또. 간신히 되살렸는데. 어떻게 시간을 돌렸는데. 두 번의 기회는 없다고 했었는데. 이번에도? 정말로 그렇게 되었다면, 나는…….

어지러웠다. 깊고 어두운 것이 뱃속에서부터 기어올라 머리를 녹이려 들었다. 시야가 점멸하며 숨이 뜨거워졌다.

[야! 야! 주인아, 정신 차려! 야! 이씨, 나 아직 자신 없단 말이야!]

마검이 빼액 소리를 질렀다. 에키는 이성이 무너지기 직전에 퍼뜩 정신을 차렸다. 그녀에게 멱살이 잡힌 남자가 기절하기 직전의 몰골로 그녀를 보고 있었다. 에키는 눈앞을 반쯤 가리고 흘러내린 자신의 머리카락이 검은색인 것을 보았다.

"마, 마, 마검……?"

남자가 새파랗게 질려서는 더듬더듬 중얼거렸다.

에키가 정신을 차림과 동시에 그녀의 머리칼과 눈동자를 채워 나가던 검은색도 썰물처럼 빠져나갔다. 보통 사람이라면 그 광경을 보고도 이상하다고 생각할지언정 바로 마검을 연상하지는 못할 텐데, 남자는 보통 사람이 아니었다.

들켰다. 그 판단과 동시에 에키는 남자의 발목을 걸어 넘어뜨리고 그의 위에 올라탔다. 맨손에 확 피어오른 보랏빛이 칼날을 이루었다. 그녀는 마나의 칼날을 남자의 목 위에 지그시 눌렀다.

"방금 뭐라고?"

"아무것도 아닙니다."

눈치 빠른 남자가 황급히 고개를 저었다. 에키는 가늘게 뜬 눈으로 남자를 내려다보았다.

"못 본 걸로 하라는 건 무리겠지?"

"아뇨, 전 못 봤습니다."

"넌 쐐기의 간부잖아. 네가 봤다는 건 곧 쐐기에 알려진다는 거고. 물론 죽으면 아무한테도 말을 못 하겠지만."

[어, 주인아, 그건 내가 할 말인데……. 그치, 역시 죽이는 게 깔끔하지? 빨리 죽이자! 허연 검 말고 나로! 나 꺼내 줘!]

"저, 정말 아무것도 못 봤습니다!"

"거짓말, 다 봤잖아."

그녀가 고개를 갸웃했다. 사락거리는 분홍색 머리카락에 감싸인 얼굴은 여리고 아름다웠으나, 그것을 보는 남자는 공포를 느끼고 있었다.

"네가 생각해 봐도 널 죽이는 게 낫지 않니? 쐐기가 그다지 선량한 집단도 아니고 말이야. 너도 죽을죄 꽤나 많이 짓고 살았겠지."

가벼운 어조로 말하며 그녀가 마나의 칼날을 꾸욱 눌러 왔다. 목의 피부가 베여 붉은 피가 새어 나왔다. 남자의 안색이 새파래졌다.

"제, 제발……. 아무에게도 말하지 않겠습니다. 제발 살려 주십시오. 고아였는데 절 거둬 키운 것이 쐐기라 따르는 것일 뿐, 사실 저는……."

그는 겁에 질려 부들부들 떨며 애원했다. 그러면서 오른손을 휘둘렀다. 어느 순간 꺼내진 단검이 그 손에 들려 있었다. 회색 마나가 깃든 단검이 소리 없이 에키의 목뒤를 노렸다.

에키는 뒤를 돌아보지 않았다. 팔을 들어 그것을 막지도 않았다. 그녀의 목 부근에 짧은 찰나 보라색 마나가 반짝이고, 검기가 실린 단검은 허공에 멈추었다. 마나 실드가 순식간에 생겨났다 사라지며 공격을 막았다.

"어머."

남자는 그녀가 무슨 방법으로 제 검을 막았는지도 알 수 없었다. 그의 얼굴에 경악이 떠올랐다. 에키가 눈꼬리를 휘었다.

"연기가 제법이네. 하지만 상대를 잘못 골랐어."

죽음을 직감한 남자의 표정이 허옇게 질렸다가, 급격히 차분해졌다. 그가 조금 전 애원하던 것과 전혀 다른 어투로 입을 열었다.

"저를 살려 두시는 게 좀 더 유용하지 않을까요."

"응?"

"로아즈에 무슨 일이 벌어졌는지도 제 덕에 알게 되신 것 아닙니까. 원하시는 정보를 꾸준히 제공할 테니, 저를 살려서 곁에 두시지요."

"결국 쐐기와 정보를 주고받겠단 소리네."

"쐐기와 연락하는 내역을 당신에게 모두 공개하겠습니다."

"그걸 내가 어떻게 믿니?"

"정보가 샌 걸 판단하면 그때 죽이시지요."

"새고 나면 늦잖아. 나는 너를 죽이고 쐐기에서 직접 정보를 받아도 되는데?"

할 말을 잃은 남자가 입을 다물었다. 곧 그는 허탈한 표정으로 눈을 감았다.

"믿어 달라고 해 봤자 못 믿으시겠죠. 어쩔 수 없군요. 죽이십시오."

그 말과 동시에 늘어뜨려진 그의 손끝이 움찔거렸다. 에키는 그 손을 번개같이 붙잡아 바닥에 꽉 밀어붙였다.

"미리 알려 두겠는데, 나한테 독을 쓰는 건 자살 행위야. 아, 어차피 죽을 상황이니 상관없나? 근데 너 정말 연기 잘하네. 쐐기 같은 것 말고 연극배우를 하지 그랬어?"

포기한 척하고 손끝의 장치로 독을 뿌리려던 남자는 괴물을 보는 듯한 눈으로 에키를 바라보았다. 이 암기를 알아채는 사람은 처음 보았다.

사실 에키는 회귀 이전 쐐기를 쓸다시피 할 때 그들의 장치를 겪어 본 덕에 아는 것이지만, 남자가 보기엔 그녀가 신 내지는 악마처럼 보일 수밖에 없었다. 소름이 등줄기를 타고 꼬리뼈까지 돋았다.

[야, 근데 너 왜 죽이겠다면서 살의가 없어? 이상하네?]

'죽일 생각이 없거든.'

에키는 마겸에게 속으로만 대답하며 남자를 응시했다. 이자를 죽여 입을 막는 건 간단했다. 하지만 그랜마의 오른팔을 죽였다간 쐐기와 적대하게 될 것이다. 회귀 이전에도 이자는 죽이지 않았다. 이 남자를 죽이기 전에 그랜마가 나와 항복을 해 버렸으니까. 그랜마가 숨겨 둔 손자만큼이나 아끼는 게 이 남자였다.

'지금 쐐기와 적대해선 안 돼. 정보가 필요한 것도 사실이다.'

로아즈가 대체 어떻게 된 건지, 유리엔이 지금 무슨 상황에 있는 건지, 빌어먹을 황제와 2황자와 디아상트 공작이 무슨 짓을 저지르고 있는 건지, 그녀는 알아야 했다. 한번 폭주할 뻔하고 나니 머리가 급격히 냉정해졌다. 그녀는 당장 필요한 쪽을 선택했다.

"일단 봐주겠어. 정보가 필요한 건 사실이니."

그녀가 마나를 거두고 남자의 위에서 일어났다. 남자의 눈이 약간 커졌다. 진심으로 놀란 듯했다. 에키는 삐딱하게 서서 남자를 향해 말했다.

"너, 이름이 뭐야."

"핸드입니다."

"쐐기에서 쓰는 별명 말고, 본명."

"……."

"본명, 말해."

"……던컨입니다. 고아라서 성은 없습니다."

"좋아, 던컨. 일어나."

던컨이 일어나며 약간 비틀거렸다. 에키는 그보다 한 뼘은 작았다. 일어선 그를 그녀가 빤히 올려다보며 말했다.

"도망가려 하면 죽일 거야."

"예."

"쐐기가 내가 마검을 가지고 있다는 걸 알게 돼도 죽어."

"……예."

"네가 스스로 말한 대로 쓸모가 있는지 지켜보겠어."

그녀가 진심으로 죽일 생각이 없다는 것을 남자는 알아채지 못했다. 만 단위의 학살을 저지른 경험이 있고 습관처럼 마검의 살의를 통제하고 있는 에키가 보이는 살기는 소름 끼치게 섬뜩했다. 살기에 예민하고 익숙한 던컨은 그것을 더 적나라하게 감지했다.

정말 마검의 주인인가. 대체 어떻게 이성을 유지하고 있는 걸까. 몇백 년 전 마검을 쥐고도 악마가 되지 않았다던 검사에 대한 전설이 사실이었던가. 함부로 물을 수 없는 질문들이 입안에 차올랐다. 던컨의 이마에 식은땀이 한 방울 흘렀다.

"최선을, 다하겠습니다."

[안 죽이는 거야? 치, 좋다 말았네. 다시 생각해 봐, 주인아. 쟤가 떠들고 다니면 큰일 나는 거 아니야? 죽이자니깐?]

에키는 칭얼거리는 마검의 말을 무시하고 돌아서서 침대에 걸터앉았다. 팔짱을 낀 그녀가 그를 향해 턱짓했다.

"그럼 우선 로아즈…… 에서 일어난 일에 대해 아는 걸 전부 말해 봐. 창천이 출동했다는 이야기도."

7월 18일.

로아즈에 도착한 창천 기사단 토벌대는 캠프를 설치했다. 로아즈시의 외성(外城)이 보이는 들판으로, 제국군 캠프와는 그리 멀지 않은 거리였다. 두 캠프의 중간 지점, 외성의 정문과 마주 보는 곳에 공동 지휘 막사가 있었다.

유리엔은 지휘 막사에서 제국군의 사령관인 2황자 카르엠과 마주했다.

"내부에 마검의 저주를 받은 자들……. '악마'들이 배회하고 있다. 정문을 막아 둬서 밖으로 나오지는 못하고 있는데, 그중에 마스터급이 하나 있어서 얼마나 버틸지 알 수 없는 상황이지."

의자에 비스듬히 걸터앉아 턱을 괸 카르엠이 빙긋 웃었다.

"최우선 목표는 악마 토벌, 다음으로 생존자 구출과 마검 수색이다. 마검의 저주가 담긴 물건도 수색해야겠지. 아마도 이것과 비슷한 형태일 거다."

카르엠이 탁자에 종이를 펼쳐 놓았다. 투명한 보석이 달린 목걸이가 그려져 있었다. 에키가 2황자에게 받아서 니콜에게 조사를 맡겼던 바로 그 목걸이의 형태였다. 그것을 응시하던 유리엔이 카르엠에게 시선을 주었다. 서늘한 눈이었다.

"이것을 만든 게 창천 기사단이라 주장하셨다고 들었습니다만."

"아, 어디까지나 의혹이다. 열심히 수색해서 찾아내 봐. 찾아내서 조사하면 의혹을 벗을 수도 있잖아?"

카르엠이 어깨를 으쓱이더니 양피지를 한 장 꺼내서 펼쳤다. 시내 지도였다.

"창천은 인원이 적으니 수색이 어렵겠지. 창천 기사 한 명마다 제국군 소대를 붙여 주겠다. 담당할 구역은 미리 배치해 두었으니 각자 담당 구역 내의 토벌, 구조, 수색을 수행하도록."

듣기에는 지원해 주는 것 같아도, 실상은 기사 하나당 소대 하나씩 감시 인원 겸 짐덩이가 붙고 구역별로 격리되는 작전이었다. 유리엔이 고개를 저었다.

"악마 토벌이 최우선이니, 토벌을 기사단이 우선 진행하고 이후에 제국군을 투입하여 수색과 구조를 하는 게 낫습니다. 시가지 같은 장애물이 많은 곳에서 군대로 강력한 개인을 상대하는 건 현명하지 못한 선택입니다."

"악마들이 숨어 버리면 어떻게 찾아내려고? 그리고 생존자가 있으면 구출을 위해 인원이 필요하잖나."

"마검의 영향이라면 살의에 물든 자들이고, 살의에 물든 자들이라면 살인할 기회를 마다하지 않습니다. 숙주의 부상이 심각한 상태가 아니라면 숨지 않을 겁니다."

"부상이 심각하면 숨는다는 소리군. 그러다 놓치지 않으려면 제국군이 포위망을 구축하는 게 낫다."

"제국군으로 포위망을 구축하는 것은 불가능합니다. 물든 자들은 기사도 아닌 군인 몇으로 막을 수준이 아닙니다. 희생자만 늘릴 뿐입니다."

"유리엔. 나는 네가 좀 더 똑똑할 줄 알았는데 말이다."

카르엠이 비웃음을 띠었다.

"창천 단독 작전은 무슨 이유를 들어도 허용할 수 없다. 너희가 로아즈 참사의 배후일지도 모르는데 단독으로 로아즈 시내를 돌아다니게 하라고? 말이 되는 소리를 해라."

그는 더 이상 말할 가치도 없다는 듯 유리엔을 향해 지도를 밀어 주고 자리에서 일어났다.

"창천 기사 하나당 제국군 소대 하나. 그리고 너는 마스터급이라는 그 악마를 찾아 토벌하도록. 네 소대에는 나와 현자 헤레이스 리어폴드가 포함된다. 네 성검이 진짜인지 확인해야 하니까."

어느 정도 예상한 결과였기에 유리엔은 당황하지는 않았다. 대신 준비해 둔 말을 꺼냈다.

"그리하겠습니다. 다만 성검의 증명을 위해서 더 공정한 증인이 필요합니다."

"헤레이스 리어폴드는 현자 칭호를 받은 마탑의 7인 중 하나다. 그런데도 못 믿겠단 소리냐?"

"제국 측에서 아젠카의 검증을 믿지 못하겠다고 한 것과 같은 이유입니다. 게다가 증인 하나로는 부족하지 않습니까?"

"그럼, 좋다. 디아상트가의 마법사가 동행했으니 그도 함께 가지. 네 약혼녀의 가문 소속이니 믿을 수 있겠지?"

카르엠이 선심 쓰듯 말했다. 유리엔이 고개를 저었다.

"다른 증인을 요청했습니다. 형님도 납득하실 인선입니다."

"아젠카의 사람이라면, 대신전의 대신관일지라도 창천과 연계되어 있으니 믿을 수……."

반박하던 카르엠의 말끝이 흐려졌다. 밖이 소란했다. 카르엠이 막사 밖으로 시선을 돌리자 유리엔이 덤덤히 설명했다.

"마침 도착한 모양이군요. 제국 마탑 7현자 전원과, 남부 왕국 마탑의 탑주입니다."

"……뭐라고?"

예상치 못한 사태에 카르엠의 안색이 급변했다.

현자 하나가 카르엠의 수족임을 깨달은 즉시 유리엔은 나머지 현자 전체에게 요청했다. 니콜의 스승인 현자 칼리스토 팽은 제자를 위해 곧바로 합류했다. 나머지 다섯을 움직이는 것도 어렵지 않았다.

유리엔은 그들에게 기오사 시리즈가 보관되어 있는 기오사 홀의 한시적 개방을 약속했다. 성검이 진짜인지 아닌지 확인해 주는 간단한 일의 대가로 기오사 홀에 들어가 볼 수 있다니, 탐구심에 목숨도 종종 거는 현자들로서는 거부하기 어려운 유혹이었다.

아메시스트를 제작할 때 마법 세공을 주문했었던 남부 왕국 마탑의 경우, 유리엔에게 빚이 있었다. 단장이 된 직후 토벌해 인간의 땅으로 되돌렸던 죽음의 숲이 있던 곳이 남부 앙투아르 왕국이었기 때문이었다.

당시 토벌에 함께했던 앙투아르 마탑주는 유리엔의 검이 성검 랑기오사라는 걸 잘 알고 있었다. 마탑주는 그가 어이없는 의혹에 휩싸였다는 소식에 흔쾌히 증명 요청을 수락했다.

마탑은 마법에 평생을 바친 자들이 모이는 집단이다. 현자라는 칭호는 그중에서도 마탑 내부의 까다로운 기준을 충족시킨 소수에게만 주어지는 것으로, 개별적인 마법 이론을 정립할 수 있는 수준의 거장들을 일컬었다.

 제국의 마탑보다 수준이 떨어진다 해도 한 나라의 마탑 수좌에 앉아 있는 남부 마탑주 역시 제국의 현자들에게 밀리지 않는 권위자였다. 7현자 중 하나라는 이유로 헤레이스 리어폴드를 내세웠던 카르엠으로서는 거부할 수 없는 증인들이었다.

 창천 기사단장은 창백해진 2황자를 향해 태연히 말했다.

 "증인은 많을수록 좋겠지요."

 로아즈 토벌 작전은 7월 19일 동틀 무렵에 시작되었다.

 창천 기사 열 명과 기오사 오너 테레사가 제국군 소대와 함께 맡은 구역으로 진입했다. 유리엔과 2황자가 포함된 소대에는 디아상트 공작가의 마법사에 7현자와 마탑주까지, 아홉 명이나 되는 고위 마법사가 포함되어 있었다. 마검의 저주를 받은 자들을 상대한다는 말에 바짝 긴장해 있던 소대원들은 동행하는 마법사들과 창천 기사단장을 보고 완전히 안도한 낯이 되었다.

 기사 데릭은 영주관 근처에서 배회하고 있었다. 유리엔이 그를 상대하는 것은 싱거울 정도로 간단하게 끝났다. 그는 심지어 데릭을 생포하는 것까지 성공했다.

 하얗게 빛나는 검이 휘둘러져 검은 기운을 뿜어 대는 데릭의 검을 쳐 냈다. 검을 잃은 데릭은 짐승처럼 날뛰다가 도주를 시도했고, 얼마 지나지 않아 유리엔에게 제압당했다.

"저게 성검 랑기오사가 아니면 기오사 전설을 다시 써야겠는데."

"탐지 마법을 쓰는 마나가 아깝구만. 이런 뻔한 일을."

"마법검 알라다트기오사라면 우리가 못 알아볼 리가 없고, 솜니움기오사의 환상이라면 저런 위력을 보이진 못하지. 다만 저게 형태가 자유롭게 변화한다는 팔란타기오사라면 알아보기 어렵긴 하겠군."

"어이고, 기오사에 대해 잘 모르나 보오. 팔란타기오사의 별칭이 뭔지도 모르시오?"

"무슨 소리요, 기오사에 관심이 없는 마법사가 어딨다고! 공명검이잖소!"

"별칭은 아는데 그 별칭이 무슨 이유로 붙었는지는 싹 까먹은 거 아니요? 나이는 못 속이지."

"안 까먹었소이다! 주인의 상태에 따라 지속적으로 공명음을 내고 형태가 변화하기 때문에 공명검이라 불리는 것 아니오! 고정된 형태가 없는 팔란타기오사를 구별하는 방법이 그 공명음이잖소!"

"그래서 지금 저 검이 공명음을 내고 있소?"

"……크흠, 흠."

"에잉, 남부 왕국 마탑주도 있는 자리에서 무식한 소릴. 현자 망신은 혼자 다 시키는구려."

"아, 거, 잠깐 깜박할 수도 있지!"

여섯 현자와 마탑주는 아주 쉽게 랑기오사를 인정했다. 애초에 가짜라는 주장 자체가 무리수였기에 당연한 일이었다. 남은 현자 헤레이스 리어폴드와 디아상트의 마법사 역시 다른 현자들과 남부 왕국의 마탑주 앞에서 뻔한 진실을 부정하지 못했다. 만장일치로 성검의 인증이 이루어졌다.

토벌은 순조로웠다. 해가 지기 전에 물든 자들이 모두 사살되거나 생포되었다. 실제 마검에 물든 악마도 아니고 마검의 마나를 약간 주입받았을 뿐인 사람들은 창천 기사의 상대가 되지 못했다. 숨어 있던 시민들도 마스터급 기사들의 넓은 감각 덕분에 쉽사리 발견되었다. 그러나 생존자의 수는 몹시 적었다.

이 사태를 일으킨 물건은 내일부터 본격적으로 수색하기로 결정되었다.

마법사들은 온 김에 그 물건까지 확인하고 돌아가길 원했으나 2황자는 그 요청을 반기지 않았다. 그러나 마탑주는 타국인이라는 명분으로 돌려보낼 수 있어도 제국 마탑의 현자들을 돌려보낼 명분은 없었다.

마탑주는 창천 기사단장에게 빚을 갚은 것에 만족하고 아쉽게 귀환했다. 현자들은 모두 남았다. 마석 목걸이들을 발견하면 즉시 조사를 시작할 기세였다.

캠프로 돌아온 유리엔은 검게 물들어 포박당한 채 울부짖는 사람들을 응시했다. 에키네시아는 결절 안에서 물든 사람들을 살의를 흡수해 되돌렸었다. 그는 그녀처럼 살의를 흡수하고도 인내하지는 못해도, 정화할 수는 있었다.

"잠시, 시도해 볼 것이 있다."

마법사들과 모여든 제국군들, 2황자가 지켜보는 가운데서 유리엔은 살의 흡수를 시도했다. 에키에게 들은 마검의 마나를 흡수했던 과정을 되새겼다. 그녀보다는 한참 미숙하긴 해도 그 역시 제니스였기에 몇 번의 시행착오 끝에 성공할 수 있었다. 에키에게 썼던 봉인구는 일부러 사용하지 않았다.

"살의의 정화라니……."

"이런 방식으로 랑기오사를 사용하는 건 최초 아니오?"

현자들은 유리엔이 일으킨 기적에 완전히 흥분했다. 이미 증명했지만, 이로써 그가 랑기오사의 주인임은 더욱 확고해진 셈이었다. 그것은 성검의 새로운 가능성에 대한 발견이기도 했다.

안타까운 점은 유리엔이 되돌린 사람들이 에키가 경험했던 대로 모조리 미쳐 있었다는 것이었다. 마법사들이 치유 마법을 사용하고 군의관이 살폈는데도 불구하고 그들은 대부분 몇 시간 되지 않아 숨을 거두었다. 유일하게 숨이 유지된 것은 로아즈의 수석 기사였던 데릭이었다. 다른 사람들과 근본적으로 신체 능력이 달라서 버티는 듯했다.

마법사들은 살의에 물든 자들과 성검의 기능에 대해 밤을 새울 기세로 갑론을박을 벌였다. 제국군은 소대 단위로 지켜본 창천 기사들의 활약과 유리엔에 대한 이야기로 술렁이고 있었다.

모든 상황이 예상한 것과 다른 방향으로 흐르고 있었다. 카르엠은 주위를 신경 쓰지 않고 토론을 벌이는 현자들과, 선망의 시선을 받고 있는 유리엔을 지켜보다가 피곤하다는 핑계를 대고 제 막사 안에 틀어박혔다.

그리고 해가 저물었다.

유리엔은 막사 안의 침상에 기대 오른손을 내려다보았다. 성검이 느릿하게 중얼거렸다.

[처음이 아니니 좀 낫긴 하다만, 역시 마검의 마나에 파마의 성질을 깃들게 하는 건 피곤한 작업이다.]

"무리하게 만들었군. 미안하다, 랑."

[아니, 네 선택은 정의로웠다. 할 수 있는데도 저들을 물든 채 내버려 두는 건 옳지 않아. 그들이 살아남을 확률이 낮다 하더라도 말이다. 나는 너의 그런 점이 마음에 든다.]

만족스럽게 말하던 성검이 조금 다른 어투로 덧붙였다.

[문제는 네가 마검의 마나를 변환할 수 있다는 사실을 이제 모두가 알게 되었다는 건데. 이래도 괜찮은 건가?]

"그 점은 괜찮다. 소용없는 함정임을 깨닫고 시도 자체를 그만두는 편이 나으니까."

[하긴 그도 그렇군. 나로서도 그 짓을 더 할 일은 되도록 없었으면 한다. 어차피 저자들의 죄는 곧 밝혀질 테고. 조사 과정이 지난할지라도, 결국 창천이 아니라 2황자 측이 로아즈 참사의 배후라는 것이 밝혀질 거다. 그렇게 되면 마검의 주인이 찾아냈던 증거들도 쓸 수 있겠지.]

느긋하게 말하던 성검은 유리엔이 제 말을 듣지 않고 있다는 것을 알아차렸다. 그는 깊게 가라앉은 눈을 허공에 두고 턱을 굳히고 있었다.

[주인, 왜 표정이 어둡지? 상황은 네 계획보다도 순조롭지 않나.]

"란셀리드 로아즈가 없다."

[마검의 주인의 동생 말이냐?]

"오늘 영주관 근처를 돌아볼 때 주의 깊게 살펴보았지만, 시신조차 보이지 않아."

[시신이 다른 곳에 있거나, 살아서 어딘가에 숨어 있는 상태거나, 아

니면……]"

 성검은 유리엔과 동일한 가정을 떠올리고 말끝을 흐렸다. 무어라 말하려던 유리엔이 문득 입을 다물었다. 그는 막사의 입구에 시선을 주었다.

 "창천 기사단장님께 온 전갈입니다."

 입구로 다가온 그림자가 나직이 고하더니 무언가를 막사 입구에 내려놓고 사라졌다. 유리엔은 일어나 막사 앞에 놓인 것을 보았다. 작은 상자였다. 그는 그 자리에 서서 바로 상자를 열어 보았다.

 "멍하니 뭐 하냐, 율?"

 이번 임무는 위험해서 스콰이어나 생도들 대신 준기사들이 기사들의 보조를 맡고 있었다. 유리엔의 보조를 담당하게 된 준기사 디트리히가 보급품을 들고 돌아오다가 막사 입구에 선 유리엔을 향해 물었다. 유리엔이 고개를 들었다.

 "디트. 실피드는?"

 "아까 마구를 벗겨서 쉬게 해 놓았는데. ……너, 안색이 왜 그래?"

 유리엔이 들고 있던 상자의 뚜껑을 닫더니 디트리히의 어깨를 움켜쥐고 막사 안으로 쑤셔 넣었다. 디트리히가 황당하다는 듯 그를 보았다.

 "야, 이게 뭐 하는 짓이야?"

 "디트리히 사루아."

 유리엔은 막사 바깥의 동태를 잠시 살피며 막사의 입구를 닫았다. 디트리히를 향해 그가 속삭이듯 말했다.

 "지금 즉시 현자 칼리스토 팽과 테레사 경에게 가서 그들과 함께 은밀히 캠프를 벗어나라. 누구에게도 캠프를 나가는 것을 들켜서는 안 된다. 벗어난 후에는 등불을 끈 채 조용히 이동해서 영주관 근처로 와라. 영주관에 들어가지는 말고 근처에서 대기하도록."

"뭐? 갑자기 왜……."

"그리고, 두 시간 안에 내가 돌아오지 않으면."

유리엔이 한 번 더 주위의 기척을 살피더니 뚜껑을 닫은 상자를 디트리히에게 내밀었다. 디트리히는 얼떨떨하게 그것을 받아 들었다.

"그들과 함께 이 상자를 열고, 알아서 판단하고 행동해라. 그 전까지는 열지 마라."

"……대체 무슨 일입니까, 단장?"

"시간이 없다. 너를 믿겠다."

유리엔은 그 말을 남긴 후에 후드가 달린 망토를 들고 훌쩍 막사 밖으로 나가 버렸다. 디트리히는 그가 애마인 실피드를 풀어 내서 캠프 밖으로 향하는 것을 보았다.

멀거니 그것을 보던 디트리히는 곧 유리엔의 명대로 움직였다. 또라이라고 욕하기도 하고 답답한 놈 취급하기도 하고 친구라는 핑계로 편히 대하곤 하지만, 그는 유리엔이 단장으로서 내린 명을 어겨 본 적이 없었다. 디트리히는 내심 유리엔을 존경했고, 그의 판단을 신뢰했다.

그는 우선 테레사 폰 프랑 알마리를 찾아갔다. 막사에서 휴식 중이던 테레사는 유리엔의 명을 전달받자마자 망설임 없이 바로 준비를 했다.

다음으로 디트리히는 중앙의 지휘 막사로 가서 현자 칼리스토 팽을 찾았다. 7인의 현자가 모두 모여 토론 중이었기 때문에 의심받지 않고 그를 불러내는 건 쉽지 않은 일이었다.

디트리히는 고민하다가 칼리스토의 막사에 실수인 척 횃불을 떨궜다. 제 막사에 불이 붙었다는 소식에 칼리스토가 급히 뛰쳐나와 마법으로 불을 껐다.

"제 실수로 막사가 손상되었으니, 제 막사를 드리고 저는 새로 막사를 치겠습니다. 따라오십시오, 현자님."

칼리스토는 디트리히의 말을 듣고 막사 안에서 짐을 챙겨 나왔다. 디트리히는 다른 이들의 시선이 미치지 않는 곳에 이르자마자 방향을 틀어 테레사가 기다리고 있는 곳으로 향했다. 칼리스토에게도 유리엔의 명을 전달한 다음, 제 말에 노인을 태워 테레사와 함께 이동했다. 칼리스토는 어리둥절한 기색이었다.

"창천 기사단장이 이렇게 하라고 했단 말이냐?"

"네, 현자님. 저도 이유를 모르겠습니다."

그들은 들판을 가로질러 성 외곽을 반 바퀴 돌아서 성의 서문을 통과했다. 달빛도 적은 밤에 텅 빈 도시를 가로지르는 건 유쾌하지 못한 경험이었다. 토벌이 막 끝난 터라 시신을 제대로 치우지 못해 시체의 악취가 코를 찔렀다.

디트리히는 높은 쇠 울타리에 둘러싸인 영주관이 보이자 말을 멈췄다. 테레사가 근처에 있는 문이 부서진 집을 가리켰다. 그들은 그 안으로 들어가 회중시계를 들여다보며 시간을 쟀다. 시간은 지루하고 초조하게 흘렀다.

유리엔은 끝내 돌아오지 않았다.

"열어 봐라, 디트리히."

테레사의 말에 디트리히가 한숨을 쉬며 상자를 열었다. 상자 안에는 짧은 쪽지와 함께 투명한 유리병이 들어 있었다. 유리병 안에 꽉 찬 액체 속에 동그란 무언가가 보였다.

 등불을 켜지 않은 상태라 어두워서 그게 무엇인지 잘 구분이 가지 않았다. 쪽지의 글씨도 알아보기 어려웠다. 그러나 마스터인 테레사는 스며드는 어슴푸레한 달빛만으로도 그것이 무엇인지 알아차렸다.

 "……!"

 테레사가 입을 틀어막았다. 디트리히는 빛이 새어 나가지 않도록 망토를 뒤집어쓰고 등불을 켜 유리병을 비췄다. 칼리스토가 궁금한지 목을 빼고 디트리히 쪽을 보았다.

 "흐억!"

 "뭐, 뭐야. 뭔데 그러나, 자네?"

 소스라치게 놀란 디트리히의 손에서 떨어진 유리병이 마룻바닥을 데굴데굴 굴러 벽에 부딪혔다. 흘러내린 망토 너머로 등불 빛이 병에 가 닿았다. 현자는 비로소 그 안에 뭐가 들어 있는지 알아차렸다.

 그것은 사람의 안구였다. 눈동자가 보라색인.

 테레사는 새파랗게 변한 얼굴로 쪽지를 집어 들어 읽었다.

 ―소년을 살리고 싶으면 지금 즉시 혼자서 영주관으로 와라. 늦으면 남은 눈을, 다른 자가 알게 되면 시신을 보내겠다.

 유리엔은 실피드를 타고 영주관 건물 안에 들어섰다. 현관이 완전히 부서져 있었다. 데릭의 검기가 긁고 지나간 자국이 짐승이 할퀸 것처럼 남아 있는 로비에서 그는 말을 세웠다.

"어서 와라."

익숙한 음성이 중앙 계단 위에서 들려왔다. 카르엠이 입가에 미소를 매단 채 그를 내려다보았다. 유리엔은 이를 악물었다.

"이게 무슨 짓입니까, 형님."

"네가 화를 내는 건 오랜만에 보는구나. 초연하게 구는 네놈의 얼굴이 참 보기 싫었는데, 지금 네 표정은 마음에 들어."

"란셀리드 로아즈는 어디 있습니까."

"사실 이건 네가 아니라 그 계집애를 노린 계획이었는데 말이다. 스콰이어랍시고 어딜 가든 데리고 다니더니 왜 이번에는 데리고 오지 않았지?"

"대답해라, 카르엠 드 하르덴 키리에. 란셀리드 로아즈는 어디에 있나."

하대하는 유리엔의 음성이 무섭도록 가라앉아 있었다. 카르엠은 눈을 둥그렇게 뜨더니 요란하게 웃음을 터뜨렸다.

"하, 하핫, 하, 네가 드디어 그 가식적인 형님 대우를 집어치우는구나! 빌어먹을 새끼. 나는 네 형이 되고 싶었던 적이 한 번도 없어. 친애하는 동생아, 나는 늘, 형님 소리를 하는 네 혀를 뽑아 버리고 싶었단다."

유리엔은 흠칫 놀랐다. 란셀리드의 혼이 보일까 싶어서 떴던 정안에 비치는 카르엠의 모습이 지독하게 끔찍했다. 부글부글 끓어오르는 새카맣고 새빨간 악의. 끈적할 정도로 짙고, 눈이 시릴 정도로 강렬하며, 섬뜩할 정도로 어두운.

"네놈은 태어나지 않았어야 했다. 그럼 모든 게 정상이었을 테니까.

어마마마는 살아 계셨을 거고, 아바마마는 자애로웠을 것이며, 나는 자랑스러운 아들이었겠지. 우리는 완벽한 가족이었다. 네놈만 태어나지 않았다면!"

언제나 카르엠이 유리엔을 향할 때면 악의에 가득 차 있었으나, 지금 그의 정안에 비치는 것은 평소 이상이었다. 여태까지의 악의는 나름 자제한 결과였다는 듯이.

카르엠의 표정이 악귀처럼 일그러졌다.

"나는 말이다, 줄곧 네가 망가지는 걸 보고 싶었다. 네가 패배하고, 꺾이고, 손가락질 당하고, 절망하여 벌레처럼 꿈틀거리는 꼴이 보고 싶었단 말이다! 내 발아래에서!"

목에 핏대가 설 정도로 소리를 지른 카르엠이 돌연 목소리를 낮추었다. 그는 나긋해진 음성으로 속삭이듯 말했다.

"그럴 수만 있다면, 솔직히 제위 따윈 필요 없다."

"……!"

"친애하는 동생아, 이건 누구에게도 말한 적 없는 비밀이란다. 나는 딱히 황제가 되고 싶지 않아. 나보다는 크루엔 형님이 훨씬 제위에 어울리지, 안 그러냐?"

유리엔은 저도 모르게 커진 눈으로 카르엠을 응시했다. 제위가 필요 없다고. 크루엔 황태자가 황제가 되는 게 낫다니.

'정말로 오직…… 내가 고통받는 것을 원해서 이런 짓들을 벌인단 말인가?'

가족이 아니라 여긴 지 오래되었음에도 그 깨달음은 제법 쓰라렸다. 차라리 권력에 눈이 멀어 이런 짓들을 벌였다는 게 낫겠다. 이렇게까지 미움 받을 정도면 자신에게도 무언가 문제가 있었던 것이 아닐까. 문득 그런 생각이 들기까지 했다.

"아바마마께서는 어떻게든 내게 제국을 주고 싶어 하시지만 말이다. 불쌍한 아버지. 너 때문에 미쳐서 늘 어리석은 선택을 하곤 하시지."

카르엠은 몸을 움츠리더니 키득거리며 웃음을 흘렸다. 흘러내린 은발 사이로 보이는 녹색 눈동자가 번들거렸다.

"어미는 죽이고, 아비와 친형은 전부 미치게 만든 소감이 어떠냐, 유리엔? 너는 사람이 아니야. 저주지."

유리엔은 지그시 눈을 감았다 떴다. 그러면서 쓰린 깨달음과 목 안쪽을 꽉 막으며 차오르는 것들을 삼켰다.

'내가 어떻게 했더라도 결과는 같았을 것이다.'

어릴 때에는 무엇이든 했다. 주어지는 의무와 쏟아지는 지적들을 모두 소화해 냈다. 미움받고 싶지 않아서 한 점의 흠도 없는 사람이 되려 노력했다. 사랑받고 싶어서 웃어 보이기도 했고 슬픔을 알아 줄까 싶어서 울어 보이기도 했다. 조금 나이를 먹은 후엔 제가 형보다 뛰어난 것이 문제인가 싶어서 실력을 감춰 본 적도 있었다.

그러나 결국 그는 열여섯에 아젠카로 쫓겨났다. 쫓겨날 때 알았다. 만약 자신에게 꼬투리가 잡힐 만한 점이 조금이라도 있었다면, 그것을 핑계로 평생 유폐되거나 죽을 수도 있었다는 것을.

유리엔은 그제야 그간 해 온 모든 노력이 무의미했다는 것을 깨달았다. 처음부터 아비와 형제에게 그는 가족도 혈육도 아니었던 것이다. 그렇게 깨닫고 나서도 혈육에 대한 모든 기대를 버리는 데까지는 꽤 시간이 걸렸다. 아젠카에서 사람들과 만나고 정을 붙이고 있을 곳을 찾아낸 후에야 포기할 수 있었다.

그가 노력할 장소는 황실이 아니라 아젠카였다. 아끼는 사람들은 창천 기사단에 있었다. 사랑하고 헌신할 사람은 에키네시아 로아즈였다. 그는 이제 혈육에게 애정을 갈구하던 소년이 아니라 자아를 구축한 성인이었다. 새삼스럽게 흔들리지는 않는다.

반론하지도 않았다. 무의미한 짓이었으므로. 태어난 것 자체가 잘못이라는 자에게 무슨 말인들 먹힐까. 가치 없는 자에게는 줄 대답도, 낭비할 감정도 없었다. 유리엔은 낯을 가다듬고 무표정하게 말했다.

"란셀리드 로아즈는 어디에 있나. 답하지 않으면 검을 들겠다."

그 물음은 카르엠이 쏟아 낸 것들에 대한 완전한 무시였다. 카르엠의 눈에서 불이 튀었다. 그는 아래에 있는 유리엔에게까지 들릴 정도로 까드득 하고 이를 갈더니, 억지로 입꼬리를 올렸다.

"나는, 네놈의 이런 점이, 끔찍하게 싫어."

유리엔은 말없이 랑기오사를 뽑아 들었다. 카르엠이 삐걱거리는 톱니바퀴 같은 웃음소리를 냈다.

"란셀리드 로아즈가 어디 있냐고 했지?"

그가 품에서 마도구를 꺼내더니 부러뜨렸다. 그러자 공간이 일렁이며 한 무리의 사람들이 이동 마법으로 카르엠의 앞에 나타났.

마도구를 보고 반사적으로 대비 자세를 취했던 유리엔은 후드를 쓴 사람들 사이에서 유일하게 아무것도 덮어쓰지 않고 있는 소년을 보았다. 시체처럼 늘어진 란셀리드 로아즈의 한쪽 눈은 붕대로 대강 감싸여 있었다. 그 붕대는 흰색을 찾아보기 어려울 정도로 붉었다.

유리엔은 순간적으로 계산을 했다. 계단 위로 뛰어올라 저자들을 베고 란셀리드를 구해 내는 것과, 저자들이 소년의 목을 그어 버리는 것 중 어느 쪽이 빠를까. 그는 성검을 움켜쥔 채 움직이지 못했다.

"살리고 싶다면 살려 봐라, 유리엔. 발악해 봐."

카르엠이 몹시 즐겁다는 투로 말하며 손짓했다. 후드를 쓴 자들이 소년을 벽에 기대 세웠다. 그리고 그중 하나가 마법진이 새겨진 장갑을 낀 채 길쭉한 상자에서 한 자루의 검을 꺼냈다. 그 검은 알려진 마검 바르데르기오사의 외형과 거의 똑같은 형태를 하고 있었다.

그자가 그것을 란셀리드의 배에 찔러 넣었다. 소년은 검에 꿰인 채 벽에 박혔다. 정신을 잃은 상태에서도 고통으로 소년의 전신이 경련했다. 선혈이 쏟아지며 상처 부위에서부터 검은 얼룩이 순식간에 퍼져 나갔다.

[저 미친 새끼가!]

성검이 드물게 욕설을 내뱉었다.

"발악하고 실패해라. 네가 이름도 명예도 목숨도 모조리 네 손으로 진창에 처박아 버리길 빈다, 내 저주받은 동생아."

카르엠은 충혈된 눈으로 유리엔을 노려보았다. 그의 뒤로 다가온 후드를 쓴 자들이 이동 마법을 사용했다. 빛에 휩싸인 그들은 금세 그 자리에서 사라졌다.

유리엔은 그들이 사라지자마자 움직였다. 계단을 나는 듯이 뛰어올라 란셀리드의 곁에 서서 제 망토 자락을 움켜쥐었다. 소년은 부들부들 떨며 입에서 피를 쏟아 내고 있었다. 컥, 컥 하고 목 막힌 신음이 들려왔다. 유리엔은 망토를 손에 둘둘 감고 소년의 몸을 꿰뚫은 검의 손잡이를 잡았다.

[안 돼, 놔라!]

그가 검을 쥐는 순간 무언가를 직감한 성검이 고함을 질렀다. 바르데르기오사와 똑같이 생긴 그 '마검'의 손잡이에서 검은 가시덩굴 같은 것들이 투두둑 돋아났다. 그 덩굴이 유리엔의 손을 타고 오르며 팔목을 감았다. 가시가 손을 감싼 망토를 뚫고 피부를 찔러 들어왔다.

유리엔은 검을 놓지 않았다. 그는 그대로 그것을 뽑아내며 쓰러지는 소년을 받쳐 안았다. 곧바로 소년을 눕히고 랑기오사를 꺼냈다.

손과 팔목에 완전히 엉켜든 가시덩굴 사이로 피가 흘렀다. 손을 놓아도 '마검'은 그에게서 떨어지지 않았다. 손끝에서부터 검은 얼룩이 전염병처럼 퍼져 나갔다. 유리엔은 물들어 가는 손을 란셀리드의 가슴께에 올리고 다른 손에 쥔 랑기오사로 바닥을 짚었다.

그사이 란셀리드의 갈색 머리카락은 마검을 쥐고 물들어 버린 악마들처럼 새카맣게 변해가고 있었다. 검에 찔린 배에서는 울컥울컥 더운 피가 쏟아졌다. 유리엔은 숨 돌릴 틈도 없이 소년을 물들인 살의부터 흡수했다.

[이 가시덩굴은…… 마법의 일종 같은데. 저주 마법인가? 망할, 판별이 힘들군. 처음 보는 형식이다.]

성검이 초조하게 중얼거렸다. 그사이 유리엔의 어깨 부근까지 검은 얼룩이 번졌다. 가시덩굴이 계속해서 돋아나며 팔을 얽어매었다. 덩굴 사이로 흐른 피가 '마검'의 손잡이를 새빨갛게 물들였.

유리엔은 란셀리드에게서 흡수한 마검의 마나를 랑기오사에게로 흘려보냈다. 성검은 입을 다물고 그것을 변환하기 시작했다. 하얀 칼날에 백색 검기가 조금씩 생성되었다.

이미 여러 차례 정화를 한 후였다. 게다가 팔을 휘감은 가시덩굴로부터 지독한 통증이 치밀고 있었다. 쉽지가 않았다. 그래도 해내야 했으며, 해낼 수 있었다. 유리엔의 이마에서 식은땀이 뚝뚝 떨어져 내렸다.

그는 고통으로 흐려진 눈으로 검은빛이 빠져나간 란셀리드를 내려다보았다. 소년의 배에서 끊임없이 피가 쏟아졌다. 빨리 지혈을 하고 치료하지 않으면 죽는다. 그런 생각을 하던 그의 상체가 덜컥 흔들렸다.

[주인!]

팔뚝을 지나 어깨를 휘감은 가시덩굴이 목덜미로 파고들었다. 유리엔의 입술을 타고 피가 주륵 넘쳤다. 깜박이는 눈꺼풀 아래로 하늘색 눈동자에 언뜻 검은빛이 비쳤다. 유리엔은 고개를 흔들고 상처가 날 정도로 강하게 입술을 깨물었다. 시야의 초점이 흐려졌다 잡히기를 반복했다.

[넘치기 직전이다. 망할, 괜찮으냐?]

성검이 급하게 말했다. 유리엔은 성검에 가득 맺힌 백색 검기를 아무렇게나 허공에 뿌렸다. 벽이 박살이 나며 먼지구름이 안개처럼 솟았다. 그는 성검을 든 팔로 소년을 들쳐 메고 자리에서 일어났다.

[주인?]

랑기오사의 음성에 불안이 깃들었다. 유리엔은 대답하지 못했다. 목덜미 안쪽으로 파고드는 가시덩굴을 막을 여력이 없었다. 몸을 거쳐 가는 살의로부터 정신을 유지하기도 벅찼다.

너무 많았고, 끝이 보이지 않았다. 란셀리드에게서 흡수한 살의는 조금 전 대부분 털어냈으나 '마검'에서 쏟아지는 살의는 폭포처럼 마나 코어를 물들이고 있었다. 일순 명치 안쪽이 찢어질 것 같은 통증이 일었다. 시야가 점멸했다. 깜박일 때마다 눈동자가 검어졌다가 아슬아슬하게 푸른빛으로 되돌아왔다.

그는 그 상태로 간신히 계단을 내려가 로비에 세워 두었던 실피드에게로 다가갔다. 오래 함께한 명마는 기묘한 주인의 상태에 바짝 긴장했으나 달아나지는 않았다. 유리엔은 피투성이가 된 란셀리드를 말 등에 올리고 말의 엉덩이를 쳤다.

실피드가 울음소리를 내며 영주관 밖으로 달려 나갔다. 유리엔은 로비의 기둥에 기대섰다. 그사이 성검에 또 한가득 하얀 검기가 맺혔다. 그는 그것을 다시 허공에 뿌렸다. 로비의 바닥이 길게 패이며 갈라졌다.

[이건 끝이 없다, 안 돼. 빨리 저것을 떼어 내야 한다! 이대로는……!]

덩굴 때문에 '마검'을 놓을 수가 없었다. 유리엔은 성검을 쥔 손으로 어깨의 가시덩굴을 붙잡았다. 상처가 생기는 것을 무시하고 마구잡이로 그것을 뜯어 내었으나 그가 뜯어 내는 속도보다 덩굴이 늘어나는 속도가 더 빨랐다.

목까지 완전히 휘감은 가시덩굴이 숨을 죄어 왔다. 일부가 아래로 돌아나며 심장 근처로 파고들었다. 독이 번져 든다. 검은 가시덩굴이 피를 먹고 번들거리며 기괴한 빛을 냈다. 늘어진 은빛 머리카락의 끝이 물감에 젖듯 검게 물들어 갔다.

시야가 검게 물들었다 되돌아오기를 반복했다. 점점 되돌아오는 게 느려지고 있었다. 성검에는 더 이상 하얀 검기가 맺히지 않았다. 마나 코어가 부서질 듯 아팠다. 머릿속으로 살의에 찬 메아리가 울리기 시작했다.

한계.

유리엔은 덩굴을 뜯어내던 손을 멈췄다. 그리고 랑기오사를 들어 제 어깨를 내리쳤다. 하얀 검은 가시덩굴들과 함께 주인의 왼팔을 잘라 냈다. 그러나 순식간에 다시 돋아난 덩굴들이 잘린 팔과 어깨를 이었다. 가시덩굴은 쏟아지는 그의 피를 고스란히 흡수하며 더 수가 늘어났다.

잘라 내는 것도 불가능하다. 그렇다면, 이제.

유리엔은 흘러내린 제 머리카락이 완연한 검은색인 것을 보았다.

"랑."

[……]

무언가를 예감한 성검은 대답하지 않았다. 기둥에 기댄 채 유리엔이 성검을 놓았다. 챙그랑. 피로 얼룩진 랑기오사가 로비의 대리석 바닥 위를 굴렀다.

"너를…… 쥐고 있, 으면. 나를 막기가…… 힘, 들 테니."

살의에 물들어 무고한 자들을 학살하면 성검을 쥘 수 없게 된다. 하지만 스스로의 의지로 저지르는 살육이 아니기 때문에 죽이자마자 바로 자격을 잃진 않는다. 본인의 의지가 아님을 감안해도 감정적으로 용납할 수 없는 수준, 즉 랑기오사 기준에서의 악행이 될 때까지는 오너 자격이 유지될 터였다.

랑기오사를 든 자신이 살의에 물들어 날뛸 경우 대량의 피해가 날지도 모른다. 희생자가 생긴 이후에 자격을 잃으면 늦는다. 유리엔은 지독한 고통 속에서 테레사와 창천 기사들, 현자들이 그를 막을 수 있을지를 고려했다. 성검을 버려야 가능성이 올라간다는 건 확실했다.

"희생자를, 내지 않…… 으려면."

[무슨 뜻인지 알겠다. 더는 말하지 마라. 네 결정이 옳다.]

"미안, 하다……."

[마검의 주인이라면 너를 되돌릴 수 있겠지. 원래대로 되돌아오면 다시 내 주인이 될 수도 있다. 알겠느냐? 그러니 미치지 마라.]

머리카락이 거의 다 물들었다. 눈동자에도 푸른 부분이 얼마 남지 않았다. 성검의 음성이 점점 빨라졌다.

[마검의 주인은 6년이 걸렸지만, 그녀는 진짜 마검이 상대였고 아무것도 모르는 상태에서 시작했었다. 그에 비해 이건 고작해야 바르데르기오사의 모조품에 지나지 않고, 너는 미숙하다 해도 제니스다. 버틸 수 있을 거다. 이런 것에 미쳐 버리면 네게 실망할 테다.]

유리엔의 호흡이 어지럽게 허공에 흩어졌다. 성검은 한참 남은 할 말들을 모조리 삼키고 마지막 말을 남겼다.

[주인, 기다리고 있겠다.]

유리엔은 대답 대신 작게 고개를 끄덕이고, 성검을 포기하기 위해 입술을 뗐다. 그러나 바로 선언하지는 못했다. 성검을 포기한다는 것, 기오사를 각성시킨 오너가 아니게 된다는 것이 의미하는 다른 사실이 뇌리를 채웠다.

그는 가시덩굴 사이로 보이는 왼쪽 손목 안쪽에 시선을 주었다. 에키네시아가 만들었던 꽃잎 같은 자국이 아직 남아 있었다. 눈을 감았다. 눈꺼풀 안쪽의 어둠에 선명하게 그녀의 모습이 떠오른다. 몸을 떨며 오열하는 얼굴. 그리고 눈부시게 웃는 얼굴.

에키네시아. 에키.

눈을 감았다 뜨는 짧은 순간에 전신을 헤집는 고통보다 강렬한 감정이 몸 안쪽을 울리고 지나갔다. 유리엔은 호흡을 멈췄다. 그리고 속삭이듯 선언했다.

"랑기오사에…… 대한, 모든 권한을, 포기한다."

손바닥에서 문양이 녹아내리며 사라졌다. 성검의 음성이 끊겼다. 유리엔의 눈이 감겼다.

다시 떠진 그의 눈동자에는 더 이상 푸른빛이 남아 있지 않았다.

에키는 뜬눈으로 밤을 새웠다. 도저히 잠들 수가 없었다. 그녀는 해가 뜨자마자 대충 옷을 걸치고 침실에서 나왔다. 던컨이 그늘에 숨어 소리 없이 그녀를 뒤따라왔다. 창천 기사단 본부에 도착한 그녀는 뒤를 돌아보지 않고 명령했다.

"여기서 기다려. 들어가면 들킬 테니."

"예, 아가씨."

"……아가씨?"

"호칭이 마음에 안 드시면 다른 것으로……."

"됐어, 호칭 따윈 마음대로 해."

마음이 급했다. 그녀는 아무렇게나 답하고는 본부에 들어섰다. 사무관들이 출근하기엔 아직 한참 이른 시간이었는데 정신없이 뛰어다니는 자들이 보였다. 에키는 그들 사이를 가로질러 부단장실로 향했다.

'유리엔이 무슨 생각으로 내게 이 일들을 숨겼는지는 알겠어. 하지만 이대로 기다릴 수는 없어.'

그는 상태가 좋지 않은 그녀가 무리하지 않길 바랐을 것이다. 하지만 가족들의 생사도 불분명하고, 유리엔과 창천이 마검에 대한 의혹에 휩싸인 상황을 알게 된 이상 도저히 가만있을 수는 없었다. 로아즈로 가야 했다. 격리된 지역에 그냥 가서는 들여보내 주지 않을 테니, 스콰이어의 자격으로.

그러려면 단장 대리인 부기사단장에게 허락을 받아야 했다. 2층 계단을 오르던 그녀는 아래로 뛰어내려 오던 바라하 이슬라프와 마주쳤다. 노란 눈동자가 그녀를 담더니 그 자리에 뚝 굳어 버렸다.

"에키."

"안녕하세요, 선배님."

에키는 빠르게 인사하고 그를 지나쳐 올라가려 했다. 지나치는 그녀의 앞을 바라하가 가로막았다.

"지금은 올라가지 않는 게 좋을 거야."

"네?"

바라하는 무어라 말을 꺼내려다가 입을 다물었다. 지체할 여유가 없었다. 그는 마른세수를 하더니 뛰어내리다시피 계단을 내려갔다.

"최대한 빨리 모셔 올 테니까, 너무 걱정하지 마!"

에키는 순식간에 사라지는 그의 뒷모습을 멀거니 바라보았다. 모셔 온다니, 누굴? 이상하게 불길한 예감이 스멀스멀 기어올랐다. 그녀는 바라하의 말을 듣지 않고 계단을 올랐다.

창천 기사단 본부 2층에는 건물 밖으로 툭 튀어나와 천장이 트여 있는 테라스 비슷한 공간이 있었다. 테라스라기엔 지나치게 넓은 그 공간은 보통은 굳게 닫혀 있곤 했다. 그 안쪽은 비상시에 사용하는 이동 마법 도착지였다. 창천 기사단으로 이동 마법을 사용할 경우 무조건 저 안에 도착하게 된다.

지금, 늘 닫혀 있던 그 문이 활짝 열려 있었다. 근처는 아수라장이었다.

"붕대! 붕대 더 가져와!"

"이 수준의 부상자를 이동 마법으로 보내다니, 죽이려고 작정했답니까?"

"거기서는 죽는 걸 지켜보는 수밖에 없었을 테니 도박이라도 걸어본 거 아니겠나! 붕대는? 없으면 옷이라도 찢어!"

"가져왔습니다!"

"지혈제도 가져와! 제기랄, 피가 안 멈춰!"

"이 이상한 덩굴은 대체 뭐야? 저주 마법?"

"성녀님은 언제 오시는 거냐!"

"바라하가 아까 출발했습니다!"

"이 꼬마, 숨은 쉬고 있는 건가?"

"성녀님 오실 때까지 못 버티는 거 아니야?"

사람들이 미친 듯이 드나들며 고함을 질러댔다. 피냄새가 계단참에 있는 그녀에게까지 짙게 풍겨 왔다. 에키는 홀린 듯이 그리로 다가갔다. 원을 그리며 모여 있는 사람들 사이로 벌건 피가 흘렀다. 그 안쪽에, 이동 마법의 도착지에 쓰러져 있는 소년이 보였다. 그녀는 한눈에 그를 알아보았다.

"란셀!"

에키가 비명처럼 소년의 이름을 불렀다. 주위에 몰려 있던 사람들의 시선이 그녀에게로 쏠렸다. 허겁지겁 소년에게 달려드는 그녀를 막아선 것은 부기사단장 바론 틸리어스였다.

"기다려라, 금방 성녀가……."

에키는 물 흐르듯이 자연스럽게 그를 피해 지나쳤다. 바론은 고작 사관생도를 자신이 잡지 못한 것에 순간 놀랐다. 그녀는 사람들을 밀치고 소년 곁에 주저앉았다.

"란……."

[어어, 얘 네 동생 맞지? 심하다. 야, 그래도 아직 안 죽었어.]

끔찍한 모습에 말문이 막힌 그녀에게 마검이 조그맣게 중얼거리는 소리가 들렸다.

란셀리드의 전신은 피투성이였다. 한쪽 눈과 배를 감싸고 있던 붕대는 피에 젖어 제 기능을 잃고 있었다. 배에 있는 길게 벌어진 상처에 검은 가시덩굴 같은 게 들러붙어 있는 것이 보였다. 헐거워진 눈가의 붕대 너머로는 파헤쳐진 상처가 드러났다.

에키의 머릿속이 하얗게 날아갔다. 지워 버린 과거 속의 악몽이 떠오르며 손발이 떨려왔다. 제 손에 죽었던 피에 젖은 동생의 모습이 눈앞의 피투성이 동생과 겹쳐졌다. 덜덜 떨리는 그녀의 어깨를 어느새 다가온 바론이 움켜쥐었다.

"이 소년, 자네 동생이었지? 곧 성녀가 온다. 괜찮을 거다."

그녀는 아무 말도 하지 못했다. 사람들이 어떻게든 피를 멎게 해 보려고 노력했으나 소용이 없었다. 눈은 이동 마법의 충격으로 상처가 터진 것이라 그나마 지혈제를 들이부으니 멈췄지만, 배의 부상은 엉긴 가시덩굴 때문인지 지혈이 되질 않았다. 울컥울컥 흐르는 피가 바닥에 웅덩이를 만들었다.

억겁 같은 시간이었다. 요란한 발소리와 함께 바라하가 뛰어올라 왔다. 그는 한 팔에 샤이를 안고 있었다.

"성녀님!"

사람들이 분분히 비켜섰다. 샤이는 희게 질린 얼굴로 난장판과 피투성이 소년을 보았다. 소녀는 바라하가 내려놓자마자 달려가 소년의 앞에 꿇어앉았다. 바닥에 고인 피에 흰옷이 붉게 젖어 들었다. 뒤늦게 쫓아온 신관 아론은 피범벅인 소년을 보고 헛숨을 들이켰다.

무엇을 해야 할지 아는 샤이는 엘기오사부터 뽑아냈다. 은빛 단검이 란셀리드의 가슴팍을 파고들었다. 소녀는 양손으로 단검을 움켜쥐고 눈을 감았다. 부드러운 연둣빛의 덩굴이 돋아나 소년의 전신을 감쌌다. 자잘한 상처가 눈에 보이는 속도로 아물며 하얀 꽃이 피어났다.

검은 가시덩굴은 바로 수그러들지 않고 버텼다. 그것이 버틸수록 샤이에게서 점점 핏기가 가셨다.

"으······."

소녀는 엘기오사를 움켜쥔 손에 힘을 주었다. 샤이의 온몸이 땀으로 흥건해질 때쯤, 가시덩굴이 억눌려 부스러지며 꽃이 눈부시게 빛났다. 그리고 그 모든 현상이 빛이 되어 사라졌다.

"됐어요, 이······."

검을 거둔 샤이가 말을 끝맺지 못하고 눈을 감았다. 기다리던 신관이 황급히 다가와 옆으로 쓰러지는 성녀를 받아 안았다. 탈진으로 인한 기절이었다.

에키는 그 광경을 숨도 쉬지 못하고 지켜보고 있었다. 사람들이 란셀리드가 완치된 것을 확인해 주자 비로소 숨이 쉬어졌다. 검은 가시덩굴도, 배의 커다란 자상도 모조리 사라졌다. 다만 소년의 텅 빈 한쪽 눈은 되돌아오지 못했다.

"일단 병실로 데려가라."

바론의 명에 준기사 하나가 란셀리드를 안아 올렸다. 사람들은 그제야 소년의 아래에 깔려 있던 편지봉투를 발견했다. 이동 마법으로 소년을 보내면서 함께 보낸 편지인 모양이었다. 사무관 하나가 피로 흠뻑 젖은 봉투를 들어 찢어지지 않도록 조심스럽게 뜯은 다음 바론에게 건넸다. 바론은 봉투에서 편지를 꺼내 펼쳤다.

그 안에 담겨 있는 내용은 그로서는 상상해 본 적조차 없던 일이었다. 첫 줄만 읽었는데도 뇌가 마비되는 듯했다. 너무 황당하고 믿기지가 않아서, 바론은 저도 모르게 소리 내어 그것을 읽었다.

"창천 기사단장이 마검의 악마가 되었다고……?"

란셀리드를 업은 준기사를 따라 병실로 가려던 에키의 걸음이 그 자리에 굳었다. 그녀는 커다랗게 뜬 눈으로 뒤를 돌아보았다.

지금, 내가, 뭘 들은 거지?

유리병과 쪽지를 확인한 테레사, 디트리히, 현자 칼리스토는 바로 영주관 안으로 진입을 시도했다. 앞장서서 들어가던 테레사는 로비에 발을 들인 순간 본능적으로 기오사를 꺼내 공격을 막았다.

"큭!"

첫 공격 이후 곧바로 계속해서 칼날이 짓쳐들어왔다. 테레사는 생각할 틈도 없이 그것들을 막아 냈다. 수호검 디몽기오사의 주인이자 방어형 검술인 프랑 알마리의 계승자인 테레사는 공격을 막아 내는 데 있어서는 창천 기사단장보다도 뛰어났다. 그녀의 실력보다 훨씬 윗줄인 경우에도 어떻게든 막을 수는 있었다.

그러나 테레사는 지금 막는 것조차 버겁다는 느낌이 들었다. 속도를 쫓아가기 힘들었고, 내려치는 검의 무게감으로 팔이 부들부들 떨렸다. 몇 차례의 검격을 그녀가 아슬아슬하게 버텨 내자 상대가 훌쩍 뒤로 물러났다.

현자가 마법으로 불빛을 피워 올렸다. 밝아진 빛 속에서 비로소 그들을 응시하는 상대가 보였다. 긴 검은 머리를 늘어뜨린 검은 눈동자의 남자. 가시덩굴 같은 것이 왼팔에 휘감겨 있었다. 그리고 그 손에 쥐어진, 칼날이 유리처럼 투명하고 손잡이는 새카만 검.

"단장……?"

"맙소사, 바르데르기오사!"

디트리히가 얼이 빠진 채 중얼거렸고 칼리스토가 비명처럼 외쳤다. 그러나 그들에게는 놀라고 있을 여유도 제대로 주어지지 않았다. '마검의 악마'는 표정 없는 얼굴로 검을 휘둘렀다. 검은 기운이 날을 따라 불길처럼 타올랐다. 검기가 스치고 지나간 곳마다 박살이 났다.

그 자리에서 그들이 죽지 않은 것은 방어에 특화된 기오사 오너인 테레사의 존재와, 유리엔의 온전하지 못한 상태 덕분이었다.

성검은 미리 버렸고, 왼팔은 스스로 잘랐다가 가시덩굴이 이어붙인 상태에서 그는 상당히 약화되어 있었다. 그럼에도 제니스에 발을 들인 기사가 오직 죽일 목적으로 검을 휘두르자 재앙이 따로 없었다.

테레사는 막는 것만으로도 벌써 한계에 이르렀다. 마스터가 아닌 디트리히는 몸놀림이 둔한 칼리스토를 끌고 여파를 피하는 것만으로도 벅찼다. 칼리스토는 검기의 여파가 사방을 긁어 대는 상황에서 제대로 된 마법 주문을 외우기가 어려웠다. 애초에 마법사란 사전 대비 없이는 전방에서 활약하는 게 불가능한 존재였다. 그가 소리를 질렀다.

"이대로면 다 죽는다! 신호하면 일단 피해라!"

그 말에 테레사가 사력을 다해 유리엔의 검을 튕겨 냈다. 디트리히에게 짐짝처럼 들린 채 간신히 주문 하나를 완성한 칼리스토가 마법을 사용했다.

로비 안에 감각을 차단하는 안개가 짙게 피어났다. 그것이 유리엔의 시야를 가리자마자 그들은 미친 듯이 달아났다. 그들 역시 시야를 잃었으나 탐지 마법을 사용한 칼리스토가 길을 인도했다.

"이리, 이리로! 달려!"

영주관 밖으로 뛰쳐나가 급히 말에 올라탔다. 거리를 가로지른 그들은 서문 근처에서 서성거리는 실피드와 마주쳤다. 실피드의 등에는 피투성이 소년이 실려 있었다.

유리엔이 안개를 벗어나는 데에는 긴 시간이 걸리지 않았다. 실피드를 끌고 막사로 달아난 테레사 일행이 숨을 고른 뒤 사태에 대해 의논할 때쯤, 고함 소리와 함께 비상종이 울리기 시작했다.

신력 1629년 7월 20일, 아직 어두운 새벽. 로아즈 서문과 가까운 제국군 막사 방향에서 '마검의 악마'가 출현했다.

창천 기사 열 명과 디몽기오사 오너 테레사, 7인의 현자 중 여섯이라는 전력이 모여 있지 않았다면, 그리고 유리엔이 성검을 버린 부상 상태가 아니었다면, 혹은 유리엔을 물들인 것이 진짜 '바르데르기오사'였다면 전멸했을지도 모른다.

유리엔의 검을 막아서는 게 가능한 존재가 테레사 외에는 아무도 없었다. 마스터들이라 해도 제니스 앞에서는 무용지물이었다. 막는 것 자체가 불가능했다. 막아서면 검기로 감싼 검마저 절단되거나 손아귀를 찢으며 튕겨 나갔다.

기사들이 할 수 있는 것은 그를 막는 것이 아니라 시선을 끌고 공격을 유도한 다음 피하는 일이었다. 피하는 것조차 쉽지 않아 몇은 중상을 입었다.

 다른 자들은 시간을 끄는 것도 불가능했다. 제국군은 희생자를 낸 후에야 완전히 물러섰다. 빠르게 사태를 파악한 창천 기사들이 군을 물리라고 외쳤으나 지휘관들이 그들을 무시한 탓이었다.

 군이 물러난 들판에서 창천과 유리엔의 격돌이 이루어졌다.

 어딘가로 사라진 헤레이스 리어폴드를 제외한 여섯 현자들이 마법으로 보조를 시도했다. 그러나 악마는 교활하게도 마법사들을 먼저 노렸다. 그가 공격하면 막을 수 있는 건 테레사뿐, 피하는 것도 마나로 신체를 강화한 마스터쯤 되어야 가능한 상황이니 마법 보조는 제대로 이루어지지 못했다.

 기사들은 현자들을 살리기 위해 사력을 다했다. 짧고 간헐적인 마법만이 그들을 지원했다. 버티는 게 고작이었다. 사망자가 나오지 않은 것은 기적에 가까웠다.

 그 새벽은 치열하고 길었다.

 유리엔의 '마검'은 바르데르기오사와 달리 무한한 마나를 공급하지 못했다. 그가 다른 기사들보다 먼저 지치지 않은 것은 유리엔 자신이 보유한 마나량이 많았기 때문이었다.

 그래서 그는 점점 느려졌고, 해가 뜰 무렵에 처음으로 부상을 입었다. 이미 만신창이라 정신력으로 움직이던 테레사에 의해서였다. '마검'은 이대로 전투를 지속할 경우 숙주가 죽게 된다는 것을 본능적으로 알았다. 그것은 도주를 감행했다.

 유리엔은 로아즈성 근처의 회색 산맥 쪽으로 사라졌다. 진작 한계에 달한 사람들은 그가 물러나는 것을 붙잡을 수 없었다. 테레사를 포함한 창천 기사 전원과 현자들은 탈진하거나 혼절해 버렸다.

그사이, 그 새벽 내내 물러난 제국군과 함께 혈투를 지켜보기만 했던 2황자가 선언했다.

"창천 기사단장 유리엔 드 하르덴 키리에가 마검의 악마가 되었다. 이리 된 것을 보니 역시 창천은 마검을 숨기고 있었던 게 틀림없다. 그가 들고 있었던 성검도 가짜였던 거다. 현자들마저 속이다니!"

토벌단에 동행한 이후 가문의 마법사만 내보내고 줄곧 침묵하던 디아상트 공작이 처음으로 반발했다.

"성검이 기적을 보이는 것을 모두가 보았으니 그게 가짜라는 것은 말이 안 됩니다. 사고로 마검에 물든 것일 수도 있지 않습니까?"

"나는 그렇게 생각하지 않는다만. 어쨌든 사고든 뭐든, 악마가 되었으니 토벌해야 한다는 건 동의하겠지?"

형식적인 과정이었다. 디아상트 공작은 어쩔 수 없다는 태도로 2황자의 주장을 수긍했다. 카르엠은 명을 내렸다.

"도주한 마검의 악마를 추살해야 한다. 시급히 전국에 알려라."

기다렸다는 듯이 제도로, 이어서 제국 전역으로 전령이 보내졌다. 아젠카로는 전령이 가지 않았다.

창천 기사들과 현자들이 모조리 전투의 여파로 쓰러진 상황에서 준기사에 불과한 디트리히가 제국군과 황자를 상대로 인질극에 대한 추궁과 유리엔이 물든 정황에 대한 의심을 제기하는 것은 불가능했다.

최대한 빨리 아젠카에 소식을 전해야 했다. 동시에 인질로 이용된 사람인 란셀리드 로아즈 또한 어떻게든 살려야 했다.

디트리히는 창천 기사단 장기 임무 보급품 중에 본부로 딱 한 명을 이동시킬 수 있는 비상용 마도구가 있다는 것을 알고 있었다. 그는 유리엔의 막사를 뒤집어엎어 그것을 찾아낸 후 편지와 함께 소년을 아젠카로 이동시켰다.

 부기사단장 바론 틸리어스는 디트리히 사루아가 급하게 휘갈긴 편지를 통해 대략적인 정황을 파악했다. 도저히 믿기지가 않아 두세 번 읽긴 했으나, 거짓도 아니고 그가 잘못 읽은 것도 아니었다. 현실을 깨닫고 충격이 가라앉자 판단과 결정은 순식간에 이루어졌다.
 "창천 기사 전원에게 총동원령을 내린다. 타지에서 임무를 수행 중인 기사도 예외는 없다. 그레고리만 남아 준기사들과 함께 아젠카를 지키도록. 너, 당장 모든 기사에게 명령을 하달해라. 너는 대신전에 지원을 요청하고, 넌 총행정관에게……."
 바론이 급박하게 명령을 쏟아 냈다. 에키네시아는 완전히 핏기가 가신 얼굴로 그 자리에 멍하니 서 있었다.
 [씨이, 어떤 놈들이 가짜 보고 자꾸 나라는 거야? 난 여기 얌전히 있었는데. 무지 착하게 지냈단 말이야! 주인아, 저것들 죽여 버리러 가자! 얼른! 기분 나빠! 죽이고 싶어!]
 마검이 억울하다는 듯 목소리를 높였다. 에키는 느릿하게 눈을 깜박이고, 조용히 대답했다.
 "그래, 죽여 버려야겠어."
 [어? 어어? 우와, 진짜? 우와아, 우와! 주인아, 진짜지?]

마검의 음성은 신이 나서 폴짝거리는 것처럼 들렸다. 반면 에키는 죽이겠다는 말을 내뱉어 놓고도 차분했다. 정확히는 감정이 극에 이르러 도리어 차가워졌다.

'유리엔.'

가족들. 유리엔. 로아즈 참사. 용암이 속에서 끓어올랐다. 주위 풍경이 잘 인식되지 않았다. 그녀에게서 표정이 사라졌다.

'……가짜 마검.'

그녀는 달리는 사람들 사이를 가로질러 정신없이 명을 내리고 있는 바론에게로 다가갔다.

"저도 가겠습니다."

침착한 음성이었다. 그녀를 본 바론이 미간을 찌푸리더니 고개를 저었다.

"자네 심정은 안다. 하지만 이건 스콰이어가 낄 만한 상황이 아니야. 아젠카에서 대기하도록."

그 말을 끝으로 그는 그녀에게서 시선을 떼고 근처에 있어서 빠르게 당도한 기사들을 향해 걸음을 옮겼다. 에키는 딱 한 호흡 동안 고민했다. 무의미한 고민이었다. 뒷수습할 미래 따위는 현재를 잃을 위기에서는 고려할 가치가 없었다.

"부단장님."

바론이 그녀를 흘긋 돌아보았다. 그녀가 허리춤의 아메시스트에 손을 올렸다.

"스콰이어가 아니라 기사라면 참가 가능한가요?"

당연한 소리였고, 헛소리였다. 마음이 급한 바론은 성가시다는 낯을 감추지 않았다. 창천 기사단장이, 그의 스콰이어였던 유리엔이 마검에 물들어 악마가 되었다는 초유의 사태가 벌어진 상황이었다. 이런 상황에서 책임자인 그가 스콰이어라지만 1학년짜리 사관생도를 상대해 줄 틈은 없었다.

"에키네시아 생도, 미안하지만 지금 자네를 상대해 줄 여유는 없……."

에키가 아메시스트를 뽑았다. 스릉, 하고 칼날이 드러나자 근처에 있던 사무관들이 당황하고 기사들이 긴장했다. 바론은 말을 멈추고 한숨을 쉬었다.

"아무래도 충격을 심하게 받았나 보군. 바라하, 에키네시아 생도를 부탁하지."

"……예, 로드."

성녀를 데려온 후 굳은 얼굴로 서 있던 바라하가 에키에게로 다가왔다. 에키는 다가오는 그와 시선을 마주쳤다. 바라하는 그녀가 지금 무엇을 하려는지 알아차렸다.

그는 그녀가 마검의 주인인 것을 알고 있었다. 따라서 단장이 마검에 물들었다느니 하는 저 충격적인 소식의 배경에 무언가 음모가 있을 거라는 짐작도 했다. 그래서 그는 로드의 명을 무시하고 걸음을 멈췄다.

실내에서 불 리가 없는 바람이 일었다. 급격한 마나의 이동이 불러일으키는 현상이었다. 바라하를 부른 후 돌아서던 바론이 정지했다. 난데없이 검을 뽑아 든 스콰이어를 경계하던 기사들이 얼어붙었다.

사늘한 칼날 위에 보랏빛 마나가 불꽃처럼 어룽거렸다. 그것은 누가 봐도 의심할 수 없을 만큼 뚜렷하고 선명한 검기였다. 얇은 원피스 차림의 앳된 사관생도는 검기로 감싸인 검을 들고 무표정하게 말했다.

"스콰이어 에키네시아 로아즈, 지금 이 자리에서 기사 서임을 요청합니다."

시간이 정지한 것 같은 정적과 차마 목소리조차 나오지 않는 경악이 그녀 주위로 퍼져 나갔다. 누군가의 손에서 미끄러진 종이 뭉치가 흩어지고, 누군가 떨어뜨린 검이 바닥을 굴렀다. 바론은 흡뜬 눈으로 고작 스무 살에 불과한 그녀를 응시했다.

유리엔 드 하르덴 키리에가 스물세 살에 마스터가 되면서 세웠던 최연소 마스터 기록이 갱신되는 순간이었다.

창천의 정식 기사 서임식에는 기오사 홀 입장 과정이 포함되어 있었다. 창천이 보유 중인 주인 없는 기오사들이 보관된 공간에서 기사는 원하는 만큼 머물며 기오사의 선택을 받을 기회를 얻는다. 그러나 에키네시아 로아즈의 경우 기오사 홀 입장을 미룰 수밖에 없었다.

서임식 또한 아주 간략하게, 5분도 되지 않아 끝났다. 창천의 제복으로 갈아입고, 마침 근처에 있던 수석 신관 아론 앞에서 창천의 맹세를 행하고, 네 장의 날개를 단 황금빛 매가 새겨진 창천의 문장을 부단장이 제복에 달아 주는 것으로 끝이었다.

선언문 낭독이나 검 수여식이나 기오사의 세례, 축복 등 본래 존재하던 과정은 모조리 생략되었다. 상황의 급박함과 단장의 부재 때문이었다.

게다가 기오사 홀을 열기 위해서는 현존하는 모든 기오사 오너의 승인이 필요했다. 테레사는 로아즈에서 중상으로 쓰러진 상태고 유리엔이 악마가 되면서 성검 랑기오사의 행방을 알 수 없는 상황이 되어 버렸으니 기오사 홀을 여는 건 무리였다.

대신 본래 기사로 서임되기 전에 진행되는 심사나 시험 등도 전부 건너뛰었다. 원칙대로라면 스콰이어 출신이라 해도 일부 과정을 거쳐야만 했지만, 그럴 여유가 없었으므로.

그 와중에 에키는 바론으로부터 창천의 정보원들이 그녀의 부모님과 로아즈의 생존자들을 구조하여 아젠카로 이동 중이라는 소식을 들었다. 란셀리드는 아직 정신을 차리지 못했지만, 무사하며 곧 깨어날 거라는 확언을 받았다.

유리엔의 안배가 그들을 살렸다. 정보원들은 물론이고 마도구까지 준비해서 주었을 줄은 몰랐다. 그리고 인질이 된 란셀리드를 살리기 위해 그는……. 에키는 더 생각하지 않았다. 더 생각했다간 이 자리에 없는 그를 향해 울음을 터뜨리고, 화를 내고 싶어질 것 같아서.

그러고 나서는 곧바로 출발이었다.

에키네시아를 포함한 창천 기사단은 20일 저녁에 마나 열차에 탑승했다. 외지에서 임무 중인 기사와 아젠카의 방어를 담당한 기사를 제외한 창천 기사 전원이라는 대규모 인원이었다. 성녀 샤이는 기사단 소속은 아니었으나 엘기오사 오너로서 원정에 합류했다. 사관생도들은 포함되지 않았고 보조로는 준기사들과 정식 스콰이어만이 포함되었다.

출발 전에 바론은 짧게 원정의 목표를 설명했다. 마검의 악마 제압.

그는 추살이라는 표현을 쓰지 않았다. 유리엔을 향해서 그 표현을 쓸 수는 없었다.

마검에 물든 자를 토벌하는 것은 기오사를 관리하는 창천의 사명이다. 물든 과정이 어떻게 되었건, 물들었으면 돌이킬 수 없으므로 그 목표는 변하지 않았다. 물론 바론은 유리엔을 그렇게 만든 음모를 반드시 밝혀낼 생각이었다. 우선순위가 다를 뿐이다.

그가, 그 유리엔이, 무고한 사람들을 학살하고 다니도록 내버려 둘 순 없었다. 유리엔을 막는 것은 제국이 아니라 창천 기사단이어야 했다. 그를 위해서도, 창천을 위해서도 그러했다.

바론은 지금부터 단장을 잃은 창천을 이끌어야만 했다. 충격적인 소식에 제국이나 아젠카뿐만 아니라 대륙 전체가 동요하고 있었다. 많은 것이 변할 터다. 어지러울 정도로.

그는 명을 내리고 출발 전에 혼자서 가족들이 있는 집에 잠시 다녀왔다. 다녀온 그의 눈가가 충혈되어 있었으나, 모두가 그 점을 모른 척했다.

원정을 떠나는 창천의 분위기는 무거웠다.

출발 후 열차 안에서 몇 가지 시급한 문제를 처리하고, 바론은 기사들의 객실을 순회하며 단원들의 상태를 살폈다. 원정의 목표가 목표이니만큼 하나하나 살펴봐야만 했다.

대부분이 동요하고 있었다. 당연한 일이었다. 유리엔은 젊었고 단장에 취임한 지도 몇 년 되지 않았지만, 이미 많은 업적을 쌓은 사람이었다. 대륙 기사들의 우상. 기사 중의 기사인 창천 기사들에게도 그 인식은 마찬가지였다.

바론은 새카맣게 탄 속내를 전혀 내보이지 않고 그런 기사들을 다

독였다. 마지막으로 들른 곳은 갓 기사가 된 에키네시아 로아즈의 객실이었다.

"미안하게 되었군, 에키네시아 경. 서임식 같지도 않은 서임식에 바로 원정이라니."

"아뇨, 괜찮습니다. 제가 원한 일이니까요."

바론의 사과에 그녀가 고개를 저었다. 바론은 묘한 낯으로 그녀를 바라보았다. 그녀는 제복을 맞출 시간조차 없어서 그나마 몸집이 비슷한 다른 기사의 것을 빌려 입었다. 그로 인해 본래 몸에 딱 붙어야 하는 제복이 커서 헐렁한 탓에 더 어려 보였다.

'일찍 결혼했으면 저만 한 딸이 있었을지도.'

바론의 딸은 늦둥이라 여섯 살에 불과하긴 했다. 그래도 그는 에키만 한 딸이 있어도 이상하지 않은 나이였다.

저토록 어린 마스터라니.

보통 마스터는 빨라야 30대에 되곤 했으므로 스물아홉 살에 마스터가 된 테레사 폰 프랑 알마리도 기사단 내에서는 젊다 못해 어린 느낌이었다. 스물세 살에 마스터가 되고 스물네 살에 단장이 되었던 유리엔도 아예 다른 인종으로 취급되었는데, 이번에는 심지어 스무 살이다.

게다가 아무리 뜯어보아도 검에 익숙하지 않을 듯한 몸으로. 눈으로 보면서도 믿기지가 않았다. 무엇보다도 지금까지 마스터임을 숨기고 있었다는 정황이 수상했다. 정말로 많은 것들이 수상했다.

하지만 바론은 아무것도 묻지 않았다. 당장 닥쳐온 일이 급했고, 에키네시아 로아즈가 유리엔 때문에 여태껏 숨겨 온 사실을 드러냈다는 건 확실했기에. 또한 그녀는 바론이 아들처럼 여기며 후계자로 키우고 있는 바라하 이슬라프를 결절에서 구해 낸 사람이었다.
에키네시아가 마스터임을 밝힌 후, 바라하가 그에게 고했다.

"로드, 그때에 제가 결절에서 살아 나온 것은 순전히 그녀 덕분입니다."
"너는 그녀가 마스터인 것을 알고 있었나?"
"예. 그 외의 다른 것도 알고 있습니다. 그녀가 부탁했기에 비밀을 지켰습니다."
"……그 외의 다른 것?"
"죄송합니다. 약속했으니 그녀 스스로 밝히기 전에는 말씀드릴 수 없습니다."
"그럼 하나만 묻겠다. 바라하, 너는 그녀가 믿을 수 있는 사람이라고 생각하나?"
"예. 물론입니다."

바라하는 한 치의 망설임도 없이 답했다. 그래서 바론은 추궁하지 않기로 했다. 바라하 이슬라프를 믿는 만큼 에키네시아 로아즈를 신뢰하기로 결정했다.
"뭔가 궁금한 것이 있는가?"
그것은 갓 기사가 된 그녀를 위한 질문이었다. 창천 기사의 권한과 의무, 원정 시의 행동 요령 같은 것들을 설명할 생각으로. 그러나 그녀는 바론의 예상과는 전혀 다른 말을 꺼냈다.
"부단장님께서는 로드, 아니, 단장님이 진행하고 있던 계획에 대해 아는 것이 있나요?"
"계획이라니?"

에키는 바론이 아무것도 알지 못하고 있음을 알아차렸다. 그녀가 나직이 말했다.

"마검 바르데르기오사를 활용해서 실험을 하고 저주를 만들어 낸 것은 2황자파와 디아상트 공작이에요. 단장님은 그것을 파헤치고 처벌할 계획을 진행 중이셨어요."

"자, 잠깐, 디아상트 공작?"

2황자파가 배후라는 건 사실 어느 정도 예상하고 있던 일이었다. 그러나 유리엔과 결혼으로 맺어질 예정이었던 디아상트 공작가는 전혀 예상하지 못했다. 에키는 길게 설명하지는 않았다.

"자세한 사항은 곧 서류로 정리해서 넘겨드릴 거예요. 그리고, 부단장님. 단장님을."

그녀는 그 대목에서 잠시 숨을 멈췄다. 질끈 눈을 감았다 뜨고 미미하게 떨림이 묻어나는 음성으로 말을 이었다.

"단장님을, 포기, 하는 방향으로 생각하고 계신 거죠?"

포기. 에두른 표현이었으나 바론은 명확하게 알아들었다. 그녀의 말대로였다. 바론은 유리엔의 죽음을 전제로 원정을 계획했고, 앞날을 준비 중이었다.

그럴 수밖에 없었다. 이미 악마가 되었다면 해결책이 없으므로. 그래도 그의 명예는 죽게 하지 않겠다고 결심한 터였다. 다른 기사들은 동요하더라도 책임을 지고 선택을 해야 하는 바론은 굳건해야 했다. 그는 딱딱하게 답했다.

"마검의 악마는 토벌해야 한다, 에키네시아 경. 예외란 없다."

"제가."

에키는 다시 말을 멈췄다. 그녀는 뒷말을 눌러 삼키고, 흔들림이 사라진 음성으로 말했다.

"지금부터 단장님이 돌아오신다는 전제로도 준비해 주셨으면 해요."

"……뭐라고?"

"로아즈에 도착하면 제게 단독 행동을 허용해 주세요. 그리고 일주일만, 딱 일주일만 추적을 늦춰 주세요. 그러면 제가 단장님을 모시고 오겠습니다."

허무맹랑한 말이었다. 유리엔의 생사를 걸고 헛소리를 한다는 점에서 분노까지 치밀 지경이었다. 주의를 주려던 바론은 에키네시아의 얼굴을 보고 입을 다물었다. 형형하게 타오르는 보랏빛 눈동자가 언뜻 태양처럼 보일 정도로 강렬했다. 어린 기사의 치기 어린 허세나 철없는 주장이라곤 볼 수 없는 무게감이 그녀에게 있었다.

열차가 덜컹거리는 소리가 조용한 객실을 울렸다. 바론은 침묵 끝에 입을 열었다.

"나를 납득시켜 봐라."

그는 에키네시아가 무언가를 길게 설명하리라 짐작하고 들을 준비를 했다. 그러나 그녀는 간단명료하게 말했다.

"부단장님. 저는 제니스예요."

바론은 귀를 의심했다. 잘못 들었나.

에키가 손을 들어 올렸다. 가죽장갑을 낀 작은 손 위로 보랏빛 마나가 확 피어났다. 마나 소드를 만들어 낸 그녀가 주먹을 움켜쥐자 마나가 사그라들었다. 바론의 얼굴에서 핏기가 완전히 사라졌다.

스무 살 마스터, 아무리 봐도 농담처럼 보이고 여러모로 의심스럽지만, 그래도 어떻게든 납득할 순 있다. 스물세 살 마스터가 이미 있었으니까. 하지만 스무 살 제니스는 도저히 이해할 수 없는 명제였다.

 경력이 가장 긴 기오사 오너로서 제니스가 어떤 경지인지 잘 알고 있기에 더 이해가 되지 않았다. 아무리 천재라고 해도 말이 안 된다. 천재라고 해도 용납 가능한 수준이라는 게 있는 법이다.
 환각을 보고 있는 게 아닐까. 아니면, 눈앞에 있는 이 예쁘장하고 가느다란 여자가 인간이 아니라 마물의 일종 같은 것일지도 모른다. 섬뜩 소름이 돋았다.
 "믿기지 않으시겠죠. 이해해요. 그래서 부단장님께만 알려 드리는 거예요."
 에키는 아무렇지도 않게 허공에 손을 그었다. 그녀의 손이 움직인 궤적을 따라 마나의 칼날이 또다시 형성되었다. 그녀는 장난치듯 그것을 한 바퀴 허공에서 돌리고 다시 스러지게 만들었다. 그러면서 계속해서 말했다.
 "하지만 그게 사실이고, 따라서 저는 단장님을 제압할 수 있어요. 생포할 수 있습니다. 그리고, 어쩌면…… 물들기 전으로 되돌리는 것도…… 가능할지도 몰라요."
 손을 거둔 그녀가 바론을 똑바로 바라보았다. 선명한 시선.
 "제게 기회를 주세요. 그와 함께 돌아오겠습니다."
 그 말은 막막한 어둠에 드리워지는 얇은 빛줄기처럼 들렸다.
 바론은 내심 절박하게 바라고 있었다. 뜬금없이 신이라도 강림해서 이 믿기지 않는 절망을 해결해 주기를. 황당무계해도 좋으니 기적이 일어나서, 예민한 소년이던 시절부터 지켜봐 왔고 처음으로 거둔 스콰이어였으며 진심으로 인정한 단장인 유리엔을 되돌려 주기를.
 그녀가 괴물이건, 인간이 아닌 무언가건, 제니스라는 건 사실이었다. 마스터이자 기오사 오너인 바론이 눈앞에서 만들어진 마나 소드를 착각할 리는 없었다. 그리고 제니스라면 기적이 되기에 충분한 존재였다.

"정말로 단장님을 되돌릴 수 있나? 그와 함께 돌아올 수 있다는 건가?"

되돌릴 수 있나? 그 질문에 에키는 확신할 수 없었다. 마검의 마나에 물든 자들을 되돌려 보긴 했으나, 그들은 미쳐 버렸으니까. 그리고 유리엔을 물들인 건 그냥 마검의 마나가 아니라 가짜 '마검'이었으니 무언가 다를지도 모른다.

하지만 확신할 수 없어도 확신해야만 했다. 그녀를 보는 순간 무방비하게 풀어지던, 좋아서 어쩔 줄을 모르던, 벌겋게 달아오르던, 이해와 사랑을 함께 주었던, 그녀의 유일한…….

"네. 반, 드시, 함께, 돌아오겠어요."

내내 담담하고 선명하던 에키네시아가 흐려졌다. 그녀는 더듬거리며 대답했다.

그 더듬거림과 흐려진 얼굴이 지독하게 절실했다. 그것이 결정적이었다. 바론은 이성과 책임을 잠시 내팽개쳤다.

"일주일, 무슨 수를 써서라도 만들어 주겠다. 에키네시아 경."

바론에게 넘겨 줄 서류를 만든 것은 던컨이었다. 에키는 정보를 보기 좋게 정리하는 작업에 능하지 못했으므로, 그에게 디아상트 공작과 2황자 간의 관계, 드라코툼바성에서 발견한 그들이 마검으로 연구

했던 정황 등을 설명해 주고 문서로 만들게 시켰다.

창천 기사단 원정대가 로아즈에 도착하기 직전에 던컨은 서류를 완성해 왔다. 에키는 객실 소파에 비스듬히 기대 앉아 그가 내민 서류를 확인한 후, 다음 문서를 작성하게 시켰다. 2황자파가 로아즈에 마검을 가져다 둔 음모와, 태양 축제의 연회에서 마석 목걸이를 그녀에게 주었던 사건을.

그것들은 그녀가 마검의 주인임을 밝히지 않고서는 알릴 수 없는 내용이었다. 현재로선 공개하는 게 불가능한 내용이기도 했다.

지금 같은 상황에서 그녀에게 진짜 마검이 있다고 해 봤자 유리엔을 막아야 한다는 현실은 변하지 않는다. 되레 그녀의 행동반경만 제한되는 꼴이 된다. 유리엔이 사냥감처럼 몰리고 있는 상황에서 마검을 쥐고 어떻게 물들지 않는지를 증명하고 있을 틈 따위는 없었다.

창천 기사단장의 스콰이어인 그녀가 마검을 가지고 있음을 공개함으로써, 창천 기사단이 마검을 숨겨 놓고 악용했다는 의혹을 증폭시키게 되는 것도 문제였다. 모든 것은 시간을 들이면 증명할 수 있겠지만 그럴 시간이 없었다. 당장 일주일의 여유도 간신히 낸 판이다. 유리엔을 구하는 것이 복수나 해명보다 우선이었다.

마검에 대한 그녀의 이야기가 이어질수록 던컨의 표정이 묘해졌다.

"왜?"

"……질문해도 되는 겁니까?"

"해 봐."

그녀가 턱짓하자 던컨이 꿀꺽 침을 삼키고는 조심스럽게 입을 열었다.

"아가씨는 대체…… 정체가 뭡니까?"

"이미 알고 있잖아?"

에키가 눈살을 찌푸리며 대꾸하자 던컨은 할 말을 잃었다. 그녀의 말대로 던컨은 그녀가 누구인지 잘 알고 있었다.

에키네시아 로아즈. 로아즈 백작가의 장녀. 창천 기사단장의 스콰이어였다가 이제 막 창천의 기사가 된 여자. '제니스'라는 전설적인 경지에 이른 검사.

그녀의 이력이나 살아온 삶 어디에서도, 마검을 쥐고도 지배당하지 않으며 스무 살에 제니스에 이를 만한 단서는 보이지 않았다. 백작 영애 에키네시아 로아즈와 검사 에키네시아 사이에는 전혀 다른 사람이라고 해도 될 법한 괴리가 있었다.

차라리 에키네시아 로아즈라는 여자의 탈을 쓴 다른 사람이라고 하면 납득이 갈 것 같다. 마검을 쥔 날을 기점으로 사람이 바뀌었다던가.

"당신은 정말 '에키네시아 로아즈'가 맞는 겁니까?"

에키는 잔뜩 긴장한 채 자신을 바라보는 남자를 턱을 괴고 훑어 보았다. 거의 다 말해 버렸으니 저런 의문을 가지는 것도 당연하겠지. 그녀는 툭 던지듯 말했다.

"맞아. 긴 악몽을 꾸고 왔을 뿐이지."

"예?"

에키는 더는 말하지 않았다. 목적지에 도착한 열차의 속도가 느려지고 있었다.

7월 21일, 희뿌옇게 해가 밝아 오는 이른 아침에 원정대는 로아즈 성 근처의 캠프에 도착했다.

바론은 곧바로 제국군 총사령관인 2황자를 상대하러 갔고, 샤이는 테레사의 막사로 향했다. 테레사보다 심각한 부상자도 있었으나 악마를 막을 수 있는 유일한 기오사 오너의 치료가 더 급했다.

에키는 던컨을 달고 바론에게 배정된 막사로 향했다. 던컨은 출신이 출신인 만큼 어지간한 마스터들 사이에서도 기척을 숨기는 게 가능했다. 기오사 오너 수준만 아니라면 말이다.

바론이 2황자를 만나러 간 터라 막사에는 짐을 풀고 있는 바라하만이 있었다. 그녀는 바라하에게 밀랍으로 봉한 첫 번째 서류를 건네주었다.

"부단장님께 전해 주세요, 선배님."

"하대하십시오, 에키네시아 경."

바라하가 서류를 받아 들며 깍듯이 답했다. 에키는 약간 당황한 채 그를 보다가, 시선을 내려 자신이 입고 있는 하얀 제복을 보았다. 빌려 입어 크긴 했지만 의심할 여지 없는 창천의 제복이었다.

기사와 스콰이어 사이에는 굉장한 차이가 있다. 최소 자격이 마스터인 창천 기사의 경우에는 더 심했다. 그녀는 고개를 갸웃거렸다.

"그렇게 되는 건가요?"

"당연한 일입니다."

"아무래도 어색한데요. 당분간은 힘들겠어요."

"금방 익숙해지실 겁니다."

서글서글하게 웃으며 말하던 바라하는 갑자기 목소리를 낮췄다.

"묻고 싶은 것이 있는데, 괜찮으시겠습니까?"

"마검 말인가요?"

"……네."

"그건 가짜예요."

"역시 그랬군요."

여러모로 생략된 대화였으나 당사자인 바라하와 에키는 확실하게 알아듣고 있었다. 바라하는 그녀가 마검을 쓰는 모습을 보았으니까. 그는 노란 눈동자로 자신에 비하면 한 줌밖에 되지 않을 여자를 내려다보았다.

"에키네시아 경."

"네, 말씀하세요."

"지금까지 숨기던 것들을 이렇게 전부 밝혀도 되는 겁니까? 숨겨 왔던 이유가 있지 않습니까. 로드께서도 상황이 상황이라 지금은 넘어가고 계시지만, 나중에는……."

"알아요."

바라하가 무엇을 걱정해서 하는 말인지 알고 있었다. 마스터임은 아예 대놓고 밝혔고, 바론에게는 제니스라는 사실까지 밝혔다. 이대로면 사태가 마무리된 후에 본격적인 추궁이 이루어질 것이다. 던컨이 이해할 수 없다는 얼굴로 물어 왔듯이.

아무리 천재라고 해도 납득이 불가능한 수준이니까. 왜 사관생도부터 시작했고, 3년 기한을 잡았던가. 자연스럽게 넘어가기 위해서였다. 그것을 포기한 이상 뒷수습은 각오하고 있었다. 그녀는 눈을 내리깔았다.

"그래도 어쩔 수 없어요."

"……단장님을 위해서입니까?"

에키는 말없이 고개를 끄덕였다. 바라하는 잠시 침묵하다가 조용히 물었다.

"정말 되돌리는 게 가능합니까? 설령 가능하다 해도, 되돌리고 난 후에 경은 괜찮은 겁니까?"

숨기지 못한 걱정이 뚝뚝 묻어나는 물음이었다. 유리엔이 아니라 그녀를 향한 걱정. 에키는 고개를 들어 그를 보았다. 바라하는 치받아 오르는 무언가를 내리누르는 것처럼 이를 악물고 있었다.

"저는 단장님을 존경합니다. 그분이 무사하시길 바랍니다. 하지만 만약 그분이 무사히 돌아오는 대가로 경이······."

"바라하 선배님."

그의 말을 끊은 에키가 머뭇거리더니, 그를 향해 미소를 지었다.

"아니, 바라하."

"······!"

"걱정해 줘서 고마워. 하지만 괜찮아. 꼭 무사히 돌아올 테니까. 단장님도, 나도. 결절에서 우리가 무사히 빠져나왔던 것처럼."

흔들림 없는 목소리와 부드러운 표정. 안심시키려는 태도. 흰 까마귀 협곡의 결절 안에서 억지로 공포를 누르고 있을 때 그를 향해 그녀가 보여 주었던 것과 같은.

"그러니 저를 믿고 기다려 주세요, 선배님."

그렇게 말한 그녀가 돌아섰다. 하얀 제복과 푸른 망토 위로 분홍색 머리카락이 살랑거리며 내려앉았다. 바라하는 망연히 그녀가 막사를 벗어나는 것을 지켜보았다.

애써 마음을 가라앉히고 있었는데.

"······지독하게 부럽군."

그녀에게 사랑받는 남자가 부러웠다. 질투가 날 정도로. 그럼에도 마음껏 질투할 수조차 없었다. 에키네시아가 내보이는 마음이 너무 명백하고 강렬해서. 그가 가질 수 없는 마음인 게 너무 확실해서.

만약 에키네시아가 정말로 유리엔 단장을 구해 내어 돌아온다면, 그러고도 단장이 디아샹트 공녀와의 약혼 따윌 하겠다고 한다면, 포기하려는 노력 따윈 그만둬 버릴지도 모르겠다. 그는 속절없이 반응하는 가슴을 달래며 눈을 감았다.

부단장의 막사에서 나온 에키는 자신의 막사에서 짐을 챙겼다. 일주일 이상의 노숙을 대비한 준비였다. 유리엔이 선물해 주었던 마법 가방은 이번에도 큰 도움이 되었다. 에키는 자꾸만 떠오르는 그의 얼굴을 간신히 가라앉혔다.

"잠깐 들어가도 될까?"

막사 밖에서 들려온 목소리는 아는 사람의 것이었다. 갈라지고 쉬어 있는 음성. 에키는 가방을 닫으며 밖을 향해 말했다.

"네, 들어오세요."

붉은 머리카락과 붉은 눈동자의 남자가 입구의 천을 걷으며 들어왔다. 디트리히 사루아였다.

그는 평소의 한량 같은 모습과는 완전히 다른, 지치고 힘들어 보이는 몰골이었다. 머리카락은 엉망으로 헝클어졌고 눈 아래가 거뭇했다. 면도를 할 여유도 없었는지 턱에는 수염도 까끌까끌하게 나 있었다. 그나마 옷은 막 갈아입어서 깨끗했다.

막사에 들어선 그는 제복 차림인 에키네시아를 보고 흠칫 놀랐다. 눈이 커진 채 굳었다.

"……진짜 기사가 됐네."

"어쩌다 보니 그렇게 됐어요. 디트리히 경, 무슨 일이신가요?"

"창천 기사가 어쩌다 보니 그렇게 되는 자리였냐. 거참, 로드나 스콰이어나 똑같아."

디트리히는 푸슬 웃더니 손으로 얼굴을 문질렀다. 웃음기는 순식간에 사라졌다. 그가 느릿하게 말했다.

"이걸 어쩔까 했는데…… 중요한 증거품이긴 하지만, 그래도 네가 가지고 있는 게 맞겠다 싶더라고. 부단장님께도 말씀드렸다."

그는 품에서 작은 상자를 꺼냈다. 에키가 의아한 얼굴로 그것을 받아 들려 하자, 디트리히가 제지했다.

"이건 단장님이 막사를 떠나기 직전에 받은 상자다. 이걸 보고 나간 후에…… 그렇게 되었지."

유리엔이 인질로 잡혔던 란셀리드를 구하러 갔다가 악마가 되었다는 것까지는 바론에게 들었었다. 그러나 자세한 사정까지는 몰랐다. 에키가 딱딱해진 얼굴로 상자를 받았다.

"열기 전에 마음의 준비를, 이런."

디트리히가 말하기도 전에 그녀는 상자를 열어 버렸다. 유리병과 쪽지. 유리병 안에 있는 것. 말갛게 떠올라 막사 안까지 비쳐 드는 아침 햇살과 끔찍할 정도로 어울리지 않는 것이었다.

에키네시아가 이성을 잃지 않은 것은 어느 정도 예상하고 각오한 덕분이었다. 샤이에게 치료받았는데도 불구하고 란셀리드의 한쪽 눈은 텅 비어 있었으니까. 뒤늦게 정신을 차린 샤이는 엘기오사의 능력에 대해 공부한 대로 설명해 주었다.

"잃어버린 신체 일부를 재생하는 건, 역대 엘기오사 오너들 중에서도 소수만 가능했대요. 전…… 아직 부족해서, 지금은, 못 하지만, 그래도 언젠가는…… 열심히 할 거예요."

울먹이던 소녀가 덧붙였던 말이 있었다. 혹시 사라진 부분을 찾아오면 지금의 자신이라도 회복시킬 수 있다고.
에키는 란셀리드의 눈동자를 가만 들여다보다가 쪽지를 읽었다. 그리고 상자를 닫았다. 그녀가 지나치게 차분해서 디트리히는 몹시 당황했다.
"너, 괜찮냐?"
"괜찮아요. 이거, 감사합니다."
그녀는 상자를 챙겨 넣으려다 멈칫했다. 그리고 그것을 디트리히에게 도로 건네주었다.
"경이 가지고 계시다가 아젠카로 돌아간 후에 성녀님께 전해 주세요. 그럼 동생의 눈을 치료해 주실 거예요."
"그래? 다행이네. 그런데 왜 네가 직접 가지고 가지 않고?"
"저는……."
에키는 말끝을 흐렸다가 웃으며 대답을 얼버무렸다. 이상하게 여긴 디트리히가 뭐라 말하려는 찰나, 막사 밖에서 급한 걸음이 다가오더니 바론이 나타났다.
"에키네시아 경, 제국군과 작전 토의를 끝냈……. 디트리히 경, 여기서 뭐 하나."
"아르 세밧티엠. 아까 말씀드렸던 물건을 전해 주고 있었습니다."
"음. 용무가 끝났으면 나가 보도록. 그녀와 할 이야기가 있다."

"알겠습니다."

디트리히는 결국 제대로 묻지 못하고 막사를 나갔다. 바론이 주위의 기척을 확인하고 품에서 꺼낸 지도를 에키의 앞에 펼쳐 놓았다.

"제국군이 포위망을 구축하고, 그 안쪽을 창천 기사단이 수색하기로 결정했다. 수색에 참여하겠다고 고집을 피울까 봐 우려했는데 의외로 순순히 물러나더군."

"이건…… 회색 산맥이군요."

"단장님이 사라진 곳이 이쪽이니까. 이동속도를 고려해 보면 아직 회색 산맥 내부에 있을 거다. 예상 이동 경로는 이 정도."

바론이 붉게 그어진 선들을 가리켰다. 에키는 그 선을 보고 있지 않았다. 얄궂게도 지워진 과거, 마검을 쥔 지 며칠 되지 않은 상태에서 니콜 시즈튼에게 부상당한 에키네시아 로아즈가 숨어들었던 곳도 회색 산맥이었다.

"일주일간, 수색 속도를 늦추겠다. 그러니……."

"일부러 늦출 필요는 없겠어요."

"음?"

"제가 누구보다 빠르게 단장님을 찾아낼 수 있을 테니까요."

에키는 지도에 시선을 둔 채 덤덤히 말했다. 부상당한 악마가 어떻게 행동하는지, 어떤 곳을 찾아가는지 그녀보다 잘 알 사람은 없었다. 하물며 장소마저 같다면.

"일주일 안에 캠프로 복귀할 테니, 부단장님께선 수색에 참가하지 마시고 캠프에서 기다려 주세요."

"알겠다."

바론이 답하자마자 에키는 지도를 들고 자리에서 일어났다. 그녀가 그를 향해 아젠카식 경례를 했다.

"그럼, 출발하겠습니다."

"바로 가겠다고? 쉬지 않아도 되겠나?"

"시간이 부족하니까요."

그리고, 캠프에 계속 남아 있다간…… 제가 악마가 될지도 모르겠어서요. 에키는 뒷말은 속으로만 중얼거렸다.

[어, 야, 너 제정신 맞아? 진짜 엄청나다. 나 취할 거 같아. 막, 막 들뜨고 어지럽고 기분 좋아. 이게 인간들이 취한다! 하는 그런 기분인 거 맞지? 우와, 장난 아니야……]

그녀의 내부에서 끓어오르는 살의를 느낀 마겸이 뭉개지는 발음으로 횡설수설했다. 에키는 제국군 막사 쪽을 흘깃 보고는 마법 가방을 집어 들었다.

"다녀오겠습니다, 부단장님."

"……건투를 비네."

바론이 기사들을 모아 놓고 임무를 하달하는 사이, 에키네시아는 캠프를 벗어나 말을 하나 잡아타고 곧바로 회색 산맥 쪽으로 향했다. 던컨만이 그림자처럼 그녀를 뒤따랐다.

회색 산맥은 그리 거대한 산맥도 아니고, 험준하거나 높은 산맥도 아니었다. 심지어 서식하는 마물도 거의 없었다. 그럼에도 불구하고 수색하기에 좋은 환경은 아니었다. 산맥을 이루는 산들이 전부 돌산이고, 계곡이 많아 흔적이 잘 남지 않았기 때문이다.

"추적을 도울까요? 추적술에는 일가견이 있습니다."

산길에 들어선 직후 던컨이 조심스럽게 물어 왔다. 에키는 뒤를 돌아보지도 않고 고개를 저었다.

"아니, 필요 없어."

그녀는 거침없이 걸음을 옮겼다. 땅을 살피거나 나뭇가지나 풀이 꺾이는 방향을 관찰하지도 않았다. 처음부터 목적지를 아는 듯한 행동이었다.

그녀가 향하는 곳마다 작은 동굴 내지는 바위들이 얽혀 그늘을 만든 장소가 있었다. 그런 곳을 세 군데 확인하고 나자 해가 저물었다. 에키는 마지막으로 확인한 동굴 바닥에 주저앉았다.

"요리 잘해?"

"기본은 할 줄 압니다."

"그럼 네가 좀 해 줘."

마법 가방에서 나온 냄비와 식재료들이 던컨에게 건네졌다. 던컨은 묵묵히 그것을 받아서 요리를 시작했다. 그사이 에키는 대강 잠자리를 만들고는 무릎 위에 턱을 괴고 허공을 보고 있었다. 던컨이 완성한 스튜 그릇을 들고 그녀에게 다가왔다. 그녀는 가볍게 인사를 하고 바로 스푼을 들었다. 던컨이 멀거니 물었다.

"아가씨는 제가 누구인지 알면서도 요리를 시키고 의심 없이 드시는군요."

"독 넣었어?"

에키는 그렇게 묻고는 던컨의 대답도 기다리지 않고 스튜를 떠 먹었다. 던컨은 입가를 실룩였다.

"아뇨."

"그럼 됐어. 앞으로도 넣지 마, 죽고 싶지 않다면."

"그게 무슨 뜻입니까?"

"내가 독 정도로는 안 죽어서. 푸누스였나? 그거 먹고도 안 죽었지."

"……설마, 발자국 없는 독 말입니까?"

뭐 이런 미친 괴물이 다 있나. 던컨은 그런 심정으로 되물었다. 그녀는 아무렇지도 않게 고개를 끄덕였다.

"그래. 대신 그 정도의 독이면 정신을 잃어. 그렇게 되면 마검을 억누를 수가 없게 되거든? 내 손에 죽고 싶으면 독 넣어도 돼."

"……."

던컨은 입을 다물고 제 몫의 스튜 그릇에 고개를 처박았다. 알면 알수록 무서워졌다.

식사를 마친 에키는 곧 침낭 속에 파고들었다. 그녀는 손만 내어 한쪽을 가리켰다.

"정리 알아서 하고, 거기서 자."

"불침번은 필요 없는 겁니까?"

"접근하면 알아서 깨. 너도 그냥 자."

불침번은커녕 오직 혼자서 떠돈 세월이 9년이었다. 에키는 그대로 눈을 감았다. 던컨은 그녀가 정말 잠든 상태로도 바로 깨어나는지 실험하고 싶어졌으나, 호기심의 대가로 목숨을 지불하고 싶지는 않았기에 얌전히 그릇을 치우고 잠들었다.

세 시간쯤 흐른 후에 그는 부스럭거리는 소리를 듣고 눈을 떴다. 어느새 일어난 에키가 출발 준비를 마치고 그를 바라보았다.

"피곤해?"

"아뇨, 괜찮습니다."

"그럼 일어나."

밖은 아직 어두웠지만 에키는 대낮과 다름없이 걸음을 옮겼다. 던컨은 그녀 정도의 시력은 없어도 어둠에 익숙한 직업상 무난히 그녀를 뒤따를 수 있었다. 그녀는 이번에도 목적지를 아는 것처럼 이동했다. 길도 없는 산속을 헤매지도 않았다. 은신처가 될 만한 곳을 또 하나 확인하고 나자 서서히 해가 밝아 왔다.

"회색 산맥을 굉장히 잘 아시는 것 같습니다."

"반년 정도 여기서 살았어."

"예? 대체 언제……."

백작 영애 에키네시아 로아즈의 삶에는 그럴 만한 시기가 없었다. 에키는 태연히 답했다.

"악몽 꿀 때."

"……꿈속에서 말입니까?"

"그래."

던컨은 앞서 걷고 있는 에키의 뒷모습을 다시 훑어보았다. 고생이라곤 해 본 적 없는 것 같은 외모와 여린 실루엣이었다. 이해할 수 없는 요소투성이. 그는 생각을 포기하기로 했다. 애초에 마검을 쥐고도 악마가 되지 않은 점부터 이해할 수 없었다.

그렇게 이틀을 회색 산맥 속에서 보냈다.

이틀간 던컨은 그녀에 대해서 꽤 많은 것을 알게 되었다. 심지어 그는 마검이 말을 한다는 사실까지 알아차렸다. 에키가 그의 앞에서 대놓고 마검과 대화를 나눴기 때문이었다. 그녀는 그가 무언가를 물으면 꼬박꼬박 대답해 주었고, 종종 먼저 말을 걸기까지 했다.

"의외로 친절하시군요."

"대화라도 하지 않으면 미칠 것 같아서. 일종의 보험이기도 하고."

"……예?"

"내가 멀쩡해 보여?"

그녀가 생긋 웃으며 물었다. 던컨은 당황해서 입을 다물었다. 그녀는 여러모로 이상하고 괴물 같은 데다 의문투성이이긴 해도, 미친 것 같지는 않았다.

가만히 던컨을 보던 에키가 돌연 손을 옆으로 휘둘렀다. 내쏘아진 보랏빛 마나가 폭음을 일으키며 그곳에 있던 바위를 박살 냈다. 직격당한 부분은 가루가 되다시피 했다. 던컨의 낯이 창백해졌다. 그녀는 아무 일도 없었다는 듯 손을 거두고 돌아섰다.

"그럭저럭 멀쩡해 보인다면 다행이고. 가자."

"방금 뭘 하신 겁니까?"

"화풀이. 근데 별로 안 풀리네."

"제가 당신을 화나게 만들었습니까?"

"아니. 너 말고."

에키는 가파른 벼랑 끝으로 다가가 아래를 내려다보며 혼잣말처럼 중얼거렸다.

"전부 죽이고 싶고, 죽일 능력도 되는데, 죽이기 시작했다간 멈출 수 없게 될까 봐 참고 있어서. 죽이려면 분노를 삭이고 냉정한 상태에서 죽여야 되거든. 그런데 분노가 안 가라앉아."

무슨 말인지는 모르겠어도 누구를 대상으로 하는 말인지는 알 만했다. 로아즈 참사의 배후와 창천 기사단장을 물들인 자들 말이겠지. 던컨은 망설이다가 물었다.

"꼭 참아야 합니까? 미칠 것 같을 정도라면……."

"참아야 해, 악마가 되어선 안 되니까. 그리고 미칠 것 같은 건 그 문제 때문만은 아니야."

가족을 죽이고 로아즈를 몰살시키고 니콜마저 죽인 후, 부상을 입은 몸으로 헤매고 다녔던 산. 그 산속에서 그녀가 웅크려 지냈던 곳들을 되짚으며, 그녀처럼 악마가 되어 있을 유리엔을 찾아가는 길은 악몽의 재현이나 다름없었다.

에키는 회색 산맥에 들어온 이후 계속해서 악몽을 꾸었다. 시간을 되돌리기 전 제대로 잠들지 못하던 시절처럼.

그녀는 그 점을 설명하는 대신 벼랑 아래로 훌쩍 뛰어내렸다. 상당한 높이였으나 무게가 없는 것처럼 가볍게 착지했다. 이틀간 그녀와 동행한 던컨은 놀라지도 않고 벼랑을 타고 내려왔다. 그가 내려오는 사이 에키는 이미 한참 앞서서 숲속을 걷고 있었다. 던컨은 그녀를 뒤쫓으며 물었다.

"보험이라는 건 무슨 뜻입니까?"

갑자기 그녀가 걸음을 멈추더니 대낮임에도 숲이 울창해 어둠이 도사린 한쪽을 뚫어져라 노려보았다. 그러곤 고개를 돌려 던컨을 돌아보았다.

"이제 따라오지 마. 이거 가지고 캠프 근처로 돌아가서 기다려."

그녀는 밀랍으로 봉한 편지를 둘 꺼내서 그에게 내밀었다. 편지 하나에는 부단장 바론 틸리어스의 이름이, 다른 하나의 겉에는 로아즈 백작 부부와 란셀리드 로아즈의 이름이 적혀 있었다.

"약속한 일주일에서 4일 남았지? 기다리다가 27일이 되면 그 편지들이랑 두 번째 서류를 창천 기사단에 전해 주고 쐐기로 돌아가. 돌아가면 네가 알게 된 것을 모두 보고해도 돼."

두 번째 서류는 그녀가 마검의 주인임을 밝혀야만 전할 수 있는 내용이 있는 그 문서였다. 던컨은 멀거니 편지와 그녀를 번갈아 보았다.

"보험이라는 게 이것 말씀이셨습니까?"

"응."

"창천 기사단장을 되돌리는 것에 실패할 때를 대비해서 말입니까? 다른 사람들에게는 분명 확실하다고……."

"그래, 성공하겠지. 하지만 보험이란 건 원래 최악을 대비하는 거잖아?"

에키가 어깨를 으쓱이더니 오른손의 장갑을 벗었다. 하얀 손에 뚜렷한 검은 문양. 그 문양에서 투명한 칼날의 검이 모습을 드러냈다. 그것을 움켜쥔 그녀가 태연한 얼굴로 말했다.

"내 최악은 좀 많이 위험해서. 이번엔 최악의 경우라 해도 막을 수 있는 재앙 수준에서 그치도록 보험을 두는 거야."

겪어 본 것처럼 들렸다. 아니, 지금까지 계속 그녀의 말과 행동은 마치 마검의 악마가 되어 날뛰어 본 적이 있는 것처럼 느껴졌다. 악마가 출몰했다는 소식은 들어 본 적 없지만 그게 아니면 설명이 되질 않았다.

그녀는 긴 악몽을 꾸고 와서 변했다고 했었다. 어쩐지 그 악몽의 내용을 짐작할 수 있을 것 같았다. 던컨은 망연히 그녀를 바라보았다. 마검을 쥐고도 그 살의에 휘둘리지 않는다는 건, 어떤 과정을 겪어야 가능해지는 일일까.

앳된 얼굴에 어울리지 않게 보라색 눈동자는 우물처럼 깊었다. 긴 고통과 그것에도 굴하지 않은 의지가 스민 결과였다. 이 순간 던컨은 그 깊이를 어렴풋이 느낄 수 있었다. 그게 어떻게 생겨난 것인지 확신하지는 못해도.

"그러니 나 없다고 바로 도망치지 말고, 내가 시키는 대로 해."

"명하신 대로 기다리겠습니다. 성공하고 돌아오십시오."

그는 충동적으로 말했다. 에키가 의외라는 듯 그를 보더니 설핏 웃었다.

"좋아, 빨리 가. 궁금하다고 근처에 남아 있을 생각 말고. 죽을 수도 있으니까. 죽기 싫어서 내 말을 따르고 있었던 거잖아?"

던컨은 잠시간 묘한 시선으로 그녀를 쳐다보았다. 그러곤 느릿하게 대답했다.

"……예."

편지를 받아 든 던컨이 허리를 깊게 숙이며 인사를 하고 금세 사라졌다. 에키는 그의 기척이 멀어지는 것을 확인한 다음 움직이기 시작했다. 숲 안쪽에 도사린 어둠 너머에서 익숙한 기척이 느껴졌다.

[꼭 이렇게 해야 해? 걔 포기하면 안 돼? 주인아, 며칠 전부터 살의 엄청 솟구치고 있는 거 너도 알잖아. 걔 것까지 흡수했다간 진짜 못 참게 될지도 몰라. 그래도 돼?]

마검이 답지 않게 조심스러운 어투로 말했다. 에키는 웃으며 답했다.

"너 어쩐지 좀 철든 것 같다? 랑기오사 덕분인가?"

[난 원래 착했어! 야, 말 돌리지 말고. 차라리 걔들 먼저 죽이고 오자니깐! 신나게 죽이고 오면 살의 좀 늘어도 괜찮을 거 아냐. 어차피 그것들 죽어도 싼 놈들이잖아?]

"지금 죽이기 시작하면 오히려 더 못 참게 될걸. 내 살의, 취할 정도라며?"

[에이, 아니면 그냥 쟤 버려! 다른 인간들 다 미쳤었는데 쟤라고 제정신으

로 돌아온다는 보장이 없잖아! 쟤 말고도 너 좋다는 애, 그 덩치 큰 놈도 있고, 너네 가족도 다 살아 있는데, 쟤 때문에 꼭 이래야 해?]

"내가 물들면 넌 좋은 거 아니었어?"

[사람 죽이는 건 좋아. 하지만 그러고 나서 네가 화내니까 별로야. 차라리 아무도 못 죽이더라도 너랑 잘 지내는 편이 나은 거 같아.]

그녀의 걸음이 멈칫했다. 마검이 이런 말을 할 줄은 몰랐다.

"……내가 그렇게 좋아?"

[엥? 넌 내 주인이잖아.]

당연한 걸 대체 왜 묻느냐는 듯한 천진한 목소리.

"전에도 주인이 있었잖아. 그 사람은 너한테 피 맛도 종종 보여줬다며?"

[확실히 네가 전 주인보다 날 더 괴롭히긴 하지만, 그래도 너랑 있는 게 좋아. 어, 왜인지 설명을 잘 못하겠는데, 넌 걔에 비하면 날 하나도 안 무서워해서 그런가? 에이, 몰라. 어쨌든 그러니까 주인아, 쟤 포기하고 가서 복수나 하자, 응?]

"발, 나는……."

그녀는 말을 멈추고 고개를 들었다. 숙주의 부상이 아물 때까지 은신처에 웅크리고 있던 '악마'가 인간의 기척을 느끼고 기어 나왔다.

늘 정갈하던 머리카락이 엉망이었다. 달빛 같던 은색은 어둠에서 갈라져 나온 것처럼 검어졌다. 그녀가 좋아하던 예쁜 푸른 눈동자는 불길하게 일렁이는 검은빛에 뒤덮여 있었다. 가시덩굴에 뒤덮인 왼팔. 아파 보였다. 그 손에 들린 가짜 마검. 그리고 그녀를 향하는, 표정 없는 얼굴. 언제나 그녀를 볼 때면 풀어지던 모습은 남아 있지 않다.

에키는 문득 그의 목에 남아 있었던 멍 자국을 떠올렸다. 그녀가 그의 목을 졸랐던 자국.

유리엔.

울 것처럼 흐려진 낯으로 그녀는 바르데르기오사를 들어 올렸다.

"……어떻게 되든, 그를 포기할 수는 없어."

그런 선택지 자체가 이제 그녀에게는 없었다.

에키는 아메시스트를 꺼내지 않았다. 그가 준 검을 그를 향해 겨누기는 싫었다. 유리엔이 짐승 같은 눈으로 그녀를 살폈다. 본능적으로 그녀가 강하다는 것을 알아챈 듯했다.

그래서 그는 막무가내로 덤비지 않았고, 에키는 선공을 할 수 없었다. 마검을 들어 그에게 겨누고 있는 상황만으로도 그녀는 힘들었다. 대련을 시도했을 때처럼 칼날 너머로 보이는 유리엔의 모습이 자꾸만 뭉그러졌다. 바로 이 투명한 칼날에 꿰뚫려 죽었던 그의 마지막 모습이 겹쳐 보인다.

호흡이 가빠지며 손끝에 진득하고 끔찍한 감촉이 느껴졌다. 피가 손을 타고 흐르는 듯한 환각. 에키는 이를 악물었다. 그가 했던 말들을 되새겼다. 그가 그녀에게 웃어 주던 순간들을 떠올려 악몽을 덮었다. 위태롭게 흔들리던 칼끝이 간신히 멈췄다. 바람이 나뭇잎을 훑고 지나가는 소리가 들렸다.

결국 유리엔이 먼저 움직였다. 그가 서 있던 자리에서 훅하고 사라지는 것과 동시에 에키는 왼쪽으로 몸을 틀며 마검을 들어 올렸다. 검과 검이 맞부딪히기 이전에 검은 마나와 보라색 마나가 먼저 부딪혔다. 쾅 하는 폭음과 함께 요란한 충격파가 일었다.

"으……!"

그녀와 타인의 검기가 부딪혔을 경우 언제나 그녀 쪽이 더 강력했다. 상대는 검을 놓치거나 부러뜨리며 그녀의 마나에 밀렸었다. 그러나 유리엔의 검기는 그녀에게 밀리지 않았다. 그녀가 가르쳐 주었던 중첩 검기가 그의 검을 감싸고 있었다.

비슷한 힘으로 충돌한다면 가벼운 쪽이 더 크게 밀려나게 된다. 에키는 충격파에 속절없이 밀려났다. 상대적으로 무거워서 몇 걸음 물러서는 데 그친 유리엔은 빠르게 균형을 되찾았다. 그는 밀려나고 있는 그녀를 향해 검기를 날렸다. 피할 여유가 없었다. 에키는 마나 실드를 생성했다.

폭음이 터졌다. 그녀는 마나 실드째 날아가 커다란 고목과 충돌했다. 고목이 바스러지며 겨우 멈췄다. 그와 동시에 그의 검기가 그녀의 실드와 충돌했다. 또다시 거대한 충격파가 사방을 휩쓸었다. 폭풍 같은 바람에 나무들이 미친 듯이 흔들렸다.

비산하는 흙과 먼지 사이로 새카만 그림자가 달려들었다. 에키는 자세를 바로잡기도 전에 검부터 들어 올렸다. 이번에는 대비하고 버텼기에 밀려나지 않고 막았다. 발뒤꿈치가 땅을 파고들었다.

막아선 그녀를 향해 유리엔이 쉼 없이 검을 내리쳤다. 검이 부딪힐 때마다 천둥이 치는 것과 비슷한 폭음이 울렸다. 여파만으로도 대지가 길게 긁히고 나무가 부러져 나갔다.

[뭐 해? 너라면 저 정도 검기는 뚫을 수 있잖아?]

마검이 답답하다는 듯 물었다. 대답할 틈이 없는 에키는 속으로만 답했다.

'할 수 있지, 물론. 하지만 그 정도로 힘을 쏟으면 조절에 실패할지도 몰라.'

그녀로서도 최선을 다해야 유리엔의 검기를 부술 수 있는데, 그 정도로 힘을 쏟으면서 중간에 멈출 자신이 없었다. 아니, 사실 가능할지도 모르지만, 실수할지도 모른다는 상상만으로도 시도하고 싶지 않았다. 그를 상대로 마검을 들고 있는 것만으로도 미칠 것 같은데, 그가 다칠지도 모르는 공격이라니.

정신없이 쏟아지는 칼날을 막았다. 미처 피하지 못한 검기의 여파가 피부 곳곳을 길게 긁고 지나갔다. 긴 머리카락의 일부가 잘려 꽃잎처럼 흩날렸다. 그래도 에키는 막기만 할 뿐 공격하지 못했다.

이성이 완전히 나가 살의에 지배받는 상황에서도 유리엔의 검이 그리는 궤적은 유려했다. 오래도록 단련한 검술은 마구잡이로 휘두르는 와중에도 무너지지 않았다.

유리엔의 검술은 교과서적이다. 변칙이 거의 없고 성실할 정도로 정직했다. 간결하고 기교가 적은 것은 앨리스와 비슷했지만, 앨리스가 가볍고 빠른 느낌이라면 유리엔은 상대적으로 정적이었다. 그렇다고 바라하처럼 묵직하거나 테레사처럼 방어적이진 않았다.

더하지도 덜하지도 않은, 그야말로 정석적인 검.

정석이란 보통 완벽에 가장 가까운 형태를 말한다. 단점이 없는 만큼 특출 난 장점도 없지만, 갈고 닦을수록 모자람도 넘침도 없이 완벽해지는 것. 유리엔의 검이 바로 그러했다.

지워 버린 과거에 그와 마주했을 때보다 더 발전한 상태. 그것은 짐승처럼 으르렁거리는 마검의 마나와는 정말로 어울리지 않는 검술이었다. 그가 얼마나 쉬지 않고 검을 단련해 왔는지가 고스란히 드러났다.

살의에 물든 몸으로도 성실하고 정직한 검이다. 그러니 저 몸 안에 갇혀 있는 그의 혼은 그녀가 그랬던 것처럼 자아를 유지하고 있을지도 모른다. 정안이 없는 그녀는 볼 수 없지만 울고 있을지도 모르겠다.

'그가 괴로워하며 보고 있을지도 몰라. 내가 그랬듯이……'

그렇게 생각한 순간 그녀의 기세가 바뀌었다. 망설임을 버렸다. 자꾸만 겹쳐지려 하는, 그녀에게 죽었던 그의 모습으로부터 눈을 돌렸다. 두려움을 무시했다. 막아 주길 가장 절실하게 바라는 건 그 자신일 테니까.

'할 수 있어. 아니, 해야 해.'

입술을 깨물었다. 바르데르기오사에 폭발적으로 마나가 차올랐다. 검에 담긴 마나의 양과 질의 수준이 달라졌다. 그녀의 검은 처음으로 그의 검이 아니라 그의 몸을 향했다. 유리엔이 상체를 틀며 간신히 그것을 피했다. 스쳐 지나가며 남은 후폭풍이 가시덩굴을 으스러뜨리며 그의 어깨를 후려쳤다.

"……!"

충격으로 유리엔이 움츠러들었다. 에키는 그를 지나쳐 가면서 바로 방향을 틀었다. 등을 노리고 휘둘러지는 검. 그가 자세를 낮추며 그것을 피했다. 피할 것을 예상한, 아니, 피하기를 바라고 검을 휘두른 에키는 검을 따라 몸을 반 바퀴 돌리며 자세를 낮춘 그를 걷어찼다. 제복 부츠의 단단한 굽이 유리엔의 무릎 안쪽을 가격했다.

균형이 흔들리는 그를 향해 다시 검을 내리쳤다. 그가 피한다. 완벽하게 피하기엔 늦었다. 칼끝이 팔뚝을 벨 것 같았다. 에키는 기겁해서 방향을 바꾸었다. 무리해서 비껴 낸 칼이 허공을 갈랐다. 그 틈에 유리엔은 겨우 균형을 되찾았다.

전투의 양상이 급변했다. 그녀가 공세를 취하자 유리엔은 피하기에 급급해졌다. 애초에 왼팔이 멀쩡하지 않은 그는 온전한 실력을 발휘할 수도 없었다. 제대로 싸워도 밀릴 판에 그것은 치명적인 약점이었다.

몇 번이나 벨 기회가 생겼다. 그러나 그때마다 에키는 칼날의 방향을 틀었다. 몸에 무리가 가는 짓이었지만 어쩔 수 없었다.

기절시킬 틈은 좀처럼 나지 않았다. 그러기에는 그가 너무 강했다. 명치나 목덜미를 쳐야 기절시킬 수 있을 텐데, 그 부위는 급소라 그가 절대 공격을 허용하지 않았다. 에키로서도 단번에 그의 급소를 칠 방법은 없었다. 공격을 멈추지 않고 지속해 그가 방어하거나 피하지 못한 팔다리나 옆구리에 상처를 늘려 갔다면 가능해지겠지만, 차마 그에게 부상을 입히지는 못했다.

전투가 지속되자 주변은 난장판이 되었다. 인간이 날붙이를 들고 맞붙는데 주위는 용들이 싸움을 벌이는 것처럼 엉망이 되어갔다. 대지가 파헤쳐져 속살이 드러나고 바위가 으스러지며 빗나간 검기에 나무들이 베여 쓰러졌다.

'다치지 않게 기절시키는 건 무리야. 그럼 차라리 힘을 빼자.'

에키는 유리엔이 토벌단과 어떻게 싸웠는지 바론으로부터 대강 들었다. 그의 마나에는 한계가 있고, 그녀의 마나에는 한계가 없다. 마검을 사용한다면 말이다. 장기전을 결심하고 마검의 마나를 끌어올렸다. 그와 똑같이 물든 검은 머리카락이 흩날렸다. 그러나 검게 물든 눈동자는 뚜렷한 이지를 유지했다.

둘 다 호흡이 흐트러지지 않았다. 그녀의 공격도 멈추지 않았다. 하지만 전투가 지속될수록 악마는 무언가를 알아차렸다.

저 인간은 이 몸이 다치는 것을 원하지 않는다.

본능적인 판단이었다. 유리엔은 가슴께를 노리고 베어 들어오는 그녀의 검을 피하지 않았다. 오히려 한 발짝 더 들어섰다. 화들짝 놀란 에키는 억지로 검을 거두었다. 그 순간에 처음으로 그녀에게 허점이 드러났다.

"……!"

[으악! 으악! 야, 괜찮아?]

에키는 신음을 흘리지 않았다. 그녀를 대신해 마검이 비명을 질러 댔다.

검은 마나로 감싸인 투명한 칼날이 보라색 마나의 막을 뚫고 그녀의 옆구리부터 등의 중간까지를 가르고 지나갔다. 피하면서 급하게 마나 실드를 만들지 않았다면 상체의 절반이 토막 났을 중상이었다. 갈라진 상처로 왈칵 피가 터져 나왔다.

[씨이, 내 짝퉁 주제에! 저게 감히! 쟤도 짜증 나, 저런 거에 휘둘리고! 둘 다 죽여 버릴 거야!]

마검이 잔뜩 화가 난 어투로 소리를 지르며 에키의 오른팔을 점령하려 들었다. 오른팔이 저절로 움직여 유리엔을 베려는 것을 그녀가 아슬아슬하게 저지했다. 억지로 멈춘 반동과 부상의 여파로 입에서 울컥 피가 쏟아졌다.

그 틈에 또다시 드러난 허점을 유리엔이 공격해 왔다. 에키는 간신히 그것을 피해 뒤로 훌쩍 물러나며 쉰 목소리로 쏘아붙였다.

"밭, 죽을래?"

[하지만 쟤가!]

"내가 다치더라도 베지 마."

[뭐야, 그런 게! 이해가 안 가! 아프잖아? 죽을 뻔했는데 왜 참아? 난 싫어!]
"이 정도론 안 죽어. 그리고, 너도…… 아무도 못 죽이게 되더라도 나랑 같이 있고 싶다며."

기회를 놓치지 않고 접근하며 내려치는 유리엔의 검을 튕겨 내며, 그녀가 속삭였다.

"그 기분이랑, 비슷한, 그런, 거야, 발."

[……!]

유리엔의 검을 막느라 길게 말해 줄 틈은 없었기에 그 말은 짧고 끊겨 있었다. 그럼에도 바르데르기오사는 그 순간 어렴풋이 깨달았다. 타인을 위해 손해를 감수하고 인내한다는 것의 의미를. 왜 그렇게 하고 싶어지고, 왜 그렇게 하게 되는지를. 그것은 머리가 아니라 가슴으로 느껴야 하는 감각이었다.

마검이 그것을 처음으로 깨닫는 것과 동시에 투명한 칼날에 새겨져 있던 문양이 잠깐 희미하게 빛났으나, 에키도, 그녀와 맞붙고 있는 유리엔도, 바르데르기오사 스스로도 그것을 인식하지 못했다.

부상을 입었음에도 에키의 움직임은 둔해지지 않았다. 장기전은 무리임을 판단하고 오히려 더 빨라졌다.

'내가 베지 않으려 하는 걸 눈치챘어. 빨리 끝내야 해. 그렇다면.'

에키는 일부러 등을 내주었다. 유리엔이 그녀가 드러낸 허점을 베어 들어올 때, 그녀는 드디어 틈을 잡았다. 그녀의 손이 그의 턱밑을 위로 후려쳤다. 강한 충격이 뇌리를 뒤흔들자 그의 몸이 비틀거렸다. 어지간한 마스터라도 기절할 만한 충격이었으나 그는 기절하지는 않았다.

에키는 당황하지 않고 그의 발을 걸어 넘어뜨리며 올라탔다. 가시덩굴에 뒤덮여 가짜 마검을 쥐고 있는 그의 팔을 마검을 쥔 오른손으로 움켜쥐어 바닥에 짓눌렀다. 가시가 손을 뚫으며 상처를 남겼으나 아랑곳하지 않았다.

"흑, 으…… 하아……."

옆구리에서 등을 가로지른 부상 위에 일부러 내주어 가로로 베인 부상이 더해졌다. 그녀는 신음과 뒤섞인 호흡을 뱉으며 힘을 주었다. 왼손으로 자유로운 그의 오른손을 억눌렀다. 유리엔은 붙잡힌 짐승처럼 날뛰었으나 저보다 작고 가벼운 그녀를 떨쳐 내지 못했다.

그녀는 땀을 뚝뚝 흘리며 아래의 그를 내려다보았다. 으르렁거리는 얼굴. 살의로 번들거리는 새카만 눈동자. 바닥에 길게 흩어진 검은 머리카락. 문득 이 상황이 그와 그녀가 처음으로 제대로 마주했던 그때와 반대라는 것을 깨닫자 웃음이 났다.

"율."

울음과 웃음이 섞인 부름이었다. 구해 줄게요, 반드시. 당신이 내게 기회를 주었듯이. 속으로 중얼거렸다.

그녀는 오른손을 움직여 그가 쥔 마검을 겹쳐 쥐었다. 가시덩굴이 꿈틀거리며 그녀의 손마저 휘감아 왔다. 에키는 그것을 내버려 두고 그 가짜 마검을 꽉 잡은 다음, 그에게서 강제로 빼앗았다.

"크윽……!"

유리엔이 몸부림치며 신음을 토해 냈다. 엉겨 붙은 가시덩굴이 뜯어내지며 피가 튀었다. 가시덩굴은 멀어진 기존의 숙주에게 들러붙느니 보다 가까운 새 숙주를 잠식하는 것을 택했다. 미친 듯이 자라나는 덩굴이 그녀의 오른팔에 파고들었다. 에키는 그것을 상대하지 않았다.

"발, 오른팔 넘겨줄게. 네가 저거 막아 봐."

[어? 뭐? 내, 내가?]

"어떻게든 해 봐, 난 바쁘니까."

그녀는 오른팔의 통제권을 바르데르기오사에게 완전히 넘겨줘 버렸다. 그녀의 오른팔을 점령한 마검은 순간적으로 당황했지만 곧 한껏 들떴다. 숙주를 잠식하고 조종하는 방면에서 '가짜 마검'이 바르데르기오사를 이길 수 있을 리가 없었다.

[이 같잖은 가짜가, 어디서 내 걸 잡아먹으려 들어? 얜 내 주인이야, 나쁜 놈아!]

마검이 신이 난 어조로 떠들어 댔다. 뭘 어떻게 하는지 몰라도 가시덩굴이 위축되며 밀려나기 시작했다. 에키는 덜덜 떨리고 있는 오른팔을 늘어뜨린 채 방치해 두고 유리엔을 들여다보았다. 가짜 마검을 떼어 냈어도 유리엔의 몸에 남아 있는 살의는 여전했다.

그가 상체를 들어 그녀의 목을 물어뜯으려 했다. 그녀는 고개를 틀어 피했다. 아직 남아 있는 가시덩굴이 잘렸다가 회복 중인 그의 왼팔을 고정하고 있었지만, 가짜 마검이 분리되자 힘을 잃었는지 그쪽 팔은 움직이지 못했다.

그는 왼팔, 에키는 마검에게 넘겨준 오른팔을 움직이지 못하고, 그의 오른손은 그녀가 왼손으로 짓누르고 있었다. 남아 있는 살의를 흡수하려면 그의 마나 코어에 접촉해야 했다. 선택의 여지가 없었다.

에키는 머리를 숙였다. 엉망인 그의 제복 가슴께를 입으로 풀어헤쳤다. 이로 제복 단추를 물고 잡아당겼다. 하얀 피부가 드러났다. 어울리지 않는 검은 얼룩 같은 것이 그 피부 곳곳에 번져 있었다.

그녀는 요동치는 그의 상체를 내리누르며 마나 코어가 있을 위치에 입술을 눌렀다.

입술로 마나를 흡수하는 것은 묘한 기분이었다. 독을 빨아내듯 살의로 물든 마나를 빨아내어 삼켰다. 물을 마시는 것처럼 흘러들어 온 마나가 목을 타고 그녀의 마나 코어에 쌓였다. 그녀의 안에 살의가 쌓여갈수록 유리엔의 머리카락과 눈에서 검은빛이 빠져나갔다. 동시에 그의 몸부림도 차츰 잦아들었다.

어느 순간 그의 반항이 완전히 멎었다. 에키는 눈을 들어 그를 보았다. 그녀가 사랑하는 푸른 눈동자가 보였다. 흐릿하게 풀린 눈이 깜박이며 그녀를 보더니 곧 감겼다. 정신을 잃은 듯했다.

그녀는 마지막으로 남은 살의를 삼키고 입술을 떼었다. 그로부터 흡수해 낸 살의는 굉장한 양이었으나 그럭저럭 감당할 만했다. 오른 팔을 흘깃 보았다. 가시덩굴이 밀려난 모양새로 그녀의 팔에서 떨어져 손잡이 부근에 뭉쳐 있었다.

"발, 다 됐어?"

[어, 나 진짜 대단한 거 같아! 역시 가짜 따위가 이 몸의 상대가 될 리가 없지. 그치 주인아? 이거 봐, 이제 저거 버려도 돼!]

그녀는 마검의 말에 따라 가짜 마검을 손에서 놓았다. 숙주를 가시덩굴로 얽어매고 버티던 그 검은 더는 그러지 못하고 간단히 그녀의 손에서 떨어졌다. 에키는 바르데르기오사를 집어넣기 전에 마검의 칼날을 가볍게 토닥였다.

"정말 잘했어, 발."

[……어어어, 어, 어, 으, 응! 나, 난, 엄청 잘했어!]

마검이 어쩐지 허둥거리는 음성으로 대답하더니 답지 않게 조용해졌다. 지친 에키는 자신이 방금 처음으로 마검에게 칭찬을 했다는 사실을 깨닫지 못했다. 그녀는 마검을 문양으로 되돌린 다음 비틀거리면서 유리엔의 위에서 일어났다.

그의 가슴 위에 손을 올려보고, 코끝에 손가락을 대어 보았다. 심장이 뛰고 숨을 쉬고 있다. 눈은 감겨 있지만 바닥에 흐트러진 머리카락은 확실하게 은빛으로 돌아와 있었다.

다만 왼팔을 휘감고 있던 가시덩굴은 아직 남아 있었다. 란셀리드의 배에 남아 있던 것을 샤이가 없애느라 고생한 것이 떠올라 에키의 낯이 심각해졌다. 그녀는 긴장한 채 가시덩굴을 손끝으로 잡아당겨 보았다. 피를 먹고 번들거리던 그것은 의외로 손을 대자마자 부스러져 가루가 되어 사라졌다.

'란셀은 가짜 마검에 찔렸던 것 같고, 율은 찔린 게 아니라 잠식된 거였으니까……. 그 차이인가? 아니면 바르데르기오사의 영향일 수도 있겠네.'

이유야 어찌 되었든 다행이었다. 비로소 안도했다. 흐트러진 호흡이 길게 새어 나왔다. 그러고 나서 옆에 떨어져 있는 가짜 마검을 보니 머리끝까지 분노가 치솟았다. 그녀는 그것을 지긋이 짓밟으며 중얼거렸다.

"이 망할 물건은 대체 뭐야."

[어……. 미, 밀어내다 보니까 어디서 본 듯한 느낌이 나서……. 어디서 봤나 했더니, 바로 얼마 전에 결절에서 봤던 거랑 좀 느낌이 비슷한 거 같아.]

"결절?"

[거기서 나온 용 말이야. 그거 벨 때랑 비슷했어!]

공작가는 용의 뼈를 보관하고 있었으니 용의 심장이나 용의 피나, 하여간 용의 부산물이 더 있었을 수도 있다. 아니면 용의 뼈 자체를 이용했을지도 모르고.

'이 가짜는 그럼 마검에서 뽑아낸 마나와 그것을 이용해서 만든 물건인가?'

마법사가 아닌 그녀는 대충 추측만 할 뿐이었다. 자세히 알려면 가져가서 마법사들에게 제대로 분석을 맡겨야 할 듯했다. 실상 분석을 들어 봤자 원리를 이해할 자신도, 그럴 필요도 없다. 그녀가 알아야 될 것은 어차피 하나뿐이었다.

누가 이것을 만들었는가.

"만든 건 정신 나간 공작 짓이겠지. 그걸 가져다 유리엔을 물들인 건 빌어먹을 2황자 짓이겠고."

에키는 으득 이를 갈고는 가짜 마검을 걷어찼다. 날아가서 데굴데굴 굴러간 그것이 뿌리가 드러난 나무에 부딪혀 멈췄다.

"아윽······."

있는 힘껏 걷어찼더니 등에 난 부상들이 끔찍하게 아팠다. 마나로 지탱해서 무시하고 움직일 순 있지만 통증은 그대로인 탓이다. 그녀는 어깨를 움츠린 채 작게 신음을 흘리고는 재차 한숨을 쉬었다. 당장 박살 내 버려도 속이 덜 풀리겠지만 저건 중요한 증거품이니 잘 챙겨 가야 했다.

에키는 마나로 가짜 마검을 들어 올려 제복 망토에 둘둘 말았다. 그러고 나서 유리엔을 부축하려던 그녀는 그의 왼팔이 어깨에서부터 반쯤 잘린 상태인 걸 발견했다. 지금껏 가시덩굴에 가려져 있어서 몰랐었다. 살펴보니 완전히 잘렸던 부위가 제니스다운 놀라운 회복력으로 약간 붙은 상태였다.

테레사가 유리엔에게 입혔다는 부상은 허벅지 근처였다. 그러니 이

건 아마도 물들어 갈 때 그가 스스로…….

"망할 2황자 새끼. 죽여 버리겠어."

에키는 저도 모르게 욕설을 내뱉었다. 란셀리드의 눈과 폐허가 된 로아즈까지 연상되며 아찔할 정도로 살의가 치솟았다. 머리가 핑 도는 느낌이었다. 그녀는 간신히 그것을 가라앉혔다.

망토 끝부분을 잘라 그의 어깨를 대강 고정했다. 아까 던컨과 헤어진 곳 근처에 마법 가방을 놔 두었으니 거기까지만 가면 제대로 된 붕대로 치료할 수 있을 거다. 에키는 너덜너덜해진 제 등을 무시하고 그의 상처만 주의하며 정신을 잃은 그를 부축해 일으켜 세웠다.

유리엔이 정신을 차린 것은 한밤중의 일이었다.

흐릿한 시야에 우둘투둘한 동굴 천장이 보였다. 타닥거리는 모닥불의 빛이 그 천장에 불규칙한 그림자를 그렸다. 그는 한동안 아무 생각도 하지 않고 그 빛만 보고 있었다. 그러고 있으니 지끈거리는 두통이 조금씩 가셨다.

일어나기 위해 움직였다. 왼팔이 움직이지 않았다. 고개를 돌려 어깨를 보니 붕대와 빳빳한 천으로 고정된 팔이 보였다. 전신이 무겁고 곳곳에 통증이 느껴졌다. 그는 어지러움과 고통을 참으며 상체를 일으켰다.

그가 누워 있던 곳은 두꺼운 여행용 망토 위에 담요를 몇 겹이나 깔고, 그 위에 침낭을 깔아 푹신하게 만든 자리였다. 약간 떨어진 곳에 꺼져 가는 모닥불이 있었고, 그 근처에는 물을 끓였던 듯한 냄비와 붕대 더미, 피를 닦아 낸 것으로 보이는 수건, 옷인지 걸레인지 모를 천 뭉치, 약통 같은 것들이 너저분하게 널려 있었다. 한쪽에는 마법 가방으로 보이는 게 놓여 있다.

그리고 모닥불 너머 아무렇게나 펼쳐 놓은 침낭에 엎드려 있는 사람이 보였다. 유리엔은 앉은 채로 그 사람을 관찰했다.

여자였다. 셔츠에 바지 차림. 옆에 허물처럼 벗어 던져져 있는 재킷의 모양이 매우 익숙했다. 창천 기사단 정식 기사의 하얀 제복이다. 셔츠는 새것인지 깨끗한데 바지나 재킷은 피와 먼지에 여기저기 베인 자국으로 엉망이었다. 엎드린 채라 얼굴은 보이지 않았다. 대신 길게 늘어진 구불구불한 머리카락이 눈에 띄었다. 연한 분홍색. 독특한 색이었다.

'창천 기사라면 전원 알고 있다. 게다가 저런 특이한 머리카락의 여기사라면 잊어버리기도 힘들 텐데……. 누구지?'

그는 멍하니 그런 생각을 하다가 다시 주위를 둘러보았다. 여기가 어딘지, 왜 자신이 여기에서 부상을 입은 채 누워 있었는지, 저 여자는 누구인지, 아무것도 모르겠다. 머리가 아팠다.

'마지막 기억이…….'

잘 생각이 나지 않는다. 유리엔은 습관처럼 오른손을 들어 올렸다. 성검에게 묻기 위해서였다.

"……?"

손바닥에 익숙한 황금빛 문양이 보이지 않았다. 그는 망연히 아무것도 없는 손을 들여다보다가, 작은 목소리로 성검을 불러 보았다.

"랑."

대답이 돌아오지 않았다. 성검이 느껴지지도 않는다. 그는 마른세

수를 했다. 대체 뭐가 어떻게 된 건지.

느릿하게 몸을 일으켰다. 오래 앓다가 일어난 것처럼 온몸이 쑤셔 절로 신음이 나왔지만 입 밖으로 흘리지는 않았다. 휘청이는 걸음으로 엎드려 있는 여자에게 다가갔다.

조심스럽게 여자의 어깨를 잡아 흔들었다. 보통 창천의 기사라면 건드리기 전에 이미 일어났어야 할 상황인데, 여자는 그가 어깨를 흔든 이후에야 깨어났다. 낮은 신음과 함께 그녀가 고개를 들었다.

눈이 마주쳤다. 유리엔은 그 얼굴이 예상했던 것보다 앳되고 예쁘장해서 조금 놀랐다. 기사라기보다는 애지중지 자란 아가씨처럼 보였다. 게다가 너무 어렸다. 스물 남짓으로 보인다. 창천 기사 중에 유리엔 자신보다 어린 사람은 없었는데, 어떻게?

그녀가 커다란 눈을 깜박였다. 보라색 눈동자. 어쩐지 몹시 인상적인 눈이었다. 그 눈을 들여다보니 가슴 안쪽에서 알 수 없는 감정이 술렁였다. 유리엔은 물어보려던 말들을 모조리 잊고 홀린 듯이 그녀를 바라보기만 했다.

"……유리엔?"

그녀의 입술이 움직여 그의 이름을 불렀다. 짧은 부름이 귀가 녹아들 듯 달콤하게 들려서 그는 굉장히 당황했다. 왜 가슴께가 먹먹하고 눈꺼풀이 떨려 오는지, 왜 심장이 저릿하게 아파 오며 울컥 무언가가 치받아 오르는지, 유리엔은 도저히 스스로의 반응이 이해가 가지 않았다.

당황해서 굳어 버린 그를 향해 그녀가 장갑을 낀 손을 뻗었다. 낯선 여자, 그녀로 인해 이상해진 스스로의 상태에 본능적인 경계심이 솟았다. 그는 반사적으로 그 손을 쳐 내며 뒤로 물러났다.

여자의 표정이 멍해졌다. 곧 그녀의 시선이 그의 오른손에 닿더니 무언가 깨달은 듯 아, 하고 작게 신음을 흘렸다. 그녀의 조그만 얼굴이 울 것처럼 일그러졌다. 곧 그녀는 제 손으로 눈가를 꾹 누르고, 표정을 펴고, 태연해졌다.

유리엔은 그녀가 얼굴을 일그러뜨린 순간 덜컹하고 내려앉는 제 심장을 느꼈다. 대체 왜? 그가 제 반응에 의아해하는 사이, 여자가 심호흡을 하고 자리에서 일어나더니 그를 향해 경례를 했다.

"창천 기사 에키네시아 로아즈입니다, 단장님."

"에키네시아 로아즈?"

낯선 이름인데도 애틋한 발음이었다. 입속으로 몇 번 이름을 굴려 보는데 난생처음 느껴 보는 기분이 들었다. 심장 박동이 빨라지며 들뜨는 감각. 어디서 이 이름을 들어 보았던가? 유리엔이 미간에 주름을 잡은 채 고민하고 있자 그녀가 무언가를 힘들여 삼키듯 숨을 고르고 말을 덧붙였다.

"기사가 된 지 일주일도 되지 않았으니 잘 모르실 거예요."

"일주일도 되지 않았다고? 신입인가? 여기는 대체 어디지? 내가 왜……."

"천천히, 천천히 설명해 드릴게요. 지금은 말고요."

쏟아지는 유리엔의 질문을 에키네시아가 막았다. 그녀는 약간 떨리는 입술로 웃었다.

"일단 지금은 좀 더 쉬세요, 아침에 이야기하죠."

"아니, 나는 괜……."

"제가 좀 피곤해서요. 죄송합니다, 단장님."

에키네시아는 그의 말을 딱 잘라 끊어 내더니 돌아서서 침낭에 도로 엎드려 누워 버렸다. 아무리 창천이 위계질서가 강하지 않은 편이라지만 단장을 앞에 둔 기사라기엔 무례한 태도였다. 신입 기사가 단장의 질문을 끊고 드러누워 자려 하다니.

 게다가 정말 저 여자가 창천의 기사가 맞는지, 믿을 수 있는 사람인지도 의심스러웠다. 성검이 사라져서 정안을 잃어버린 상태라 악의를 가지고 있는지 아닌지도 확인할 수가 없었다.

 모든 것이 의문이었다. 이 상태로 쉬는 건 불가능했다. 그래서 그는 엎드려 있는 좁은 등과 그 위에 흩어진 분홍색 머리카락을 내려다보며 입을 열었다. 지적하거나 추궁하려는 의도였는데, 막상 그의 입에서 나온 건 둘 중 어느 쪽도 아니었다.

 "경은 왜 엎드려서 자는 건가?"
 "이게 편해서요."
 "경의 셔츠에 피가 묻어 있다. 등을 다쳤나?"

 긴 머리카락 중에 어색하게 잘려 나간 부분이 있었다. 그 사이로 흰 셔츠에 붉은 핏자국이 약간 번져 있는 것이 보였다. 언뜻 봐서는 발견하지 못할 위치였는데도 그는 아주 자연스럽게 그것을 찾아냈다. 그리고 다른 모든 것을 제쳐 놓고 그것부터 물었다. 생각과 몸이 따로 놀고 있었다.

 그의 말에 에키네시아가 부스스 몸을 일으키더니 제 등을 더듬었다. 무성의한 손놀림으로 젖은 것을 확인한 그녀가 작게 혀를 찼다.
 "네, 조금. 신경 쓰지 마세요."

 그러고는 도로 엎드려 버린다. 유리엔은 저도 모르게 목소리를 높였다.

 "어떻게 신경을 안 쓰나. 제대로 치료는 한 건가? 그대는 왜……!"

항상 자기 몸을 아끼질 않는 건가, 라고 말할 뻔했다. 그녀에 대해 아주 잘 안다는 듯이. 어째서? 낯선 얼굴이고 모르는 이름이다. 그런데 왜 이렇게 안절부절못하는 심정이 되는 건지. 그는 혼란스러워져서 입술을 깨물었다. 스스로가 제정신이 아닌 것 같았다.

에키네시아가 당황해서 그를 바라보더니 묘한 표정을 지었다.

"걱정해 주셔서 감사합니다만, 그렇게 심각한 상처는 아니에요. 아무래도 등이라서 잘 안 보이니까 붕대가 좀 어긋난 모양이에요."

"그런 상태로 자는 건 회복에 좋지 않다. 상처를 보여 봐라."

"네?"

그녀가 화들짝 놀라며 옷깃을 부여잡았다. 유리엔은 그제야 등에 있는 상처를 치료하려면 셔츠를 벗어야 한다는 것을 깨달았다. 그의 낯이 벌게졌다. 여성을 상대로 함부로 할 만한 제안이 아니었다. 그렇다고 저대로 내버려 두고 싶지도 않았다. 그는 허둥거리며 말을 늘어놓았다.

"그, 다, 다른 뜻이 아니라, 피가 옷에 번져 날 정도인데, 그대로 자는 건 아무래도……. 그러니까, 도와주겠다는, 그런 뜻일 뿐이다."

평소의 유리엔이라면 이런 문제로 말이 꼬이지 않았을 것이다. 담백하게 도움을 제의하고 거절하면 깔끔하게 물러났을 터다. 그러나 지금의 그는 제대로 말이 나오지가 않았다. 빤히 바라보는 눈동자에 얼굴이 홧홧해졌다. 바보가 된 기분이었다.

에키네시아는 횡설수설하는 남자를 바라보았다. 은발 사이로 보이는 귓불까지 빨갛다. 어쩔 줄 모르는 그 모습이 익숙했다. 그녀가 다친 것을 알아보고, 걱정하고, 그대로 두질 못하는 것도. 그녀를 기억하지도 못하면서 말이다.

"그럼, 부탁드릴게요."

충동적인 결정이었다. 말해 놓고 잠시 후회했으나, 곧 에키는 그에게 등을 돌리고 침낭 위에 앉았다. 셔츠의 단추를 풀면서 그녀는 생각했다. 만약 성검을 되찾아도, 그가 성검을 더 이상 쥘 수 없게 되었다면, 그래서 지워진 과거에 대한 기억이 돌아오지 못한다면……. 물에 잠긴 것처럼 먹먹해졌다.

'전에는 그가 아무것도 모르고 있기를 그토록 바랐는데.'

눈앞이 흐려졌다. 그녀는 얼른 턱을 들어 눈물이 흐르지 못하게 했다. 셔츠를 벗고, 속옷에 손을 대고 잠깐 망설이다가 그것도 벗어 내려놓았다. 습관적으로 꼈던 장갑은 벗지 않았다. 등 뒤를 덮은 머리카락을 앞으로 모아 등을 드러냈다.

그녀가 돌아서서 단추를 푸는 순간부터 석상이 되어 있던 유리엔은 길게 늘어져 있던 머리카락이 치워지며 좁은 등이 드러난 순간 숨을 들이켰다. 정신 못 차리고 뛰던 심장이 상처를 보자 얼어붙었다.

자잘한 생채기는 그렇다 쳐도, 비뚤게 매어지는 바람에 흘러내린 붕대 사이로 일부만 보이는 상처가 몹시 깊었다. 응급처치를 하긴 한 것 같은데 위치가 위치다 보니 제대로 마무리가 되어 있지 않았다.

그는 다가가 붕대를 풀어냈다. 오른팔밖에 쓸 수 없었지만 이미 풀어지던 중인 붕대라 쉽게 흘러내렸다.

새하얀 등을 벌겋게 가른 상처들. 옆구리에서부터 등의 중간까지 비스듬하게 베인 것, 그리고 허리 부근을 가로로 베인 것. 갈라져 속살이 드러나 있었다. 약을 바르고 붕대를 두르는 정도로 내버려 둘 게 아니었다. 이 상태로 움직인 게 신기할 지경이었다.

"경은 제정신인가? 이런 상태로……!"

가슴 안쪽이 욱신거렸다. 유리엔은 왈칵 화를 내려다 말을 끊고, 황급히 모닥불 근처에 굴러다니는 물건들 사이를 뒤졌다. 깨끗한 붕대와 약통을 가지고 돌아온 그는 그 안에서 찾던 것을 발견했다. 바늘이었다.

"……에키네시아 경, 아무래도 봉합해야 할 것 같다. 이대로 붕대를 다시 매어 봤자 상처가 또 벌어질 테니. 괜찮겠나?"

무겁게 가라앉은 음성이 등 너머에서 들려왔다. 에키는 고개만 틀어 뒤를 흘깃 보았다. 유리엔의 시선이 그녀의 상처에 고정되어 있었다. 내리깐 은빛 속눈썹이 가늘게 떨리는 게 보였다. 그녀보다 그가 더 아파 보이는 얼굴이다.

"……네."

"통증이 심할 거다. 혹 마취제나 마법약 같은 것은……"

"그런 건 없어요. 그냥 하셔도 돼요."

혼자 다녔을 때는 스스로 꿰매기도 했었다. 사실 마나로 바늘을 움직이면 등의 부상도 혼자 꿰맬 수 있긴 할 텐데, 아무리 그녀라도 보이지도 않는 부위에서 바늘 같은 것을 섬세하게 움직일 순 없었다. 그래서 유리엔의 어깨만 봉합하고, 그녀의 부상은 대강 붕대로 압박만 했다.

그러고 나서 지쳐 그대로 쓰러져 잠들었었다. 기절하듯 잠든 와중에도 누군가가 접근하는 건 알아챘지만, 그게 유리엔임을 무의식적으로 깨달아서 반응하지 않았다.

결국 일어났을 때, 그녀는 마주한 그의 눈에 뚜렷한 이지가 있는 것을 보고 신께 감사했다.

등 뒤에서 유리엔이 깊은 숨을 토하는 것이 들렸다. 긴장과 걱정이 느껴졌다. 상처 부위를 조심스럽게 닦아 낸 그가 소독액으로 바늘과 실을 소독하더니 깨끗한 천을 접어 그녀에게 내밀었다.

"물고 있어라."

"감사합니다."

그녀는 고통을 참을 때 이가 상하지 않도록 천을 입에 물었다. 유리엔은 잘 움직이지 않는 왼팔로 용케 실을 꿰고는 그녀의 상처를 봉합하기 시작했다. 시간을 지체해 봐야 더 아프기만 할 테니 최대한 빠르게 움직였다. 응급처치였기에 최소한으로 봉합했지만, 그래도 상처가 워낙 커서 여러 번 바늘을 놀려야 했다.

그녀의 피부에 진땀이 맺혔다. 그러나 그녀는 신음을 흘리지 않았다. 봉합을 끝내고 붕대를 마무리할 때까지도. 유리엔은 자꾸만 흐트러지려는 호흡을 가다듬었다. 조용히 견뎌 내는 그녀의 모습에 기이할 정도로 마음이 아렸다.

치료가 끝난 후, 그는 그녀가 새 셔츠를 꺼내 입을 수 있도록 돌아섰다. 거뭇한 동굴 벽 위로 조금 전까지 뚫어져라 보고 있던 그녀의 등이 떠올랐다. 단련이 덜 된 티가 나는 여린 등, 어울리지 않는 긴 상처, 바늘이 다친 살갗을 꿰뚫는데도 신음조차 내지 않는 여자.

"……부상에 익숙한가?"

"네, 이 정도는."

그녀는 약간 쉰 목소리로 대답했다. 말 사이사이에 옅은 한숨이 섞여 있었다. 통증을 느끼지 못하는 건 아니라는 뜻이다. 그는 모닥불이 벽에 그녀의 그림자를 그려 내는 것을 지켜보았다. 가느다란 실루엣.

"어쩌다 그런 부상을 입은 건가?"

"글쎄요……. 그것보다 궁금하신 게 많을 텐데요."

부스럭거리는 소리가 들렸다. 돌아서자 새 셔츠를 입은 그녀가 꺼져 가던 모닥불에 나무토막을 던져 넣는 게 보였다. 그녀는 불을 키우며 물었다.

"어디까지 기억하고 있으세요?"

"그 말은 내 기억에 무언가 문제가 있다는 뜻 같군."

"예리하시네요."

음성 끝에 미묘하게 웃음기가 묻어났다.

"지금이 몇 년, 몇 월, 며칠인지는 아셔요? 설마 그것도 모르시진 않겠죠."

"1629년 7월……."

반사적으로 답하던 유리엔이 말끝을 흐렸다. 며칠인지는 잘 모르겠다. 에키는 살짝 안심하며 정정해 주었다.

"24일이에요. 아니다, 자정이 지났을 테니 25일이겠네요. 봄에 있었던 흰 까마귀 협곡 마물 토벌은 기억나세요?"

"기억난다. 결절이…… 생겨서……."

유리엔의 표정이 변했다. 결절이 생겼고, 그는 미칠 뻔했었다. 그의 스콰이어가 결절에 들어가는 바람에. 그게 누구였지? 아니, 그 이전에 왜 갑자기 자신이 스콰이어를 지명했었지?

에키가 질문을 이었다.

"그럼, 성녀를 구출한 것은요?"

"엘기오사 오너……. 솔족 소녀였지. 그때도 결절이 생겼었다. 기억하고 있다."

"태양 축제 때 있었던 일은요?"

"약혼식을 9월에 하겠다고 발표했던 것 같군."

"드라코툼바성은……."

에키는 차근차근 물었고, 그는 혼란스러워하면서도 고분고분 대답했다. 얼마 지나지 않아 에키는 그의 기억이 어떤 상태인지 확실하게 알 수 있었다.

자신이 했던 행위, 했던 말, 있었던 일은 거의 다 기억하고 있다. 고스란히 빠진 것은 '지워진 과거'와 관련된 것들. 그러니까, 마검과 에키네시아 로아즈, 그녀에 대한 것들.

스콰이어가 있었다는 건 기억하면서 그게 누구인지는 기억하지 못하고, 성녀를 구해 낸 것은 기억하면서 결절 안에서 정확히 무슨 일이 있었는지는 알지 못한다. 황태자와 손을 잡고 2황자파가 주도한 마검의 음모에 대해 조사했다는 것은 기억하면서 그것을 자신이 어떻게 알아내었는지는 모른다.

성검을 포기하고 가짜 마검을 쥐게 된 정황은 아예 기억하지 못하고 있었다. 물들어 있던 기간 동안 있었던 일도. 그 외에도 완전히 잊어버린 일들이 몇 가지 있었다. 그가 그녀에게 고백하고, 그녀가 그에게 고백했던 일 같은 것들. 서로의 죄책감을 털어놓았던 순간도.

회귀 이전에 대해 알고 있어야만 가능한 일들과, 지워진 과거를 기반으로 행동했던 기억들이 전부 엉망진창이었다. 여기저기 구멍투성이. 성검과 공유하고 있던 기억이 사라진 부작용인 듯했다. 가짜 마검에 물들었던 후유증일지도 모른다.

'……그래도 그는 미치지 않았어.'

다른 물들었던 사람들처럼 자아가 완전히 부서져 죽어 버리는 것도 각오했었다. 그게 어떤 느낌인지 너무나 잘 아니까. 선한 그는 선하기 때문에 더 견디기 힘들 수도 있었으므로.

 그러나 유리엔은 미치지도 않았고 멀쩡히 되돌아왔다. 정신을 차린 그와 마주한 순간 진심으로 안도했다. 그는 버텨 냈다. 버텨 내리라고 믿었고 그렇게 기대했지만, 정말로 그래 주었다는 게 너무나 감사했다.

 맑은 눈동자가 눈물겹게 반가워서 손을 뻗었다. 유리엔이 그녀의 손을 쳐 내지 않았다면 그대로 그를 끌어안고 울어 버렸을지도 모르겠다. 그러니까 그녀를 잊어버린 것 정도는, 괜찮다, 아마도.

 '성검을 다시 쥔다면 기억도 되찾을 거야.'

 하지만 쥐지 못할 수도 있다. 아무도 죽지 않았다면 모를까, 제국군에서 희생자가 몇 명 나왔다. 그녀는 성검이 그것을 악행으로 판단할지, 자의가 아니었으므로 악행이 아니라고 여길지 짐작이 가지 않았다.

 그녀가 고민해 봤자 의미가 없는 일이다. 에키는 생각을 그만두고 그를 살폈다. 유리엔은 충격과 혼란이 범벅이 된 낯으로 이마를 짚고 있었다. 스스로 했던 행동들의 이유를 알 수가 없고, 그 대상도 알 수 없으니 당연하겠지. 그나마도 여기저기 구멍 난 상태니. 그녀는 속으로 말을 고른 다음 천천히 입을 열었다.

 "제가 당신의 스콰이어였어요, 단장님."

 "경이?"

 "네, 그리고……."

 당신과 저는 연인이었어요.

 그 말은 목 끝에 걸려 나오지 않았다. 차라리 그가 지워진 과거를 몰랐으면 좋겠다고 바랐던 때와 지금은 너무나 달랐다. 그와 그녀가 울며 토해 냈던 감정들을 알지 못하는 눈앞의 유리엔은, 절대 이해할 수 없을 것이다.

왜 그가 그녀를 사랑하는지. 왜 그녀가 그를 사랑하는지.

그녀는 뒷말을 잇지 않고 고개를 숙였다. 머리카락이 흘러내려 얼굴을 가려 주었다.

그녀가 말을 멈추자 유리엔이 고개를 들었다. 그녀의 어깨가 가늘게 떨리고 있었다. 무슨 표정을 짓고 있을까. 그는 무의식적으로 손을 뻗어 그녀의 머리카락을 쓸어 넘기고, 그녀의 이마에 남아 있는 식은 땀을 손끝으로 훔쳐 냈다. 흐트러진 얼굴을 어루만졌다. 위로하는 것처럼 다정한 손길과 애틋한 시선이었다.

"……!"

그녀의 눈이 동그랗게 커진 것을 보고서야 그는 제 행동을 자각했다. 당황해서 손을 말아 쥐며 뒤로 물렸지만 이미 늦은 짓이었다. 멍하니 그를 보던 에키가 눈꼬리를 접으며 웃었다.

"더 쓰다듬어 주세요."

"……?"

"그 정도 보상은 받아야 할 것 같거든요. 아무것도 모르는 사람한테 화를 낼 수도 없고, 뭐라고 할 수도 없고……."

입 맞출 수도 없으니까. 뒷말은 입안에서만 돌아서 그에게는 닿지 않았다.

유리엔은 그녀의 말을 이해할 수가 없었다. 그럼에도 그는 그녀의 말에 순종했다. 거의 본능적인 반응이었다. 머리카락을 부드럽게 쓸어 넘기고, 머리를 쓰다듬었다. 그녀가 가만히 그의 손에 뺨을 기대 왔다. 그것에 심장이 쿵 내려앉았다. 그는 갈라진 음성으로 물었다.

"내가…… 무엇을 기억하지 못하고 있는 건가?"

"말로 설명해서는 의미가 없는 것들을요."

수수께끼 같은 대답이었다. 그녀가 제 뺨에 닿은 그의 손 위에 자신의 손을 올렸다. 겹쳐진 손에 열기가 올랐다.

"그러니까 그건 말씀드리지 않을 거예요."

그녀가 웃는다. 그 웃음은 울음을 감추는 것처럼 보였다. 그 얼굴에 마음 한구석이 무너지는 듯했다.

품 안에 단단히 끌어안아 위로하고 싶었다. 깜박이는 눈꺼풀 위에, 땀에 젖은 이마 위에, 동그란 코끝에, 떨리는 입술 위에, 발간 혀끝에, 키스를 하고 싶어졌다. 어지러울 정도의 충동이었다. 이대로 있다간 그녀를 움켜쥐게 될 것 같아 유리엔은 그녀에게서 손을 뗐다.

이상하다. 정말로, 모든 것이. 자신에게 그녀는 무슨 의미였던 것일까. 대체 무엇을 잊어버린 것일까.

그가 손을 물리자 그녀가 눈을 내리깔고 제 손을 들여다보았다. 멀어진 온기가 허전한 듯이. 그러나 그런 기색은 순식간에 지워지고, 고개를 든 그녀는 태연하고 새침한 얼굴이 되었다.

"너무 늦었어요. 내일 일찍 움직여야 하니 조금이라도 자야죠."

에키네시아는 그 말을 끝으로 침낭에 엎드려 눈을 감아 버렸다. 유리엔은 한동안 미동도 하지 않고 그녀의 뒷모습을 지켜보다가, 느릿하게 자리에 누웠다.

그는 오래도록 잠들지 못했다.

2황자 카르엠 드 하르덴 키리에, 윈들턴 디아상트 공작, 현자 헤레이스 리어폴드는 2황자의 막사 안에 모여 앉아 있었다.

"창천 기사단장이 예상보다 강해서 놀랐지만, 그래도 순조롭소. 생각해 보니 상정 외의 강함이 오히려 계획에는 더 도움이 될 듯하오."

"마검의 악마는 지금 어디쯤에 있습니까?"

"여전히 회색 산맥 내부에 틀어박혀 있소이다. 부상을 치료하고 있는 것 같군. 디아상트 공, 창천 기사단의 토벌을 막을 자들은 확실히 준비된 거요?"

"물론입니다. 원정대와 마검의 악마가 충돌하면 바로 움직일 수 있습니다."

카르엠은 팔걸이에 턱을 괸 채 공작과 현자가 나누는 대화를 지켜보고 있었다.

'가짜 마검'을 가져온 것은 디아상트 공작이었다. 용의 뼈와 마검의 마나, 마검에 대한 연구 기록을 이용해 현자 헤레이스 리어폴드가 만들어 낸 물건. 위치를 추적하는 마법과 발동 시에 숙주를 중독시키는 저주가 통제를 위해 걸려 있었다.

창천 기사단의 토벌을 실패하도록 만든 후에 카르엠이 나서면, 저주를 발동해 손쉽게 악마를 토벌할 수 있을 것이다. 이제 곧 유리엔의 파멸을 볼 수 있다. 카르엠의 눈이 번들거렸다.

언제부터 이토록 유리엔을 증오하게 되었는지, 카르엠은 정확하게 기억하진 못했다. 그것은 한 번의 특별한 계기로 인한 결과가 아니었다. 많은 일이 쌓이고, 누적되고, 고여서 썩어 만들어진 감정이었다.

황후가 3황자를 출산하며 사망한 건 카르엠이 두 살 때의 일이었다. 어머니에 대한 기억은 거의 없다. 어렴풋이 따뜻했던 느낌만이 남아 있었다. 카르엠이 기억하는 것들은 이런 것들이었다.

"네 어미는 저 역겨운 것 때문에 죽었다."
"그녀가 살아 있었다면 널 정말 사랑했겠지. 가여운 내 아들아, 너는 저것 때문에 그녀의 사랑을 받지 못하게 되었다."
"네 눈동자는 그녀와 꼭 닮았어. 그녀를 닮은 건 너뿐이로구나."

황제는 자주 카르엠을 찾았다. 어린 아들의 눈동자를 들여다보며 늘 그렇게 속삭였다. 어릴 때 황제는 카르엠에게 몹시 다정했고, 극진할 정도로 정성을 기울였다.

"너만이 내 진짜 아들이다. 다른 여자한테서 난 것이나, 제 어미를 잡아먹고 태어난 것 따윈 내 아들이 아니야."

카르엠이 검술에 재능을 보이자 황제는 진심으로 기뻐하며 온갖 선물을 안겨 주었었다.

"검에 재능이 있다고? 역시 내 아들이다. 너 말고는 다 쓸모가 없어."

그때까지만 해도 카르엠은 황궁 구석에서 유모의 손에 홀로 크는 어린 동생에 대해 큰 감흥이 없었다. 아비에게 배운 대로 저것 때문에 어머니가 죽었다는 건 확실하게 알고 있었지만, 그저 그뿐이었다. 어머니가 있는 또래의 귀족 아이들을 보면서 부러워질 때마다 동생이 없었다면 좋았을걸, 하고 생각하긴 했다. 그래도 그때는 분명 증오까지는 아니었다.

여덟 살 이후로 그 감정은 변하기 시작했다. 시작된 날을 기억한다. 황제가 3황자에게도 검술 재능이 있다는 말을 듣고서는 여섯 살의 유리엔과 여덟 살의 카르엠을 대련시켰던 날.

황제는 카르엠이 더 뛰어나다는 것을 보여 줄 작정으로, 귀족들이 잔뜩 모인 연회에서 두 아들의 대련을 선보였다. 그러나 결과는 유리엔의 압승이었다. 카르엠은 몇 번 휘두르지도 못하고 동생의 손에 목검을 놓쳤다.

그때부터였다. 황제는 카르엠을 몰아붙였다. 모든 지원을 퍼부으며 어떻게든 카르엠이 유리엔보다 뛰어나길 원했다. 하지만 그 시도는 번번이 실패했다.

"넌 내 아들이다. 너만이 내 아들이란 말이다. 내 아들이 저것보다 못할 리가 없어!"

카르엠은 황제의 입에서 너도 내 아들이 아니었구나, 라는 말이 나오는 것이 두려웠다. 지금껏 받았던 애정이 사라지는 게 무서웠다. 그래서 나름 최선을 다했다. 그럼에도 두 살 어린 동생을 이길 수가 없었다. 어떤 분야에서도. 심지어 유리엔이 제대로 가르침을 받지 못한 분야에서조차도.

그 아이는 천재였다. 악마 같은 천재. 아니, 악마였다.

황제가 분노하는 일이 잦아졌다. 아비가 왜 유리엔보다 못하냐고 폭언을 쏟을 때면 카르엠은 어머니에 대해 상상하곤 했다. 어머니가 살아 있었다면 어땠을까. 겪어 보지 못해서 알 수가 없었다. 그 어머니도 저 동생이 죽인 거다.

언젠가부터 유리엔의 얼굴을 보면 머리끝까지 화가 치솟게 되었다. '난 이렇게 미칠 것 같은데, 넌 평온한 얼굴로 지내는구나. 나는 발버둥 치고 있는데, 네놈은 그리 쉽게 모든 것을 해내고.'

그래서 유리엔이 키우던 새를 죽였다.

카르엠은 유리엔이 자신만큼 괴롭기를 원했다. 그러나 키우던 새를 죽였는데도 어린 유리엔은 카르엠에게 화를 내지 않았다. 그런 면도 카르엠에게는 끔찍하기만 했다. 저놈은 아무렇지도 않은데 자기 혼자 미쳐 날뛰는 것 같아서.

그런 날들이 쌓이고, 쌓이면서, 증오는 눈덩이처럼 커졌다.

열여덟 살, 카르엠은 연회에서 만났던 어느 영애에게 반했다. 몰래 그 영애에 대해 조사하라 시킨 시종은 그녀가 유리엔을 보며 뺨을 붉히더란 결과를 들고 왔다. 그것을 알게 된 카르엠은 유리엔의 잔에 독을 탔다. 어설픈 계획이었기에 그것은 실패했다. 그리고 황제가 실패한 그 계획과 배경을 알아차렸다.

황제는 그 해에 유리엔을 아젠카로 추방하고, 카르엠을 명문가의 영애와 약혼시켰다. 카르엠이 마음에 두었던 영애는 애첩으로 만들어 주었다.

황궁에서 쫓아냈는데도 유리엔은 시들지 않았다. 오히려 억누르던 환경에서 벗어난 것처럼 눈부시게 자랐다. 유리엔이 스물세 살에 마스터가 되었다는 소식에 황제는 처음으로 카르엠의 뺨을 때렸다.

카르엠은 아비를 미워하지 못했다. 황제는 유리엔만 엮이지 않으면 그에게 잘해 주는 아비였다. 원하는 건 뭐든 들어주고, 아낌없이 지지

해 주었다. 무슨 짓을 하든 야단을 치지 않았다. 황제가 카르엠에게 화를 내는 건 유리엔이 얽혔을 때뿐이었다.

좀 자란 후에 알게 된 사실도 있었다. 황제가 황태자 시절 카르엠의 어머니가 아니라 크루엔의 어미인 첫 번째 황후와 정략혼을 해야 했던 이유.

황제의 남동생이 황태자였던 황제보다 다방면에서 뛰어났다고 한다. 그 탓에 계승구도가 불안했고, 그는 정략혼을 통해 세를 다지고 제위에 올랐다. 황제가 제위에 오른 후 그 동생은 낙마 사고로 죽었다.

정말 사고였을까. 카르엠은 아버지를 이해했다. 자신도 동생을 죽여 버리고 싶었으므로. 그러니까 전부 유리엔이 문제였다. 모든 것이 그놈 탓이었다. 그놈만 없었다면 아비도 자신도 행복했을 테니까.

그렇게 쌓아 올린 증오였다. 그놈만 망가뜨릴 수 있으면 무슨 수단을 쓰든 상관없다는 생각이 들 만큼 썩어 버린 증오다. 그리고 이제 그 증오의 결실을 거둘 수 있게 되었다. 비로소 유리엔으로부터 해방된 삶을 살 수 있을 것이다.

카르엠은 비릿하게 웃었다. 그러나 그 웃음은 헤레이스의 놀란 음성으로 인해 금이 갔다.

"반응이 사라졌소!"

"그게 무슨 소립니까?"

"마검이 망가진 것 같소. 대체 이게 무슨…… 내 역작이 이럴 리가 없는데……."

현자는 납득할 수 없다는 듯 횡설수설했다. 디아상트 공작의 낯빛이 굳었고, 카르엠의 얼굴이 일그러졌다. 공작이 무어라 말하기 전에 카르엠이 손짓했다.

"창천을 상대하려고 준비시켜 놨던 자들을 보내라."

"예? 그들은……."

"우선 어떻게 된 일인지 알아봐야 할 것 아닌가. 추적 마법이 망가졌을 수도 있으니. 만약 마법이 아니라 마검에 이상이 생긴 거라면……."

끝까지 애먹이는 놈. 카르엠은 이를 까득 갈고는 말을 이었다.

"중독 저주를 발동하고, 유리엔의 목을 베어 와라. 그 목을 내걸고 우리가 창천보다 먼저 악마를 토벌했다고 선전하겠다."

디아상트 공작은 하려던 말을 삼켰다. 가짜 마검에 이상이 생겼다는 말을 듣자마자 공작이 떠올린 건 마검을 가지고 있을지도 모르는 여자였다. 현재 아젠카에 있는 것으로 알고 있지만, 이변을 일으킬 만한 변수는 그 여자뿐이었다.

'……뭐, 문제가 발생하더라도 뒤집어쓰는 건 저 멍청한 2황자지. 열등감에 절어 날뛰는 한심한 놈.'

2황자가 몰락하더라도 디아상트 공작은 상관없었다. 오히려 반길 일이었다. 그래서 공작은 2황자에게 그 변수를 언급하는 대신, 만에 하나 기적이 일어나 창천 기사단장이 돌아올 때를 홀로 대비하기로 결심했다.

'그럴 때를 위해 성검을 챙겨 두었으니까.'

공작은 은밀히 웃었다.

[주인아, 이거 완전히 나한테 쫄았나 봐.]

바르데르기오사가 우쭐한 말투로 말했다. 동굴 입구에 서서 가짜 마검을 살피던 에키가 고개를 들었다.
"쫄았다니?"
[저거 지금 꼼짝도 못 하잖아. 망가진 거 아냐?]
에키는 시험 삼아 맨손으로 가짜 마검을 쥐어 보았다. 가시덩굴은 그녀를 휘감기는커녕 손잡이 부근에 뭉친 채 미동도 하지 않았다. 마검이 종알거렸다.
[가짜야, 까불어 봐! 왁! 왁! 흥, 역시 별것도 아닌 게. 봐 봐, 주인아, 못 덤비잖아. 내 덕이니까 나한테 고마워해!]
"그래. 이번엔 정말 잘했어, 발. 고마워."
[어어, 어, 으응……. 헤헤. 으헤헤.]
마검이 조용해지더니 혼자 실실 웃어 댔다. 에키는 이상하게 구는 마검을 내버려 두고 가짜 마검을 도로 망토로 둘둘 말았다. 동굴 안쪽에서 유리엔이 일어나는 기척이 느껴졌다. 들어가 보니 그는 멍하니 그녀의 빈자리를 보고 있었다.
"단장님?"
유리엔은 화들짝 놀라며 그녀를 돌아보았다. 그 얼굴에 급격히 안도하는 기색이 퍼져 나가서 에키는 약간 당황했다.
'내가 혼자 가 버린 줄 알았나.'
그녀의 추측은 일부만 맞았다. 늦게 잠들었던 유리엔은 일어나자마자 그녀가 보이지 않자 순간적으로 온갖 생각을 했다. 그중에는 그녀의 존재 자체가 꿈이 아니었나 싶은 의심도 있었다.
"피곤하시겠지만 바로 출발해야 할 것 같아요. 시간이 없어서요."
"시간이 없다니?"
"27일까지 단장님을 모셔 가지 않으면 큰일 나거든요. 가면서 이야기해요."

그들은 짐을 챙겨서 동굴을 빠져나왔다. 유리엔을 찾아올 때는 곳곳을 뒤지느라 오래 걸렸지만, 돌아갈 때는 직진할 작정이니 하루 정도면 캠프에 도착할 수 있을 터였다. 그녀도 그도 부상자였으나 제니스인 덕에 이동이 빨랐다. 에키는 걸으면서 대강 그에게 사정을 설명했다.

"내가…… 마검에 물들었었다고?"

"정확히는 가짜 마검이요. 2황자 짓이었을 거예요. 돌아가면 당신을 물들인 음모부터 해명을……."

그녀가 갑작스레 말을 중단했다. 굳은 얼굴로 고심하던 유리엔이 물었다.

"가짜 마검이라는 걸 경은 어떻게 알았지? 게다가 악마가 되었었다면, 나는 어떻게 되돌아온 건가? 그런 일이 가능할 리가 없는데."

숲의 한쪽을 노려보던 에키가 그를 돌아보았다. 그녀는 장갑을 끼고 있는 제 오른손에 잠시 시선을 주었다가 다시 유리엔을 응시했다.

"제가 마검의 주인이거든요. 그래서 알았고, 그래서 가능했어요."

"그게 무슨……."

"대화는 나중에 해요, 단장님. 별로 안 좋은 손님들이 오고 있어서요."

에키가 허리춤에서 아메시스트를 풀어 그에게 건넸다.

"검이 없으시니 이걸 빌려드릴게요."

유리엔이 얼결에 그것을 받아 들었다. 랑기오사와 닮은 검. 그것을 쥐고 들여다본 순간 얼핏 무언가가 떠올랐다.

그는 자신의 스콰이어, 그러니까 눈앞에 있는 에키네시아 로아즈에게 주기 위해 이 검을 만들었었다. 이것을 그녀에게 주던 순간도 연달아 떠올랐다. 스콰이어에게 주기엔 과한 물건이었다.

자신은 왜 이런 걸 그녀에게 주었던 걸까. 게다가 스스로 알던 자신과는 너무도 다른 태도로 말이다. 난데없이 신입생이던 그녀를 스콰이어로 삼은 이유도 여전히 모르겠다.

'대체 왜 그랬던 거지? 무슨 생각으로?'

그사이 에키는 오른손의 장갑을 벗었다. 그녀보다 약간 늦게 다가오는 기척들을 알아채고 고개를 든 유리엔은 그녀가 빈손인 것을 발견했다.

"내게 검을 빌려주면, 경은?"

"조금 전에 말씀드렸잖아요. 저는……."

그녀가 손을 펼쳤다. 가시덩굴을 움켜쥐느라 입었던 자잘한 상처가 있는 손이었다. 그 손바닥에 선명하게 드러나는 검은 문양. 그녀의 상처에 신경 쓰고 있던 유리엔이 그 문양을 보자마자 창백하게 질렸다. 그것은 마검의 문양이자 악마의 상징이었다.

그녀는 담담히 말을 이었다.

"바르데르기오사를 쓰면 되니까요."

유리엔은 얼어붙어 버렸다. 자신이 마검에 물들었다가 되돌아 왔다는 사실도 믿기지가 않는데, 눈앞에 마검을 가진 사람이 있었다. 그것도 전설인지 뭔지 모를 마검사 이야기처럼 악마가 되지 않은 사람이.

에키는 유리엔의 옆에 가방과 망토로 둘둘 말아 둔 가짜 마검을 내려놓았다.

"단장님, 이것들 좀 맡아 주세요. 아, 망토로 감싸 둔 건 만지지 마시고요. 망가진 것 같긴 해도 혹시 모르니까."

"이게 무엇이기에……."

"당신을 물들였던 빌어먹을 가짜 마검이요."

에키는 굳어 버린 그를 내버려 두고 돌아섰다. 마검이 시끄럽게 떠들어 대고 있었다.

[주인아, 나 써 줄 거야? 진짜? 진짜지? 그럼 저것들 죽이는 거야? 그래도 돼?]

"시끄러워, 발. 조용히 좀 해 봐."

[야, 이런 중대한 상황에서 어떻게 조용히 있어! 이안이었나 뭐였나 그놈 이후로 계속 살의 쌓기만 하다가 드디어 풀게 생겼는데! 앞으로도 계속 나 쓸 거야? 이제 나 안 숨겨? 얼마나 죽일 거야? 열 명? 백 명? 천 명? 난 싹 다 죽였음 좋겠어! 신난다!]

"입 안 다물면 화낼 거야. 아, 왔다."

작게 쏘아붙이던 그녀가 고개를 들었다. 숲의 그늘 사이로 속속들이 사람들이 나타났다. 검은 후드를 눌러쓴 자들이었다. 대강 보이는 것만 사십여 명. 에키는 보이는 자들 외에 뒤쪽에도 몇몇이 더 있는 것을 알아차렸다.

'뒤에 있는 건 마법사들인가? 그냥 암살자 집단이라기엔 수준이 좀 높은데. 근위 기사단일 수도 있겠네.'

이 상황에서 저런 분위기로 나타난 자들의 정체야 뻔했다. 황제의 직속이라 2황자의 수족으로 움직일 확률이 높은 근위 기사단, 혹은 황실에서 은밀히 키운 개들.

'어차피 어느 쪽이든 목적은 똑같겠지.'

그녀는 팔짱을 끼고 선 채 그런 생각을 했다. 후드를 쓴 자들은 기다리는 것처럼 서 있는 에키와 그녀의 뒤에 있는 유리엔을 발견하고 걸음을 멈췄다. 그들이 반응하기 이전에 에키가 먼저 입을 열었다.
"당신들의 주인은 2황자인가요? 아니라면 빨리 말해요."
"……."
"음, 혹시나 해서 물어보겠는데, 대화를 할 생각은 있나요?"
"……."
두려움이나 긴장감이라곤 전혀 느껴지지 않는 태평한 어조였다. 후드들 사이에 눈짓이 오갔다. 당황한 듯한 기색이 느껴졌다. 기다리던 에키는 그들 중 하나가 고개를 끄덕이는 것을 보았다. 그가 우두머리인 듯, 그자가 고개를 끄덕이자마자 그들의 기세가 달라졌다. 분명한 살기가 피어올랐다. 동시에 훅 하고 날아오는 화살을 에키가 한 손으로 잡아챘다.
"역시. 그럼 뭐, 듣기만 하세요."
더 확인할 필요는 없었다. 그녀는 화살을 내던지고, 아무것도 들지 않은 빈손을 늘어뜨리며 한가롭게 중얼거렸다.
"되도록 평온하게 살고 싶었는데, 도저히 안 되겠더라고요. 당신들의 주인이 선을 넘어도 한참 넘었거든. 이젠 못 참겠어."
화살이 몇 발 더 날아왔으나 그녀의 몸에는 하나도 닿지 않았다. 그녀는 슬쩍 몸을 틀거나 머리를 기울이는 것만으로 화살을 피하고, 정통으로 오는 것들은 잡아채서 바닥에 떨궜다. 어차피 먹히리라 생각하고 화살을 쏜 게 아니었던 후드들은 그러면서 포위망을 만들기 시작했다.
"하지만 음, 어쩔 수 없이 따르는 사람도 있을 수 있으니까. 그런 사람들을 위해 미리 충고할게요."

그녀는 그들이 그러든 말든 입꼬리를 올려 웃었다. 눈은 전혀 웃고 있지 않았다.

"살고 싶으면 도망가세요. 도망가는 사람은 쫓지 않을 거예요."

후드들은 내심 기가 찼다. 그녀는 여기저기 베이고 핏자국이 묻은 데다 망토도 없는 제복 차림에, 붕대까지 두른 빈손의 여자였다. 창천 제복이니 저 여자도 마스터겠지만 후드를 쓴 자 중에도 마스터급이 여섯이었다. 게다가 그들에게는 지원을 준비 중인 후방의 마법사들도 있었다.

그들이 경계하는 것은 물들어서 날뛰고 있어야 할 창천 기사단장이 제정신으로 보인다는 사실뿐이었다. 하지만 그마저도 자신들이 가진 가짜 마검에 내재된 중독 저주를 발동하면 의미가 없어질 터다. 심지어 그 창천 기사단장도 왼팔을 고정하고 있는 부상자였다.

어딜 봐도 그들이 유리했다. 여자가 떠들어 대는 말은 정신 나간 허세로 들렸다. 그녀가 떠드는 사이 원을 그리며 그들을 완전히 포위한 후드들이 각자 무기를 꺼냈다. 철컹거리는 쇳소리가 연달아 들렸다.

에키는 웃음을 거두고 마지막 경고를 했다.

"죽기 싫으면 달아나라고 분명히 말했어요. 이제—"

그녀가 훅 하고 사라졌다. 눈으로나마 그 움직임을 따라갈 수 있었던 것은 유리엔뿐이었다. 그녀는 순식간에 어느 후드 앞에 서서 손을 휘둘렀다. 분명히 빈손이었던 그 손에 어느새 바르데르기오사가 모습을 드러냈다. 후드를 쓴 자는 제가 뭐에 당했는지도 모르고 목이 날아갔다.

그자는 아까 고개를 끄덕여 신호를 주었던 우두머리였고, 마스터인 여섯 명 중 하나였다. 그런 자가 아무런 반항조차 하지 못하고 죽었다. 머리를 잃은 시체가 피를 쏟으며 허물어져 내렸다. 후드들의 시선이 그 앞에 선 여자에게 쏠렸다. 표정이 사라진 그녀가 마검을 들어 올렸다.

"네놈들을 위한 자비 따윈 없어."

〈검을 든 꽃〉 4권에서 계속